Carole Merlo

Insondable Yolanda

Roman

LE LYS BLEU
ÉDITIONS

ISBN : 979-10-377-8912-9

À mon fils, avec tout mon amour,
mon premier lecteur qui m'a encouragée dans ce projet.

En hommage à une vieille dame au seuil de l'automne de sa vie, qui a su me faire rêver en me faisant partager ses magnifiques et doux souvenirs de jeunesse à Casablanca. Elle m'a donné envie d'écrire sur cette ville. D'où elle est, je souhaite qu'elle voie que j'ai essayé d'en restituer le meilleur et j'espère de tout mon cœur qu'elle en sera satisfaite.

Penser. Rêver. Tout est là.

Victor Hugo

Les personnages

La famille

Emile : père de Yolanda ;
Jeanine : mère de Yolanda ;
Robert : 2e mari de Jeanine ;
Jean-Jacques : frère de Yolanda ;
Geneviève : femme de Jean-Jacques ;
Caroline : fille de Geneviève et Jean-Jacques ;
Christian : amoureux puis mari de Yolanda ;
Mathilde : fille de Yolanda et Christian ;
Patrick : fils de Yolanda.

Les amis

Odette Joyeux : propriétaire de l'appartement et brasserie Le Petit Bayonne ;
Albert Joyeux : mari d'Odette ;
Brigitte : voisine, propriétaire du Salon de coiffure Créations de Paris ;
Juliette : voisine de Yolanda ;
Linda : couturière ;
Yasmina : Nourrice de Patrick ;
Fatima : employée de maison d'Odette ;
Abdel Bouatif : ami de Christian ;
Maurice : collègue de Christian, propriétaire de l'Aronde ;

Monsieur Fromentin : propriétaire du Studio photo, employeur de Christian ;

Abdel : Intendant de l'exploitation de M'Qam Tolba ;

Neïma : employée de maison de Yolanda à M'Qam Tolba ;

Carmen : amie de Yolanda à Estepona.

Le Journal du Maroc

Jules Lopez : Directeur des ressources humaines ;

Christiane Linberg : Journaliste en chef ;

François : Journaliste ;

Nora : fiancée de François.

Ce livre est une fiction, à l'exception des événements historiques dont les sources sont détaillées à la fin de ce roman.

Les noms, caractères, professions, lieux, événements ou incidents sont les produits de l'imagination de l'auteure utilisés de manière fictive. Toute ressemblance avec des personnages réels, vivants ou morts, serait totalement fortuite.

Prologue

Adolescente, les apparitions de Yolanda dans mon univers provincial me faisaient rêver.

Elle arrivait, exubérante, pimpante, pleine de vitalité et avait l'art et la manière de peindre mon morne quotidien sépia en couleurs vives.

Elle avait l'exotisme des terres lointaines, les anecdotes des gens qui voyagent.

Je m'installais autour de la table familiale et l'écoutais religieusement raconter sa vie au soleil de l'Afrique.

Elle parvenait à créer dans mon univers quotidien, les odeurs des épices et des fleurs, la douceur du miel et du sable chaud, les femmes voilées. Toute la magie de l'Orient s'invitait à la table.

Mais, surtout, elle me transmettait sa passion : le goût de la liberté. Ma tante était, en chair et en os, l'héroïne des romans que je dévorais : Alice Détective de Caroline Quine, le Club des 5 de Enid Blyton.

Après son départ, je me voyais courir sous un soleil ardent, jouer à cache-cache avec des enfants de mon âge entre des palmiers, une vie sans contraintes, sans école, sans obligations et sans manteau d'hiver sur le dos.

1

Yolanda est ma tante. Elle est née en avril 1934. Sa grand-mère et sa mère ont décidé de ce prénom pour son origine espagnole, en souvenir de lointains aïeuls catalans. Ce prénom vient du latin « viola » qui veut dire « violette » et du germain « land » qui signifie « pays ».

On dit des Yolanda que ce sont des personnes discrètes, qui ne s'épanchent pas, qui aiment être dans leur bulle, rêver et qui intériorisent beaucoup leurs émotions. En grandissant, elles développent un caractère idéaliste et se donnent à fond pour réussir tout ce qu'elles entreprennent. Elles ne se découragent devant rien, pas même les plus grands obstacles. Les Yolanda sont dotées d'un caractère puissant, se montrent souvent audacieuses et ne craignent pas l'échec.

De son enfance, je n'ai que quelques bribes glanées çà et là dans les discussions familiales : elle était fusionnelle avec sa mère, elles se comprenaient d'un seul regard. Cette proximité a perduré à l'âge adulte.

Jeanine, sa mère, enfant unique couvée par ses parents, s'est retrouvée enceinte du frère aîné de Yolanda à 17 ans, a interrompu l'école pour se marier et élever son bébé. Elle n'était absolument pas prête à être mère. Fragile, elle n'a jamais été autonome et a fait peser très tôt, sur les jeunes épaules de ses deux enfants, la responsabilité du foyer, leur père étant souvent absent.

Yolanda n'était pas douée pour les études, à la différence de son frère, Jean-Jacques, qui, malgré le manque d'argent de la famille pour acheter les livres et les fournitures scolaires nécessaires, s'accrochait.

À 19 ans, et après avoir appris la dactylo à l'École Pigier, elle obtient de la part de sa mère et de son père, alors, tout juste revenu d'Indochine, l'autorisation d'aller travailler chez les Américains.

Dans le cadre de l'OTAN et du Traité international signé en 1949 au lendemain de la Seconde Guerre Mondiale, les Américains, qui craignaient une invasion russe, avaient installé des bases militaires dans l'Europe de l'Ouest, dont une base autour d'Orléans.

Des années 1950 à 1969, environ 13 000 militaires ont vécu autour de la ville et ont créé des emplois d'administratifs, d'infirmiers, de jardiniers pour de nombreux français.

Elle passe ses journées à taper sur une machine à écrire Underwood des travaux de secrétariat en français et en anglais. Elle loge chez une vieille dame qui lui loue une chambre pour une modique somme et lui assure le blanchissage et le couvert. Les Américains payent bien et Yolanda dépense une partie de son salaire en vêtements, notamment au grand magasin de la ville « Les Giboulées de Mars » qui propose le must des tendances parisiennes.

Déjà jolie, elle devient belle, petite poupée de moins d'un mètre soixante, perchée sur des talons aiguilles de dix centimètres au minimum, mince, la taille fine marquée par une large ceinture de cuir noir, les cheveux blonds coupés court. Avec ses magnifiques yeux bleus en amande, soulignés d'un épais trait d'eyeliner noir, elle fait tourner la tête de plus d'un homme.

D'un tempérament joyeux, elle est très entourée, on recherche sa compagnie pour sa joie de vivre, elle a donc beaucoup d'amitiés féminines et masculines. Elle est systématiquement invitée à tous les évènements festifs de cette après-guerre où les Américains insufflent un vent de nouveauté venu d'ailleurs qui, après les années de restriction et d'occupation nazie, sentent bon la liberté : coca cola, chewings gums, cigarettes blondes, jazz et rock and roll.

Elle donne régulièrement des nouvelles à sa mère, écrit de longues missives dans lesquelles elle raconte qu'elle travaille beaucoup, gagne beaucoup d'argent. Généreuse, il lui arrive même de glisser un billet de 50 francs dans l'enveloppe pour que sa mère puisse s'offrir le coiffeur, elle dit qu'elle apprend l'anglais et fait souvent la fête, en omettant de mentionner ses abus d'alcool, de cigarettes et de beaux garçons dans les bras desquels elle se laisse tomber.

Ce que tout le monde ignore, c'est qu'elle a le cœur brisé par sa première grande histoire d'amour et que c'est pour tenter de l'oublier qu'elle s'est enfuie à Orléans.

En effet, Yolanda est amoureuse depuis ses 14 ans d'un ami de son père, Philippe, de 20 ans son aîné, marié et père de famille.

En 1951, elle réussit à le séduire en glissant dans la poche de son costume une lettre enflammée dans laquelle elle déclare son amour et lui propose un rendez-vous dans un café nantais, le Café d'Orléans, place Royale. Après plusieurs années de mariage, le couple de Philippe s'essouffle, il est flatté qu'une jeune fille aussi belle que Yolanda, aussi jeune et pure, l'ait choisi, lui, qui se trouve bloqué dans une petite ville provinciale.

Il se présente au rendez-vous, cède à ses avances et démarre une relation adultère sur fond de trahison amicale. On imagine aisément la culpabilité que ressent ce père de famille, fervent catholique, lorsqu'il la rejoint chaque semaine dans un petit hôtel discret. Il sait que cette relation ne pourra pas durer et qu'il faut y mettre fin mais l'appel des sens est le plus fort.

Yolanda est amoureuse, elle est certaine que cet amour profond qui date du début de son adolescence est un signe que cet homme est l'homme de sa vie et qu'ils parviendront tous les deux à faire accepter leur relation par tous et surtout, que Philippe aura le courage de quitter femme et enfants pour elle.

Quelle naïveté ! Dans le courant de l'année suivante, Philippe, au cours d'un dîner, lui explique qu'il met fin à leur histoire impossible. Il se justifie en lui disant que son père, ami de toujours, va bientôt rentrer de la guerre d'Indochine, que leurs habitudes amicales vont reprendre et qu'il lui sera impossible de regarder son ami en face avec ce terrible secret. Yolanda pleure, implore, crie son amour. Rien n'y fait, elle ne le reverra pas avant son départ dans le Loiret.

À Orléans, la vie trépidante et la conquête des relations amoureuses faciles sont une fuite en avant pour tenter de l'oublier. Plus d'une fois, elle rêve de tout avouer à sa femme et ses parents ; malade d'amour, elle sent qu'elle s'enfonce, que la dépression la guette et que, surtout, elle ne peut pas vivre sans lui.

Un répit temporaire dans sa souffrance va venir de son frère. Suite à la signature de l'accord-cadre du 22 octobre 1953, elle apprend que les Américains recherchent des hommes pour réaliser les relevés de bornage des forêts domaniales mises à leur disposition par les autorités françaises. Elle en informe son frère.

Jean-Jacques profite de l'occasion : il a vaguement démarré des études de comptabilité à Nantes pour éviter le service militaire en Algérie, mais sans grande motivation. L'ambiance à la maison est pesante : une mère maussade et un père rentré de la guerre d'Indochine, désœuvré, alcoolisé la plupart du temps, qui alterne période de travail et oisiveté.

L'arrivée de son frère est une bouée de sauvetage affective à laquelle elle se raccroche. Elle déménage. Ensemble, ils partagent un petit appartement, des amis, des soirées et parlent anglais pour s'entraîner.

Courte période, car, en juillet 1954, il lui annonce renoncer à cet emploi au grand air, trop fatigant. La famille lui manque, il envisage de rentrer à Nantes. Il lui explique que cette année sabbatique lui a servi à se rendre compte qu'il lui fallait également reprendre ses études s'il voulait faire quelque chose de son existence. L'insouciance, la fête permanente ne lui conviennent pas, il est trop angoissé pour savourer la légèreté de la vie. Plane également au-dessus de sa tête le risque de perdre son statut étudiant et d'être appelé pour combattre en Algérie pour 18 mois de service national.

Perdue, paniquée, Yolanda décide de le suivre et de rentrer. Tous deux débarquent chez leurs parents en septembre. Jean-Jacques reprend assez facilement sa 2e année de comptabilité. Pendant les congés scolaires et pour financer une partie de ses études, il réussit à mettre en avant son expérience américaine pour participer au grand remembrement de l'Agriculture.

Emile, leur père, a trouvé un travail, il est employé comptable chez Pomona et trouve un emploi de dactylographe bilingue pour Yolanda. Pomona est une grosse entreprise, grossiste en fruits et légumes qui travaille à l'export.

On pourrait croire que pour elle la vie s'écoule paisiblement et que son histoire d'amour malheureuse est oubliée. C'est sous-estimer sa ténacité. Yolanda revoit Philippe lors d'un dîner chez ses parents. Il semble l'ignorer, elle est troublée, mal à l'aise. Elle décide de se rendre sur son lieu de travail pour le convaincre de reprendre leur histoire d'amour.

Philippe est amoureux lui aussi. Ces quelques années sans elle n'ont fait qu'empirer le sentiment de manque et lui faire prendre conscience de l'absurdité de sa petite vie bien rangée. Ils se revoient, refont l'amour et l'histoire repart. Philippe va même jusqu'à louer une garçonnière pour créer leur nid et éviter l'anonymat d'une chambre d'hôtel.

Elle a carte blanche pour aménager leur studio ; elle court chez Decré pour acheter des draps, des coussins, une nappe, fait les courses pour concocter des petits plats. Elle s'intègre dans une vie douillette presque rangée. Sa mère la questionne, la trouve un peu trop calme pour être totalement honnête, se doute que sa fille cache un secret mais ne sait pas de quoi il s'agit.

D'ailleurs, fait qui les arrange, les deux couples se voient moins cette année-là, la faute aux enfants de Philippe qui grandissent et à sa femme qui a pris un emploi pour s'occuper l'esprit. Et d'Emile, qui est devenu lunatique et casanier depuis son retour de la guerre d'Indochine.

2

Janvier 2013

C'est en songeant aux souvenirs que j'accompagne Yolanda dans sa dernière demeure. Après des années passées dans le sud de l'Espagne, elle a choisi de venir mourir en Vendée, aux Sables-d'Olonne, ville natale de sa mère, et de se faire enterrer avec elle dans le caveau familial. C'est son Notaire qui m'a prévenue.

Le temps est particulièrement froid en cette fin de matinée de janvier, un vent frais du nord engourdit les doigts dans ce petit cimetière juché sur une colline. Un pâle soleil d'hiver a du mal à poindre.

Les personnes présentes se saluent sans se connaître, je suis la seule à représenter la famille, Mathilde, sa fille unique, est absente. Quelques dames âgées, certainement des connaissances de fin de vie, m'entourent.

Un jeune prêtre lit quelques textes de la bible et termine par une bénédiction du cercueil.

C'est enfin, la mise en terre et le défilé devant la tombe pour un dernier adieu. J'ai le cœur serré et les larmes strient mon maquillage de longues traînées blanches et noires. J'épuise mon stock de mouchoirs en papier.

Je me demande ce qui a poussé Yolanda à choisir de venir mourir dans cette ville, si loin des terres ensoleillées qu'elle affectionnait particulièrement. La mer, le vent, l'appel du voyage avec le départ du Vendée Globe tous les quatre ans ? Ou tout simplement l'envie de rejoindre la protection maternelle comme pour se reposer d'une vie mouvementée ?

Mes pensées me ramènent à son histoire.

3

Janvier 1955

Le début de l'année arrive et Yolanda s'inquiète, en mars, d'avoir du retard dans ses règles. En avril et après consultation d'un médecin, plus de doute, elle est enceinte. Elle panique car elle est coincée, elle ne peut pas avorter, c'est illégal. Elle sait qu'aucun médecin n'acceptera de l'aider, par crainte de la prison car l'avortement est un crime contre la nation avec le risque de se faire radier à vie de l'Ordre des Médecins. Par préjugé moral, également, dans cette France dirigée par les hommes, où les femmes doivent rester vierges jusqu'au mariage et celles qui succombent à la tentation du sexe sont considérées comme des « putes » qui n'ont que ce qu'elles méritent.

Le « faire passer » par une faiseuse d'ange est hors de question. Des sages-femmes, des infirmières et parfois de simples mères de famille, par solidarité féminine, et pour arrondir leur fin de mois, acceptent de déclencher des fausses couches dans des conditions d'hygiène parfois douteuses. Ce type d'intervention, compte tenu des risques pour les deux parties, de lourdes peines d'emprisonnement, coûte en moyenne 400 francs. Le dernier procès retentissant dont elle se souvient est celui de Marie-Louise Giraud, accusée d'avoir pratiqué 26 avortements, guillotinée en 1943.

Les méthodes utilisées sont barbares : introduction de plantes abortives ou d'instruments dans l'utérus afin de percer la poche amniotique, décollement de l'embryon par injection d'eau à forte pression.

Les adresses, situées généralement dans les quartiers populaires, se passent confidentiellement sous le manteau entre filles, mais c'est extrêmement risqué pour la santé, puisqu'environ 5 % des avortées décèdent des suites de ces actes.

Elle a pu vivre cette expérience traumatisante en ce début d'année, avec sa future belle-sœur, Geneviève, enceinte de son frère alors que leur relation venait juste de commencer. Après l'acte, elle s'est retrouvée avec une sonde dans le ventre qui a déclenché une hémorragie, une forte fièvre et a souffert le martyre. Heureusement que Yolanda était avec elle, a appelé une ambulance et Geneviève a pu être sauvée à l'hôpital. Le médecin de garde a eu la gentillesse de noter sur son dossier qu'il s'agissait d'une fausse couche. S'il avait noté le mot « avortement », elle serait en prison à l'heure qu'il est.

Hors de question d'essayer de le « faire passer » seule, comme certaines le font en tombant des escaliers, en avalant des tisanes, par peur de la douleur, de se mutiler à vie et de se rendre stérile.

L'avortement est légalisé en Russie depuis 1920, mais impossible d'envisager un voyage dans ce pays communiste sans avoir de solides appuis politiques ou diplomatiques, ce qu'elle n'a pas.

Elle est démoralisée, elle n'est pas prête à avoir un enfant. Elle développe alors un projet fou : faire divorcer Philippe, qu'il l'épouse. Lorsqu'elle lui annonce la nouvelle, c'est la douche froide : il ne veut pas de cet enfant, il ne lui a jamais rien promis, il l'aime mais pas suffisamment pour divorcer et modifier sa vie confortable. Qu'elle se débrouille, qu'elle se fasse avorter clandestinement, il ne veut pas en entendre parler. Elle pleure, elle supplie, il part en claquant la porte de leur garçonnière. Elle se retrouve seule à assumer.

Le ciel lui tombe sur la tête : que va-t-elle faire de cet enfant dans cette France des années 1950 qui rejette les mères célibataires ? Non seulement elle est brisée, elle a peur : comment s'en sortir ? Ses parents ne vont pas accepter la situation, elle va déshonorer la famille. D'autant plus qu'elle ne pourra jamais lui donner le nom de son père.

Fuir cette ville, sa famille, mais pour aller où ? Elle est déchirée. Elle en perd le sommeil.

Son esprit est taraudé par des questions existentielles : cet enfant, comment va-t-elle faire pour l'accueillir, l'accepter, l'aimer alors qu'il l'oblige déjà, avant sa naissance, à modifier de façon catastrophique, le cours de sa vie ?

Et sa vie d'adulte qui commence tout juste, est-elle condamnée à un avenir en marge ? Aucun homme n'acceptera d'épouser une fille-mère, avec un enfant à charge.

Et si elle abandonnait le bébé à la naissance ? Personne ne le saurait. Elle pourrait ainsi reprendre le cours de sa vie. Même si la tentation est forte, elle hésite et n'arrive pas à se résoudre à adopter cette solution. Il lui semble insurmontable de porter une vie pendant 9 mois dans son ventre et de la laisser à d'autres mains dès la naissance.

Comment arriverait-elle à vivre ensuite en sachant que l'un de ses enfants existe loin d'elle parce qu'elle l'aurait lâchement abandonné après l'accouchement ? Pas plus que l'avortement clandestin, elle n'a pas le courage de mettre à exécution des plans aussi cruels.

Au fond d'elle-même elle sait que son désir d'être mère est bien présent et que, malgré les inconvénients qui lui font broyer du noir, elle est contente d'avoir cet embryon d'être humain dans son ventre.

Lorsque l'angoisse arrive à la quitter et qu'elle essaie de rester positive, elle a l'intuition qu'elle va s'en sortir malgré les difficultés.

Elle décide donc de s'accrocher à cette lueur d'espoir et se rend compte que la seule solution possible dans l'immédiat est de partir loin et rapidement, avant que son ventre ne s'arrondisse. Elle envisage seulement, pour le moment, de mettre de la distance kilométrique et pense aller à Paris. Le destin va décider de mettre un océan entre elle, sa famille et son amant.

4

La solution va venir de sa maîtrise de l'anglais. Elle commence à s'intéresser aux petites annonces du Figaro et tombe sur une offre d'emploi au Maroc. Le quotidien marocain francophone Journal du Maroc, basé à Casablanca et fondé en 1949, recherche une secrétaire bilingue. Ce quotidien, financé par la famille Walter, active dans le secteur minier, traite de l'actualité générale du pays.

Elle ignore tout de cette contrée d'Afrique du Nord de 710 000 km2, longue bande de terre coincée entre l'océan Atlantique à l'Ouest et l'Algérie et la Mauritanie à l'Est, peuplée par un peu plus de 9 millions d'âmes dont 535 000 étrangers.

À la différence de l'Algérie qui est un département français depuis 1830, le Maroc est sous Protectorat depuis le 30 mars 1912, tout comme la Tunisie l'est depuis 1881. Yolanda ne voit pas trop quelle est la différence et se documente.

Un Protectorat est un contrat par lequel un pays « développé » aide un pays « dit pauvre » à devenir un pays indépendant, tout en conservant ses structures existantes – lois, pouvoir politique, religion – et en cohabitant avec les règles du pays protecteur. À la différence, une colonisation est une annexion pure et simple d'un pays qui perd toute autonomie.

À la fin du 18e siècle, le Maroc, voisin de l'Algérie, possède un sous-sol riche inexploité et un emplacement géographique intéressant. Le pays est en crise : le pouvoir politique est archaïque, centralisé, miné par les guerres internes et les complots, appauvri par les dettes et les impôts. Au bord de l'asphyxie, le Maroc est convoité par beaucoup de pays européens.

À cette époque, le royaume est également décrit comme un pays aux règles sociales moyenâgeuses, aux axes routiers inexistants. L'insécurité règne, les Sultans se succèdent, les villes fonctionnent en autarcie, les campagnes sont contrôlées par les tribus locales. La vie sociale est soumise aux cycles de famines et d'épidémies. L'enseignement est réduit à sa plus simple expression et il n'existe ni système médical ni armée.

Au 19e siècle, la particularité du contexte international retarde l'occupation du pays, mais les traités commerciaux se multiplient. En 1845, le traité de Lalla Maghnia fixe les frontières maroco-algériennes. Le Maroc est contraint de céder à la France une partie de son territoire oriental.

En 1851, deux vaisseaux battant pavillon français mouillent dans le port de Salé avec une cargaison de blé. C'est la famine au Maroc, les bateaux sont pillés et la France bombarde Salé en représailles.

En 1860, le Sultan Moulay Mohammed Ben Abderrahmane perd la bataille de Tétouan contre l'Espagne et est contraint, pour retarder l'occupation, de faire appel à l'aide de la Grande-Bretagne et de payer un lourd tribut qu'il met deux ans à rassembler, laps de temps pendant lequel l'Espagne occupe et contrôle entièrement la région.

L'état du Maroc a finalement cessé de fonctionner en 1880, lorsque, son fils, le Sultan Moulay Hassan Ben Mohammed ratifie malgré lui les accords de la conférence de Madrid, ce qui met son royaume sous contrôle international. C'est le début du Protectorat économique.

La France investit le système financier par la mise en place d'un Comptoir national d'escompte de Paris, un géant de la banque, adossé à la Banque de Paris et des Pays-Bas. Le Maroc perd son autonomie financière.

En février 1912, un mois avant l'officialisation du double Protectorat franco-espagnol, les banques européennes fondent la Compagnie générale du Maroc.

Le pays est dorénavant dirigé par un Résident général français, le Maréchal Hubert Lyautey, qui dispose d'une grande liberté de manœuvre sur le plan politique, administratif et commercial. Il met en place l'armée, la justice, l'enseignement, le dispositif médical et divise le royaume en sept régions administratives et trois régions militaires.

Côté marocain, le Sultan et sa cour, ainsi qu'une organisation ancestrale complexe de Caïds, de Pachas et de Chefs berbères, sont maintenus en place comme symbole de l'empire chérifien mais n'ont qu'un rôle consultatif puisque toutes les grandes décisions doivent être validées par le Résident général.

Dans les archives, on dit que le rôle du Maréchal Lyautey a été prépondérant pour le développement et l'essor économique du pays. Dès 1913, il a contribué à l'équipement du Maroc : construction de routes, de voies de chemin de fer, de ports. Il recrute les meilleurs architectes pour réaliser les plans des villes nouvelles ainsi que préserver et mettre en valeur les monuments existants dans les grandes métropoles.

Ces grands projets nécessitent l'embauche de main-d'œuvre sur place et le recrutement de nombreux colons français qui arrivent en nombre important chaque année pour exploiter les terres agricoles, et occuper les postes dans les administrations et les entreprises.

Le successeur de Lyautey, Théodore Steeg, favorise une deuxième vague d'immigration pour franciser le pays. Il met en place, à grand renfort de publicité en France et auprès des Français d'Algérie, une campagne de communication pour attirer de modestes colons en leur permettant d'acheter à bas prix des lots de terre confisquée aux tribus. En 10 ans, la population française au Maroc a augmenté de 138 %.

Au fil des années, de l'essor économique et des Résidents généraux qui se sont succédé, le fossé des inégalités se creuse et le Protectorat évolue vers le modèle colonisateur et dominateur. En cause, notamment, le manque de directives claires de la part du Gouvernement français, le zèle ou l'ambition de certains hauts fonctionnaires, la méconnaissance, l'ignorance ou le mépris envers les chefs chérifiens. Le peuple marocain subit l'oppression et l'exploitation, lot de tous les autres peuples colonisés.

Depuis son accès au trône, le 18 novembre 1927, le Sultan Sidi Mohammed Ben Youssef apparaît comme le premier des résistants face aux autorités françaises du Protectorat. Dès 1930, il dénonce le « dahir berbère », qui cherche à séparer Arabes et Berbères. En 1934, il encourage la naissance du premier parti politique « le Comité d'action marocain ».

La Seconde Guerre Mondiale et les tentatives échouées du Gouvernement de Vichy à faire appliquer par le Sultan Sidi Mohammed Ben Youssef les lois antisémites nazies aux Marocains de confession juive, lui vaudra d'être nommé par le général de Gaulle l'un des mille compagnons dans l'ordre de la libération. Le débarquement américain sur les côtes marocaines, en novembre 1942, fait payer un lourd tribut au Maroc à la guerre européenne : entre 25 000 et 30 000 hommes tombent pour la libération de la France, ce qui développe un puissant esprit de contestation dans le pays.

En 1947, le Sultan renouvelle le souhait de voir le Maroc réunifié et indépendant. Il est soutenu dans sa cause par la Cour de La Haye qui réaffirme, en 1952, le principe de la souveraineté du Maroc.

Le mouvement national prend la forme d'une lutte armée de libération nationale qui établit des foyers de guérilla dans les régions montagneuses du Moyen Atlas, puis dans les villes. Des groupes de combattants, adaptés au milieu urbain, recrutés dans les bidonvilles, se mettent en place.

Fin 1951, le Résident général Juin refuse l'indépendance du Maroc. Dès lors, des coalitions se tissent, notamment entre le général Boniface, Préfet de la région de Casablanca et le Glaoui de Marrakech pour faire pression sur l'Istiqlal, le parti nationaliste marocain.

Le Sultan choisit la résistance et fait la « grève du sceau » : il refuse de signer les décrets français afin de les laisser sans effet.

En représailles, les autorités françaises représentées à l'époque par le général Augustin Guillaume déposeront le Sultan Sidi Mohammed Ben Youssef avec le soutien des colons ultraconservateurs, des chefs des administrations en place et des grands notables marocains. La famille royale est arrêtée et exilée en Corse, puis à Madagascar. Un nouveau Sultan, Sidi Mohammed Ben Arafa, est nommé.

Commence alors une période de terreur et de guerre civile, sorte de chaos psychologique et sanglant, entre Marocains et Français, pour obtenir l'indépendance.

Ce que Yolanda ignore, c'est que tout comme le Journal Maroc-Presse dont le patron, Jacques Lemaigre-Dubreuil a été assassiné au pied de l'immeuble Liberté où il résidait le 11 juin 1955, le Journal du Maroc fait partie des journaux réformistes qui soutiennent l'action des Libéraux du Maroc, tout en cautionnant le Gouvernement français.

Les mobiles de l'assassinat du patron de presse sont nombreux : règlement de comptes, complot politique ou affaire de mœurs ? Sa mort a pour impact le départ du Résident général Francis Lacoste, en poste depuis juin 1954.

Yolanda continue de se renseigner sur la situation actuelle du pays au travers de la presse française. Elle est au courant du climat instable avec, notamment, l'attentat du marché central de Casablanca la veille de Noël 1953 qui a fait 19 morts et 28 blessés. Elle sait que l'on pille et brûle les maisons des Français et que beaucoup reviennent en métropole. Rien de ce qu'elle lit ne la rassure, le Maroc semble être une vaste poudrière mais son désespoir n'est-il pas à la hauteur de la tragédie que vit ce pays ? Puisque sa vie est finie en France, autant prendre le risque de se faire tuer en terre inconnue.

Elle a aussi entendu dire, par un ami, que le Maroc est un lieu parfait pour recommencer une nouvelle vie car nul ne s'inquiète, là-bas, de connaître les antécédents de celui qui arrive.

En lisant Le Monde, elle réalise que tous les espoirs sont encore permis d'une amélioration de la situation, même si l'indépendance est inéluctable : Gilbert Grandval est nommé Résident général en juin et prend ses fonctions le 12 juillet pour succéder à Francis Lacoste. Il a pour mission de lancer une réforme administrative pour rétablir l'ordre et renforcer le rôle de la capitale, c'est prometteur pour l'avenir.

Yolanda décide de répondre à l'annonce. Elle est contactée par télégramme et obtient un rendez-vous téléphonique en PCV. L'entretien avec le Directeur des ressources humaines du Journal,

Monsieur Jules Lopez, se passe bien. Elle échange quelques mots en anglais et il lui annonce que ses états de service plaisent. Quelques jours plus tard, elle apprend par un nouveau pli qu'elle est embauchée et attendue pour prendre ses fonctions de secrétaire le lundi 11 juillet à Casablanca. Elle y voit un signe du destin.

Elle entame les démarches administratives pour partir et le Journal lui facilite la tâche. Jules Lopez lui trouve un logement chez un couple de Français originaires du pays basque. Le billet de la traversée en bateau au départ de Marseille est également pris en charge en cabine 2e classe. Elle n'a pas dit qu'elle était enceinte et projette de l'expliquer une fois arrivée sur place.

Elle organise son départ en cachette et récupère toutes ses économies à la banque. Pour se rendre à Marseille, elle doit passer par Paris. Elle recontacte une amie d'Orléans qui vit en banlieue parisienne pour lui demander de l'héberger une nuit. Ce que celle-ci accepte avec gentillesse.

Elle met ses parents devant le fait accompli. Ils ne peuvent pas s'opposer à son départ, elle est majeure depuis le mois d'avril. Son père n'émet aucune objection, lui qui vient de passer des années en Indochine, reconnaît en sa fille son caractère indépendant. Son frère accepte la nouvelle en lui souhaitant bonne chance. Quant à sa mère, elle est effondrée. Elle se doute que ce départ précipité cache un grave motif et questionne sa fille.

Yolanda est trop proche d'elle pour lui cacher qu'elle attend un enfant, elle lui annonce sans donner le nom du père et lui fait promettre de ne rien dire à Emile avant la naissance du bébé prévue en décembre. Jeanine pleure, trouve qu'elle aurait pu choisir une destination plus proche et moins risquée que cette « colonie de sauvages ». Elle fait promettre à sa fille de revenir à Nantes, après la naissance, lorsque les esprits seront calmés.

Yolanda assiste aux fiançailles de son frère avant de quitter la France. Elle pose sur la photo de famille, tout sourire, accroupie près d'une corbeille de fleurs, Philippe de l'autre côté, séparés des roses blanches. Ironie du sort.

5

Elle prend le train de Nantes pour Paris le 30 juin, pleure tout le long du trajet sur sa vie brisée. Elle fait halte chez son amie et tente de faire bonne figure. Celle-ci trouve Yolanda maussade, mais elle attribue sa tristesse à la dureté de la séparation d'avec ses proches. En fait, Yolanda l'envie secrètement d'avoir su mieux gérer sa vie et d'avoir trouvé un mari fidèle, aimant qui lui donnera certainement, dans l'avenir, de beaux enfants.

Elle quitte Paris, anonyme, au petit matin du 1er juillet pour Marseille et tente de se motiver en imaginant de façon positive la vie qui l'attend.

Elle arrive à la Gare Saint-Charles en milieu d'après-midi, après huit heures de trajet sans encombre. Elle traîne sa lourde valise, accablée soudain par la chaleur de plomb qui pèse sur la ville qui contraste avec le temps gris et pluvieux de la capitale. Incapable de marcher sous ce soleil écrasant, elle hèle un taxi pour l'emmener au port.

Yolanda embarque à 17 h sur le Lyautey, dernier paquebot de luxe de la Compagnie Paquet, fleuron français construit aux Forges et Chantiers de la Méditerranée. Ce navire dessert le Maroc et le Sénégal. Il assure la liaison 3 fois par semaine entre Marseille et Casablanca.

Elle est impressionnée par la dimension imposante du navire dans le port. C'est dire qu'il a fière allure avec sa cheminée profilée en aile d'avion et sa longueur pas moins de 142,50 mètres ! et 19,45 mètres de large l'informe le dépliant qu'elle a récupéré au comptoir de la Compagnie.

Beaucoup de monde se presse sur le quai : des familles avec de grandes malles en osier, des escadrons de militaires, des enfants qui braillent, des couples, quelques personnes seules. Autour, des regroupements de proches, d'amis venus faire leurs adieux.

Pour s'occuper dans la file d'attente, Yolanda reprend sa lecture : le navire peut transporter 826 passagers et comporte plus de 600 cabines réparties en 4 classes : luxe, première classe, seconde classe et cabines économiques. Il sert également à transporter des marchandises puisqu'il dispose d'une capacité de 5 500 m3 de cales et d'entrepôts à marchandises.

Elle regarde droit devant elle et évite de regarder aux alentours afin de ne pas renforcer son sentiment de solitude. Elle a décidé d'être forte et volontaire pour affronter son destin. Elle va passer 2 jours et 3 nuits à bord. Courageuse, elle avance fièrement et affiche un léger sourire sur ses lèvres maquillées de rouge.

Après les formalités, elle rejoint sa cabine : de dimension correcte, équipée d'un hublot pour admirer la mer, meublée d'un grand lit moelleux, d'un bureau, de tablettes en acajou. Les murs sont tapissés en bleu et le sol recouvert d'une épaisse moquette à damiers orangés ton sur ton. Une porte à droite dans l'entrée donne sur un cabinet de toilette avec des serviettes siglées. L'endroit est luxueux.

Sur la table de nuit, elle découvre une invitation à dîner le soir même à la table du Commandant de bord.

Elle met sa plus belle robe bleu nuit à l'encolure Bardot qui dénude joliment ses épaules, resserre sa taille encore fine d'une ceinture en cuir bleu marine. La jupe évasée en corolle s'arrête aux mollets et c'est avec sac et escarpins assortis qu'elle se présente à l'entrée du restaurant. Elle n'a pas oublié de soigner son maquillage pour masquer les traces de larmes et de fatigue, de balayer avec soin ses cheveux courts et de s'asperger de son parfum favori L'Heure Bleue de Guerlain. Personne ne peut se douter qu'elle est enceinte.

Elle est conduite par le maître d'hôtel à la table du Commandant où sont déjà présents quelques convives ; celui-ci se lève, la salue et lui fait le baise-main de rigueur. Son moral remonte, elle est intimidée et touchée par tant d'égards. Le photographe du navire vient immortaliser le moment sur papier glacé.

Bien installée, servie avec délicatesse en vin et mets délicats, elle se laisse petit à petit bercer par la beauté des lieux : les lustres en cristal étincelants, le parquet ciré du sol, les cuivres brillants, l'acajou des boiseries, les nappes blanches, le va-et-vient des serveurs en livrée.

Les hôtes de la table discutent poliment, restent discrets sur les motifs de leur départ, les conversations tournent autour de généralités sans conséquence :

— D'où venez-vous ? Dans quelle ville allez-vous ?

Yolanda réalise qu'elle peut se détendre, après tout, ne va-t-elle pas rejoindre le Journal le plus connu du Maroc ? C'est une extraordinaire opportunité qui suscite l'intérêt, elle le voit dans les yeux des convives en répondant à leurs questions. Elle peut être fière.

Dans les moments de silence, le Commandant a toujours une anecdote de traversée à raconter pour relancer la conversation. Petit à petit, elle apprend avec qui elle partage le repas : un couple d'instituteurs qui vont enseigner à Rabat, une femme d'âge moyen avec sa fille adolescente qui va rejoindre son mari, fonctionnaire d'État, une jeune étudiante qui rentre chez ses parents à Casablanca, un bel homme grand, brun un peu plus âgé qu'elle, une petite trentaine, souriant d'un air mystérieux qui annonce se rendre au Maroc pour faire fortune.

À la fin du repas, le Commandant propose aux hommes de prolonger la soirée dans le fumoir avec un bon cigare et aux femmes de se rendre au bar. Yolanda invoque la fatigue du voyage pour se retirer dans sa cabine, elle s'endort d'un sommeil sans rêve.

Le lendemain matin, elle est réveillée par les rayons du soleil qui traversent le hublot de la cabine. Après un petit-déjeuner et une bonne douche, elle décide de s'habiller légèrement, et de monter sur le pont s'installer dans une chaise longue pour profiter de la brise marine et du soleil. Un petit orchestre anime l'endroit d'une musique douce, propice à la détente.

Yolanda a cependant du mal à relâcher la pression qui l'anime, elle a des angoisses, des doutes. Des questions :

— Qu'est-ce que je fais sur ce bateau ? Pourquoi aller dans un pays dont j'ignore tout ? J'aurais dû rester à Nantes, assumer le regard des autres, obliger Philippe à prendre ses responsabilités, tournent en boucle dans son esprit.

Un bonjour joyeux la sort brusquement de ses réflexions, elle lève les yeux et voit le mystérieux inconnu d'hier soir planté devant elle. Elle sursaute.

— Je suis désolé, je vous ai fait peur. Ce n'était pas mon intention… Vous aviez l'air d'être tellement loin, dit-il en s'installant, sans y être invité, dans le transat vide à côté d'elle.

— Ce n'est rien, je réfléchissais, ce départ pour un autre pays, c'est un peu l'aventure, alors je me pose des questions.

— Vous savez le principal c'est d'avoir la santé, d'entreprendre, de prendre des risques, c'est cela se sentir vivant. Et puis le Maroc, même si c'est loin de la France, c'est malgré tout un petit bout de notre chère métropole depuis 1912. Au fait, je m'appelle Christian.

— Enchantée. Mon prénom est Yolanda. Je me suis laissé dire que la situation politique était compliquée, il y a eu des attentats contre les Français, les Marocains vont finir par obtenir leur indépendance.

— Il faut garder confiance, car même si l'indépendance semble inéluctable à moyen ou long terme, les relations entre les Français et les Marocains ont toujours été pacifiques. Les Marocains auront besoin de nous pour construire leur pays de demain. J'ai lu récemment dans Le Monde que nous serons encore environ 350 000 à faire le voyage cette année. Vous voyez, nous ne sommes pas seuls à croire en les perspectives de ce pays.

Je n'ai plus d'avenir en France, alors j'ai décidé de tenter ma chance, je n'ai rien à perdre, j'avais juste assez d'argent pour me payer le prix de la traversée.

Voilà un homme qui a dû perdre beaucoup pour ne plus avoir que l'issue de la fuite, se dit-elle.

— Vous avez raison de rester optimiste. Il faut se faire confiance, nous avons certainement les ressources pour nous en sortir honorablement, reprend-elle.

— En ce qui vous concerne, vous avez plus de chance que moi, vous partez avec un contrat de travail, alors pas de quoi se faire de la bile, ma seule issue c'est mon Leica MD3 dit-il en montrant l'appareil photo rangé dans la sacoche de cuir dont la lanière est passée autour de son cou.

— Vous êtes photographe alors ? demande-t-elle.

— Oui, j'ai suivi une formation à Paris et j'ai été travailleur indépendant pour de grands photographes. J'ai l'intention de fixer sur le papier glacé les couples dans les rues de Casablanca et de travailler en freelance, comme disent les Américains, pour couvrir les baptêmes et les mariages. Venez, allons prendre l'apéritif au bar, je vous invite, lui répond-il en se levant du transat.

S'il connaissait ma véritable situation, il ne serait certainement pas aussi optimiste, se dit-elle.

Mais elle se décide à profiter de l'enthousiasme de ce nouveau compagnon pour oublier son sort et accepte sa proposition.

La journée se déroule comme un charme. Christian s'avère fort sympathique en plus d'être agréable à regarder. Après l'apéritif, il l'invite à déjeuner. En dégustant du bout des doigts une pizza, elle récupère un certain nombre d'informations sur Casablanca, ce qui lui met en évidence la légèreté dont elle a fait preuve dans sa fuite en avant car elle ne connaît rien, malgré ses lectures, de la métropole qui l'attend.

Elle apprend que la ville est découpée en plusieurs quartiers : le port et le quartier industriel face à la mer, l'ancienne médina à l'ouest du port, la ville nouvelle derrière l'ancienne médina, la nouvelle médina à l'est puis les carrières centrales et les Roches Noires.

Casablanca abrite la plus forte communauté européenne du Maroc, qui représente environ 60 % de la population.

Le centre-ville moderne et les quartiers d'Anfa, de Longchamp et de l'Oasis avec leurs belles villas et beaux immeubles neufs, accueillent essentiellement des familles françaises aisées de colons, de fonctionnaires et d'industriels mais aussi de riches Marocains fiers de leur réussite.

L'immeuble Liberté, bastion de 17 étages construit entre 1949 et 1951 par l'architecte suisse Léonard René Morandi, est notamment l'un des premiers gratte-ciel d'Afrique.

Les Espagnols, les Corses et les Italiens se concentrent dans les quartiers populaires du Maârif, de Bourgogne et des Roches Noires.

Les Marocains se répartissent entre l'ancienne médina, la nouvelle médina, le quartier des Habous, et les nombreux bidonvilles qui commencent à surgir à Ben M'sick et aux Carrières centrales.

— Casablanca est une ville immense, moderne, dynamique et pleine d'énergie. Les Français ont beaucoup investi pour qu'elle devienne une grande puissance économique à la pointe. Elle n'a rien à envier aux capitales européennes, même si ce n'est pas la capitale du Maroc, ajoute Christian.

En fin d'après-midi, elle prétexte un moment de fatigue, pour remonter se reposer dans sa cabine. Elle est exténuée, a reçu trop d'informations et sent son crâne prêt à exploser. Elle doit absolument récupérer des forces avant le dîner.

Celui-ci est prévu avec les mêmes convives que la veille sans la présence du Commandant de bord qui doit partager son repas à une autre table avec d'autres passagers, conformément à la règle établie sur le paquebot. Dans sa minuscule salle de bain, Yolanda se prépare avec soin pour cet ultime dîner tout en pensant à Christian.

Décidément, ce garçon au charme certain me plaît. J'aimerais bien le revoir à Casablanca. Au minimum en ami, si ce ne peut pas être plus compte tenu de mon état, se dit-elle en peaufinant son maquillage devant le miroir de la salle de bain.

Dès qu'elle pense à sa situation, une boule d'angoisse l'étreint. Le jeu des questions/réponses recommence dans sa tête.

— Dans quel pétrin me suis-je mise ? Je vais être vraiment seule à affronter mon destin. Pourquoi cette décision ?

Elle doute. C'est le propre d'un tempérament déterminé, courageux. Tout comme son départ à Orléans chez les Américains. Elle se remet rapidement de ses questions métaphysiques et décide, pour ce soir, de faire confiance à la vie. Elle sait, au fond d'elle-même, que, même si elle vit parfois des moments difficiles, elle a une bonne étoile qui veille sur elle.

— Il n'y a pas de raison que ça ne marche pas encore cette fois-ci. Même avec un bébé, se dit-elle en caressant machinalement son ventre plat.

À table, l'ambiance est joyeuse. Les conversations tournent avec légèreté sur les distractions de Casablanca.

— Il faut absolument aller passer un après-midi à la piscine municipale, la piscine Orthlieb. C'est la plus grande du monde, paraît-il. Elle a été inaugurée à l'été 1934 et construite par l'architecte Maurice Lherbier. Vous avez au moins 5 bassins d'eau de mer avec de grands toboggans, des plages artificielles, un solarium, un bar, un restaurant, des douches d'eau douce, l'ambiance familiale est joyeuse, à ne manquer sous aucun prétexte récite la femme d'âge moyen d'un ton professoral.

— On m'a également parlé des plages privées de la corniche rétorque Christian

— Oui, c'est vrai, mais c'est plus loin, vous avez le Miami fréquenté surtout par les Américains, très cher, une plage de sable fin entourée de piscines creusées dans la roche. Tout comme le Lido et le Sun-Beach qui s'adresse à une clientèle fortunée. Ce dernier abrite le restaurant gastronomique La Réserve construit sur pilotis au-dessus de la mer. L'endroit a été racheté par Roland Lennad, champion de plongeon de haut vol. Le Lido est le lieu de rencontre des sportifs. Le restaurant Le Doge est considéré à Casablanca comme étant un des lieux les plus élégants de la ville.

Les Casablancais aiment la fête. Ils n'hésitent pas à faire des kilomètres le week-end, les routes sont belles, l'essence n'est pas chère, 24 francs le litre, et chacun a sa voiture. On dit que le Casablancais vit à crédit, au-dessus de ses moyens. D'ailleurs les deux sujets de conversation favoris dans les dîners mondains, sont l'argent et la politique.

À Aïn Sebâa, à côté de la zone industrielle, vous avez l'Océanic Club, plus populaire. On y trouve beaucoup d'ouvriers et employés italiens, français et espagnols. Vous pouvez danser à la Guinguette Fleurie, précise-t-elle.

La jeune étudiante, restée silencieuse jusqu'à présent, prend alors la parole :

— Pour ma part, j'apprécie le Kon-Tiki, beaucoup plus abordable et plus amusant. On peut y danser toute la journée sur une piste ronde couverte d'un toit de chaume. Pour vous baigner, vous avez plusieurs bassins d'eau de mer. On est un peu tributaire des marées car les piscines se vident et se remplissent à leur gré, mais bon, en arrivant dès l'ouverture, on peut bénéficier d'un carnet de 10 entrées à 60 % du prix réel.

Je vais également au Tahiti-Plage, le propriétaire, André Suire, a longtemps sillonné les îles du Pacifique et il a apporté, dès 1950, les premières planches de surf venant de Polynésie. Outre découvrir le surf et se baigner dans des bassins d'eau de mer et d'eau douce, on peut danser tous les après-midi au Tonga sur les airs d'Elvis Presley, Little Richard et bien d'autres. Cet endroit est surtout fréquenté par la bourgeoisie française et juive marocaine.

— Le Tahiti-Plage me plaît bien, intervient Yolanda, je m'y vois déjà. Mais, dites-moi, à vous entendre, on ne se mélange pas beaucoup à Casablanca. Les Européens d'un côté, les Américains d'un autre, et les Marocains où vont-ils pour se divertir ?

— Au dancing de Luna Park, vous rencontrez aussi bien des Français que des Marocains. On y danse le twist, le rock and roll et le slow jusqu'à très tôt le matin, reprend-elle.

— Vous savez tout de même que le climat est tendu actuellement entre les Marocains et les Français n'est-ce pas ? intervient l'instituteur.

— Oui bien sûr, mais j'ai simplement l'impression à vous entendre que les clivages ne datent pas d'hier. Le comportement colonisateur des Français est peut-être à la base des évènements d'aujourd'hui. Mais vous avez raison, c'est un autre débat, ne gâchons pas cette agréable soirée, dit Yolanda en se tournant en souriant vers la femme du fonctionnaire d'État qui pâlit avec effroi.

— Quelles sont les grandes soirées à ne pas manquer à Casablanca ? reprend-elle sur un ton badin.

— Les quatre évènements de l'année sont le thé et la garden-party de la femme du Résident, la garden-party de la femme du Chef de la région civile et le bal de l'Escadre. Les invitations sont chères, il faut mendier par amis interposés pour obtenir ce précieux sésame, surtout si vous venez d'arriver et que vous n'avez pas de réseau. Mais pour vous, Mademoiselle, se tournant vers Yolanda, qui allez travailler au Journal du Maroc, ce sera assez facile.

Trois clubs organisent régulièrement des évènements : l'Automobile-Club ou l'on bridge, le Rotary, bastion très influent du vieux Maroc économique et un petit Lion's Club qui s'est créé pour concurrencer le Rotary pour le jeune Maroc. Finalement rien de bien différent que dans les grandes villes de la métropole ! ajoute la femme du fonctionnaire en retrouvant le sourire.

— Beaucoup de bars dansants dans le centre de Casablanca organisent des soirées mémorables en compagnie de groupes de musiciens et chanteurs de très bon niveau, ajoute la jeune étudiante.

— Oui et également une très bonne programmation au Théâtre municipal ainsi que dans les nombreux cinémas. Au niveau culturel, Casablanca n'a rien à envier à Paris. Sans oublier les expositions, les restaurants gastronomiques, renchérit la femme de l'instituteur.

— Une certaine idée du paradis, conclut Yolanda, pensive.

À la fin du repas, Christian lui propose d'aller admirer la mer sur le pont du bateau, ce qu'elle accepte volontiers.

— Au risque de passer pour un dragueur, j'aimerais beaucoup vous revoir une fois à terre. Je ne peux pas vous laisser d'adresse ni de numéro de téléphone car je ne sais pas encore où je vais atterrir. Toutefois, comme vous avez laissé entendre que vous aviez un point de chute, verriez-vous un inconvénient à me laisser votre adresse ? Je vous promets de ne pas venir vous importuner, mais simplement de vous rendre visite dès que je serai installé quelque part avec un travail, lui demande-t-il.

Yolanda hésite, elle réfléchit, elle le connaît à peine.

Est-il honnête ou simplement un beau parleur sans le sou qui essaie de profiter d'une jeune femme un peu perdue ? Risque-t-il de devenir rapidement un boulet qui viendra sonner jour et nuit à sa porte et la déranger ? Son instinct lui souffle qu'elle n'a rien à craindre, ce garçon est mature et autonome, pas de risque de se faire envahir. Même si elle est sociable, elle peut mettre du temps à se faire des connaissances. Entretenir des liens amicaux avec Christian peut la sortir de la solitude qu'elle va automatiquement connaître au début de son installation.

Christian perçoit son hésitation et n'ose pas relancer la conversation. Il garde le silence en fumant une cigarette en regardant la mer dans la noirceur de la nuit.

— D'accord, j'accepte de vous donner mon adresse à une condition, lui répond-elle finalement.

— OK, et quelle est cette condition ?

— Que vous m'emmeniez danser un samedi soir dans l'un des endroits à la mode à Casablanca, répond-elle, mutine.

— Tope là. C'est d'accord. Cependant je dois vous avouer d'avance que je suis un piètre danseur ! dit Christian.

C'est ainsi qu'elle griffonne son adresse sur un bout de papier qu'elle lui tend. Elle lui dit ensuite au revoir et remonte dans sa cabine pour passer une nuit plus légère.

6

Janvier 2013

Les vieilles dames s'approchent de moi, à tour de rôle, pour me présenter leurs condoléances et m'arrachent temporairement à mes rêveries.

Yolanda éveillait mon admiration d'adolescente et j'aurais voulu rencontrer un prince charmant comme Christian à cette époque. J'admirais son courage car, dans les années cinquante, les femmes ne pouvaient pas avoir de relations sexuelles librement sans la peur de tomber enceinte. Lorsque cela arrivait, peu de solutions se présentaient : se faire épouser, avorter clandestinement, mener la grossesse à terme et abandonner l'enfant à la naissance, assumer un enfant non désiré avec le statut peu enviable de fille-mère.

Les amies de Yolanda me proposent de déjeuner ensemble pour évoquer sa mémoire. J'accepte de les suivre afin de partager un peu de mon chagrin.

7

Juillet 1955

Le matin du 4 juillet, sous un soleil déjà éblouissant et aveuglant, l'approche de la ville par la mer est déroutante.

Yolanda s'attendait à plus d'exotisme. La mer se jette sur d'énormes rochers noirs avec un bruit fracassant en déposant une écume blanche.

La visibilité est encombrée par des grues, des silos industriels, pas vraiment un grand dépaysement. Au loin, elle aperçoit des flots d'immeubles modernes très hauts, semblables à n'importe quelle grande ville française du bord de l'Atlantique.

Le port de Casablanca est l'un des plus grands ports d'Afrique et au troisième rang des ports français. Son chantier a démarré en 1900, mais chaque tempête a démoli les digues péniblement construites. En 1913, une énorme jetée parallèle à la côte est construite pour délimiter un plan d'eau accessible aux plus gros cargos de l'époque ainsi qu'aux navires à passagers.

En 1917, la découverte de phosphate à Khouribga impose la construction d'un quai doté de larges surfaces d'entrepôts, de grues et de liaisons ferroviaires sur le port. Les travaux prennent du temps et sont inaugurés en 1923.

4 000 navires y entrent et transportent 42 500 passagers civils par an. Les importations les plus massives sont l'essence, le pétrole, le mazout et les hydrocarbures. À l'exportation, le Maroc est un producteur de phosphates, de minerais, de céréales et d'agrumes.

C'est en accostant à la jetée Delure, large bande aménagée pour les paquebots que l'on distingue quelques plages et une corniche autour du port ainsi que de la verdure qui contraste avec le blanc des immeubles.

Les formalités administratives terminées et ses bagages récupérés, Yolanda se retrouve sur la terre ferme. Elle n'a pas vu Christian ce matin. Peut-être est-il descendu du bateau avant elle. Sa présence rassurante lui manque déjà.

La foule est dense et bigarrée, entre les Européens venus chercher des amis ou de la famille, et les Marocains tenant des charrettes à bras ou des diables pour les bagages, certains brandissent des pancartes avec des noms écrits à la craie blanche en hurlant des sons gutturaux d'une langue dont elle ne connaît pas encore les intonations.

Bousculée par cette foule, elle lutte entre des jambes, des bras, des valises pour se frayer un passage. Les odeurs assaillent ses narines, mélange de parfums bon marché, d'épices, de transpiration et de cuisine pimentée.

De jeunes bagagistes, à l'affût des voyageurs solitaires pour gagner leur vie, tentent d'attraper ses bagages et elle doit s'y accrocher de toutes ses forces pour ne pas se laisser emporter par ce flot bruyant, collant et poisseux.

La température qu'elle trouvait douce sur le bateau devient lourde et la cloue au sol. Elle sent pointer un léger mal de tête et se dit qu'il faudra s'acheter des vêtements plus légers pour s'adapter au climat.

Elle est nerveuse, et appréhende ce qui l'attend. Un petit coup de blues lui donne la nausée.

— Ce n'est surtout pas le moment de craquer, se motive-t-elle, il faut que je reste vigilante.

Elle prend le temps de chercher un coin un peu isolé, en dehors du passage, pour ouvrir discrètement son sac et chercher le papier sur lequel est noté le lieu de rendez-vous avec sa logeuse.

Elle marche un peu, s'écarte de la jetée pour se diriger en direction du centre-ville et s'arrête pour réfléchir aux possibilités qui s'offrent à elle pour se rendre au 12 boulevard de Marseille pour prendre possession des clés de l'appartement qu'elle va louer. Un steward, sur le paquebot, a eu la gentillesse de lui donner un plan de la ville qu'elle étudie attentivement.

— Voilà, du port c'est tout droit par le boulevard du 4e zouave, puis traverser la place de France, puis le boulevard du général d'Amade, on arrive boulevard de Paris et là, le boulevard de Marseille est à gauche. Beaucoup de noms de rues et de boulevards ont des noms militaires, de quoi s'y perdre. Heureusement qu'ils ont été tracés presque horizontalement par rapport au port ! Avec cette énorme valise et mes talons hauts, il faut absolument que je trouve un taxi, se dit-elle en suivant le contour du parcours sur la carte avec son doigt.

Des petits taxis rouges collectifs sont agglutinés les uns derrière les autres sur le boulevard Balande et attendent d'être complets avant de quitter leur stationnement pour déposer leurs clients à chaque destination.

— Je n'ai pas envie de me confronter immédiatement à tout ce monde, c'est déprimant pour une première approche, même si ce ne doit pas être très onéreux. Il faut que je trouve une autre solution que ces taxis surpeuplés, se dit-elle.

En longeant le trottoir, elle aperçoit des fiacres verts avec le toit en toile écru, tirés par des chevaux attendant paisiblement le client. Le cocher du premier attelage lui sourit galamment d'une bouche édentée. Il est vêtu d'un burnous plus très blanc, descend lentement de la calèche pour prendre son bagage.

— En voilà un qui prend les choses en main, se dit-elle.

Il l'aide à monter dans le fiacre. Elle lui donne l'adresse :

— Je vais au 12 boulevard de Marseille s'il vous plaît.
— Pas de problème Madame, je connais.
— Christian a raison, cette ville est tentaculaire, c'est un énorme chantier, se dit-elle en regardant autour d'elle.

Le chauffeur, curieux, lui demande d'où elle vient et si elle va rejoindre son mari. Méfiante et ne souhaitant pas montrer sa vulnérabilité, elle ne répond pas à ses questions.

C'est en s'enfonçant dans la ville que Yolanda découvre le dépaysement.

La calèche longe de larges allées bordées de palmiers, sur lesquels deux files de voitures pourraient passer. Les panneaux indicateurs de distance sont inscrits en français et en arabe. La circulation est variée : des tractions Citroën en majorité, des 4CV, des Simca, des bus, des camions, mais aussi des carrioles tirées par un âne, des triporteurs, des vélos dans tous les sens, quelques mobylettes, des piétons. Un gardien de la paix se tient dans une guérite au centre de presque tous les carrefours et tente de contrôler le flux. Beaucoup de bruit : des cris, des klaxons, une cacophonie que ses tympans ont du mal à supporter en plus du claquement sec des sabots du cheval sur le bitume.

Sur les trottoirs défoncés, encombrés de gravats et d'échafaudages, une foule compacte, mélange de tenues européennes, de femmes voilées aux yeux cernés de khôl, vêtues de djellabas colorées, d'hommes en burnous blancs ou en costumes européens coiffés de fez rouge, se mêle aux marchands ambulants qui haranguent les passants pour leur proposer des beignets ou des figues de barbarie, aux cireurs de chaussures et aux porteurs d'eau qui annoncent leur marchandise en agitant des clochettes de cuivre.

Des immeubles anciens aux balcons ouvragés, des édifices neufs ainsi que des villas ultramodernes d'un blanc chirurgical côtoient de vieilles maisons délabrées et des terrains vagues.

Place de France, elle admire le mélange des bâtiments arabo-hispano-mauresques avec leurs toits de tuiles vernissées vertes et les immeubles administratifs art déco ou modernes avec leur nom noté en français. Elle découvre avec soulagement la station des lignes de trolleybus.

— La Banque nationale, la Poste, lit-elle. C'est plutôt rassurant pour s'y retrouver. Je vais me procurer un plan des lignes, ce sera plus pratique pour me déplacer et aller travailler.

Boulevard du général d'Amade, elle aperçoit les devantures des restaurants et des magasins sous les arcades. Avant de tourner à droite vers le boulevard de Paris, le cocher lui fait signe de lever la tête et de regarder les immeubles au loin.

— Regardez en hauteur, c'est le building Liberté, le plus haut de la ville, 78 mètres, 17 étages c'est le premier gratte-ciel d'Afrique. Tout le confort moderne : ascenseurs, réservoirs d'eau potable, et même le vide-ordures dans la cuisine. C'est notre paquebot sur terre, à nous Marocains.

— C'est à cet endroit qu'habitait l'ancien propriétaire de Maroc-Presse et patron de Lesieur Afrique. C'est au pied de cet immeuble qu'il a été assassiné le mois dernier, pense-t-elle en acquiesçant.

Avant le virage, son regard est attiré sur la droite par de la verdure, des palmiers, un parc avec des fleurs éclatantes, des arcades crème et blanches de palais, un havre de paix parmi toute cette agitation.

— C'est quoi là-bas ? demande-t-elle au cocher en montrant du doigt la statue d'un homme à cheval.

— C'est le quartier Lyautey, Madame, du nom de l'homme sur le cheval, le premier Résident général français. Pour vous promener et prendre le frais en soirée, vous avez là un parc très joli et agréable. Beaucoup d'Européens s'y donnent rendez-vous pour se retrouver. Vous pouvez y aller seule, pas de problème. Il y a également un stade bordé d'arches et de piliers qu'on dit provenir de l'ancienne prison d'Anfa. Les bâtiments construits autour sont des administrations, lui répond-il.

Le boulevard de Marseille se situe dans le prolongement du boulevard de Paris. La route est moins large et surtout elle est encombrée dans les deux sens par les lignes électriques du trolleybus. Les trottoirs sont en bon état et sont bordés de platanes centenaires.

Des immeubles de type haussmannien, certains avec des colonnades, des fenêtres arrondies et des balcons, d'une hauteur de 3 à 5 étages s'étirent de chaque côté de la route goudronnée. Entre quelques immeubles anciens s'aligne un immeuble moderne. Au rez-de-chaussée, des commerces. Les terrains vagues ont disparu.

— Vous allez être bien dans ce quartier, c'est le meilleur au niveau de la sécurité, dit le cocher qui arrête sa monture devant le numéro 12.

— Qu'est-ce que vous voulez dire ?

— Rien Madame, c'est juste que depuis les attentats, il faut être prudente et éviter certains quartiers, notamment la nuit.

— Mais donnez-moi les quartiers à éviter, c'est mieux pour moi de le savoir.

— L'ancienne médina, le quartier des Habous, les Roches Noires, les Carrières Centrales, par exemple.

Mes renseignements sont exacts, se dit-elle, se souvenant de ses lectures, le pays est en pleine lutte pour gagner son indépendance.

Elle remercie le cocher pour ces informations, il dépose sa valise sur le trottoir. Elle règle la course en lui donnant un large pourboire et tourne la tête. Elle observe d'un air dubitatif la devanture du salon de coiffure « Créations de Paris » et lève les yeux sur un immeuble récent de 4 étages.

À droite du commerce, elle voit une porte vitrée protégée par des barreaux noirs. Derrière, elle aperçoit une entrée au sol revêtu de carreaux à damiers noirs et blancs ainsi qu'un escalier aux marches grises protégé par une rambarde en fer forgé.

Une petite femme brune permanentée, habillée de couleurs criardes, le visage chaussé de lunettes de soleil immenses, sort du salon de coiffure. Elle a la soixantaine généreuse, est outrageusement maquillée. Des bracelets en or s'entrechoquent à chacun de ses pas. Elle s'avance vers Yolanda avec un grand sourire.

— Bonjour Mademoiselle, je parie que vous êtes Yolanda. Comment allez-vous ? Avez-vous fait un bon voyage ? Je suis votre propriétaire, je vous attendais et j'en ai profité pour faire un brushing. Je vous conseille Brigitte, la propriétaire, elle fait des merveilles.

— Bonjour Madame, je suis bien Yolanda. Je vais bien, un peu fatiguée, dépaysée et j'ai très chaud. Le voyage s'est correctement passé, je vous remercie. J'ai toutefois hâte de prendre un peu de repos.

— Je comprends, vous vivez beaucoup de changements en peu de temps. Vous avez de la chance d'arriver avec le soleil, la ville est souvent sous la brume, à cause de la proximité de la mer. Et si ce n'est pas la brume, c'est le chergui, parfois les deux. Le chergui c'est comme le Mistral à Marseille, c'est le vent d'est qui énerve et couvre la ville de sable, dit-elle en voyant l'air interrogatif de Yolanda.

Monsieur Jules Perez, le Directeur du personnel du Journal du Maroc m'a dit que vous étiez leur future secrétaire. Vous avez de la chance que mon mari et moi ayons cet appartement disponible. C'est la pénurie de logements à Casablanca. Sans le départ en France de notre locataire, cela aurait été compliqué de vous loger. Surtout que, comme vous avez pu le constater, vous êtes dans le quartier le plus central de la ville et pour un tarif défiant toute concurrence, ajoute-t-elle avec un sourire en ouvrant la porte de l'immeuble.

Je vous propose de monter, reprend-elle. Vous avez besoin de vous reposer et il faut que je retourne rejoindre mon mari pour le coup de feu de midi. Nous tenons la brasserie Le Petit Bayonne, à côté de la place de l'Europe, vous viendrez nous voir j'espère. Bon assez parlé, je vous aide à porter votre valise, c'est au 3e étage sans ascenseur, et vous présenter l'appartement.

— Cette femme est un véritable moulin à paroles, se dit Yolanda en la suivant.

— L'immeuble a été construit en 1948. Mon mari a acheté cet appartement pour faire un placement financier. C'est que nous sommes arrivés en 1930 de notre cher pays basque pour nous installer ici. C'est un ami d'enfance de mon mari qui l'a convaincu de venir faire fortune.

Au début, on a eu du mal à nous habituer, le mal du pays comme on dit. Faut dire aussi que Casa, 25 ans en arrière, c'était encore le bled, la ville nouvelle sortait tout juste de terre.

Mais au final on ne le regrette pas. Les affaires marchent bien, nous avons une belle clientèle, et si on reste entre colons, la vie est douce et confortable. Vous verrez, vous allez vite vous y faire. Ici, on profite de la vie et du soleil, même si ça bouge avec les manifestations et les rébellions pour l'indépendance et que ce pays semble un peu contre nous en ce moment, reprend-elle.

Avec tout ça, j'ai oublié de me présenter, je m'appelle Odette Joyeux, comme la comédienne mais sans son talent, dit-elle en riant.

Yolanda acquiesce et laisse la propriétaire poursuivre son monologue. Elle est essoufflée par la montée des escaliers et se tient d'une main à la rambarde. Les couloirs sont propres et sentent l'eau de javel. Sur le palier du 3e étage, la propriétaire s'arrête à droite devant une porte en bois verni et sort de son sac à main un trousseau de clés.

— Nous y voilà, dit-elle en ouvrant la porte sur un couloir aux murs recouverts d'une tapisserie jaune et au sol d'un linoléum beige. Je vous fais visiter, ce n'est pas très grand, on a vite fait le tour.

Yolanda suit cette femme à la découverte de son nouveau logement. L'appartement est propre et sent une bonne odeur de détergent. Après la porte d'entrée, la cuisine est à droite, sol gris, équipée d'une gazinière à gaz avec un four, d'un réfrigérateur et d'un évier. Le mobilier est en formica jaune poussin, dernier cri et comporte des placards, une table centrale assortie de chaises.

Au bout de la cuisine, sur la gauche, une buanderie avec une machine à laver Bendix et un fil pour étendre le linge.

En face de la cuisine, un petit séjour avec du parquet donnant sur une large porte-fenêtre sans balcon. Le mobilier est spartiate : un canapé noir en skaï agrémenté de quelques coussins colorés avec un fauteuil, une table de salon, une grande table moderne en bois vernis avec des pieds droits et un buffet bas assorti. Au-dessus trône une reproduction d'un tableau de Picasso. Les murs sont tapissés en turquoise, ce qui donne à l'ensemble un aspect apaisant.

Dans le couloir, un grand placard, aménagé avec penderie et étagères, suivi de toilettes, et au fond à droite, une chambre tapissée de bleu clair comportant un grand lit et une armoire. Le sol est recouvert du même parquet doré que dans le séjour.

La salle de bain, dans le prolongement de la chambre à coucher, est une petite merveille : carrelage blanc, faïence assortie aux murs, une grande baignoire, un lavabo avec un miroir. Pour Yolanda, habituée aux salles de bain communes, c'est le paradis.

— Vous avez un vide-ordures sur le palier et une femme de ménage s'occupe de nettoyer les parties communes deux fois par semaine. Il faudra contacter le Service des Postes et Télégraphes pour ouvrir la ligne téléphonique, le numéro est posé à côté du poste à l'entrée mais vous pouvez aussi aller directement à la Poste centrale. J'ai fait le nécessaire pour le gaz et l'électricité. L'immeuble est calme, beaucoup de célibataires ou des couples de fonctionnaires vivent ici.

Comme je pense que c'est beaucoup pour vous aujourd'hui, je ne vais pas vous ennuyer avec les papiers maintenant. Je vous propose de passer demain à la brasserie pour signer le bail et régler la caution et le 1er mois de location. Quant à l'état des lieux, il est déjà fait, et je ne suis pas du style à compter les petites cuillères et les taies d'oreiller, dit-elle en souriant.

— D'accord, je passe vous voir demain en début d'après-midi après le déjeuner. Je vous remercie pour votre compréhension. Je n'ai qu'une envie : m'écrouler sur le lit et dormir, répond Yolanda.

— Je comprends, à demain alors, je claque la porte en sortant, j'ai laissé le trousseau sur la table de la cuisine, dit-elle en s'éloignant déjà vers la sortie.

Yolanda s'étend sur le lit et dort d'un sommeil lourd et sans rêves jusqu'au lendemain matin.

8

Elle se réveille au lever du jour en entendant des voix nasillardes réciter un texte dans une langue étrangère. Désorientée, elle ne sait plus où elle est, puis se remémore, le futur bébé, son départ de la France, la traversée en bateau, son arrivée, la propriétaire, l'appartement.

Il s'agit certainement de l'appel à la prière d'une mosquée proche, se rassure-t-elle.

Elle a une faim de loup. Elle s'habille et sort à la recherche d'une boulangerie qu'elle trouve à deux pâtés de son immeuble. En fouillant dans les placards de la cuisine, elle trouve du café moulu et une cafetière italienne.

Rassasiée et tout à fait réveillée, elle réfléchit à un plan d'action.

— Pas de panique, il faut s'organiser, visiter le quartier, trouver une alimentation, et se rendre cet après-midi à la brasserie Le Petit Bayonne.

Puis trouver le siège du Journal et comment s'y rendre. Il faut également que j'aille à la Mairie pour changer l'adresse de ma carte d'identité, à la Poste pour la ligne téléphonique et au Syndicat d'initiative pour avoir quelques renseignements pratiques.

Mais la première chose à faire c'est prendre une bonne douche, vider ma valise, faire l'inventaire des placards de cet appartement et faire la liste de ce qui me manque. Je sens que je vais me plaire dans ce nid douillet, songe-t-elle en regardant autour d'elle.

En sortant, le soleil est déjà haut dans le ciel et la chaleur la fait immédiatement transpirer. Elle longe le boulevard de Marseille et se rend compte rapidement que tous les commerces de proximité sont à ses pieds : primeur, alimentation, pharmacie, boucherie, charcuterie…

Rassérénée par cette découverte, elle réalise ses premières emplettes et remonte pour déjeuner à l'appartement. Elle réunit ses papiers et observe sur le plan, l'itinéraire pour se rendre à la brasserie Le Petit Bayonne et décide d'y aller à pied.

Elle repère la brasserie de loin grâce à son store bleu sur lequel Le Petit Bayonne est inscrit dans une élégante calligraphie blanche. Une enseigne lumineuse bleue brille sur le mur.

Le commerce occupe l'angle du rez-de-chaussée ainsi que le côté droit sous arcades, d'un immeuble de style haussmannien. Sur le devant, face à la place, des tables en métal argenté avec des chaises assorties, certaines avec des nappes bleues rendent l'endroit particulièrement attractif et chic. L'entrée se situe sur la gauche par une porte vitrée avec un encadrement en bois vernis et une poignée en métal doré.

À l'intérieur, les murs sont tapissés de bleu ; de doubles rideaux délicatement retenus par des embrases habillent les grandes fenêtres arrondies. Au centre, un comptoir circulaire aux cuivres étincelants donne envie de s'asseoir sur l'un des tabourets en cuir pour savourer un verre de vin. Dans la salle, des tables nappées de blanc, encadrées de banquettes en cuir noir. Sur les murs, des photos de clients dédicacées et de grands tableaux de bâtiments d'une ville qu'elle pense être Bayonne ou Biarritz.

Quelques clients s'attardent encore à table en sirotant un digestif, mais la salle est presque vide. La propriétaire l'accueille avec la même intensité lumineuse que la veille. Dans ce contexte professionnel, Yolanda la trouve moins voyante. Elle appelle son mari, Albert Joyeux, qu'elle lui présente. C'est un gros et grand nounours qui dépasse sa femme d'un bon mètre, un peu bourru, jovial, parlant fort, et au rire communicatif. Yolanda apprécie immédiatement son tempérament sincère et brut de décoffrage. Les formalités sont réalisées de façon conviviale autour d'un café.

— N'hésitez pas à venir nous voir, Mademoiselle, d'abord parce que nous avons envie de savoir comment vous vous habituez, ensuite parce que nous connaissons cette ville comme notre poche, nous pouvons vous conseiller.

Mais avec le joli minois que vous avez, je suis certain que vous allez vous faire rapidement des connaissances, dit-il en souriant.

— Je vous remercie pour votre gentillesse. Je reviendrai prochainement pour déjeuner ou dîner leur promet Yolanda en les quittant.

Yolanda met à profit les jours qu'elle a devant elle avant de commencer son nouveau travail pour visiter une partie de la ville et tester le trolleybus.

La curiosité et l'excitation de la nouveauté lui donnent des ailes pour partir à l'aventure et oublier son désarroi.

Chaussée de ballerines plates, vêtue d'une jupe légère bleue à godets et d'un chemisier blanc à manches courtes, elle s'aventure dans les quartiers chics d'Anfa pour admirer les belles villas blanches entourées de jardins, de palmiers et de poivriers loin de l'agitation des boulevards commerçants, visite le marché aux Fleurs avec leurs petits abris verts au rond-point Mers Sultan, se rend à la Bibliothèque municipale rue Nationale et la Poste centrale.

Elle s'arrête boire une limonade à la brasserie mythique des frères Cerdan, ouverte par Marcel, le célèbre boxeur amant d'Edith Piaf, et tenue par sa femme Marinette lorsqu'il disputait des combats. Depuis la mort de ce dernier, en 1949, dans le crash d'un avion au large des Açores, la brasserie est tenue par la famille du défunt.

Elle s'égare dans la nouvelle médina, le quartier le plus commerçant de la ville où, on trouve tous les artisans et tous les corps de métier imaginables. Cette partie de Casablanca est constituée de petites maisons mauresques carrées, blanches construites autour de ruelles minuscules découpées entre des murs aveugles.

Rue de Strasbourg et boulevard Alsace-Lorraine, elle entre dans les échoppes des Marocains qui vendent thé, sucre, quincaillerie, épices et tissus dans un joyeux mélange d'odeurs et de couleurs. Mille et un objets sont accrochés aux murs et s'empilent sur les étagères sommaires. Yolanda adore fouiller dans ce bric-à-brac et déniche une toile cirée pour la table de la salle à manger et du tissu pour confectionner des rideaux.

Le troisième jour, elle s'aventure dans l'ancienne médina entourée de remparts, grouillante de monde et d'odeurs, aux maisons en crépis défraîchis et aux toits en terrasse. Très peu d'européens, les femmes enroulées dans leurs voiles la regardent avec des yeux réprobateurs.

Bousculée par une foule d'adultes et d'enfants lui réclamant une pièce d'argent, elle prend peur et n'y reste pas longtemps. Les rues sont étroites, ses passages voûtés, les impasses, et les culs-de-sac nombreux, un vrai labyrinthe. Ses pas la conduisent toutefois jusqu'à l'ancienne médina du Mellah, le quartier juif.

Elle sursaute la première fois qu'elle entend, tout proche, le son du muezzin de la mosquée Ouid el-Hamra, pour Al Adhan, l'appel à la prière. Elle observe les hommes se diriger vers la mosquée, vêtus du qamis, une longue robe qui descend jusqu'aux chevilles. Elle a lu quelque part qu'à Casablanca, chaque religion a son lieu de culte : mosquées, églises de différentes confessions, synagogues, temples protestants…

Elle ne se détend que lorsqu'elle sort de la médina par l'une des portes et retrouve le quartier européen, place de France.

Pour se remettre de ses émotions, elle décide d'aller se désaltérer.

— Cette ville est pleine de cafés, comment choisir ? se dit-elle en regardant autour d'elle.

Les cireurs de chaussures encombrent les terrasses avec leurs boîtes remplies de chiffons et de cirages. Dès que vous êtes assis, il y en a toujours un qui accourt pour gagner quelques sous et demande :

— Cirer, Madame, Monsieur ? Même si vous avez des chaussures en toile ou en tissu.

De leur côté, les musiciens des rues s'empressent de venir jouer de leur instrument et chanter la sérénade, avec plus ou moins de talent, pour faire la manche.

Elle choisit de s'arrêter dans une brasserie pour déguster un thé à la menthe, la meilleure boisson désaltérante contre la chaleur, qu'elle vient de découvrir. Elle adore observer le serveur faire le service, en tenue noire avec une chemise blanche, une serviette posée sur le coude, et tenir la théière en argent très haut au-dessus de la tasse afin d'étirer le filet liquide comme une corde.

En ce début d'après-midi, elle s'aperçoit, en dégustant le doux breuvage et en regardant autour d'elle, que la ville se vide, ce sont les heures les plus chaudes du début d'après-midi.

— Je suis fatiguée, il est temps de rentrer pour moi aussi, sinon je risque l'insolation.

Avant de rentrer, elle repère les lieux de spectacles aussi nombreux qu'à Paris : le Théâtre municipal rue Talma, le cinéma Eden rue de l'Aviation française, notamment.

Elle passe devant le Syndicat d'initiative et en profite pour récupérer le plan des trolleybus. Elle fait une halte dans un square ombragé pour étudier la carte. Quatre lignes desservent la nouvelle ville.

Elle constate avec plaisir que se rendre au Journal est un jeu d'enfant avec la ligne 4 qui passe boulevard de Marseille, puis place de Verdun. En descendant à cet arrêt, 10 minutes à pied suffisent pour atteindre le siège du Journal.

C'est harassée, mais rassurée et confiante qu'elle rejoint son nouveau domicile.

— Mon bébé, dit-elle tout haut, je sens que nous allons nous plaire dans cette nouvelle vie.

9

Le vendredi, elle prend la ligne 1 du trolleybus, place de France, pour se rendre aux Roches Noires admirer l'église Sainte-Marguerite dont la fin de la construction date de 1952. Le quartier ne lui plaît pas, trop de béton, de chantiers en construction, d'immeubles et de villas d'un goût contemporain douteux.

Sur le chemin du retour, elle s'arrête boulevard de la gare pour voir le marché central avenue Poeymirau, théâtre d'un attentat, il y a deux ans.

Elle s'occupe aussi de quelques démarches administratives : ouvrir un compte bancaire au Crédit Lyonnais, mettre ses papiers en règle auprès de la Mairie, se rendre à la Clinique Comtes, dans le quartier Mers Sultan, pour prendre un rendez-vous avec un gynécologue.

Le samedi, elle va faire un tour aux Magasins Modernes, situés près du cinéma Vox, succursale de luxe des Galeries Lafayette de Paris, pour acheter quelques vêtements. Même si sa grossesse ne se voit pas encore, elle devra bientôt mettre au placard pour quelques mois ses jupes ajustées à la taille et ses chemisiers serrés. Elle opte pour des blouses évasées qu'elle portera avec un pantalon droit et craque pour une jolie robe vichy rose et blanc, légèrement cintrée.

Elle en profite pour s'acheter avec le reste de ses économies, un poste de radio Schneider en bois vernis tout carré, avec 4 gros boutons dans le bas qu'il faut tourner doucement pour faire avancer l'aiguille verte qui permet de trouver les stations. Comme le poste est lourd, le vendeur propose de le livrer gratuitement en fin de journée.

— Il sera parfait sur le buffet du séjour et je pourrai écouter les informations et la musique.

Puis, ayant un peu de temps avant la livraison, elle se rend au salon de coiffure « Créations de Paris ». Un rideau en voile est tendu devant la devanture vitrée, si bien qu'il faut franchir le seuil de la porte d'entrée pour découvrir l'endroit.

Le sol est recouvert d'un linoléum à carreaux noir et blanc qui donne un aspect moderne et chic à l'ensemble. L'espace est lumineux, propre et engageant. Yolanda s'avance devant le petit comptoir en bois blanc et attend que la coiffeuse, occupée à mettre de la laque sur le chignon crêpé d'une cliente, vienne l'accueillir.

Elle prend le temps d'observer les lieux : au fond une rangée de bacs pour le lavage avec des sièges en skaï noir. Derrière les bacs, des piles de serviettes de toilette et des étagères emplies de flacons et de tubes qu'elle imagine être des shampooings et soins. Au mur, quelques affiches de réclames pour des produits de beauté Barbara Gould.

À gauche, une longue et étroite table blanche est accollée au mur : chaque espace est délimité par un pilier fixé au sol et un fauteuil réglable en hauteur noir et chromé, pour faire office de lieu de coupe et de coiffage des cheveux. Un grand miroir couvre le mur au-dessus, et des rangées de néons donnent la luminosité. Elle reconnaît les visages des vedettes de cinéma en vogue : Liz Taylor, Marilyn Monroe, Simone Signoret, Michèle Morgan sur les grands tableaux aux cadres dorés accrochés aux murs.

À droite, deux casques de séchoir sur pied blancs et noirs.

Une jeune fille brune aux cheveux longs s'approche d'elle, lui propose de patienter en s'asseyant dans l'un des fauteuils près de l'entrée et lui donne une pile de revues. Yolanda attend son tour en feuilletant les derniers numéros de Femme d'Aujourd'hui, Elle et Nous Deux.

Discrètement, elle observe Brigitte : une grande femme mince, habillée à la dernière mode parisienne, d'une blouse blanche en voile au décolleté arrondi, d'une jupe évasée bleu marine ceinturée à la taille. Des escarpins pointus à talon aiguille agrémentent la tenue.

Son visage est avenant, bronzé, maquillé avec soin. Les cheveux sont plaqués en arrière et ondulent délicatement. L'originalité de son look provient de ses cheveux peroxydés, d'une couleur blond platine.

— Un faux air réussi de Marilyn Monroe. Elle doit avoir une petite quarantaine, pense Yolanda en elle-même. Elle la trouve plutôt charmante.

La cliente partie, Brigitte vient à sa rencontre avec un sourire bienveillant. Elle constate qu'elle a de jolis yeux marron pétillants.

— Bonjour, vous êtes la petite dernière arrivée lundi dernier dans l'immeuble, je me trompe ? Odette, votre propriétaire, est une amie de longue date. Elle m'a parlé de vous et je vous ai vu arriver avec vos bagages. Soyez la bienvenue parmi nous.

— Oui, c'est cela. Je loue l'appartement du 3e étage qui appartient à Madame Joyeux. Je n'ai pas pris rendez-vous, je voudrais savoir si vous auriez la possibilité de rafraîchir ma coupe, j'attends une livraison, mais j'ai un peu de temps avant.

— Bien sûr, c'est avec plaisir. Je n'ai plus de rendez-vous, la dame avant vous était ma dernière cliente. Le week-end, lorsque les journées sont aussi chaudes, les Casablancais sont tous en famille à la piscine municipale pour se détendre et profiter des bains de mer. Je pourrai fermer plus tôt, mais je n'ose pas. On ne sait jamais, une habituée qui voudrait se faire coiffer pour une soirée, elle serait déçue de trouver porte close !

— Vous parlez de la célèbre piscine Orthlieb ? demande Yolanda

Brigitte acquiesce.

— Tenez, venez vers le bac. Samia, apportez-moi un peignoir et une serviette pour Mademoiselle, dit-elle à l'attention de la jeune fille. Voilà, asseyez-vous là, lui dit-elle après l'avoir habillée d'un peignoir blanc et en lui montrant l'un des sièges équipé d'un bac.

La coiffeuse lui lave les cheveux. L'eau tiède du jet et le massage du cuir chevelu détendent Yolanda.

— Vous avez aussi d'autres piscines privées tout le long de la corniche, vous verrez, vous allez rapidement découvrir tous les avantages de cette ville, reprend Brigitte. Je vis ici depuis 10 ans et je n'ai jamais regretté mon choix, je vous l'assure.

J'habitais à Clermont-Ferrand, c'est joli, mais il faisait froid en hiver et en dehors du ski, on a vite fait le tour. Je n'étais pas très douée à l'école, alors mon père, qui travaillait comme ouvrier à l'Usine Christianin, a décidé de me mettre en apprentissage de coiffure chez ma tante à mes 16 ans. Ce métier ne m'attirait pas particulièrement, mais j'ai aimé le contact avec la clientèle et j'ai un bon coup de ciseau, comme on dit dans le jargon.

Quand j'ai eu mon diplôme, j'ai été embauchée par un grand salon, mais je m'ennuyais. Pendant mon temps libre, j'allais au cinéma voir des films français et américains. Avant le film, il y avait des documentaires sur l'actualité et un jour, je suis tombée en extase en regardant un court métrage sur Casablanca. J'ai été fascinée. Après, est sorti le film Casablanca avec Humphrey Bogart et Ingrid Bergman, je ne sais pas si vous l'avez vu ?

Yolanda fait un mouvement négatif de la tête.

Elle reprend son monologue :

— Depuis ce moment, je ne rêvais que d'une chose : partir. Mais les événements en ont décidé autrement, la guerre était proche et mon père a refusé. Il a fallu que je passe par le mariage, le veuvage et que j'attende la fin de la guerre pour mettre mon projet à exécution.

Je suis arrivée ici à la Libération, en 1945, et avec le peu de sous que m'avait laissé mon mari, mort à la guerre, il était aviateur, j'ai loué ce local et je me suis installée.

Débarquer ici pour une femme seule n'a pas été facile, il a fallu que je m'impose auprès du propriétaire, des banques, de l'administration, puis des fournisseurs, je me suis souvent demandé au début pourquoi je m'étais mise toute seule dans cette galère. Puis j'ai rencontré Odette et son mari, et les portes se sont ouvertes. J'ai fait des rencontres, j'ai développé une clientèle. À l'époque, les salons de coiffure pour les colons étaient rares. Pour se faire coiffer, il fallait aller dans la nouvelle médina, mais, les Françaises, vous le constaterez bien assez tôt, n'aiment pas se mélanger, c'est ce qui a fait mon succès.

N'interprétez pas mes propos, je ne suis pas raciste, je ne refuse personne, il m'arrive de coiffer des Marocaines, c'est pour cela que j'ai pris Samia en apprentissage.

Depuis 5 ans, je suis propriétaire du fonds de commerce et j'ai acheté un appartement. Je retourne tous les ans à Clermont-Ferrand pour voir la famille, mes parents sont encore en vie, mais au bout de 15 jours en France, j'ai hâte de repartir pour rentrer à Casablanca. Le soleil, les amis, l'ambiance légère d'ici me manquent.

Et vous, qu'est-ce qui vous amène au Maroc ? Venez, je vais vous installer devant pour la coupe.

— Le travail. J'ai été engagée par le Journal du Maroc en tant que secrétaire. Je commence lundi prochain. Je suis originaire de Nantes, j'ai déjà pas mal bourlingué, j'ai notamment travaillé pour les Américains à Orléans pendant deux ans. J'ai eu envie d'exotisme, de soleil. Me remettre aussi d'une histoire d'amour qui n'a pas fonctionné, dit-elle du tac au tac.

— Ah, les hommes, ils savent nous briser le cœur. Bon, revenons à nos moutons, qu'est-ce que je vous fais ? demande Brigitte.

— J'aimerais bien la coiffure d'Audrey Hepburn dans le film « Vacances Romaines ». Comme vous êtes une adepte de cinéma, j'imagine que vous avez vu le film, dit-elle en levant les yeux sur les portraits qui tapissent les murs du salon.

— C'est sûr, je suis une grande amoureuse du grand écran et côté salles, nous avons tout ce qu'il faut ici. J'ai vu le film, il est sorti l'année dernière. Mais attendez, je vais feuilleter l'un des numéros de la revue « La coiffure de Paris », je dois avoir le modèle. C'est simple, à Casablanca, la mode est légitimée par les hauts lieux de création artistique, et pour cette ville c'est Paris ou Le Caire, alors je suis abonnée aux mensuels de coiffure des deux capitales.

Voilà, dit-elle en feuilletant un magazine dans une grosse pile posée sur la table, j'ai trouvé. Avec votre visage fin, cette coupe va vous aller à merveille. Je suis contente de la réaliser sur vous, les femmes n'osent pas trop se faire couper les cheveux courts. Elles ont peur d'y perdre leur féminité, alors que c'est tout le contraire, ça donne du chien, du style.

— En ce qui me concerne, j'ai essayé les cheveux longs, mais je ne suis pas à l'aise. En plus, comme je suis petite, ça me tasse la silhouette, dit Yolanda.

Brigitte se tait pendant toute la durée de la coupe, très appliquée, ce qui convient parfaitement à Yolanda, peu disposée à donner des détails sur les motivations de son arrivée au Maroc.

Elle observe le professionnalisme de la coiffeuse au travers du maniement de la paire de ciseaux, à la précision des détails. Elle termine le travail par un brushing au doigt et l'application d'un peu de brillantine pour fixer les mèches autour du visage. Le résultat final que Yolanda admire dans le miroir la satisfait.

— Vous avez fait des merveilles, je suis très contente du résultat.

— Par notre métier, on rajoute toujours quelque chose à la beauté de la femme. Quand la cliente sort contente du salon, cela me fait vraiment plaisir. Et j'avoue que vous êtes un modèle parfait pour sublimer votre beauté. Cette coupe vous va à ravir.

— Merci, Madame, dit Yolanda en se levant du siège et en se dirigeant vers la caisse.

— Appelez-moi Brigitte, nous sommes presque intimes, maintenant, dit-elle en riant. Je plaisante, nous logeons dans le même immeuble. Si vous avez besoin de quoi que ce soit ou même de parler, d'un petit remontant, si vous vous sentez seule, croyez-moi, les coups de cafard peuvent arriver au départ, on se remet en question, on se demande ce que l'on est venu faire si loin de ses proches, je suis à votre disposition pour vous remonter le moral, ne vous gênez surtout pas. Comme je vous l'ai dit tout à l'heure, je suis au 1er étage, porte de droite.

— Je n'hésiterai pas, répond Yolanda par politesse. J'ai vu que vous aviez une affiche publicitaire des produits Barbara Gould, les vendez-vous ?

— Oui bien sûr je suis dépositaire de cette excellente marque de produits de beauté. Que vous faut-il ?

— La crème solaire s'il vous plaît.

— Elle est parfaite pour protéger la peau des rayons du soleil. Je vais également vous donner quelques échantillons. Ah et la prochaine fois que vous souhaitez que je vous coiffe, je vous conseille de prendre rendez-vous, je n'ai pas souvent de créneaux disponibles comme celui d'aujourd'hui !

— Bien sûr. En tous les cas merci pour tout. À bientôt et bon week-end, dit Yolanda en souriant poliment.

— Très gentille cette Brigitte mais quelle curieuse et quelle raciste ! Je ne suis pas habituée à cette extravagance, cette façon d'afficher ses opinions et de poser des questions indiscrètes. Je n'ai pas envie de me livrer à des inconnues et de raconter ma vie. Si c'est la façon de faire ici, il va falloir que je m'y fasse, mais quand je le déciderai. En attendant, je ne suis plus complètement isolée.

Mais, qu'est-ce que tu crois ? Tu ne pourras pas éternellement cacher que tu es enceinte, lui murmure sa conscience.

— C'est parfait, ajoute-t-elle tout haut, en revenant à la réalité et en consultant l'heure à sa montre, je vais être pile à l'heure pour la livraison du poste de radio.

Effectivement, le livreur sonne à la porte, moins d'une demi-heure plus tard. Elle lui fait installer le poste sur le buffet de la salle à manger. Il a la gentillesse de régler l'appareil sur les principales stations captées dans la ville. Elle passe une agréable soirée à écouter les tubes d'Elvis Presley.

Le dimanche, elle a le contrecoup de la traversée en bateau, de son arrivée à Casablanca, de ses balades intensives des jours précédents et se sent fébrile.

Elle décide de rester chez elle pour se reposer. Elle traîne toute la journée en chemise de nuit dans son nouvel appartement. Elle veut à tout prix reprendre des forces pour commencer à travailler au meilleur de sa forme.

10

Le lundi matin, c'est le ventre noué qu'elle se présente au Journal du Maroc. Elle a passé beaucoup de temps dans la salle de bain pour se préparer. Elle a mis sa nouvelle robe et passé un cardigan à manches courtes par-dessus. Elle a troqué ses talons hauts pour des ballerines blanches. Son maquillage léger met en valeur sa peau de pêche et un trait d'eyeliner noir souligne, de façon discrète, son regard.

L'immeuble dans lequel se situent les locaux du quotidien est moderne avec une entrée vitrée, un sol en marbre gris et des murs blancs. Un ascenseur moderne la conduit au 3e étage. Elle est reçue par le Directeur des ressources humaines pour les formalités administratives. Elle le remercie chaleureusement pour le billet de la traversée et de lui avoir trouvé un logement.

Par honnêteté, elle lui annonce qu'elle attend un enfant dont la naissance est prévue en décembre.

— Vous auriez dû nous le dire avant de quitter la France, mais bon, le Journal est tellement perturbé depuis le départ de notre Rédacteur en chef que nous ne sommes pas à une concession près. J'apprécie que vous ayez l'honnêteté de m'en informer le jour de votre embauche, lui dit-il d'une moue réprobatrice, mais avec un sourire de compréhension.

— Je suis en très bonne forme, je peux travailler jusqu'à l'accouchement et reprendre mon travail aussitôt après la naissance, dit-elle en réalisant qu'il lui faudra trouver une nourrice.

— Ce n'est pas le sujet pour l'instant. Vous allez voir, nous sommes tous perturbés par la situation politique du Maroc car le Journal, vous le savez peut-être, est impliqué dans la lutte pour l'indépendance du pays, notamment depuis la « Lettre des 75 ». Notre Directeur de la rédaction technique nous a quittés pour Paris, suite à une tentative d'assassinat et pilote le Journal à distance. Venez, je vais vous montrer votre bureau et vous faire recevoir par notre Journaliste en chef, Madame Christiane Linberg, dit-il en se levant.

Yolanda n'a pas compris ce qu'était la « Lettre des 75 » mais elle décide de ne pas poser de questions dans l'immédiat. Elle se dit qu'elle aura toujours le temps de se documenter ultérieurement.

Il la conduit dans une pièce lumineuse, éclairée par deux grandes baies vitrées. Un grand bureau en acajou sur lequel trône une machine à écrire portable Remington, un poste téléphonique en bakélite avec tout un tas de touches, des piles de papiers et, derrière, un fauteuil de dactylo et deux chaises visiteurs sur le devant.

— Votre principale activité consistera à taper le courrier et les articles que vous donnera la dizaine de journalistes qui compose l'équipe de rédaction. Certains articles sont à traduire en anglais, car nous réalisons une version des actualités pour les Américains installés dans les trois bases aéronavales du pays.

Vous aurez également à répondre au téléphone, à passer les communications, noter les messages en cas d'absence. Vous participerez aux réunions de la rédaction pour définir la mise en page du quotidien. Vous réaliserez les corrections et ajouts de dernière minute avant l'envoi à l'imprimeur. Vous vous chargerez de l'ouverture du courrier reçu et de l'affranchissement des missives à expédier.

Au fur et à mesure que vous prendrez vos marques et si tout se passe bien, je vous rajouterai le suivi des facturations, les relations avec nos fournisseurs et quelques missions de gestion des salaires. Bien entendu, je vous laisse toute liberté dans votre organisation, du moment que tout le monde est satisfait.

Ah j'allais oublier, vous travaillez du lundi au vendredi de 8 h à 18 h avec deux heures de pause déjeuner. Occasionnellement, nous pouvons vous demander de venir le samedi après-midi pour une urgence. Vous ne travaillez pas ce jeudi puisque c'est la fête nationale française.

— C'est parfait, répondit-elle en souriant.

Sa première journée de travail est positive. La rencontre avec Christiane Linberg l'impressionne. Cette journaliste – l'une des plus actives au sein de ce quotidien – dit libéral – dans lequel elle soutient la cause des nationalistes marocains dans leurs revendications pour l'indépendance et la souveraineté du pays, est une grande dame, volubile, courageuse, sincère, journaliste de talent dynamique et objective.

Elle a l'intuition qu'elle va bien s'entendre avec elle, mais qu'elle sera exigeante et n'acceptera pas le droit à l'erreur dans son travail.

Elle rentre chez elle rassurée : son salaire de 30 000 francs par mois, bien supérieur à un salaire en métropole, va lui permettre de vivre correctement dans ce pays, même avec le bébé et d'envisager l'avenir plus sereinement.

Elle passe les deux jours suivants à faire le tri dans les papiers laissés en plan sur le bureau par sa prédécesseure, à s'organiser, à faire connaissance avec les autres journalistes, à taper à la machine des articles et à se familiariser avec l'utilisation du téléphone. En dépouillant le courrier, elle est surprise par le nombre de lettres de menaces.

11

Elle consacre la journée du 14 juillet à se reposer et à confectionner l'ourlet de ses rideaux à la main. À plusieurs reprises, elle regarde par la fenêtre du séjour car elle entend du bruit dans la rue.

— Une manifestation certainement ou une fête pour célébrer la prise de la Bastille, se dit-elle.

C'est peu après 21 h, en montant le son de la radio sur la station Radio Maroc, qu'elle entend le présentateur des informations annoncer une nouvelle inquiétante :

— *À Rabat, ce jeudi en fin de matinée, pour la première fois, Français, Musulmans, Israélites étaient reçus ensemble à la Résidence générale un jour de fête nationale. Des applaudissements ont salué les passages de l'allocution où Monsieur Gilbert Grandval a lancé un appel à la concorde, à la compréhension mutuelle et à la paix.*

Une cérémonie grandiose s'est ensuite déroulée sans la présence du Sultan Sidi Mohammed Ben Arafa, le remplaçant du Sultan Sidi Mohammed Ben Youssef destitué en 1953 et exilé à Madagascar. Cette absence confirme le manque de popularité et de légitimité de ce Sultan chérifien, nommé par les Français, auprès de la population marocaine.

À Casablanca, la résistance marocaine n'a pas tardé à riposter en tuant en fin de journée, 3 passants dont une fillette de 10 ans en nouvelle médina. Vers 19 h 30, une bombe artisanale fabriquée par 3 Casablancais explose devant le café Mers Sultan, situé dans le quartier éponyme. L'attentat fait 6 morts et 35 blessés européens, dont 25 grièvement atteints.

La bombe a été cachée dans une radio à bord d'un triporteur transportant du pain avant d'être déposée devant le café. Son déclenchement ne nécessitait aucune étincelle puisqu'on a eu recours à des molécules comme le bismuth et le permanganate. La radio/bombe a été déposée sans que personne ne s'en rende compte avant que la fumée n'interpelle l'un des Européens. Mais ce dernier n'a pas eu le temps d'avertir les autres avant que ça explose.

Lorsque la bombe a éclaté, un mouvement de panique généralisé s'est emparé de la foule des Européens, suivi d'une immense colère. Des renforts de police ont réussi à disperser les manifestants qui chantaient la Marseillaise. Ils ont arraché les drapeaux chérifiens qui pavoisent à côté des drapeaux français, pillé et incendié des magasins appartenant à des Marocains.

Devant l'immeuble du Journal Maroc-Presse, où ils ont essayé de forcer l'accès, ils se sont divisés en petits groupes et ont continué à défiler dans les rues des quartiers européens, brisant des vitrines et contraignant les propriétaires des cinémas, des cafés, des restaurants à fermer leur porte.

Mais le calme n'est pas encore revenu, des Européens se livrent depuis quelques heures à une démonstration de violence jamais atteinte dans les rues de la ville en scandant des cris de mort à l'adresse du nouveau Résident général et des personnalités françaises favorables à une politique libérale dans le Protectorat.

Un groupe s'est notamment rendu au domicile de Maître Jean-Charles Legrand, que l'on a souvent vu à la barre défendre des Marocains inculpés de terrorisme devant les tribunaux français et chérifiens. L'avocat a fait feu sur les manifestants, l'un de ces derniers est mortellement atteint.

Le samedi 16 juillet est déclaré journée de deuil pour les obsèques des victimes de l'attentat. Des mouvements de foule sont à prévoir place Lyautey, dans les quartiers de l'Hôtel de Ville et du Palais de Justice. Le feu d'artifice du 14 juillet a été annulé.

Restez chez vous, ne sortez que si vous y êtes obligé jusqu'à nouvel ordre, conclut le présentateur.

Yolanda est tétanisée par cette annonce et fait le lien avec les lettres de menaces reçues au Journal et les articles qu'elle a lus avant son départ.

— Ne pas céder à la panique, je connaissais la situation avant d'arriver ici. Souviens-toi de la discussion avec Christian sur ce sujet, et reste optimiste, se dit-elle.

12

Malgré une nuit agitée, elle décide de se rendre à son travail le lendemain matin. Le trolleybus ne fonctionne pas, elle y va à pied.

Comme il est tôt, elle arrive au Journal sans encombre, les rues sont encore vides, peu de véhicules circulent. C'est un funeste paysage qui l'attend en arrivant aux abords du lieu de l'attentat, avec des trottoirs jonchés de débris de verre, des vitrines cassées et des véhicules calcinés. Il règne un climat de désolation.

Au Journal, l'ambiance est morose, les journalistes sont en réunion de crise et personne ne remarque sa présence. Elle reste dans son bureau et attend patiemment en classant des dossiers. Par les fenêtres, elle s'aperçoit que la rue est bloquée et que des groupes d'hommes défilent en criant. Son anxiété s'accroît.

— Et si, ces manifestants décidaient de venir au Journal comme ils ont tenté de le faire hier au Journal Maroc-Presse ? s'inquiète-t-elle.

Vers midi, les collaborateurs sortent de la salle de réunion et lui apportent des textes à taper de toute urgence pour l'édition du lendemain.

Dans les articles, elle apprend que l'attentat d'hier a entraîné de sanglantes représailles dans l'ensemble du pays. Rabat, Fès, Marrakech sont à feu et à sang. Ces démonstrations de violence surviennent moins d'une semaine après l'arrivée de Monsieur Grandval à la Résidence générale.

C'est l'annonce, le 13 juillet, de l'important mouvement administratif qu'il s'apprêtait à mettre en œuvre et qui concernait de démettre de leurs fonctions 7 directeurs et 2 hauts fonctionnaires des administrations, qui aurait mis le feu aux poudres.

Dans le même temps, à l'occasion des fêtes du 14 juillet, le Résident général a abrogé les règles administratives, qui, pour des motifs politiques, frappaient 77 Marocains.

Le changement brutal de stratégie n'a pas plu aux indépendantistes. Elle apprend toutefois que l'attentat du café Mers Sultan était prémédité depuis 3 mois.

Jules Lopez vient la voir en fin de journée et s'assied dans l'un des fauteuils face à son bureau. Il a les traits tirés.

— Les temps sont durs Yolanda, vous n'êtes pas arrivée dans ce pays au bon moment. Les familles pleurent les victimes de l'attentat d'hier et les émeutes entre Marocains et forces de l'ordre ont continué aujourd'hui. Le nouveau Résident général va certainement durcir la pression et faire intervenir l'armée dans les prochains jours pour apaiser la population. Je ne vois que cette issue pour revenir au calme.

Je vais vous raccompagner à votre domicile, ma voiture est au sous-sol dans le garage. Je ne suis pas rassuré de vous laisser rentrer seule. Je vous conseille de rester chez vous ce week-end, car l'hommage aux victimes est prévu pour demain et va occasionner des troubles dans toute la ville. Je souhaite toutefois, comme beaucoup d'entre nous, que tout soit rentré dans l'ordre lundi.

Yolanda le remercie et accepte sa proposition. Jules Lopez la dépose devant l'entrée de son immeuble.

En montant l'escalier et en cherchant les clés dans son sac, elle entend la sonnerie du téléphone retentir derrière la porte de son appartement, confirmation que la ligne est bien activée. Elle se précipite sur l'appareil pour répondre.

— Bonjour, Yolanda, c'est Odette Joyeux au téléphone. J'ai eu votre numéro par la Poste et je me permets de vous appeler pour savoir comment vous allez après les évènements d'hier.

— Je vais bien, je vous remercie. J'ai eu peur lorsque j'ai entendu les informations sur Radio Maroc hier soir qui annonçaient les attentats, mais ce matin j'ai pu me rendre à mon travail à pied et la journée s'est déroulée sans heurts. Monsieur Lopez m'a raccompagnée en voiture. Nous avons mis du temps, mais c'était plus sécurisant, le trolleybus ne fonctionne pas.

— Je suis rassurée. Quand j'ai entendu hier soir que les manifestants avaient essayé de rentrer au Journal Maroc-Presse, j'ai eu peur pour vous. C'est vrai que je m'inquiète, toute seule dans une ville inconnue, sans amis. Mais bon, vous êtes en même temps bien placée pour avoir toutes les informations.

D'ailleurs, j'ai entendu que le général Grandval allait intervenir au Journal Télévisé le 22 juillet à 20 h. Si cela vous tente, venez à la brasserie pour écouter ce qu'il a à nous dire, et vous dînerez au restaurant.

— Merci, c'est très gentil à vous, je viendrai.

— Et si vous avez besoin de quoi que ce soit avant, n'hésitez pas à m'appeler. Vous pouvez aussi demander de l'aide à Brigitte, la coiffeuse en bas de l'immeuble, elle est serviable et sympathique. Elle est arrivée après la Seconde Guerre Mondiale, nous la connaissons bien, je suis l'une de ses fidèles clientes depuis son installation et nous sommes devenues amies. Vous pouvez avoir confiance en elle.

— Justement, je suis allée me faire coiffer chez elle samedi dernier. Elle m'a fait une superbe coupe de cheveux, je suis très contente. Elle m'a également dit qu'elle était à ma disposition.

— C'est parfait. Vous devez commencer à vous sentir moins seule. Je suis ravie.

— Merci pour votre invitation et à vendredi prochain. Bonne soirée Madame.

— Appelez-moi Odette, je vous en prie.

En dehors de quelques courses alimentaires dans le quartier, Yolanda décide de suivre les conseils de Jules Lopez et reste chez elle le samedi. Elle écoute la radio pour connaître l'ambiance dans la ville : les émeutes ne se calment pas.

Elle profite également de ce temps libre pour écrire à sa mère car, depuis son arrivée, elle n'a pas donné de nouvelles. Elle espère que le courrier lui parviendra rapidement : elle a lu quelque part que, la Compagnie Latécoère, en dehors de transporter 2 000 passagers par an sur la ligne Casablanca/Paris depuis 1924, veille à acheminer les quelques millions de lettres de courrier en avion depuis le Maroc vers la France dans les meilleurs délais.

Elle lui raconte la traversée en bateau, la rencontre avec Christian, l'accueil chaleureux des propriétaires, détaille son appartement et parle de son travail. Elle décrit sommairement la ville, son architecture bigarrée, son ambiance cosmopolite, la chaleur, la présence de l'océan Atlantique qui lui fait penser à La Baule en plus grand.

Elle lui demande également des nouvelles de son père, de son frère et de sa future belle-sœur.

Pour faire sourire son père, elle l'informe que la Sûreté nationale circule en 4CV, sa voiture préférée.

Pas un mot sur l'insécurité, les attentats, les émeutes qui pourraient l'effrayer. Rien sur sa grossesse, au cas où la lettre tomberait entre de mauvaises mains. Elle se contente de commenter sa grande forme afin que sa mère lise entre les lignes. Elle termine en donnant son numéro de téléphone en doutant que les moyens financiers de Jeanine lui permettent de l'appeler. Elle inscrit son adresse au dos de l'enveloppe dans l'espoir de recevoir prochainement une réponse.

13

Les prédictions de Jules Lopez s'avéraient justes : le général Grandval déclare Casablanca, région militaire afin de pouvoir confier à un général le soin d'y rétablir l'ordre et la sécurité. Il fait appel à l'armée pour calmer les troubles.

— *Ceci apparaissant indispensable déclare-t-il à l'antenne de la radio locale, d'autant qu'il était bien évident que l'auteur de l'attentat du 14 juillet avait eu comme but essentiel de troubler l'atmosphère ; de m'empêcher de poursuivre cette politique de détente que j'ai pour tâche essentielle de mener à bien.*

Le samedi soir, peu avant l'heure du dîner, elle entend frapper à la porte de son appartement. Derrière l'œilleton, elle découvre avec surprise la présence de Christian. Elle se souvient lui avoir donné son adresse et c'est avec plaisir qu'elle se rend compte qu'il ne l'a pas oubliée.

Yolanda est contente et émue de le revoir, elle se sent rougir de la tête au pied. Fébrilement, elle ôte le verrou, déverrouille la serrure et ouvre la porte. Christian se tient sur le palier, l'air gêné et intimidé.

— Je viens prendre de vos nouvelles, suite à l'attentat du 14 juillet. Je suis rassuré, je vois que vous êtes en pleine forme, vous êtes superbe, dit-il sincèrement. Je me suis beaucoup inquiété pour vous, d'autant plus que, d'après mes informations, les Journaux locaux ont été en première ligne.

— Oui effectivement, les manifestants ont essayé de forcer les portes du Journal Maroc-Presse, mais les portes de l'immeuble étaient fermées, et personne n'était dans les locaux puisque c'était un jour férié. Heureusement le Journal du Maroc n'a pas vécu ce genre de désordre.

Vendredi, j'ai pu aller travailler à pied, l'atmosphère était tendue à la rédaction. Aujourd'hui, je suis restée chez moi. J'ai entendu des cris et des chants au loin, est-ce qu'il y a toujours des manifestations ?

— Oui, moins que ces derniers jours, mais le calme n'est pas encore revenu et la police est débordée. Il faudra attendre l'intervention de l'armée, qui ne saurait tarder, pour tout arrêter.

— J'ai entendu l'allocution de Monsieur Grandval à la radio. Mon patron m'a dit que je n'avais pas choisi la bonne période pour m'installer au Maroc, je commence à me le dire !

— Souvenez-vous de ce que je vous ai dit sur le bateau, c'est un mauvais moment à passer, mais les politiques français et marocains vont finir par s'accorder, c'est une question de mois.

— Des mois où on peut mourir dans la rue à tout instant, croyez-vous que c'est rassurant ? J'ai même entendu dire que des Européens avaient attaqué le trolleybus à deux pas d'ici jeudi soir, rétorque-t-elle.

— Il faut juste être prudente. Lorsque vous êtes dans la rue et que vous entendez une explosion ou des coups de feu, il faut vous coucher par terre immédiatement. Mais j'ai confiance dans le général Grandval pour remettre de l'ordre dans cette ville.

— Venez vous asseoir, dit-elle en lui montrant le canapé, ne restez pas dans l'entrée. Je vous offre un café, un verre d'eau ou du thé ? Vous allez me raconter ce que vous devenez depuis votre arrivée.

— Je veux bien un verre d'eau s'il vous plaît. C'est magnifique chez vous, vous êtes bien installée, dit-il en regardant autour de lui d'un air admiratif. Vous avez même un poste de radio !

— C'est ma dernière acquisition avec mes économies. La radio me détend et apporte un peu de gaieté dans cet appartement qui est loué meublé. La cuisine est équipée en électroménager dernier cri et le mobilier est de bon goût.

Les propriétaires tiennent la brasserie Le Petit Bayonne dans le quartier de la place de Verdun, des personnalités fortes, hautes en couleur, serviables, le cœur sur la main, dit-elle en souriant en pensant au maquillage appuyé d'Odette Joyeux et à l'embonpoint rassurant de son mari.

— Et votre travail ? demande-t-il.

— Intéressant. C'est un peu la panique parce que l'ancienne secrétaire est apparemment partie en urgence en laissant beaucoup de bazar et aussi parce que le Journal a perdu son Rédacteur en chef. Il ne reste plus que le Directeur des ressources humaines et une poignée de journalistes pour assurer le bouclage de l'édition quotidienne.

— Mais, vous plaisez-vous ? la coupe Christian.

— J'apprécie l'ambiance, l'effervescence créatrice. Les gens sont agréables et respectueux. J'ai beaucoup de tâches à réaliser, diverses et variées, je ne vois pas les journées passer. Et qu'en est-il pour vous ?

— J'ai un peu plus galéré. J'ai passé les deux premières nuits dans un hôtel miteux près de la gare où le matelas était infesté de punaises de lit ! Le troisième jour, j'ai trouvé un studio à louer derrière la place de France, près des remparts de l'ancienne médina. Pas le luxe d'ici, mais c'est correct et le loyer est peu élevé, ce qui m'arrange.

— Je suis allée me promener dans ces quartiers la semaine dernière, j'ai eu peur. J'ai l'impression que c'est un vrai coupe-gorge et que l'on peut se faire agresser à tout moment, dit-elle en frissonnant.

— C’est certain que le quartier est typiquement à éviter pour une jolie femme seule. Mais je m’y sens plus proche du poumon originel de la ville, j’aime me mélanger aux Marocains.

— Et côté travail, où en êtes-vous ?

— Je n’ai pas pu mettre en place mon projet de photographier des couples dans la rue à cause des manifestations et des émeutes. Je suis allé proposer ma candidature à tous les photographes de la ville et je viens d’être embauché chez Florentin, rue de l’Aviation Française. Mon expérience chez des photographes parisiens a été un atout favorable. Je réalise des portraits en studio, développe les pellicules photo des clients, et vais faire des reportages de mariages, baptêmes, bar-mitsva… chez les riches européens et marocains.

Mon patron vient de Lyon, il est installé depuis 15 ans à Casablanca, il connaît tout le gratin et a une bonne réputation de sérieux dans la région et au-delà. Nous sommes une équipe de cinq professionnels. Je remplace un photographe qui vient de rentrer en France. C’est pas très bien payé mais je peux me faire un peu plus d’argent lorsque je couvre des fêtes à domicile. Dites, on pourrait peut-être se tutoyer, qu’en dis-tu ?

— D’accord pour le tutoiement, vous, tu ne t’en sors pas mal tout de même, répond Yolanda.

— Oui, pour le moment, j’assure l’alimentaire, dit-il en riant. J’ai d’autres projets d’envergure plus importants mais pour cela j’ai besoin de me faire un carnet d’adresses et il faut également que j’attende la proclamation de l’Indépendance, ajoute-t-il d’un air mystérieux.

Yolanda acquiesce en restant silencieuse. Elle ne souhaite pas en savoir plus dans l’immédiat, elle a sa propre intégration dans ce pays à conforter et se demande aussi s’il n’a pas prononcé ces paroles pour bluffer et briller à ses yeux.

Elle ne veut pas non plus accepter ses confidences et avoir à se livrer sur son état qu'elle souhaite ne pas lui dévoiler pour l'instant.

— Chat échaudé craint l'eau froide, se dit-elle en songeant à Philippe.

— Maintenant que j'ai vérifié que tu te portais à merveille, je vais te laisser, reprend-il en se levant. Ah, j'allais oublier, je voulais t'inviter à venir avec moi au Kon-Tiki dimanche après-midi en huit pour tenir la promesse que je t'ai faite sur le paquebot de t'emmener danser. Un collègue me prête sa Simca Aronde cabriolet pour la journée.

— Euh, oui, c'est d'accord, répond Yolanda, contente qu'il se souvienne de sa demande.

— À dimanche, je viens te chercher à 14 h en bas de l'immeuble, je klaxonnerai. Maillot de bain, crème solaire, lunettes de soleil et serviette de bain de rigueur, ajoute-t-il avec un large sourire.

— C'est que je n'ai pas de maillot de bain et que je n'apprécie pas trop les bains de mer, je préférerais y aller pour boire un verre et danser, dit-elle timidement.

Elle n'a aucune envie de se montrer en tenue de bain devant lui.

— C'est trop intime, se dit-elle, d'autant plus qu'elle est une piètre nageuse et qu'elle a peur de l'eau.

Christian semble surpris, mais ne se décourage pas.

— Qu'à cela ne tienne, nous irons à la Guinguette Fleurie à l'Océanic Club. C'est à Aïn Sebaâ, sur la route de Zenatas.

— Pourquoi ai-je accepté cette invitation ? se dit-elle en refermant la porte d'entrée derrière lui. Je vais être mal à l'aise avec mon ventre à cacher, je ne connais pas ce garçon, et je suis prête à le suivre ? Absurde.

Elle décide de ne plus se poser de questions et de laisser faire les choses avec confiance. Christian est gentil, rassurant, beau garçon et c'est, pour l'instant, son seul ami. Et un peu de distraction ne lui fera pas de mal.

Après un dimanche consacré à la finalisation et l'installation des rideaux, Yolanda rejoint, lundi matin, le Journal en trolleybus qui fonctionne à nouveau.

Hormis la présence des militaires armés dans les rues pour veiller sur la sécurité de la population, en dehors des rideaux de fer de certains commerces baissés, et de voitures arrimées de valises et de matelas, elle a la sensation que la situation est redevenue calme.

Au pied de l'immeuble du Journal du Maroc, un policier surveille les allées et venues des passants et filtre les entrées.

La semaine se déroule dans l'agitation des articles de presse, la sonnerie incessante du téléphone, la nervosité des journalistes aux aguets du moindre scoop et le cliquetis des touches de sa machine à écrire sur laquelle elle tape sans relâche les textes à imprimer pour l'édition du lendemain.

14

Le vendredi en fin de journée, elle se rend directement à pied à la brasserie Le Petit Bayonne. Elle est accueillie à bras ouverts par Odette et Albert et cet élan sincère lui va droit au cœur.

Après les échanges d'usage sur la situation politique du pays, les pronostics sur le discours de Monsieur Grandval, elle partage avec le personnel et quelques clients triés sur le volet, un délicieux repas composé d'une timbale de crevettes à l'avocat, d'un canard à l'orange, et d'un fraisier pour le dessert.

Le téléviseur Thomson en bois vernis couleur acajou est installé près du comptoir du bar. Albert l'allume à 19 h 55 et le sigle RTF apparaît à l'écran. À 20 h pile, le Journal Télévisé commence. Gilbert Grandval est interviewé par Georges de Caunes, le journaliste présentateur vedette.

Albert monte le son afin que tous les auditeurs entendent correctement les échanges. Les premières questions concernent la façon dont le général Grandval a géré les attentats de Casablanca et Yolanda, qui connaît le contexte et les représailles mises en œuvre par le Résident général, écoute d'une oreille distraite. Elle se reconcentre à la deuxième question du journaliste :

Georges de Caunes

— Monsieur le Résident général, Monsieur l'Ambassadeur, je m'excuse ; nous voudrions savoir quelles ont été les raisons qui ont motivé l'expulsion du Maroc du Docteur Causse, le président de Présence française ? Et quel résultat vous attendez à la suite de cette expulsion ?

Gilbert Grandval

— Je dois dire que ce n'est pas le président de Présence française qui a été éloigné du Maroc, c'est le Docteur Causse en tant qu'individu. Le Docteur Causse a une responsabilité personnelle certaine dans les événements des 15, 16 et 17 juillet à Casablanca. Et il est absolument inadmissible qu'un français, occupant à la tête d'une Association comme Présence française, un poste important se permette d'avoir l'air de mêler Présence française à des évènements comme ceux qui se sont produits à Casablanca. Par ailleurs, après ces évènements, le Docteur Causse s'est permis d'effectuer des démarches entièrement conçues pour porter une atteinte grave à l'autorité du représentant de la France au Maroc.

Il est évident que dans un pays troublé, comme l'est actuellement le Maroc ; je me dois de faire respecter l'autorité de l'homme, qui a été désigné par le Gouvernement français pour mener à bien la politique qu'arrêtera le Gouvernement. Je n'aime pas être amené à prendre des mesures du genre de celles que j'ai prises à l'encontre du Docteur Causse ; mais c'était pour un devoir impérieux que de ne pas permettre que cet homme continue à troubler les esprits comme il l'a fait sciemment depuis le 15 juillet , Et comme il était bien décidé – j'en suis persuadé d'après tout ce qui m'a été répété de sources absolument autorisées – à continuer de faire.

Georges de Caunes

— Le retour au Maroc après deux ans d'exil volontaire de Sidi Becail, le Pacha de Becou et l'entrevue que vous lui avez accordée

peuvent-ils être traduits, peuvent-ils être interprétés comme l'amorce d'une nouvelle politique ?

Gilbert Grandval

— Sûrement pas, j'ai vu Sidi Becail hier à Rabat, où il venait d'arriver dans les mêmes conditions que j'ai vu depuis 15 jours où je suis au Maroc, un certain nombre de personnalités marocaines et françaises, de même que j'ai vu, bien entendu, Sa Majesté le Sultan.

Il est tout à fait normal que je cherche à m'informer. Et s'informer, ça n'est pas demander l'avis seulement des gens qui sont représentants d'une tendance, c'est voir tout le monde et chercher à analyser la position des uns et des autres.

Georges de Caunes

— Je sais, Monsieur l'Ambassadeur, que vous venez de rencontrer Son Excellence le Pacha de Marrakech, et que vous vous préparez d'ailleurs dans quelques minutes à le rencontrer à nouveau ; peut-être ma question est-elle indiscrète, je vous prie de m'excuser, et dans ce cas, c'est une question de journaliste. Mais est-il possible de savoir sur quel sujet ont porté vos entretiens ?

Gilbert Grandval

— Je viens d'avoir un entretien avec Son Excellence le Pacha de Marrakech, que j'avais déjà reçu très longuement à Rabat le 12 juillet. Nos entretiens, le premier comme celui d'aujourd'hui, ont porté sur la situation générale au Maroc. Et nous avons procédé à l'examen des différentes éventualités, de la façon dont nous pourrions nous y prendre pour ramener au Maroc le calme dans les esprits, la concorde dans les cœurs et l'ordre dans le travail.

Georges de Caunes

— Monsieur l'Ambassadeur, après les 15 jours de séjour au Maroc, comme Résident général, peut-être est-il trop tôt pour vous

demander quelles sont vos conclusions. Disons simplement que je vous demande quelles sont vos conclusions provisoires ?

Gilbert Grandval

— Pas de conclusion, c'est encore un peu tôt, mais des constatations très précieuses qui orienteront les conclusions. Première constatation, au fond des cœurs, l'amitié franco-marocaine est intacte, j'en ai la conviction.

Puis, apparemment, les choses ne paraissent pas tout à fait conformes à ce que je viens de dire ; je suis convaincu qu'au fond, et j'ai vu beaucoup de Marocains et je sais en quoi m'en tenir, cette amitié est absolument ce qu'elle était il y a quelques années.

Deuxième constatation, personne ne cherche à mettre en cause l'intangibilité des intérêts français et de la présence française au Maroc. Et je crois, voyez-vous, que c'est en partant de ces deux données, amitié franco-marocaine et intangibilité des intérêts français et de la présence française au Maroc, que nous allons pouvoir aller de l'avant pour le plus grand bien des Marocains et des Français, pour le plus grand bien de l'amitié franco-marocaine ; et aussi pour le plus grand bien de la paix en Afrique du Nord et dans le monde.

Georges de Caunes

— Merci, Monsieur l'Ambassadeur.

À la fin de l'interview, les participants ont des mines dubitatives. Chacun se regarde sans pouvoir donner un avis. Albert est le premier à intervenir :

— Pas sûr qu'il ait bien la situation en main, dit Albert. Certes, il fait du ménage et a l'armée dans sa poche, mais je ne crois pas que les indépendantistes seront sensibles à ses messages d'autosatisfaction sur le bien des Français et des Marocains. Les deux protagonistes sont allés trop loin. On va droit à la guerre civile si les Français refusent d'amorcer l'Indépendance.

— Que faire ? questionne Yolanda.

— Rien dans l'immédiat. Je touche du bois, je pense que nous sommes protégés des attentats pour notre fonds de commerce car nous avons toujours accepté tout le monde. Tant les clients que les fournisseurs, nous n'avons jamais fait de différence. Ici, on ne fait pas de politique, c'est un endroit pour la détente et la paix, ajoute-t-il.

— Où voulez-vous que l'on aille, Yolanda ? renchérit Odette. Notre vie, nous l'avons faite ici. Tous nos biens, notre activité professionnelle, notre argent, nos habitudes, nos amis sont à Casablanca. Nous n'avons plus l'âge pour recommencer à zéro. Alors, nous prenons le risque de rester jusqu'à que l'on nous mette dehors.

— Et pour moi, qui vient d'arriver, que me conseillez-vous ?

— Vous avez un travail, vous êtes au soleil et vous avez un toit sur la tête. Si la ville vous plaît, restez. La résistance ne date pas d'hier. Il n'y a que les Français pour faire croire que tout est beau, tout est joli dans le meilleur des mondes. C'est de la propagande. En réalité, les soulèvements de protestation ont commencé en 1944, avec l'arrestation du secrétaire général du Parti de l'Istiqlal, Ahmed Balafrej et son adjoint, Mohamed Lyazidi, et ont été réprimés dans le sang.

En 1947, à la nouvelle médina de Casablanca, des tirailleurs sénégalais ont ouvert le feu et ont fait 65 morts et 120 blessés.

Puis en 1952, les émeutes contre l'assassinat de Farhat Hached, le leader syndicaliste nationaliste tunisien, l'exil du Sultan l'année suivante et les attentats que nous connaissons depuis deux ans.

Bien sûr, depuis 1953, les journaux français sont visés régulièrement. En premier lieu, à cause de leurs prises de position en faveur d'une révision des rapports entre le Maroc et la France.

En deuxième lieu, parce que les journaux ont soutenu les patrons de presse et le Directeur en chef de Maroc-Presse et ont osé, le 11 mai 1954, afficher à la Une de leur quotidien, une lettre ouverte à Monsieur René Coty, le Président de la République. La missive a été signée par 75 personnalités pour réclamer un changement de politique coloniale.

J'ai gardé un exemplaire du journal dans ce tiroir, dit-il en se déplaçant derrière le comptoir, je vais vous lire, en substance, la teneur des propos :

« L'intimidation érigée en politique depuis plusieurs années (...) risque de compromettre tout rapprochement des Français et des Marocains. Les 75 signataires demandent de libérer sans délai ceux qui ne sont détenus qu'en raison de leurs seules opinions politiques ».

En France, François Mauriac, l'écrivain, a même écrit un article dans l'Express pour dénoncer la situation au Maroc. J'ai gardé la coupure car la phrase m'a plu : *« Le médecin militaire donne du bistouri dans les ganglions sans rien vouloir connaître du cancer dont ils sont le signe ».* L'article a fait pas mal de bruit parmi les Français.

— Officiellement, l'Association Présence française est une ONG. Le Docteur Georges Causse aurait en fait créé une organisation secrète portant le même nom et avec les mêmes protagonistes pour contrer le travail de la résistance nationale et se venger des leaders et des libéraux qui soutiennent l'indépendance du Maroc chérifien, explique l'un des amis d'Albert. Leur objectif est secrètement de maintenir la présence française au Maroc.

— Un vrai panier de crabes et c'est sûr que Monsieur Grandval qui arrive avec ses idées toutes neuves soulève la discorde entre toutes ces personnalités corrompues, reprend Albert. Mais bon, à mon avis, vous ne risquez pas grand-chose, vous êtes aux premières loges, en travaillant avec des journalistes qui ont une excellente connaissance du terrain.

— En revanche, soyez prudente. Restez à l'écart des mouvements de foule dans la rue, évitez les endroits où il y a beaucoup de monde comme le marché central par exemple. Pas de promenade seule dans la médina en fin de journée ni le soir, ajoute Odette.

— Je vous remercie de me rassurer et de me donner tous ces éclaircissements. Monsieur Lopez m'avait parlé de « la lettre des 75 », mais je n'avais pas osé lui demander des explications.

J'avoue que cette situation me fait peur. J'en avais entendu parler en France avant mon arrivée, mais je ne m'attendais pas à tant de violence gratuite sur des civils et à n'importe quel endroit, à n'importe quel moment.

— Nous sommes là pour vous soutenir et vous aider, venez quand vous voulez, appelez-nous à toute heure du jour et de la nuit, nous répondrons présents, intervient Odette. Nous, les pieds-noirs, nous sommes une grande famille solidaire, c'est comme ça. Nous n'avons pas d'enfant, alors vous êtes un peu la fille que nous n'avons pas eue.

Odette s'approche de Yolanda, l'enlace et lui administre deux baisers sonores sur les joues. Emue, Yolanda laisse s'échapper une larme qu'elle essuie avec discrétion. Albert la raccompagne en voiture à son domicile.

15

Le samedi matin, Jules Lopez lui téléphone pour lui demander de se rendre au Journal l'après-midi même pour taper le compte-rendu de la déclaration télévisée de Gilbert Grandval afin de l'intégrer à l'édition du lundi matin.

Lorsqu'elle arrive, et avant même de pouvoir rentrer dans son bureau, elle est assaillie dans le couloir, par une nuée de journalistes qui brandissent en l'air des feuilles de papier griffonnées, raturées et écrites dans tous les sens.

— Attendez, si vous me donnez tout d'un seul coup, je ne vais pas pouvoir m'en sortir. Je vous propose de me fournir vos articles un par un. Je vous appelle dès que j'ai terminé pour prendre les suivants. Je sais que tout est urgent et qu'il me faut les traduire aussi en Anglais, mais je souhaiterais commencer par les plus importants en premier.

C'est ainsi que débute un après-midi intense qui lui permet d'approfondir ses connaissances.

Elle apprend notamment que Thami El Glaoui, le Chef de la tribu des Glaouis, les Berbères de la Kasbah de Telouet à Marrakech, est un allié du Protectorat français qui œuvra pour le renversement du Sultan en 1953. C'est un homme particulièrement influent qui possède des amitiés politiques dans toutes les capitales d'Europe.

Que le Docteur Causse profite de sa bonne réputation dans les quartiers du Maarif et des Roches-Noires auprès des Européens pour renforcer les rangs de son organisation. Selon l'article, l'organisation secrète est financée par les grandes figures du Protectorat, des policiers et des hommes d'affaires. Des agents des renseignements français auraient été impliqués dans des assassinats et des opérations menées contre des Marocains mais aussi des Français.

Le journaliste écrit :

Les libéraux et les grands fonctionnaires qui parlaient avec beaucoup de prudence dans leurs réunions privées ne doutaient pas du fait que le groupe central de terrorisme, faisant partie de Présence française, était financé par des aides récoltées auprès des grandes figures, de Philippe Boniface, Préfet de région de Casablanca à Thami El Glaoui, Pacha de Marrakech.

La doctrine de Présence française serait alimentée depuis plusieurs mois par la presse destinée aux Français établis au Maroc, surtout celle appartenant au groupe de Pierre Mas, propriétaire des journaux comme Le petit Marocain, L'écho du Maroc, la Vigie Marocaine qui joue un rôle déterminant dans l'enrôlement et l'endoctrinement des Français présents au Maroc pour le compte du groupe Présence française.

Parmi les opérations que l'on attribue à Présence française, on dénombre 12 assassinats et 38 blessés pour l'année 1954. Sans compter pour ce début d'année 1955, l'affaire de Bougeol dont les membres ont été arrêtés le 20 juin 1955, une bombe ayant explosé place de France le 20 mars 1955, tout comme l'assassinat par balles de Jacques Lemaigre-Dubreuil, le patron de Maroc-Presse et de l'Entreprise Lesieur dans la soirée du 11 juin.

— Albert et ses amis avaient raison, se dit Yolanda. Pour les informations, je suis aux premières loges. Le Journal du Maroc ne semble pas impliqué dans Présence française puisqu'il n'est pas cité, ce qui me semble une bonne chose pour notre sécurité.

Gilbert Grandval a pris la décision qui s'impose de faire le ménage parmi les leaders corrompus du Gouvernement. Après, les évènements diront si c'est suffisant pour calmer les forces en présence conclue-t-il.

— Il me semble qu'il y a beaucoup de groupuscules et de négociations controversées en souterrain pour que tout se calme comme par magie. Mon avis c'est que l'indépendance est réellement en marche, se dit-elle lorsqu'elle eut terminé.

À 19 h, elle est contente de cet après-midi où elle a enfin réussi à créer une proximité avec ses collègues de travail. Elle a la sensation d'écrire une partie de l'histoire de ce pays.

Pour la remercier de son travail, Jules Lopez lui offre deux invitations pour aller écouter le grand chanteur d'origine égyptienne, Mohammed Abdel Wahad, au Rialto le 6 août.

Elle saute dans le premier trolleybus qui passe place de Verdun pour rentrer chez elle. Elle allume la radio sur une station de musique classique, dîne frugalement d'un œuf sur le plat et d'une pomme, et se met au lit en lisant l'un des romans qu'elle a eu le temps d'emprunter dans la semaine à la Bibliothèque municipale.

Elle pense en s'endormant à son bébé qui, pour l'instant, ne lui mine plus le moral.

16

Le dimanche, lorsqu'elle ouvre les volets de sa chambre, elle constate, désappointée, que la brume couvre la ville.

— J'espère que l'après-midi avec Christian ne sera pas compromis à cause du temps, se dit-elle.

Heureusement, vers midi, le ciel se dégage pour laisser place à un soleil éclatant.

— Pas trop tôt !

Elle a passé la matinée à soigner son apparence et a décidé de mettre la robe vichy rose et blanche, au décolleté légèrement arrondi, achetée aux Galeries Modernes la semaine de son arrivée, avec une ceinture blanche.

— Mon petit ventre se cache dans les plis de la robe, dit-elle en jetant un regard approbateur dans le miroir de l'armoire de la chambre.

Pour aller avec, elle chausse des escarpins à bride et à bout ouvert en cuir blanc, noue un foulard en soie rose autour de ses cheveux pour éviter de se décoiffer en voiture, enfile des créoles en or aux oreilles. Elle ajoute la crème solaire, la trousse de maquillage, ses papiers et sa monnaie dans un sac en paille.

La dernière étape, maquillage, lui prend la fin de la matinée. Elle se met à table vers midi et a du mal à avaler son déjeuner, pourtant léger. Les émotions se mélangent et lui retournent l'estomac : joie de revoir Christian et appréhension de passer l'après-midi en tête-à-tête avec lui.

Elle sent que cet homme l'attire et qu'elle pourrait même en tomber amoureuse. Elle croit ressentir que l'attirance est réciproque à la façon dont il la regarde. En sa présence, elle a des papillons dans le ventre, ce qui lui fait perdre tous ses moyens.

— Ce serait plus facile si j'étais dans une autre situation. Reste sur tes gardes et va doucement, laisse-le venir sans précipitation pour ne pas être déçue, se dit-elle.

En ce début d'après-midi, la rue est calme, on est dimanche, c'est l'heure de la sieste et du farniente, les magasins sont fermés et les transports en commun circulent en horaires réduits. Elle entend le bruit d'un klaxon provenant du bas de l'immeuble. Elle se penche au-dessus du parapet de la fenêtre du séjour et aperçoit une magnifique décapotable rouge garée devant la porte cochère.

Au volant, Christian, cheveux bruns coiffés en arrière à la James Dean, lunettes de soleil Ray-Ban Wayfarer sur le nez, lui fait un grand signe de la main.

— J'arrive, crie-t-elle.
Elle a le temps de se dire que cette voiture est beaucoup trop rutilante et tape à l'œil pour son goût, elle qui préfère plus de discrétion.

Elle ferme la fenêtre, prend son sac, ses clés et dévale l'escalier. Christian est descendu de voiture et l'attend près de la portière passager.

Elle le trouve toutefois très élégant et assorti au véhicule de luxe, avec une chemise hawaïenne, un pull négligemment jeté sur les épaules, un pantalon en toile à pinces avec un revers dans le bas, des mocassins Weejuns noirs.

— Bonjour, Yolanda, que tu es belle, je suis fier, je sors aujourd'hui avec la plus jolie fille de Casablanca ! s'exclame-t-il en ouvrant la portière.

— Je te retourne le compliment. La voiture est superbe également, ajoute-t-elle en regardant les sièges noirs en cuir et le tableau de bord rouge assorti à la carrosserie.

— Oui, elle nous va bien cette voiture. Mon collègue me la prête jusqu'à 20 h. C'est une Aronde 1300 de chez Simca modèle 1954. Pas mal, mais mon rêve c'est une Buick décapotable beige et rouge, intérieur cuir et moquette rouge au sol, dit-il fièrement.

— Tu sais je ne connais rien aux voitures et je n'ai même pas mon permis de conduire ! Les automobiles, c'est vraiment un truc d'homme. Mon père, à son retour d'Indochine, n'a eu qu'une idée en tête : passer son permis et acheter une 4 CV ! dit Yolanda en riant.

— Tu n'as pas ton permis ? Profite d'être au Maroc pour le passer. Il paraît que les inspecteurs sont plus cléments ici qu'en métropole et c'est aussi moins cher.

— Je verrai. En tous les cas, pour l'instant, je ne suis pas motivée du tout.

— Alors, maintenant que Mademoiselle est installée, je propose d'aller à l'est de la ville jusqu'à Aïn Sebaâ pour que je te montre où se trouvent l'Océanic Club et sa piscine en mosaïque, le parc Beaulieu, le jardin d'été. C'est également à cet endroit que se trouve la Guinguette fleurie, le cabaret, mais je me suis renseigné, il n'est ouvert que le soir.

C'est pourquoi après ce premier petit tour, nous irons à l'ouest de la corniche, sur la côte d'Aîn Diab pour visiter les plages et nous arrêterons au Kon-Tiki où on peut danser en plein air sous une paillote au toit de feuilles de palmiers. Est-ce que ce planning te convient ?

— C'est parfait, dit Yolanda.

— C'est parti. Nous avons de la chance avec le temps. Quand je me suis levé ce matin et que j'ai vu la brume, j'ai pesté. Mais le soleil a fini par se lever. C'est bon signe, réplique Christian en démarrant la voiture.

Yolanda ne sait pas comment interpréter cette remarque. Elle décide de se laisser porter et d'apprécier de se faire conduire dans un véhicule confortable dans les quartiers qu'elle traverse habituellement en trolleybus ou à pied : boulevards de Marseille, de Paris, place de France, boulevard du 4e régiment des Zouaves pour atteindre le port, puis la voiture tourne à droite, vers les boulevards du Chayla, du Forbin, de Saint Aulaire, du Commandant Fage… jusqu'à Aïn Sebaa plage qui se situe à environ 10 km du centre de Casablanca.

Elle laisse la brise marine lui fouetter le visage de sa tendre caresse et adoucir la brûlure des rayons du soleil et se détend.

Christian se gare devant l'Océanic Club et ils descendent de voiture. La plage est grande, avec du sable ocre, une mer agitée bleu marine par endroits. Un bassin carrelé de mosaïque bleue est aménagé en bordure de plage où se côtoie un grand nombre de baigneurs. Il y a beaucoup de monde en maillots de bain, sur des serviettes, abrité des rayons du soleil par des parasols. Ils restent sur le remblai.

— Cet endroit a été racheté l'année dernière par un Français. C'est un bar-restaurant qui fait également colonie de vacances pour les enfants. Ils peuvent nager ou apprendre en toute sécurité, dit Christian.

— Comment sais-tu tout cela ? demande Yolanda.

— Je me suis renseigné auprès de mon patron et des collègues. Pour ce qui est des lieux, souviens-toi, nous en avions parlé à table lors d'un dîner sur le paquebot. Peut-être aussi que je veux t'épater, dit-il en rougissant.

Yolanda sourit malgré elle.

— Je commence à croire que je l'intéresse, pense-t-elle. Sinon pourquoi aurait-il recueilli autant d'informations ?

Ils remontent en voiture pour passer devant la Guinguette Fleurie. Le bâtiment à étage, à l'angle d'une rue, avec un toit en tuiles vertes, ne paie pas de mine.

— Ne te fie pas aux apparences. C'est the place To be à Casa. Le samedi soir, c'est noir de monde, c'est devenu le repère de tous les Français et de tous les Marocains. Plusieurs célébrités fréquentent régulièrement le lieu. On dit que Charles Aznavour a fait ses débuts dans cette salle. Edith Piaf est venue, du temps où elle était la maîtresse de Marcel Cerdan. Il paraît que l'on peut danser et boire jusqu'à des heures tardives dans la nuit.

Dans le quartier, il y a également le Cinéma Le Beaulieu, une boîte de nuit appelée La Maison Basque et le zoo d'Aïn Sebaâ si tu aimes les animaux en captivité.

— Non pas trop.
— Maintenant, nous allons reprendre la route de la corniche et je t'emmène de l'autre côté, en direction de la côte d'Aïn Diab.

Christian reprend le chemin inverse, ils repassent devant le port et ses énormes bâtiments industriels peu engageants. La voiture continue cette fois, boulevard Lalande, puis boulevard Calmel qui longe les rochers noirs.

Dans un virage, l'atmosphère change du tout au tout : une succession de voitures dans les deux sens, roulent au pas, des Françaises, des Américaines, des coupés, des décapotables toutes plus rutilantes les unes que les autres. Elle n'y connaît pas grand-chose, mais il lui semble apercevoir une Buick, des Peugeot 203 surbaissées, et même une Cadillac.

À l'intérieur, des bandes de jeunes en bras de chemise, lunettes de soleil vissées sur les yeux, cigarettes au bec, surexcités, juchés sur le siège arrière et moulinant des bras à l'intention de groupes de jolies filles en short et chemisier qui marchent sur les trottoirs le long du littoral. Quel contraste avec l'autre côté !

Des scooters, des mobylettes, chargés de filles et de garçons cheveux au vent, essayent de se frayer un chemin dans tous ces embouteillages.

— Ton collègue a eu du nez de te prêter sa voiture, au moins nous ne dépareillons pas dans le décor ! s'exclame Yolanda.

— Surtout pas, et en plus avec une jolie femme à bord, c'est le must.

Yolanda ne répond pas. Elle sent le rose lui monter aux joues.

— Nous entrons dans un autre monde, celui de la jeunesse dorée coloniale et du pouvoir de l'argent. C'est un peu la Côte d'Azur du Maroc. Regarde à l'horizon, la corniche est superbe, lui dit Christian.

Yolanda lève son regard en direction de l'horizon et acquiesce. Le mélange de la mer bleue et de l'écume blanche, les rectangles bien délimités des piscines naturelles donnent une sensation d'infini.

— Sur ta droite, la Piscine municipale. Regarde, on voit l'immense toboggan.

— Ah effectivement, répond Yolanda, émerveillée par tout ce qui l'entoure. Elle est séduite par cette atmosphère de vacances. Et dire que nous avons tout cela à quelques kilomètres de Casablanca !

Sur le trottoir parallèle à la chaussée, la foule est dense. Un mélange d'Européens en tenue décontractée, les hommes en chemises bariolées ou en polo, portent des pantalons colorés en toile ou des shorts longs, et sont chaussés de mocassins ou de sandales. Les femmes osent le short, les chemisiers cintrés, les robes décolletées près du corps et en corolle, la taille marquée.

Elles ont des chapeaux sur la tête pour se protéger du soleil et au pied des sandales à talons aiguilles.

Des enfants turbulents, seaux et pelles à la main, virevoltent et tournent autour des adultes. Des poussettes, des landaus, des vélos, des trottinettes encombrent l'espace dans un joyeux bric-à-brac.

Des odeurs de friture et de viande grillée préparées par les restaurants environnants, mélangés avec l'odeur de la crème solaire, effleurent ses narines. Elle entend les cris de joie des enfants, les voix fortes des adultes et aperçoit les couleurs bigarrées des parasols, des tentes.

— Quelle ivresse, que de bonheur !

Au fil des centaines de mètres que le véhicule arrive à parcourir au ralenti, comme à la parade, elle voit s'aligner les panonceaux des plages privées : Tahiti Plage, Miami Plage, Le Lido. Christian se gare dans le parking face au Kon-Tiki.

— Nous sommes arrivés, je te présente le Kon-Tiki, annonce-t-il, en lui ouvrant la portière et en se baissant pour une brève révérence. Il lui montre les deux têtes de monstres noires, blanches et oranges qui surplombent de part et d'autre l'enseigne lumineuse rouge de la plage privée.

Christian et Yolanda traversent le boulevard et déclenchent une vague de klaxons et des sifflements de la part des passagers des véhicules qui roulent au pas. Une paillote aménagée en bureau d'accueil se situe sur la droite, un homme en tenue se tient à l'intérieur et propose à Christian un carnet de 10 entrées à un prix modique.

— Je vous remercie pour cette offre, je vais accepter, nous reviendrons, dit-il en se tournant vers Yolanda.

Le gardien, dont le prénom écrit sur le badge accroché à sa chemise est Abdeslam, déchire deux tickets du carnet, prend leur poignet droit pour y apposer un coup de tampon encreur.

— Si vous sortez, vous pouvez revenir, en me montrant le tampon, c'est valable jusqu'à 20 h.

Un chemin sablonneux en pente descend vers la plage. Christian prend le bras de Yolanda qui peine à marcher avec ses talons hauts. Elle le remercie d'un regard et d'un sourire pour cette délicate attention qui la sauve d'une chute prévisible qui aurait sûrement attiré les regards sur elle.

De la plage monte une cacophonie de voix et de musique. Cris des joueurs de volley-ball, rires des enfants qui s'ébattent dans les piscines naturelles ou sont juchés sur les balançoires, conversations des adultes allongés langoureusement sur le sable ou dans des transats en bois peints de toutes les couleurs. Les glacières, remplies de boissons et de victuailles pour tenir la journée, sont rangées sous les parasols au toit de chaume pour garder le frais.

La musique provient d'une immense paillote au toit couvert de feuilles de palmiers, dans laquelle des couples se trémoussent au centre, au rythme d'un swing endiablé de Larry Elgart que Yolanda reconnaît pour être « Hooked on swing ».

Les danseurs se pressent, entassés les uns sur les autres sur une minuscule piste ronde en parquet. Des banquettes et des tables sont installées autour. Sur la droite, le comptoir d'un bar en bois et un juke-box difficile d'accès complètent l'ensemble.

En s'approchant, Yolanda est prise d'une euphorie soudaine et par un besoin urgent de rejoindre cette foule, de tout oublier et de ne penser qu'à profiter de cette musique américaine qui lui rappelle les dimanches qu'elle passait à Orléans dans l'insouciance.

Les premières notes de « Maybellene » de Chuck Berry démarrent et, d'une façon naturelle, elle se tourne vers Christian, pour aller danser.

— Je te l'ai dit, je crois, je ne suis pas un très bon danseur. Je veux bien essayer pour te faire plaisir.
— Pas grave, j'ai vraiment envie de profiter de ce moment.

Et c'est en ne pensant qu'à la musique qu'elle se laisse emporter sur un rythme soutenu. Effectivement, elle se rend compte rapidement que Christian maîtrise mal cette danse et qu'il n'est pas à l'aise.

Un danseur s'approche pour proposer de prendre le relais, ce qu'il accepte avec un soupir de soulagement. Yolanda se laisse guider par cet excellent danseur de rock. Christian lui fait de grands signes pour lui indiquer qu'il va s'asseoir à une table libre.

Lorsque la musique enchaîne avec un Boogie-Woogie, elle décide d'être prudente pour le bébé et va rejoindre Christian.

— Que veux-tu boire ?

— Un Coca-Cola s'il te plaît, si on en trouve au Maroc, répond ironiquement Yolanda.

— Bien sûr, je crois que le Coca-Cola est arrivé au Maroc en même temps que les soldats américains à Tanger. J'ai entendu dire qu'il y avait même une usine installée là-bas.

— Je suis épatée par l'ampleur de tes connaissances sur ce pays. C'était vraiment une évidence pour toi de venir ici !

— Oui, j'ai toujours voulu voyager et vivre ailleurs que dans mon petit patelin d'Île-de-France.

Christian se livre alors à quelques confidences :

— Je n'ai pas de famille, mes parents sont décédés dans un tragique accident d'autobus alors que j'avais 8 ans. N'ayant plus de grands-parents ni d'oncle ni de tante susceptibles de me garder, car mes parents étaient tous les deux des enfants uniques, j'ai été confié à une famille d'accueil jusqu'à ma majorité.

Mes parents adoptifs étaient déjà âgés. C'était de braves gens qui ont travaillé dur toute leur vie, mais qui ont perdu tous leurs rêves d'enfance en s'épuisant au travail et en ayant peur de l'avenir.

Ils ont été emportés par la maladie il y a deux ans, tous les deux, à six mois d'intervalle. Lui d'un cancer et ma mère d'une crise cardiaque.

Je n'ai jamais voulu être comme eux. C'est pour cela qu'à ma majorité, j'ai décidé d'aller tenter ma chance à Paris. Un copain d'enfance m'a parlé des colonies françaises, de la belle vie sous le soleil et des perspectives professionnelles. N'ayant plus d'attaches en France, j'ai approfondi la question, j'ai décidé de partir et me voilà, dit-il en se tapant les poings sur la poitrine comme King Kong.

— Et tu me racontes des choses aussi graves au beau milieu de cette cacophonie s'exclame Yolanda.

— C'est pour t'expliquer pourquoi je n'ai pas eu le temps d'apprendre à danser correctement, ironise Christian.

— Je peux aussi t'apprendre. J'ai appris à danser à Orléans lorsque je travaillais pour les Américains.

— Je ne savais pas que la danse faisait partie de tes compétences, dit-il en retrouvant le sourire. En fait, je n'apprécie pas trop les danses de salon pour tout t'avouer, en dehors du slow, que je maîtrise à peu près.

— Justement, allons-y, un nostalgique vient de mettre « La mer » de Charles Trenet.

Bouleversée et attendrie par les confidences de Christian, Yolanda se laisse aller dans la chaleur de ses bras puissants. Elle lui arrive à la hauteur de la poitrine et se trouve bien enveloppée par sa grande taille.

De légère au départ, la pression qu'il exerce sur sa taille devient plus insistante au fil de la chanson. Yolanda sent l'odeur suave de son corps mélangée à son after-shave et commence à ressentir une pointe de désir pour lui. Elle lève son visage, il lui sourit.

Leur étreinte est brusquement interrompue par Ray Charles et un danseur se précipite pour entraîner Yolanda sur un charleston.

Elle revient à leur table à la fin de la danse, essoufflée et légèrement fatiguée. Christian l'accueille avec un grand sourire.

— Je crois que j'ai perdu l'habitude, dit-elle en s'asseyant. Je suis épuisée.

— Tant que ce n'est pas l'heure de la fermeture, il suffit d'insérer une pièce de 20 francs dans le juke-box et de choisir son disque. Il y en a toujours un ou une pour relancer la machine alors la musique ne s'arrête jamais, dit Christian.

— Effectivement, il y a de quoi se satisfaire sur tous les rythmes. Regarde sur la piste, beaucoup de femmes sont pieds nus. Je ne savais pas non plus que les enfants étaient acceptés. J'en ai vu qui maîtrise le charleston !

— La devise de l'établissement c'est de profiter de la vie et s'amuser. En revanche, tout ceci dans le respect des règles de bienséance et d'éducation, il en va de la réputation de ces plages privées. Le moindre accrochage et la clientèle change d'endroit.

— Même si tu ne danses pas ou peu ? profite d'ajouter Yolanda.

— Oui, j'aime écouter la musique, regarder les couples évoluer, observer les gens, c'est mon œil d'artiste, dit-il en lui faisant un clin d'œil.

— Au fait, j'ai travaillé hier après-midi car le Journal avait besoin de mes services pour préparer un numéro spécial, et pour me remercier, mon patron m'a offert deux places pour aller écouter un chanteur égyptien au Rialto samedi prochain. Aimerais-tu m'accompagner ?

— Je suis désolé, je t'aurais accompagnée avec plaisir, d'autant plus que si c'est le concert de Mohammed Abdel Wahab, j'ai entendu dire qu'il chantait à la perfection, mais je travaille. Une des cousines de la famille d'Alfred Pose se marie et je suis bloqué toute la journée pour les photos du mariage.

— Qui est Alfred Pose ?

— C'est le Président du Crédit Marocain à Casablanca. Une banque qui jouera certainement un rôle primordial lors de l'Indépendance.

— J'irai alors avec le journaliste qui sera dépêché pour couvrir l'événement, répond Yolanda.

— Ah, j'entends les premières notes de « Sous le ciel de Paris » de Juliette Gréco. Si j'essayais de te faire tournoyer dans une dernière valse musette ? dit-il en se levant, en inclinant le buste et en lui tendant le bras.

Malgré sa déception, Yolanda se lève et se laisse entraîner sur les accords de la musique.

Ils se laissent emporter tous les deux par la magie du moment. À la fin de la danse, ils sont gênés d'avoir laissé parler leur attirance et leurs émotions et se retrouvent face à face, les bras ballants, vidés de toute énergie.

— Il serait temps de rentrer, dit Yolanda en regardant sa montre.

La route du retour se fait en silence, elle parce qu'elle se sent honteuse et triste de ne pas pouvoir se libérer de son lourd secret, lui, parce qu'il est dans la confusion des sentiments qu'il sent se développer au fond de lui pour Yolanda.

Elle admire, à l'horizon, le soleil rouge et orange, flamboyant, qui s'apprête à descendre tout doucement pour rejoindre le bleu de la mer. Une douce brise lui caresse la nuque. Le nombre de personnes sur les plages diminue, c'est l'heure de rentrer à la maison pour doucher les enfants, préparer le dîner pour les familles. Sur la corniche, la circulation est toujours aussi dense qu'en début d'après-midi et c'est à la vitesse d'un escargot qu'ils parviennent à rejoindre le centre-ville.

Christian conduit d'un air pensif. Il est préoccupé par son attirance pour Yolanda. Il est déconcerté car il n'avait absolument pas prévu de se laisser aller à de tendres sentiments envers quiconque et surtout pas avec une femme aussi tentante.

— Puis-je me permettre une histoire amoureuse alors que j'ai tout mon futur professionnel à construire dans ce pays ? Une aventure ? Bon, autant me l'avouer, il faut que je trouve un moyen de la revoir, se dit-il.

Il gare la voiture devant l'immeuble de Yolanda, fait le tour du véhicule et lui ouvre galamment la portière.

— As-tu vu le film Casablanca avec Humphrey Bogart et Ingrid Bergman ? lui demande-t-il.

— Non, on m'en a parlé puisqu'il a été tourné à Casablanca mais je ne l'ai jamais vu.

— C'est un film d'anthologie qui a reçu plusieurs oscars en 1942. Il a été tourné dans les studios Warner en Californie, mais la reconstitution de la ville est fidèle. Il va repasser au cinéma Vox, place de France, la semaine prochaine. Si cela te dit, je te propose d'y aller jeudi ou vendredi à la séance de 19 h.

Yolanda se réjouit de cette proposition.

— Avec plaisir, plutôt jeudi soir.

— Je te retrouve devant les caisses une demi-heure avant la séance.

— Parfait, à jeudi alors.

Yolanda cherche les clés de son appartement dans son sac à main, quitte le siège passager et se tient face à Christian sur le trottoir.

— Je te remercie pour ce magnifique après-midi, Christian. Tu m'as donné l'occasion de me détendre et j'en avais grand besoin. Grâce à toi, je commence à découvrir les trésors de cette ville. Je suis ravie de t'avoir revu, lui dit-elle en le regardant droit dans les yeux.

— Tout le plaisir était pour moi. J'ai apprécié ta compagnie, répond Christian, troublé.

Avec une spontanéité qui la surprend, Yolanda, monte sur la pointe des pieds et l'embrasse sur chaque joue. Christian, surpris par cette marque d'affection, lui rend en appuyant ses lèvres sur la peau tendre de son visage plus fort qu'il n'aurait voulu.

Puis l'Aronde disparaît, dans un brouillard de vapeurs d'essence et de bruit de pot d'échappement.

— Cette fille ne peut pas être une aventure. Trop pétillante, trop attirante, trop de tout, se dit-il en ramenant la Simca chez son collègue.

Yolanda est épuisée par les émotions et la dépense physique de la journée, mais contente. Son ventre lui fait un peu mal et elle passe du temps sous la douche à le rafraîchir pour détendre les muscles mis à rude épreuve par la danse et la chaleur.

En robe de chambre, elle se prépare à dîner sur un plateau et s'installe sur le canapé pour le déguster en rêvassant.

— C'était vraiment une excellente journée. J'ai bien fait d'accepter cette invitation et de donner ainsi, un coup de pouce à mon destin, dit-elle en cherchant le sommeil au creux de son oreiller.

La rencontre avec Christian n'est pas anodine, il m'est envoyé par la providence cet homme. Pas question de le laisser passer. Il faut que je trouve le moyen de tout lui avouer avant de craquer pour lui.

Elle a oublié les attentats et les émeutes.

17

Janvier 2013

Nous nous regroupons dans plusieurs voitures et allons nous garer à proximité du port de commerce des Sables-d'Olonne.

Le froid mordant dirige nos pas vers le premier restaurant dont la façade est éclairée. Une brève lecture du menu affiché convient à tout le monde.

Nous entrons dans la chaleur de la salle. Une grande table nous tend les bras et chacun s'installe. Les sourires empruntés et timides des vieilles dames qui ne se connaissent pas sont réchauffés par un apéritif. Nous trinquons en l'honneur de la défunte.

La valse des questions démarre :

— Vous la connaissiez bien ? me demande-t-on.
— Oui, je crois, j'étais sa nièce.
— Vous connaissiez sa vie ?
— Surtout ses années en Afrique.
— Vous nous racontez ? proposent-elles avec sollicitude.

18

Juillet 1955

Le début de semaine se déroule sans encombre. L'actualité journalistique est toujours intense car il semblerait que la bombe de mers Sultan ait marqué la fin du mythe de la coexistence entre Marocains et Européens. La grogne sociale et la contestation se sont déclenchées dans plusieurs villes, notamment à Marrakech, qui connaît des incidents et des accrochages. Les équipes sont aux aguets, le téléphone n'arrête pas de sonner et les articles pleuvent sur le bureau de Yolanda.

Elle a sympathisé avec un jeune journaliste de son âge, François, arrivé de Paris depuis deux ans après ses études. Il opère dans l'ombre de la Journaliste en chef, Christiane Linberg, son mentor. De ce fait, elle se sent moins seule au travail et peut partager, autour d'un café, des conversations plus légères que l'actualité pesante.

Le mardi matin, Jules Lopez déboule en trombe dans son bureau, le visage crispé et cramoisi. Il lui met sous le nez un article du journal Le Monde et fulmine :

— Lisez-moi cet article, Yolanda. Vous allez avoir une idée du niveau d'hypocrisie dans lequel nous vivons aujourd'hui dans ce pays !

Yolanda prend le journal et commence à décrypter l'article. Il s'agit de la retranscription d'une interview du Docteur Causse, l'ancien président de Présence française au Maroc, dans laquelle il fait part de son entrevue avec Thami el Glaoui, le Pacha de Marrakech, le 19 juillet au soir, pour échanger à propos des raisons de son expulsion. Atteint dans son ego, Il répond indirectement aux accusations du Résident général Gilbert Grandval sur les attentats du 14 juillet à Casablanca :

— *J'oppose un démenti aussi catégorique, aussi définitif qu'il est possible aux allégations formulées à mon sujet. Je n'ai ni tenté d'entraîner le Glaoui dans une dissidence ni même conçu une seule seconde un aussi absurde projet. Je me demande d'ailleurs comment à mon âge, je pourrais posséder assez d'autorité sur un homme de quatre-vingt-quatre ans dont on connaît le caractère entier et fier pour l'entraîner dans une aventure aussi stupide.*

Il raconte ensuite avoir rencontré le Glaoui avec 4 membres du Comité de Présence française.

Selon lui, le Thami El Glaoui aurait confirmé que les Marocains restaient fidèles à Sa Majesté Sidi Mohammed Ben Arafa, seul souverain et Chef religieux reconnu et a ajouté :

— *Si le Sultan Sidi Mohammed Ben Arafa renonçait au trône, pour des raisons de fatigue ou de maladie, le peuple marocain n'accepterait ni le retour de Sidi Mohammed Ben Youssef ni l'accession au Sultanat d'un membre de sa famille ou d'un personnage représentant l'Istiqlal.*

S'il fallait changer le Sultan, le peuple exigerait un souverain qui soit du peuple et non pas l'homme d'une faction. En tout cas, il s'agit d'une question purement marocaine : la renonciation éventuelle de

Sidi Mohammed Ben Arafa et sa succession relèvent des seuls Marocains.

Pendant sa lecture, Jules Lopez s'était assis face à elle et attendait qu'elle finisse pour intervenir :

— Alors, êtes-vous d'accord avec moi ? Le Docteur Causse ose rapporter de soi-disant paroles de Thami El Glaoui affirmant qu'il est pour le maintien de Sidi Mohammed Ben Arafa au trône, mais commence à retourner sa veste en invoquant des raisons absurdes qui pourraient le faire renoncer ! Cet article est un tissu de mensonges pour mettre encore plus d'huile sur le feu à une situation déjà explosive !

— Je partage votre avis Monsieur. Mais il nous est impossible de répondre par un démenti à cet article sans mettre en danger le Journal du Maroc.

— C'est bien ce qui me met dans tous mes états Yolanda ! Nous sommes contraints de lire des absurdités sans pouvoir intervenir ! La presse est otage des colons français, de l'Istiqlal, des chérifiens, des Marocains et j'en passe ! La liberté de la presse n'existe plus dans ce pays ! C'est honteux ! ajoute-t-il en se levant brusquement de son siège, en reprenant son journal et en claquant la porte du bureau derrière lui.

Yolanda, surprise par une réaction aussi violente de la part d'un homme d'un tempérament habituellement plutôt calme, se dit que Jules Lopez est en train de craquer, trop affecté par les pressions subies depuis des années au Journal.

— Il tient le Journal à bout de bras depuis le départ du Rédacteur en chef. Pourvu qu'il tienne le coup, sinon nous sommes tous perdus, se dit Yolanda avec angoisse.

Elle décide de se concentrer sur son travail afin d'éviter de trop penser à la situation.

Le mercredi soir, alors qu'elle est installée confortablement dans son canapé, les fenêtres ouvertes en courant d'air pour faire passer un peu de fraîcheur après une journée très chaude, le téléphone sonne.

Croyant qu'il s'agit de Christian, Yolanda se précipite sur l'appareil et cache rapidement sa déception en reconnaissant la voix d'Odette.

— Bonsoir, Yolanda, est-ce que je vous dérange ? dit-elle de sa voix chantante. Je vous appelle pour prendre de vos nouvelles. Comment allez-vous ?

— Bien, répond Yolanda. Un peu chaud, mais tout va bien.

— Dites-moi, vous êtes une petite cachottière, vous m'avez menti !

— Je ne comprends pas. Que voulez-vous dire par là ? répond Yolanda, sur la défensive.

— Vous m'avez dit que vous étiez seule à Casablanca et que vous ne connaissiez personne.

— C'est le cas Odette, je ne vous ai pas menti, rétorque-t-elle.

— Et ce beau jeune homme qui est venu vous chercher dans une magnifique voiture rouge décapotable dimanche ?

— Comment se permet-elle ? se dit Yolanda rageusement, c'est ma vie privée, je ne la connais pas suffisamment pour tout lui raconter, je ne l'ai vue que 3 fois. Même si elle se prend pour ma mère parce qu'elle n'a pas eu d'enfant, une mère j'en ai une, pas besoin d'en avoir une deuxième. Et qui lui a répété ? C'est le fameux téléphone arabe où tout le monde est au courant de tout et répand les informations comme une traînée de poudre ?

Yolanda se radoucit intérieurement :

— Elle s'intéresse peut-être réellement à moi. Elle veut me protéger. Ses intentions sont certainement bienveillantes, se dit-elle.

— Qui vous a raconté cela ? tente-t-elle pour gagner du temps.

— Brigitte vous a vu monter dans la voiture. Et avec une aussi belle voiture, la discrétion était impossible. Désolée si je vous parais indiscrète. Vous n'êtes pas obligée de me répondre. J'ai été maladroite en vous traitant de menteuse, je vous prie de m'excuser, répond Odette, d'un air contrit.

Les résistances de Yolanda tombent lorsqu'elle perçoit dans sa voix l'honnêteté d'Odette :

— Non, Odette, je ne vous en ai pas parlé. J'ai rencontré l'homme qui est venu me chercher dimanche sur le paquebot Le Lyautey lors de la traversée entre Marseille et Casablanca. C'est un Parisien, il est photographe, il se prénomme Christian. En débarquant, je lui avais laissé mon adresse et il est venu me voir un soir pour prendre de mes nouvelles peu après les événements de Mers Sultan.

Sur le bateau, il m'avait promis de m'inviter sur la corniche. Je le revois demain soir, nous allons au cinéma. Il n'y a absolument rien entre nous.

— Et même s'il y en avait quelque chose, vous avez l'âge de vous divertir en galante compagnie Yolanda. Je vous l'ai dit, je vous apprécie beaucoup, et comme vous m'aviez laissé entendre que vous étiez seule dans cette ville, je me suis quelque peu inquiétée lorsque Brigitte m'a raconté cette histoire.

— Je suis désolée, ce n'était pas mon intention. Tout va très vite dans ce pays, les amitiés, les liens, je ne suis pas habituée à cette sollicitude. À Nantes, et lorsque je suis allée à Orléans, j'ai pris l'habitude d'être indépendante et de ne rendre de compte à personne.

Mon père est parti 5 ans en Indochine pendant toute mon adolescence. Mon frère et moi nous sommes occupés de ma mère qui est une personne fragile, peu autonome, ce qui m'a forgé le caractère, confie-t-elle.

— Je comprends Yolanda, ne vous inquiétez pas, je ne vous en veux pas. Je ne souhaite surtout pas empiéter sur votre vie privée. Sachez que vous pouvez vous confier à moi, je suis une personne fiable et je ne vous jugerai jamais.

— Merci Odette. J'aurai effectivement besoin de vous voir pour parler. J'ai des choses importantes à vous confier dit Yolanda dans une volonté irrationnelle de partager son lourd secret.

— Avec plaisir, Yolanda. Samedi soir prochain, je laisse Albert seul au restaurant. Si vous le souhaitez, venez dîner avec moi, nous habitons l'appartement au-dessus du Petit Bayonne, l'entrée de notre immeuble se trouve à gauche de la brasserie.

— C'est parfait pour moi. Merci Odette. À samedi prochain.

— Bonne fin de semaine, Yolanda. Je vous embrasse, dit Odette en raccrochant le combiné.

Yolanda repense à l'entretien téléphonique et peste intérieurement contre Brigitte, cette commère qui surveille tout. Elle est déstabilisée, les digues érigées autour d'elle pour se protéger sont en train de s'ébranler. Elle prend conscience qu'elle a besoin d'une confidente pour soulager le poids de sa grossesse qui devient trop lourd à porter toute seule.

— Et après tout, je n'ai pas commis un crime. Je vais juste donner naissance à un merveilleux bébé. Elle sent qu'elle commence à s'attacher à cette petite vie qui grandit en elle.

19

Le jeudi soir, en descendant du trolleybus, elle voit immédiatement la grande silhouette élancée de Christian au bord du trottoir, devant le cinéma Vox. Elle ressent une bouffée de fierté et d'attirance pour ce bel homme. De loin, avant de satisfaire au plaisir de le retrouver, elle prend le temps de l'observer.

Comme dimanche, il s'est coiffé les cheveux en arrière et a troqué son pantalon en toile contre un costume à fines rayures bleu marine, une chemise blanche et une cravate bleu ciel. Aux pieds, des chaussures à lacets bicolores. Les derniers rayons du soleil donnent à sa chevelure des effets bleutés. Elle le trouve très séduisant.

Elle s'approche lentement et modère une forte envie de lui sauter au cou pour l'embrasser. Christian sourit lorsqu'il la voit, visiblement soulagé de son arrivée.

— Je suis en retard, je suis désolée. Un article de dernière minute à taper pour l'édition de demain matin, dit-elle après lui avoir posé deux bises sonores sur chaque joue.

— Ne t'inquiète pas, je profite des derniers rayons du soleil. J'ai eu le temps de prendre les billets en t'attendant. La séance est à 20 h 30. Nous pouvons aller boire un verre et grignoter un en-cas au Grand Café de France, dit-il en lui prenant le bras d'une manière ferme et protectrice.

— Excellente idée, j'ai soif et aussi une petite faim ! dit-elle en se soumettant de bon gré à sa façon de la guider le long du trottoir. En dehors de quelques soldats armés qui surveillent les passants, le calme est revenu dans ce quartier de la ville.

Le bras de Christian est un soutien protecteur pour marcher le long des trottoirs encombrés de cette fin de journée. De loin, Yolanda aperçoit la bâche rouge du café.

À leur arrivée, un serveur en uniforme les accueille poliment et leur trouve une table en terrasse. Yolanda prend place dans un fauteuil en rotin recouvert de coussins rouges. Elle observe la foule bigarrée de mondains et de mondaines, sur leur 31, qui sirote des alcools forts dans des verres volumineux.

— La faune du Café de France, c'est ici que se retrouve tout le gratin qui fait cette ville ! S'il pouvait parler, ce café en raconterait des histoires ! Son emplacement entre la médina et la nouvelle ville en fait un lieu de rendez-vous des aventuriers, des pionniers de tout bord. Les hommes d'affaires viennent se compromettre et traiter des contrats faramineux ou investissent sur de nouveaux marchés en jouant sur les régimes précoloniaux.

Les femmes délaissées par leur mari viennent retrouver leurs amants ou en chercher un. Qu'ils soient riches ou déchus, les colons passent leur temps à faire et à refaire le monde, loin des soldats et du port. En dehors de ces considérations, le Café de France est l'endroit le plus sélect de la ville et on y déguste les meilleurs mezzés du Maroc. Est-ce que tu connais ?

— Pas du tout. De quoi s'agit-il ?
— C'est l'équivalent des tapas espagnols : des petites portions d'entrées marocaines. Regarde la carte, je te propose de faire une dégustation et de commander une zaalouk, un caviar d'aubergines à

tartiner sur des batbouts, des petits pains moelleux marocains, un taboulé libanais, des courgettes farcies, des triangles de brick farcis aux aubergines. Pour accompagner ces victuailles, un verre de vin rouge du domaine des Ouled Thaleb, un vin de la région de Benslimane, à l'est de Rabat.

— Comme je n'ai pas encore eu l'occasion de goûter les spécialités locales, je te fais confiance.

Christian passe commande au serveur. Les mets sont servis délicatement dans des coupelles blanches en porcelaine de Limoges et les couverts sont en argent. Christian commence par lui préparer une tartine de caviar d'aubergines qu'il lui tend.

Yolanda l'attrape délicatement et mord doucement dans le batbout.

— C'est délicieux.

— Je suis ravie que tu apprécies. Je te propose de trinquer à cette soirée, dit-il en levant son verre.

Yolanda le regarde droit dans les yeux et tend son verre pour le faire tinter sur le sien. Leurs regards sont aimantés pendant quelques secondes.

— Tu es souvent revenue dans mes pensées depuis dimanche, se hasarde Christian.

— Moi aussi, j'ai pensé à toi, répond-elle, gênée.

— Tu me plais beaucoup. Ta personnalité, ta présence, ton tempérament ne me laissent pas indifférent. J'aimerais avoir ton autorisation pour te faire la cour.

Yolanda est touchée par ce romantisme. Habituée à faire toutes les avances dans son ancienne relation avec Philippe qui était toujours dans la culpabilité de tromper sa femme, la réaction de Christian lui fait du bien.

— Il me faut du temps. Tout va très vite dans ma vie depuis 2 mois, murmure-t-elle.

— Je vais te laisser le temps qu'il faudra. Je voulais simplement te dire que nos rendez-vous me plaisent de plus en plus, répond simplement Christian. Goûte un brick farci, c'est un délice. Le vin est un peu râpeux mais agréable en bouche et le taboulé est à tomber. Comment trouves-tu ?

— Je me régale, même le vin passe bien.

— En parlant de rendez-vous, reprend-il, je ne vais pas pouvoir honorer ma promesse de t'emmener danser à la Guinguette Fleurie car les carnets de commandes pour les reportages de mariages sont pleins pour tous les samedis du mois prochain. Je le regrette, mais développer mon business et agrandir mon réseau de connaissances sont des priorités pour atteindre les objectifs que je me suis fixés.

— Et quels sont tes objectifs professionnels pour l'avenir ? Tu souhaites arrêter la photo ?

— Je ne peux pas t'en parler aujourd'hui, c'est trop vague. Mais je te promets de te mettre dans la confidence lorsque les choses seront plus précises.

— Et que le Maroc sera indépendant ? ajoute-t-elle avec un grand sourire pour lui montrer qu'elle a très bien compris ce qui l'a motivé à s'exiler à Casablanca.

— Tu es trop intelligente, réplique-t-il en la regardant droit dans les yeux et en prenant sa main pour lui faire un baisemain en vrai gentleman.

— Cet homme est un charmeur, se dit-elle, à la fois direct, simple, et déterminé, ce n'est pas pour me déplaire. Je suis en train de tomber amoureuse.

— Pour en revenir à nos sorties, reprit-il la voyant mal à l'aise, je renouvelle, en revanche, les invitations du dimanche pour aller danser, il nous reste beaucoup de plages privées à visiter. Si mon collègue ne peut pas nous prêter sa voiture, nous pourrons y aller en taxi. Il faudra également que je te fasse visiter la cité balnéaire de Fedala, un vrai havre de paix et de beauté à quelques kilomètres de l'agitation de

Casablanca. J'y suis allé la semaine dernière pour un repérage photo, j'ai adoré.

— Oui, bien sûr, il faudra voir cela, annonce-t-elle en rougissant comme une pivoine.

Yolanda sait qu'elle ne peut pas faire de prévisions dans le futur avec lui car son ventre va bientôt se voir et il ne sera pas raisonnable de s'exhiber sur une plage ou dans un dancing. Mais l'idée de perdre l'amitié de Christian lui fend le cœur.

Christian est surpris par son manque d'enthousiasme et décide de changer de sujet.

— Que sais-tu du film que nous allons voir ?

— Ce que tu m'en as dit dimanche dernier. Et je sais qu'il s'agit d'une histoire d'amour.

— En fait, le contexte de ce film est historique. L'action se déroule pendant la Seconde Guerre Mondiale. Les réfugiés, principalement juifs, qui fuyaient le régime nazi, affluaient à Casablanca dans l'espoir d'obtenir un visa pour les États-Unis.

En effet, de Casablanca, il était possible de prendre un avion via Lisbonne et, une fois au Portugal, d'embarquer sur un avion pour l'Amérique. À cette époque, le Maroc était sous Protectorat français, le Gouvernement est du côté de Vichy, sous occupation allemande, antisémite.

Une grosse partie du film se déroule dans un bar dont le propriétaire est un ancien opposant aux fascistes. Moyennant finances, il aide des réfugiés juifs à fuir mais il est surveillé de près par la Gestapo. Miné par un chagrin d'amour, c'est un homme amer, détaché de la politique et des jeux de pouvoir.

L'arrivée d'une femme qu'il a aimée pendant l'occupation à Paris va remuer de vieux souvenirs.

Ce chef-d'œuvre cinématographique a raflé pas moins de trois oscars. Une légende dit que chaque soir, il y a au moins un cinéma dans le monde qui affiche le film.

Justement c'est l'heure, dit-il en regardant sa montre et en se levant. Il faut y aller. Je demande l'addition et nous partons.

L'ouvreuse du cinéma les place au balcon face à l'écran. Yolanda s'installe confortablement dans le fauteuil en velours rouge.

Un documentaire sur l'achèvement des grands travaux hydrauliques au Maroc ne les passionne pas. Puis, enfin, le générique du film tant attendu. Pendant la projection, Christian lui prend la main et la caresse doucement. Elle se laisse faire tout en essayant de se concentrer sur l'histoire de Rick et Ilsa.

C'est à regret qu'elle voit s'afficher sur l'écran le mot « Fin ». Elle a trouvé le film captivant. Ingrid Bergman est magnifique, très bien habillée, belle silhouette, filmée avec une luminosité qui la met en valeur. Dans ce rôle, elle est touchante, elle pleure beaucoup et elle semble sincèrement amoureuse.

Le couple qu'elle forme avec Humphrey Bogart est inoubliable.

Même si, en filigrane de l'histoire sentimentale, ce film américain est une propagande contre les nazis, à la gloire des États-Unis.

Yolanda est toutefois déçue de ne pas voir la ville de Casablanca à l'écran. Le tournage en studio se voit et le film n'en n'a que le titre.

— En conclusion, j'ai été déstabilisée par le personnage d'Ilsa, car comme moi, elle a un lourd secret qui l'empêche de vivre pleinement son amour pour Rick. Mon secret m'empêche de tomber dans les bras de Christian, alors que j'ai l'intuition que c'est l'homme de ma vie, se dit-elle.

Christian la guide vers la sortie et lui propose de l'accompagner en trolleybus jusqu'à la porte de son immeuble. Elle accepte, le voyage se fait en silence. Elle est un peu fatiguée, le film lui a rendu l'âme mélancolique. Christian respecte son mutisme et la quitte devant la porte cochère. Il la quitte en déposant un baiser furtif sur sa bouche.

— Repose-toi bien. Je t'appelle bientôt dès que j'ai une disponibilité. Prends bien soin de toi. Au revoir, Yolanda.

Yolanda ne prend même pas le temps de se déshabiller et s'allonge immédiatement sur son lit. Elle est épuisée par cette soirée pendant laquelle elle a dû lutter contre son attirance pour Christian, où elle doit rester distante alors qu'elle rêve de se lover dans ses bras. Elle dort d'un sommeil de plomb.

20

Le lendemain, au réveil, un étau lui enserre la tête. Heureusement elle se console en se disant que c'est le dernier jour de la semaine.

La chance est de son côté, la journée est calme. Les journalistes sont en reportage à l'extérieur et elle a enfin le loisir de se mettre à jour dans son travail. Elle est seule à l'agence avec Jules Lopez. Celui-ci lui propose de l'emmener déjeuner dans un restaurant local, ce qu'elle accepte avec plaisir.

Pendant qu'ils dégustent un succulent tajine au poulet, Jules Lopez fait le point sur son travail et son adaptation au Journal et la félicite.

— Je vous remercie Monsieur Lopez pour tous ces compliments. J'essaye de faire de mon mieux et surtout de satisfaire tous les journalistes en étant rapide et efficace.

— Bravo, vous y arrivez très bien. Et maintenant, dites-moi comment vous vous adaptez à Casablanca. Arrivez-vous à faire des connaissances ?

— Oui, j'avoue que les rencontres sont assez faciles et simples. J'ai sympathisé avec mes propriétaires, la coiffeuse du quartier qui habite dans mon immeuble, et j'ai revu récemment un Français rencontré sur le Lyautey lors de la traversée en bateau.

— C'est parfait. J'avais eu un bon contact avec Madame Joyeux lorsque j'ai visité l'appartement dont vous êtes locataire. Et appréciez-vous de vivre ici ?

— Oui, c'est agréable et déroutant à la fois. Une sensation de liberté, de respirer un autre air que celui de la métropole. Tout est à portée de main, les magasins, le dépaysement, la mer, les cinémas, les spectacles, les terrasses de café, les musées comme à Paris sans les inconvénients. Même si j'avoue que les attentats m'ont fait peur.

— Cette ville a été construite pour attirer les colons. Pour les faire venir, il a fallu les séduire en leur mettant à disposition des installations dignes d'une capitale. Pour faire déplacer des sédentaires comme les fonctionnaires de l'État, il fallait leur vendre du rêve et leur montrer que le Maroc c'était autre chose que du sable, des tentes, des Arabes et des chameaux. D'ailleurs Casablanca a parfois eu l'avantage d'obtenir des innovations bien avant la France, comme le réseau téléphonique par exemple.

Je comprends que les récents évènements vous aient déstabilisée et je l'ai senti. Patience, dans un sens ou un autre, les prochains mois seront décisifs. La France et le Maroc ont des accords concernant la présence des Français ; ils ne peuvent pas les rompre. Et comment vivez-vous l'éloignement avec votre famille ?

— Mes parents me manquent, c'est certain, mais je suis indépendante depuis déjà quelques années puisque j'ai quitté le foyer familial assez tôt pour travailler à Orléans.

— Et, dites-moi si je suis trop indiscret, sur le plan de votre grossesse, avez-vous pris contact avec un médecin, pris vos dispositions pour l'accouchement ?

— J'ai rendez-vous la semaine prochaine avec le Docteur Thierry à la Clinique Comtes. Je ferai en même temps le nécessaire pour réserver une chambre.

— C'est parfait. Si vous avez besoin, ma femme peut vous aider dans ce domaine. Elle a accouché de notre petit dernier, Pascal, dans cette maternité et tout s'est admirablement bien passé. J'ai le souvenir que le personnel était très attentionné.

C'est dans cette clinique que Joséphine Baker, la célèbre chanteuse américaine, a été soignée en 1941 après sa fausse-couche et les ennuis de santé qui ont suivi. Les médecins l'ont sauvée et elle y a séjourné 18 mois.

— Je l'ignorais. C'est gentil de vous préoccuper de ma santé, je vous remercie. Combien d'enfants avez-vous ?

— 3 garçons. Dominique a 11 ans, François 9 ans et Pascal 6 ans. Seul le petit dernier est né ici. Nous sommes toulousains. Je travaillais dans une entreprise familiale de sous-traitants pour l'Aéronautique comme responsable du personnel.

Ma femme était institutrice dans une École primaire. Nous étions promis à une vie tranquille, sans soucis, avec pavillon, jardin, enfants, amour et réussite sociale. Il y a bientôt 7 ans, j'ai vu une annonce dans la Dépêche du Midi, le quotidien local, pour le poste que j'occupe actuellement.

Elle a regardé si elle pouvait avoir une mutation, ce qui s'est confirmé rapidement. Elle a occupé un poste d'enseignante à l'École Jules Ferry jusqu'à la naissance du petit dernier. J'ai pris ma petite famille sous le bras et nous avons tout quitté pour l'aventure. À aucun moment nous n'avons regretté notre choix, même si effectivement, nous sommes un peu loin de la famille. Nous retournons en France tous les deux ans à peu près.

Au fait, avez-vous trouvé quelqu'un pour vous accompagner au concert de Mohammed Abdel Wahab ?

— Non.

— Alors si cela vous tente, je vous propose de vous joindre à ma femme et moi. Ce sera l'occasion de faire sa connaissance.

— Avec plaisir, je vous remercie.

Yolanda se dit que décidément cet homme est très humain et qu'elle a de la chance de l'avoir comme patron. Avec lui, elle se sent en confiance, un peu comme une fille avec son père.

Après avoir goûté au café arabe, très sucré et âpre à la fois, ils retournent au Journal. La journée se termine tranquillement et Yolanda décide de se coucher tôt pour être en forme pour la soirée du lendemain avec Odette.

21

Elle se réveille avec des pensées négatives qui tournent en pagaille dans son cerveau.

— J'ai peur, j'ai des doutes. Je ne suis pas certaine que ce soit une bonne idée de me confier à Odette que je connais à peine. Depuis le départ, j'assume seule cette grossesse et toutes les conséquences. Que va-t-elle penser ? Dois-je tout lui raconter, mon aventure avec Philippe, ce qu'il représente pour mon père, sa trahison, que cette histoire est en fait la raison de mon départ précipité pour le Maroc ?

Elle passe la matinée prostrée, assise sur une chaise en Formica, devant la table de la cuisine, avec un bol de café qui refroidit, à cogiter sur la nécessité ou non de se confier.

Finalement l'heure tourne et elle décide enfin de ne plus broyer du noir.

— Qu'est-ce que je risque, au pire, après tout ? Le rejet ? Je m'en relèverai même si je suis considérée comme une paria dans cette ville, une fille-mère infréquentable. Le regard des autres m'importe peu.

Qu'ai-je à gagner, en revanche ? De la compassion féminine car je ne suis pas la seule dans cette situation, beaucoup de femmes se font piéger par une grossesse et un certain nombre d'hommes, mariés ou célibataires d'ailleurs, refusent d'assumer leurs responsabilités.

De l'accompagnement aussi, Odette saura me guider et m'aider sur tout le côté pratique : la sage-femme, une couturière pour me confectionner des tenues adéquates, trouver une nourrice. Des conseils sur l'attitude à adopter avec Christian. Et surtout, un peu de solidarité et d'amitié car ce n'est pas facile de gérer, de façon solitaire, l'attente d'une naissance.

Vers midi, elle décide que sa décision de se confier est la bonne.

Elle se rend à pied chez Odette, dans l'air chaud de cette soirée d'été. Elle trouve facilement la porte d'entrée vitrée de l'immeuble, à côté de la brasserie, et sonne à l'interphone. La voix chantante de sa propriétaire dénoue son ventre contracté.

— Bonjour Yolanda, soyez la bienvenue, je vous ouvre, l'ascenseur est à votre droite. Vous appuyez sur le 1er étage, et vous vous dirigez à gauche en sortant. Je vous attends sur le palier.

— C'est compris. À tout de suite. La porte est ouverte, dit Yolanda après avoir entendu un déclic et poussé la porte vitrée. Un vieil ascenseur à portes vitrées coulissantes et entourage en fer forgé l'accompagne en grinçant au 2e étage.

Comme promis, Odette, vêtue d'un caftan rouge et or, l'attend devant une lourde porte en bois. Elle embrasse chaleureusement Yolanda et la conduit dans une grande entrée tendue de tissu mural fleuri et meublée d'une commode ancienne. Le sol est en bois ciré couleur palissandre. Le plafond haut est décoré de rosaces. Un lustre oriental en métal doré pend du plafond. Yolanda a la sensation de rentrer dans une bonbonnière cossue. Dans cet univers feutré, elle a le réflexe de vouloir quitter ses escarpins et Odette l'arrête d'un geste.

— Non Yolanda, gardez-vous chaussures, le sol n'est pas fragile. Venez, je vais vous faire visiter.

Yolanda a l'impression de rentrer dans un palais des mille et une nuits. Tout est à la fois, clinquant, douillet, féminin et de bon goût.

— C'est magnifique chez vous, on dirait que l'on rentre dans un palais oriental, dit-elle en admirant le grand canapé bas en velours vert émeraude, la table de salon en cuivre, les tentures, la grande table en bois d'ébène avec les chaises à dossiers en cuir grenat, les buffets en marqueterie, ainsi que les lustres en cristal et les plafonds hauts crénelés. Le sol est en carreaux de marbre blanc veinés de gris recouverts de lourds tapis berbères.

De grandes portes-fenêtres arrondies à petits carreaux éclairent la pièce d'une belle luminosité. Elles donnent sur un balcon avec une rambarde sculptée en fer forgé. Les ventilateurs disséminés dans la pièce rafraîchissent l'atmosphère lourde de l'extérieur et dispensent un doux ronronnement rassurant.

— Asseyez-vous, Yolanda, dit Odette en montrant les moelleux coussins du canapé. Que voulez-vous boire ? Je crois que Fatima a confectionné une excellente sangria. Est-ce qu'un verre vous tente ?

— Oui, ce sera parfait avec des glaçons. Merci, répond Yolanda avec une pointe d'anxiété à l'idée d'avouer bientôt son terrible secret.

— Fatima, pourriez-vous nous apporter un pichet de sangria glacé avec des verres s'il vous plaît et quelques agapes de votre fabrication ? crie Odette.

À pas feutrés, la bonne apparaît dans le séjour, vêtue d'un sarouel noir, chaussée de babouches en cuir fauve, un foulard coloré noué autour de la tête, les yeux cernés de kôhl et un grand sourire aux lèvres. Elle tient dans ses mains un plateau bien rempli de mets délicats servis dans des coupelles et deux verres de sangria.

— À votre santé, Yolanda, dit Odette en faisant tinter son verre contre le sien. À notre première soirée en tête-à-tête. J'espère que vous aimez le tajine au poulet citronné, Fatima est une excellente cuisinière.

— Oui, j'ai eu l'occasion, récemment, de goûter la cuisine marocaine et j'avoue que je deviens une adepte.

— Tant mieux, c'est signe que vous vous intégrez bien. C'est important d'apprendre à connaître les habitudes et coutumes d'un pays pour y vivre et le comprendre. S'adapter, c'est le maître mot pour réussir à être heureux ici. Car c'est en vous adaptant que vous réussirez à profiter pleinement de toutes les opportunités qui vous seront offertes.

Nous avons chiné la plupart des meubles de cet appartement chez les antiquaires du Maarif, un décorateur est intervenu pour le choix des tapisseries, des tentures et des rideaux. Je voulais du dépaysement. L'immeuble a été construit en 1920 sur un modèle Haussmannien.

Lorsque nous sommes arrivés, nous avons été locataires. Après la Seconde Guerre Mondiale, le propriétaire nous a tout vendu pour partir en Argentine finir ses jours. Nous avons eu de la chance.

— La décoration est très réussie.

— Je suis ravie que cela vous plaise. Tant qu'à faire de changer complètement de vie, nous avons opté pour un environnement oriental, qu'il aurait été indécent d'envisager dans la maison typiquement basque aux plafonds bas et aux murs chaulés, où nous vivions à Bayonne !

— Je ne connais pas le pays basque mais on m'en a beaucoup parlé : les montagnes vertes, le charme de l'Adour et des plages, les maisons typiques aux portes et aux volets peints en vert ou en rouge. Pourquoi avez-vous quitté cette région, si ce n'est pas indiscret ?

— C'est mon mari qui voulait quitter le pays basque à cause des mouvements indépendantistes liés à l'Espagne de Franco. Il a fait partie d'un groupe de militants et en a eu marre des luttes de clans. Il était pessimiste sur l'avenir de notre région. Il était cuisinier dans le restaurant familial à Bayonne et savait qu'il prendrait la suite lorsque son père se retirerait à la retraite. L'affaire était prospère mais mon Albert était un ambitieux, il rêvait d'explorer d'autres horizons.

Il avait entendu parler des colonies par l'un de ses copains d'enfance qui était parti en Algérie et était à la tête d'une exploitation agricole. Nous étions jeunes mariés, nous nous sommes rencontrés tard, à la trentaine, et mes parents étaient frileux de me voir partir « chez les sauvages qui ne respectent rien » comme ils disaient. De plus, Albert n'était pas trop tenté par la terre et préférait rester dans son métier.

C'est en discutant avec des clients marocains, venus en villégiature à Bayonne, qu'il a eu l'idée de Casablanca, une ville commerçante et dynamique avec de bien meilleures perspectives. Les avantages financiers pour partir étaient attrayants : crédit, aide à l'installation… Albert a pensé immédiatement qu'il pourrait être à la tête d'une affaire. Il s'est renseigné à la Chambre de Commerce et a été mis en contact avec un propriétaire qui avait un restaurant à louer et c'est comme cela que nous avons monté notre affaire.

J'étais amoureuse, j'aurai suivi Albert au bout du monde. Nous savions aussi que nous n'aurions pas d'enfant, je ne pouvais pas en avoir, l'avenir était sans entrave. Pour mes parents, l'idée que je partais dans une grande ville, dont on parlait comme une ville en expansion, les a convaincus.

Quand nous sommes arrivés ici, il a fallu quelques années de travail acharné pour développer la brasserie, se faire connaître et fidéliser une clientèle. Albert s'est consacré à la cuisine et moi, en salle à prendre les commandes, sourire, discuter avec les clients et surveiller les serveurs. Nous n'avons pas vu passer les premières années, tant nous avons mis du temps à constituer une équipe fiable, à adapter les menus aux attentes des consommateurs, à tenir les comptes. Plus d'une fois, je me suis endormie tout habillée sur mon lit, exténuée par une longue journée de labeur !

Le restaurant a prospéré pendant la guerre, les Allemands et Américains adoraient la cuisine française et la côte basque est connue dans le monde entier. La brasserie est devenue un endroit à la mode et un incontournable de la ville fréquenté par tous, car comme Albert vous l'a dit l'autre jour, nous ne sommes jamais entrés dans des considérations politiques.

Vous vouliez me parler, Yolanda. Ayez confiance, je garderai pour moi tout ce que vous me confierez.

Yolanda devient rouge comme une pivoine et mal à l'aise, se tortille de droite à gauche, comme si un moustique lui tournait autour. Elle essaie d'ouvrir la bouche, mais aucun son ne sort, sa vue se brouille, elle a du mal à respirer, un étau lui enserre l'estomac.

Odette respecte son silence et attend patiemment qu'elle reprenne ses esprits. Après quelques minutes, elle se décide à parler :

— Voilà, je voulais vous informer que je suis enceinte.

Comme un besoin enfoui et retenu au fond d'elle depuis de trop longs mois, elle raconte tout à cette femme qu'elle connaît à peine : l'histoire d'amour avec Philippe, la rupture, la réconciliation à Nantes, l'annonce de sa grossesse, le rejet, le refus de se faire avorter, la décision de quitter la France pour le Maroc, la rencontre avec Christian qu'elle a vue comme un présage heureux.

Odette la laisse parler sans l'interrompre, ses yeux brillants montrent de la compassion pour cette jeune femme qui s'est lancée à corps perdu dans une histoire d'amour qui lui a brisé les ailes. Elle a envie de l'enlacer et de la serrer dans ses bras, mais elle n'ose pas. Elle sent que Yolanda s'est livrée à elle parce qu'elle étouffe à l'intérieur avec ce lourd secret, mais elle sent bien que la confiance n'est pas encore complètement acquise et qu'elle peut regretter de s'être confiée et s'enfuir à tout moment.

— Ma pauvre enfant, je suis touchée par ce que vous venez de m'avouer. Vous n'avez pas eu de chance de rencontrer un homme aussi immature et insensible. Le refus de responsabilité de la part d'un homme qui fait un enfant à sa bien-aimée est un acte violent de désamour, hélas, assez courant. Même s'il a eu peur de devoir affronter sa femme, il aurait pu essayer de trouver des solutions avec vous. Au lieu de ça, il vous a lâchement abandonnée à votre sort. Dans quelques mois il aura un enfant dans la nature, qu'il passera sa vie à ignorer. Quelle honte !

— Le pire, reprend Yolanda, c'est que depuis que j'ai rencontré Christian, j'ai la sensation de sortir de ce cauchemar, comme si le ciel m'envoyait une lueur d'espoir. Mais pour l'instant, je ne lui ai rien dit, j'ai trop peur qu'il s'enfuie à toutes jambes. De toute façon, c'est inéluctable, il ne va jamais tomber amoureux d'une femme enceinte.

— Je vous conseille de ne pas être trop pessimiste et d'annoncer votre grossesse à Christian avant qu'elle se voie trop pour la cacher. S'il est amoureux, il acceptera : les hommes sont plus aptes à accepter l'enfant d'un autre, ce ne sont pas eux qui élèvent les enfants. De plus, s'il a pour objectif de construire une famille, il sera assuré de vous faire d'autres enfants qui seront de lui. S'il n'accepte pas, c'est que vous n'étiez qu'une aventure et que ses intentions vis-à-vis de vous n'étaient pas sérieuses.

Dans ce cas, il ne faudra pas le regretter. D'autre part, rompre maintenant, alors que votre histoire est débutante, laissera moins de traces que plus tard.

— Vous croyez vraiment qu'il est capable de rester avec moi quand je lui aurai dit ?

— Bien sûr que j'y crois. En tous les cas, vous pouvez compter sur mon aide. Un enfant c'est une bénédiction, un cadeau des dieux. C'est un heureux évènement et je vais tout faire pour vous faire oublier les mauvais moments que vous venez de passer ces derniers mois. Il faut préparer cette naissance dans la joie et la bonne humeur !

— Ce que vous me dites me va droit au cœur, je me sens moins seule tout à coup. C'est vrai que je vis cette grossesse comme une honte et je culpabilise beaucoup.

— Allons, vous n'êtes pas la seule dans ce cas. Pensez plutôt au positif : votre arrivée à Casablanca, le paradis au soleil contre la grisaille et la pluie nantaise, un job intéressant et bien rémunéré, un amoureux avec lequel vous passez de bons moments, des amis, un joli appartement.

— Vous avez raison, je vois le verre à moitié vide, dit Yolanda en retrouvant le sourire.

— Tenez, goûtez ce tajine, vous allez m'en dire des nouvelles, reprend Odette en lui tendant une assiette aux arômes délicatement parfumés.

Avoir parlé a fait du bien à Yolanda. Elle sent que le nœud au niveau de son estomac s'est un peu desserré. Elle prend une bouchée de confit de citron et un morceau de poulet et apprécie la nourriture odorante.

Un peu plus tard, Fatima passe une tête par l'entrebâillement de la porte et dépose sur la table un plateau de Mlowza, de délicieux petits gâteaux craquelés aux amandes recouverts de sucre glace.

— Parlons de choses plus légères, il va vous falloir une garde-robe adaptée. Je vais commander les magazines Marie-Claire des mois derniers afin de trouver des patrons copiant des modèles de Balmain ou de Balenciaga.

Il vous faut des blouses, des robes, des redingotes en forme de cloche comme les vêtements que porte Lucille Ball dans la série TV « I love Lucy ». Nous irons choisir les tissus chez Razana, rue du Jura et chez ma couturière, rue du Canigou dans le quartier du Maarif pour la confection. Je vous appelle dès que j'ai suffisamment de choses à vous montrer ?

— C'est parfait Odette. Je vous remercie de votre aide précieuse, c'est très gentil de votre part. Pour le suivi médical, je m'en occupe.

— Vous aurez aussi besoin d'une nourrice lorsque vous reprendrez le travail après la naissance. Je vais me mettre en recherche dès maintenant. M'autorisez-vous à informer Albert de la situation ? Et Brigitte ?

— Vous pouvez le dire à Albert bien sûr. Pour Brigitte, je vais le faire moi-même, si cela ne vous dérange pas.

— Pas le moins du monde ! Et maintenant la prochaine étape va être de l'annoncer à Christian. Quand allez-vous le faire ?

— La prochaine fois que je le vois. Je ne peux plus attendre, il m'a fait une déclaration jeudi dernier et j'ai été incommodée. Il ne faudrait pas qu'il interprète mes réticences comme un refus.

— Vous avez raison, plus vite vous lui parlerez, plus vite vous serez fixée.

— Je vais vous laisser maintenant. Toutes ces émotions m'ont épuisée. Je suis reconnaissante pour votre soutien sincère. Je vous tiens au courant, dit-elle en se levant et en récupérant son sac à main pour prendre congé.

— J'y compte bien. Et si vous avez besoin de parler, appelez-moi. Je compte sur vous pour venir me présenter Christian prochainement. Je vous propose bientôt une date pour aller chez le marchand de tissus et la couturière. J'ai une dernière question, Yolanda, et vos parents dans tout cela, sont-ils au courant ?

— Ma mère est au courant mais je lui ai dit au dernier moment, juste avant de quitter la France. Elle a accusé le coup. Elle a un peu cherché à savoir qui était le père, sans plus. Je ne lui ai pas dit. Je pense que c'est assez abstrait pour elle, je suis majeure, indépendante, elle estime que c'est à moi de me débrouiller. Elle attend la naissance pour en informer mon père et mon frère.

— Décidément vous êtes bien seule pour affronter une situation pareille ! Votre courage vous honore, répond Odette les larmes aux yeux.

— Merci pour tout et surtout pour ce délicieux repas, reprend Yolanda en embrassant Odette.

C'est sur ces paroles que Yolanda prend congé. Elle rentre à pied et se sent beaucoup plus légère. Dans son ventre, elle croit sentir le premier coup de pied de son bébé.

22

Le mois d'août démarre difficilement pour Yolanda. La chaleur sur la ville est accablante et ni la brise marine ni la brume n'arrivent à l'atténuer. Elle ressent une fatigue intense qui l'oblige à se coucher très tôt pour avoir l'énergie suffisante pour assurer ses journées de travail. Le bébé bouge beaucoup et elle commence à avoir les jambes et les pieds gonflés en soirée. De profil, son ventre commence à pointer et elle ne peut plus mettre de vêtements trop ajustés ni de ceinture à la taille.

Vers le 5, elle récupère dans sa boîte aux lettres une enveloppe blanche sur laquelle elle reconnaît l'écriture de sa mère. Des larmes de joie dans les yeux, elle attend d'être chez elle pour décacheter compulsivement l'enveloppe et décrypter les pattes de mouche de Jeanine :

Ma chérie,

Nous avons été heureux de recevoir de tes nouvelles car nous nous inquiétons beaucoup pour toi après ton départ précipité.

Nous voilà rassurés de te savoir arrivée à bon port et que tu sois installée dans un bel appartement, que ton travail te plaise, et que l'ambiance de la ville te convienne également. Pourrais-tu nous envoyer des photos pour que nous puissions imaginer ta nouvelle vie ?

Ton père me dit qu'il a entendu à la radio qu'il y avait eu de graves attentats à Casablanca peu après ton arrivée dont tu ne nous parles pas. J'espère que les journalistes, toujours à l'affût d'un scoop, ont grossi les évènements et que tu ne nous caches rien pour ne pas nous inquiéter. Remarque, je comprends mal comment tu pourrais aller à la plage comme tu nous le racontes s'il y avait la guerre civile dans ce pays.

Je suis contente que tu aies rencontré ce Monsieur Christian. Tu dois te sentir moins isolée et peut-être peut-il t'aider à traverser cette période d'adaptation dans ce pays.

Ici les nouvelles sont moins bonnes. Ton frère toussait depuis un moment. Il a consulté un médecin qui l'a envoyé faire des radios. Un point de pleurite a été décelé sur son poumon droit, un démarrage de tuberculose qu'il faut soigner de toute urgence. Il part dans 15 jours au Sanatorium de Saint Hilaire du Touvet en Isère près de Grenoble, pour une durée de 4 mois. Là-bas, à 1 000 mètres d'altitude, dans un établissement réputé qui domine la vallée du Grésivaudan, il va respirer l'air pur des montagnes et suivre un traitement approprié pour se remettre sur pied.

Lorsqu'elle l'a appris, la réaction de ta future belle-sœur nous a surpris : au lieu de plaindre ton frère et d'avoir peur pour lui, elle a commencé à poser des questions sur où il avait attrapé cette maladie, qui il avait côtoyé, etc. Bref, je l'ai trouvée dure, je me demande si elle ne va pas rompre les fiançailles parce que le futur marié s'avère plus fragile qu'elle ne le pensait. Cette situation m'attriste.

Ton père reste optimiste et pense qu'il va vite guérir et que Geneviève va rester avec lui.

La santé de Mamie ne s'améliore pas. Elle a toujours son souffle au cœur et le médecin lui fait passer des examens complémentaires la semaine prochaine. Je pense qu'elle va être bientôt obligée d'abandonner son logement pour une chambre en maison de retraite car sa santé nécessitera une surveillance médicale permanente.

Début août, nous allons passer quelques jours, tous les quatre, à Pornic. Ton père a loué une petite maison avec vue sur la mer par l'intermédiaire du Comité d'Entreprise de Pomona. Nous t'enverrons une carte postale.

Sinon ton père et moi allons bien. Ton père est toujours chez Pomona, ça commence à faire, c'est à marquer d'une pierre blanche. L'ambiance à la maison est donc calme. L'autre jour, il a acheté un poste de télévision Brandt d'occasion. Quelle belle invention ! C'est plus agréable que la radio puisque l'on voit les visages des présentateurs. J'adore regarder les émissions de variétés.

Je pense souvent à toi et j'espère que côté santé, tout va bien. As-tu trouvé un médecin pour te suivre ?

Je t'embrasse très fort et je t'aime
maman

Yolanda est attristée pour son frère adoré :

— Pourvu qu'il s'en sorte ! Je vais lui écrire pour lui soutenir le moral. Je prie pour qu'il guérisse.

Pour sa grand-mère maternelle qu'elle admire aussi, même si son grand âge laisse présager de futurs problèmes de santé. Cette petite femme énergique, à la peau mate et aux longs cheveux blancs tressés, l'a toujours impressionnée. Avec son époux, ils ont été les pionniers des couples garde-barrière en France.

Elle adorait, enfant, aller passer des vacances dans le logement de fonction qu'ils occupaient, près du passage à niveau de la ligne

Nantes-Machecoul, et s'endormir à l'étage de leur maisonnette en entendant en bruit de fond le rythme régulier et monotone des trains.

Elle est contente de lire que l'ambiance à la maison est sereine. Son père est un homme sympathique et cultivé qui traverse toutefois des périodes dépressives.

Quant à sa belle-sœur, elle n'est pas surprise par sa réaction :

— Elle n'a pas de cœur, c'est l'intérêt qui la guide. Elle s'est accrochée à Jean-Jacques parce qu'il est beau garçon et a un potentiel, elle ne sait pas ce qu'est l'amour.

En plus, son père doit faire pression en lui suggérant de trouver un autre parti plus sûr. Si elle avait eu une once de gentillesse, elle m'aurait déjà écrit pour avoir de mes nouvelles. C'est une égoïste, alors que je l'ai sortie du pétrin lorsqu'elle est tombée enceinte ! se dit-elle.

Elle est un peu déçue par l'attitude, presque de déni, de sa mère face à sa grossesse, même si la question sur le médecin ressemble à un peu d'intérêt.

— Elle a des circonstances atténuantes et je l'aime trop pour lui en vouloir. Lorsqu'elle est tombée enceinte de Jean-Jacques, elle a épousé mon père sans savoir à quel homme elle liait son destin. Elle n'a jamais eu l'occasion de prendre son indépendance car mon père lui fait subir régulièrement son tempérament fantasque, instable et inquiétant.

Toute son énergie est accaparée par ses sautes d'humeur.

L'engagement volontaire de mon père en Indochine en 1949 pour deux années alors qu'il avait 48 ans et était chargé de famille, a choqué

Jeanine qui n'était pas préparée à rester seule avec deux adolescents. Heureusement, sa solde mensuelle nous a permis de vivre correctement. Mais moralement, maman a beaucoup souffert et nous l'avons soutenue, Jean-Jacques et moi, afin qu'elle ne tombe pas en dépression.

Les nouvelles de mon père étaient assez rares et elle s'est beaucoup inquiétée lorsqu'elle entendait les informations à la radio, notamment la tragédie de la RC4, la route coloniale 4 Lang Son-Cao Bang, en mai et octobre 1950. Elle savait qu'il était affecté à la surveillance de cette route. Dans ses lettres, elle le suppliait de rentrer, mais il a prolongé son engagement jusqu'en 1952 pour toucher les surprimes.

Il est rentré à Nantes en janvier 1953, fatigué, usé, épuisé mais riche. Ma mère l'a accueilli à bras ouverts, mais elle a rapidement commencé à lui reprocher l'abandon de sa famille pour s'engager dans une guerre lointaine. Mon père l'a calmée en lui montrant l'argent qu'il avait récupéré.

Pour se faire pardonner, il l'a couverte de cadeaux. Il connaissait bien sa femme, l'achat d'une bague et du manteau de fourrure dont elle rêvait pour asseoir son statut d'épouse adulée a suffi à la calmer définitivement.

Elle sait que je vais m'en sortir. C'est pour cela qu'elle ne m'en parle pas. Son côté romantique et insouciant, lui fait espérer une idylle avec Christian qui résoudra le problème.

Mais bon sang, j'aurais tellement besoin qu'elle me soutienne, me conseille, me donne du courage ! Ou alors elle n'approuve absolument pas que je sois tombée enceinte et n'ose pas me le dire ! Que c'est dur de supporter son indifférence ! Enfin, je suis habituée, ce n'est pas nouveau. Quelle différence de tempérament par rapport à Odette qui ne me connaît que depuis un mois et qui est à l'écoute, prête à m'aider, à me soutenir ! se dit-elle.

Elle refuse que cette lettre lui mette le moral en berne et décide d'y répondre immédiatement en écrivant quelques mots de soutien pour son frère. Elle relativise l'ampleur des mouvements indépendantistes, parle de son amitié avec Odette et Albert, raconte ses sorties et rassure sur sa santé. Elle complétera son envoi demain en achetant quelques cartes postales.

23

Elle n'a aucune nouvelle de Christian depuis plusieurs semaines. Son moral est au plus bas, et elle commence à se poser des questions :

— A-t-il renoncé ? A-t-il rencontré une autre femme ? Il ne m'a rien promis, je ne peux rien exiger de lui. Que m'étais-je imaginé ? Je ne suis pas la seule femme seule dans cette ville, se dit-elle, anxieuse.

Seul point positif de la semaine : la visite chez le Docteur Thierry à la Clinique Comtes est encourageante. Tout va bien et le bébé se développe correctement. Il faut juste qu'elle se repose un peu plus pour arriver au terme de sa grossesse en pleine forme et pour réduire les coups de pompe et le gonflement de ses jambes. Il lui confirme que l'accouchement est prévu aux environs du 12 décembre. Elle a pu réserver une chambre pour la naissance.

Le samedi soir, elle se prépare avec soin et enfile une petite robe noire évasée, pour se rendre au Rialto. Ce cinéma, créé en 1930 par l'architecte Pierre Jabin, surnommé le plus bel établissement d'Afrique du Nord, est un endroit incontournable de Casablanca.

Ce magnifique édifice de style Art déco accueille toutes les célébrités du cinéma, de l'opéra ou du music-hall du monde entier. C'est un honneur pour Yolanda d'avoir l'occasion de fouler un endroit fréquenté par des talents comme Joséphine Baker, Tino Rossi, Charles

Aznavour et Edith Piaf. Elle regrette que Christian n'ait pas pu partager ce moment avec elle.

Mais avoir la possibilité d'aller écouter le plus grand chanteur du monde arabe, reconnu comme le premier chanteur ayant notamment introduit le répertoire symphonique occidental dans l'orchestre classique arabe, est une chance qu'elle a l'intention de savourer.

Elle retrouve Jules Lopez et sa femme devant l'entrée de cette salle mythique. Ils lui réservent un accueil chaleureux et sa femme, charmante petite brune aux yeux noisette à la silhouette un peu potelée, s'avère être aussi sympathique que lui.

Ils sont conduits par un ouvreur en livrée, au balcon face à la scène, et s'assoient dans des sièges en velours. L'intérieur, tendu de tissu rouge et or, est somptueux.

La salle se remplit au fur et à mesure.

Yolanda observe les spectateurs : toutes les origines sont mêlées et les femmes rivalisent de séduction vestimentaire en portant des robes longues aux tissus brillants, de longs gants noirs malgré la chaleur. Elles sont parées de somptueux bijoux qui brillent et mettent en valeur leurs épaules dénudées sous la lueur des lampes en cristal.

Les hommes sont en smoking et tiennent fièrement leurs épouses par le bras pour renforcer leur pouvoir. Elle aperçoit également des dignitaires marocains en caftan de soie, de brocart ou en velours, richement brodés de fils d'or ou d'argent. Les femmes portent une large ceinture brodée et de magnifiques colliers étincelants, les plus âgées ont, en plus, un léger voile sur la tête pour cacher leurs cheveux.

— Tout le gratin de la ville est présent ce soir pour écouter Mohammed Abdel Wahab, se dit-elle. J'espère que le service d'ordre nous protège des attaques terroristes. Tout ce beau monde fortuné rivalise d'influences politiques variées.

Avant que le rideau se lève, et juste au moment où les lumières des lampes faiblissent pour mettre en valeur la scène, elle reconnaît François, le journaliste chargé de couvrir le spectacle, qui lui sourit et se dirige vers elle.

— Bonsoir Yolanda, lui dit-il en prenant place à côté d'elle.
— Tu arrives juste avant le lever de rideau, répond-elle en souriant, contente de sa présence.

Dès que le rideau de velours noir bordé d'or se soulève, les premières notes d'un orchestre composé exclusivement d'hommes en chemise blanche et pantalon noir dirigés par un chef d'orchestre en smoking commencent à égrener le début d'une mélodie mi-orientale, mi-occidentale. Les notes émanant des violons, des clarinettes mélangées au oud donnent le frisson.

De part et d'autre de la fosse, un chœur masculin et un chœur féminin commencent à chanter à l'unisson le refrain d'une chanson connue.

Puis le chanteur de charme égyptien apparaît sur scène, grand, mince, racé, le visage fin, les cheveux gominés en arrière. Il porte un smoking et a glissé un mouchoir blanc dans la poche de sa veste. Il est accompagné d'un luth. Les applaudissements crépitent et tous les spectateurs se lèvent pour ovationner celui qui a reçu pas moins de trois décorations égyptiennes et six étrangères.

C'est un artiste très populaire dans les pays arabes, chanteur, compositeur, luthiste, il est considéré comme l'un des principaux artisans du renouveau de la musique traditionnelle arabe. Il a su bousculer les codes très stricts des mélodies en puisant dans le répertoire occidental à la mode comme le tango, la rumba ou la valse mais aussi plus classique comme Beethoven ou Bizet.

Dès que le public se rassoit, Mohammed Abdel Wahab entonne de sa voix de velours les premières notes de sa célèbre chanson « Ya Msafer Wahdak ». Le public est rapidement envoûté, conquis par le spectacle où, même sans comprendre les paroles, on accède à un imaginaire empli d'histoires d'amour impossible, compliquées, qui ne finissent pas toujours bien.

Yolanda est conquise. Jusqu'à la dernière chanson, elle est émue par la puissance et le pouvoir de cette musique.

Le chanteur est rappelé six fois, le public jette des fleurs sur la scène pour le remercier, les applaudissements font trembler les murs, les lumières de la scène s'éteignent et le rideau se baisse.

C'est un peu étourdis et hébétés que Madame et Monsieur Lopez, François et Yolanda se retrouvent dehors, dans la douceur du soir. Beaucoup de groupes se sont formés pour se saluer ou échanger et la chaussée est bondée.

— Comment avez-vous trouvé le spectacle ? demande Jules Lopez à Yolanda.

— Superbe, je n'ai pas suffisamment de mots pour décrire le délicieux moment que j'ai passé. J'ai trouvé la voix de Mohammed Abdel Wahab profonde, il a su nous embarquer dans son univers et c'est fabuleux. Merci beaucoup de m'avoir permis, par votre invitation, de découvrir un grand artiste.

— Je partage votre avis, le répertoire de musique traditionnelle arabe est parfois nasillard et soporifique. En mélangeant les styles, il l'a rendu plus accessible au commun des mortels, mais surtout plus rythmé, plus stylé et surtout plus vivant ! dit la femme de Jules Lopez.

— J'ai de la matière pour écrire un bon papier, je suis content, je prends note de vos avis. Savez-vous qu'il a commencé à chanter à 13 ans en reprenant les chansons de Salama Hegazi, pionnier du théâtre musical en Égypte ? Je crois qu'il a commencé à écrire ses premières chansons dans les années 20, renchérit François.

— Je l'ignorais. J'ai lu dans un journal culturel qu'il écrivait des chansons pour d'autres interprètes et également qu'il tourne dans des comédies musicales au cinéma. Souhaitez-vous que l'on aille tous souper quelque part pour prolonger la discussion ? questionne Jules Lopez.

— Je vous remercie pour votre proposition, je suis un peu fatiguée, je vais rentrer me reposer. Ce sera pour une autre fois, dit Yolanda.

— Merci, Jules, je voudrais rentrer pour rédiger mon article pendant que je suis encore dans l'ambiance du concert, je vais rentrer également. Yolanda, j'habite pas très loin de votre quartier, je vous propose de partager un taxi, dit François en se tournant vers elle.

— Avec plaisir, répond-elle.

— Eh bien, puisque vous nous abandonnez, nous allons nous faire un tête-à-tête amoureux, dit Jules Lopez en regardant sa femme d'un sourire complice.

— Oui chéri, nous allons en profiter. La baby-sitter garde les enfants et reste dormir à la maison. C'est une occasion rare. Ce serait dommage de la rater.

— Alors bonsoir à tous les deux. Nous allons nous diriger à pied vers la Place de France. Rentrez bien, François, je vous confie Yolanda.

— Pas de souci, bonne soirée à tous les deux. Yolanda, vous venez, les taxis sont sur votre gauche.

Après une dizaine de minutes d'attente, ils sont enfin assis dans un taxi. La circulation est aussi dense qu'en pleine journée et le véhicule avance lentement.

— Je dois t'avouer un secret, dit François avec un air malicieux. Je ne rentre pas chez moi directement. Je vais voir mon amoureuse.

— Tu es libre de faire ce qui te chante, François. Tu n'es pas obligé de me rendre des comptes.

— C'est que, j'ai besoin de me confier et je te trouve plutôt sympathique.

Yolanda ouvre de grands yeux surpris :

— On se connaît à peine. Mais si parler peut te faire du bien, je t'écoute, mais nous ne sommes pas seuls, dit-elle en montrant le chauffeur du menton.

— Ce n'est pas grave. C'est juste que ma situation amoureuse n'est pas banale. Je fréquente une Marocaine de mon âge et je suis fou amoureux d'elle.

— C'est une bonne nouvelle. Où est le problème ? dit naïvement Yolanda.

— Oui c'était merveilleux, au début. Je l'ai rencontrée dès mon arrivée à Casablanca il y a deux ans. Elle travaille aux Parfums Forvil, Place du Capitaine Ihler, comme vendeuse. Je m'y suis rendu pour acheter un flacon d'after-shave et c'est elle qui m'a servi. Je suis tombé immédiatement sous son charme. Elle est belle comme un cœur avec des yeux couleur de braise, un petit nez retroussé, des lèvres ourlées et de longs cheveux noirs lui tombant jusqu'à la taille, une silhouette de rêve et surtout cette peau mate, attirante…

Je l'ai invitée à prendre un café à la sortie de son travail et elle a accepté. Très vite, nous nous sommes vus régulièrement car nous sommes tombés amoureux l'un de l'autre.

C'est la fille cadette d'un entrepreneur de travaux publics marocain, famille très conservatrice. Elle a un grand frère et une sœur plus jeune qu'elle. Le magasin Forvil appartient à sa tante, c'est pour cette raison qu'elle a réussi à s'évader du carcan familial. Tout était parfait jusqu'à ce début d'année, où son frère nous a surpris à la terrasse d'un café et n'a pas apprécié de la voir avec un Français. Elle a dû jurer que nous n'étions que des connaissances pour éviter de se faire lyncher.

— Parce qu'elle n'avait pas dit à ses parents qu'elle te fréquentait ?

— Non, elle voulait le faire mais elle repoussait tous les jours. Je pense qu'elle avait peur de leur réaction avec les événements indépendantistes.

— Et que s'est-il passé après la rencontre avec son frère ?

— Son père est entré dans une colère noire. Il lui a dit qu'il voulait la marier de force à un bon parti marocain, qu'elle déshonorait sa famille en fréquentant un colon. Il a exigé qu'elle soit accompagnée à son travail par une matrone et raccompagnée le soir de la même façon.

— C'est rétrograde comme façon de penser. J'ai pourtant lu récemment dans un magazine féminin que la nouvelle génération de marocaines s'émancipait en fréquentant l'Université, en travaillant notamment. Comment arrivez-vous à vous voir depuis cette altercation ?

— Avec la complicité de sa tante, nous arrivons à nous voir régulièrement. Ce soir, elle dort chez elle, c'est pour cela que nous avons un créneau. Mais ce ne sera pas possible éternellement.

Yolanda est dubitative :

— Que comptes-tu faire ?

— Aucune idée. La raison voudrait que je laisse tomber. Un mariage mixte est difficilement envisageable avec les évènements actuels. La seule possibilité serait de fuir en France avec elle, de demander un visa, de l'épouser et de lui donner la nationalité française.

— Et elle, qu'en pense-t-elle ?

— Elle n'arrive pas à prendre de décision, elle est partagée : elle ne se voit pas vivre loin des siens et dans un pays qu'elle ne connaît pas. Elle croit qu'avec du temps et de la patience, elle pourra me présenter à son père et qu'il se fera à l'évidence que je suis un bon parti.

— C'est compliqué comme histoire. En tous les cas je te conseille de profiter des moments que tu vis, mais de garder la tête froide et de te préparer à une éventuelle grosse déconvenue. Les anciennes familles arabes, notamment celles qui ont du pouvoir et de l'argent, ont l'habitude de fiancer les filles dès leur naissance avec une autre famille pour que les biens restent dans le patrimoine.

Pour eux, tu es un intrus dans leurs plans et leur objectif va être de t'éliminer. Seule une forte personnalité pourrait leur tenir tête et déjouer le poids de la tradition. Ton amie a-t-elle ce tempérament rebelle ?

— Pas vraiment, elle est douce, gentille. Cultivée certes, mais pas d'un caractère tenace et frondeur.

— Donc j'en déduis que son père sait qu'elle rentrera dans le moule à un moment ou à un autre. Si le frère aîné met une pression supplémentaire, elle te quittera. As-tu des atouts financiers à mettre dans la balance ?

— Que veux-tu dire par là ?

— Une famille qui a de l'argent, une réputation en France. Il faut que tu démontres, que même si tu es colon, tu es digne et respectable. Déjà ton métier de journaliste est un point favorable.

— Depuis l'assassinat de Jacques Lemaigre-Dubreuilh, ce n'est pas un avantage de travailler dans ce métier. Mes parents ont un peu d'argent mais nous ne sommes pas à proprement parler une fortune comme l'entend le père de Nora.

Mon père est Ingénieur chez Renault et ma mère, sage-femme. Ils sont propriétaires d'une maison en banlieue parisienne et possèdent une voiture. Je suis fils unique, ils ont réussi à payer mes études de journalisme et vont tous les ans en vacances, ils ont de quoi vivre, c'est tout. La situation n'est pas plus brillante du côté de mes oncles, tantes et grands-parents.

— Et tes parents sont-ils au courant de ton histoire d'amour ?

— Non, je ne leur en ai pas encore parlé. Je ne connais pas leur opinion sur les Marocains. Ils ne se sont pas opposés à mon départ à Casablanca, mais ils n'ont pas non plus sauté au plafond. La peur de l'inconnu, les préjugés, comme souvent, prennent le pas sur la raison pour porter des jugements hâtifs sur les étrangers. Ce sont des gens au grand cœur et je pense que si j'arrivais du jour au lendemain chez eux avec Nora, ils accepteraient la situation et nous viendraient en aide.

— On est arrivé devant chez moi, dit Yolanda en voyant le véhicule se garer le long du trottoir. Je ne sais plus quoi te dire sans te mettre le moral au plus bas. Votre situation n'est pas simple. Les mariages mixtes sont difficilement acceptés dans notre société compte tenu du fait que le Maroc est sous Protectorat français et beaucoup de colons ont profité de la situation pour avilir le peuple arabe. Les Marocains se rebellent d'être maltraités et la haine s'est développée de part et d'autre, et donc, le racisme.

Je te le réaffirme, je te conseille de profiter du présent. Vis au jour le jour ton amour et tu verras ce que l'avenir te réserve.

Si tu as besoin de parler, je serai toujours présente. Je te souhaite une bonne soirée François.

— Merci Yolanda. Je vais réfléchir à notre échange. Bonne nuit.

Yolanda s'endort aux sons de la musique orientale dans la tête. Après un dimanche consacré à flâner tranquillement dans les rues vidées de ses habitants partis prendre l'air sur les plages de la corniche, la semaine reprend tranquillement sa routine.

24

Le lundi, elle demande à François, en catimini, comment s'est déroulée la fin de sa soirée. Il répond par un haussement d'épaules. Elle n'ose pas aller plus loin dans son questionnement.

Le mardi soir, Odette lui téléphone pour lui annoncer qu'elle avait reçu les planches de patrons du supplément maternité du journal Marie-Claire et lui propose de se revoir le samedi suivant pour l'accompagner acheter les tissus et rencontrer sa couturière.

— Vous verrez, Yolanda, j'ai même trouvé des modèles de superbes robes portefeuille à l'intérieur de laquelle on coud une ceinture réglable pour continuer à vivre normalement et surtout élégante, jusqu'à la fin de la grossesse ! lui dit-elle de sa voix enjouée.

Yolanda accepte avec plaisir et propose de la retrouver en début d'après-midi à la brasserie.

— C'est parfait. Et en attendant, n'hésitez pas à m'appeler si vous avez un coup de cafard. Avez-vous des nouvelles de Christian ?
— Non rien depuis la dernière soirée au cinéma qui remonte à bientôt 15 jours.
— Ne vous inquiétez pas, il va vous rappeler, il doit avoir du travail et il attend d'être plus disponible pour vous consacrer du temps, dit Odette sur un ton conciliant.

— J'espère que vous avez raison. Ou alors il m'a oubliée et a trouvé une autre conquête.

— Ayez confiance en votre charme et vos atouts Yolanda, un homme n'oublie pas si facilement une femme comme vous, belle, intelligente, avec du caractère.

— S'il attend trop, il va s'apercevoir de ma grossesse dès qu'il me verra. Je n'aurai même pas le temps de l'en informer.

— Et alors, comme cela ce sera plus facile ! L'évidence sera sous ses yeux. Pour moi au contraire, ce sera l'occasion de tout lui avouer, vous aurez le minimum d'explications à donner ! Yolanda, vous rêvez que Christian soit votre amoureux, mais pour l'instant vous ne savez pas si c'est réciproque ! Il vous a dit que vous lui plaisiez et qu'il voulait vous courtiser, mais ce n'est pas encore une demande en mariage. Même si ses attitudes vous ont fait penser qu'il est amoureux de vous, vous n'en avez aucune garantie à ce jour. Détendez-vous et ne vous emballez pas !

— Merci pour votre lucidité. Je dois souffrir de la solitude, c'est pour cette raison que je me mets la pression.

— Allez, ça va aller, vous êtes en bonne santé, vous avez du travail. Dans quelques mois, vous aurez votre bébé et vous serez libérée pour sortir et faire de nouvelles rencontres et à Casablanca, les hommes célibataires, ce n'est pas ce qui manque. Je comprends que c'est dur à vivre, mais patience, la roue tourne et les bons moments reviendront.

— Que ferais-je sans vous et votre esprit pratique, Odette ? Encore merci pour votre appel et vos bons conseils. À samedi.

— À samedi, ma chère Yolanda. Et pas de sang d'encre, c'est mauvais pour le bébé. Promis ?

— Promis.

En raccrochant, Yolanda se sent mieux. Odette a raison, elle polarise son attention et ses émotions sur Christian parce c'est le seul homme avec lequel elle a partagé des moments intenses depuis son arrivée à Casablanca, mais il ne faut pas qu'elle oublie les doutes que ses attitudes ont créés en elle : charmeur, beau parleur. Elle doit absolument penser à autre chose, attendre en permanence un coup de fil hypothétique n'est pas une solution.

Forte de ces résolutions, elle passe tranquillement le reste de la semaine. Elle se rend chez Brigitte pour rectifier la coupe de ses cheveux et lui raconte de la façon la plus détachée possible et, surtout, sans rentrer dans les détails, qu'elle attend un bébé pour le mois de décembre.

Décontenancée par la nouvelle, Brigitte n'ose pas poser les questions qui lui brûlent les lèvres.

— Elle croit peut-être que Christian est le père du bébé, se dit Yolanda.

Celle-ci reste neutre et la congratule chaleureusement.

— Votre voisine de palier attend aussi un bébé, lui annonce-t-elle, je crois que la naissance est prévue pour le début de l'année prochaine. Si cela vous tente, je peux organiser un apéritif à la maison pour faire connaissance.

Yolanda se dit que ce n'est pas le moment de se faire des ennemis, surtout que c'est une amie d'Odette et accepte l'invitation.

— Si vous voulez, avec plaisir, répond-elle.
— Je suis ravie. Connaissez-vous le parfum Vertige du Maroc ? C'est un parfumeur marocain local, Forvil, qui l'a lancé. Le représentant m'a laissé quelques échantillons, je vais vous en donner un, reprend Brigitte.
— Non, pas du tout. Mon parfum habituel est l'Heure Bleue de Guerlain que j'adore et que je porte depuis mes 18 ans. C'est gentil à vous, je vous remercie. Quelles senteurs ?

— Capiteux, profond, oriental, mystérieux, entêtant, envoûtant, provoquant, bergamote, rose, tubéreuse, iris, comme le Maroc. Je trouve que c'est plus une senteur pour les peaux brunes que les blondes, mais je vous propose de le tester. Vous me donnerez votre avis.

— C'est la deuxième fois que j'entends prononcer le nom de ce Parfumeur, se dit Yolanda. Si l'odeur de ce parfum me plaît, en plus de me faire consommer local, il me donnera une bonne occasion pour aller voir Nora, la fiancée de François.

Le jeudi matin, François, sous prétexte de corriger un article ensemble, l'invite à prendre un café dans son bureau.

— Que tu es bien coiffée. Ta coupe te va superbement bien. Tu ressembles à la chanteuse britannique Pétula Clark. Tu vois qui je veux dire ? Et il flotte autour de toi une odeur envoûtante. Au fait, es-tu libre dimanche prochain ? lui demande-t-il.

— Merci, François. Je suis moins jolie qu'elle, même si ma coiffure ressemble à la sienne, mais c'est gentil de me comparer. Je teste un parfum local fabriqué par les Parfums Forvil. Son nom est à lui seul, tout un programme : Vertige du Maroc. Je n'ai rien prévu ce dimanche. Pourquoi ?

— Je te propose de venir avec moi assister à une course de lévriers au vélodrome d'Anfa.

— Une course de lévriers ? Les chiens ? Ça existe ?

— Oui, tu as bien entendu, les chiens, la race des lévriers Greyhound provenant d'Irlande. Ces chiens sont élevés dans un chenil à Benslimane, il y en a plus de 250. Ils s'entraînent trois fois par jour sur six kilomètres et dévorent 2,5 tonnes de viande et 3 tonnes de riz tous les mois. Certains peuvent courir jusqu'à 90 km/heure.

Les courses se déroulent au vélodrome qui est transformé pour l'occasion en cynodrome. En fait, on couvre la piste cyclable bétonnée par du sable. C'est même un sport national à Casablanca.

Les courses, aussi cotées que les courses de chevaux, sont organisées par la Société des courses de lévriers du Maroc, Association qui existe depuis 1947. Bien sûr, les paris sont ouverts sur les outsiders et certains habitués gagnent des petites fortunes.

La plus grande course nationale de la saison a lieu dimanche prochain. Je couvre l'événement pour le Journal. Attention, ce lieu est exclusivement masculin, mais une femme accompagnée peut y entrer. Alors si tu n'as pas peur de salir ta réputation, car l'endroit est peu recommandable pour la bonne société casablancaise ! je te propose de m'accompagner.

— Hum le goût de l'interdit me met l'eau à la bouche ! Je saute sur l'occasion, j'accepte ton invitation.

— Les courses se déroulent sur la journée. Nous assisterons à la dernière, à 16 h, ce sera celle des finalistes. Si tu es en forme, je propose de se retrouver en début d'après-midi à l'arrêt du trolleybus de la ligne 8, Place de France. Nous descendrons à boulevard d'Anfa et rejoindrons le vélodrome à pied. J'en profiterai pour te faire une visite guidée de ce magnifique quartier riche en histoire.

— Je suis déjà allée me promener dans ces quartiers lors de mon arrivée et j'ai adoré. Et ne critique pas ma forme physique ! dit Yolanda en souriant tout en se levant.

— Prévois chaussures plates, chapeau, crème solaire, bouteille d'eau, il va faire chaud sur la colline ! Et si tu vas chez Forvil acheter ce parfum qui te va divinement bien, demande Nora pour te servir, ajoute-t-il avant de refermer la porte de son bureau derrière elle.

— Il est gentil ce François, je me suis fait un copain se dit joyeusement Yolanda en retournant dans son bureau décrocher le téléphone qui sonne dans le vide depuis un moment.

25

Elle retrouve Odette à la brasserie le samedi en début d'après-midi. Albert l'accueille avec un grand sourire :

— Voilà notre rayon de soleil ! Bonjour, ma beauté, comment allez-vous ? Je ne sais pas ce que vous complotez avec ma femme, elle est en effervescence depuis plus d'une semaine ! Elle vous attend au fond de la salle.

Yolanda s'avance vers les cuisines et retrouve Odette assise devant la dernière table avant le passe-plat. Celle-ci est encombrée de magazines, de patrons, d'échantillons de tissus, de toutes les couleurs et toutes les matières.

Elle a un pincement d'émotion en s'apercevant qu'Odette a pris son rôle au sérieux et a trouvé le temps, malgré son emploi du temps chargé, de tenir sa promesse.

— Ah, Yolanda, bonjour ma petite, dit-elle en se levant et en la serrant dans ses bras pour l'embrasser. Je suis contente de vous voir. Regardez, j'ai préparé un tas de choses, comme cela vous allez pouvoir trier et choisir ce qui vous plaît avant de partir chez Razana tissus et la couturière Linda. Mais en attendant, que buvez-vous ?
— Quand je vois toutes ces recherches, je suis touchée. Je vais prendre un thé à la menthe s'il vous plaît. Ça va m'aider à digérer, j'ai un peu mal à l'estomac en ce moment.

— C'est normal, c'est le bébé qui prend de la place, vous avez un peu d'acidité.

— Certainement et puis un peu de fatigue du travail, et de l'anxiété.

— Toujours pas de nouvelles de Christian alors ?

— Non, rien.

— Et le travail ?

— Beaucoup d'activités avec la préparation de la commémoration de l'anniversaire de la déposition du Sultan, le 20 août. Le Journal en profite pour faire un point complet sur le Protectorat, la destitution du Sultan en 1953, l'exil, le rôle du Sultan Ben Arafat… et j'en passe.

Chacun y va de ses pronostics pour la suite, ça fait vendre du papier. Mais moi, je suis débordée.

Heureusement que le week-end est de trois jours avec les fêtes de l'assomption ce lundi ! Mais je ne suis pas venue pour me plaindre, je vous écoute Odette.

— Vous devriez aller à la piscine municipale vous détendre, cela vous ferait du bien.

— Je vais y penser, mais alors il faut me prévoir un maillot de bain, je ne rentre plus dans ceux que j'ai apportés ! ajoute-t-elle en s'esclaffant.

— Un petit tour aux Galeries Modernes ?

— On verra si on a le temps. Je ne pourrai pas m'y rendre demain, je vais voir les courses de lévriers avec François.

— C'est à faire au moins une fois dans sa vie. Mais vous allez voir, l'ambiance est glauque, entre les parieurs qui s'excitent, les chiens qui aboient et la poussière du sable qui salit les vêtements, vous allez vite vous lasser. Mais dites-moi, qui est ce François ?

— Non, Odette, ne vous méprenez pas. François travaille au Journal. Il a un article à rédiger car c'est un championnat, je crois. Et il est déjà amoureux. C'est un gentil garçon avec lequel j'ai sympathisé car nous sommes du même âge.

— Bon OK. Je vous montre les patrons que j'ai trouvés. Voici les modèles de robes portefeuilles. À l'intérieur, à la taille, la couturière glisse un gros grain avec des trous et de l'autre côté un bouton qui vous permettra d'ajuster la taille au fur et à mesure que le bébé prend de la place.

L'avantage, c'est que vous pouvez choisir de faire confectionner ce modèle dans différents tissus, comme la soie pour une tenue habillée par exemple, mais aussi en coton pour tous les jours ou en viscose ou polyester. Idem pour les couleurs, vous pouvez sélectionner un imprimé comme ceci, dit-elle en lui montrant les échantillons mais aussi de la rayure, de l'uni.

Sur le même principe, on peut faire faire des jupes droites, un pantalon-cigarette à agrémenter avec des blouses larges à manches courtes. J'ai aussi trouvé des modèles de robes sans manches parfaites pour notre climat, en forme de A qui seront très sexy.

— C'est sûr que le style Rockabilly et pin-up n'est plus pour moi, dit Yolanda, dépitée, en commençant à feuilleter les magazines.
— Patience, Yolanda, c'est temporaire. Dans quelques mois vous aurez retrouvé votre ligne de mannequin et vous pourrez porter à nouveau des vêtements serrés ! la houspille gentiment Odette.

Après deux heures d'observation, de sélection des patrons et des tissus, et d'âpres discussions, Yolanda et Odette prennent un taxi pour se rendre dans le Maarif chez Linda, la couturière, rue du Canigou, pour lui montrer les patrons et faire prendre ses mesures, puis aux Tissus Razana, rue du Jura, pour choisir les tissus.

Les quartiers commerçants du Maarif sont vivants et bruyants. Dans les rues, on entend le bruit des machines à coudre des ateliers qui se trouvent pour la plupart aux rez-de-chaussée de maisons modestes ou d'immeubles neufs peu élevés. Les enfants jouent au milieu de la chaussée, les voitures sont rares.

Chaque fois, l'accueil est chaleureux et empli de bienveillance. Yolanda se sent en confiance.

Les affaires sont vite réglées, le marchand de tissus propose de livrer la couturière et Linda annonce que tout sera prêt d'ici dix jours. Les prix sont corrects.

Pour clôturer cet après-midi actif, Odette emmène Yolanda chez Bennis, la célèbre pâtisserie, pour goûter les meilleures spécialités marocaines de la ville. Un régal de gourmandise !

Harassée, heureuse et repue, le taxi la dépose chez elle en fin de journée avant de reconduire Odette à la brasserie pour le service du soir.

— Merci pour tout, Odette. Vous êtes adorable. Vous m'avez rendu un énorme service et, avec votre présence à mes côtés, vous avez su rendre ce moment agréable ! Je vous embrasse, à bientôt.

— C'est un plaisir Yolanda. Je vous préviens dès que les vêtements me seront livrés. Et amusez-vous bien au cynodrome demain. Bonne soirée.

26

Le lendemain matin, Yolanda se réveille de bonne humeur et décide, au risque de choquer le public du vélodrome habitué à voir les femmes en robe, de se vêtir d'un pantalon blanc 7/8 [e] et une blouse sans manches rose fuchsia, le tout en coton confortable. Elle choisit un chapeau à larges bords pour la protéger des rayons du soleil, enfile des ballerines blanches et récupère dans le séjour son fidèle sac en paille qui la suit partout.

Pour finir, elle se tartine de crème solaire, remplit sa gourde d'eau fraîche, visse sur son nez délicat, sa paire de Ray-Ban et attend patiemment le trolleybus qui va l'emmener au lieu de rendez-vous avec François.

Place de France, elle l'aperçoit de loin et le trouve plutôt charmant, les cheveux châtains en bataille sous un panama beige, le nez aquilin, la bouche charnue et la peau bronzée. Il porte des lunettes de soleil Gucci sous lesquelles elle imagine ses yeux verts, malicieux, l'observer.

Le reste de sa tenue est toute en décontraction : pantalon en toile beige, chemise à manches courtes bleu ciel, ceinture en corde tressée et espadrilles aux pieds de couleur bleu marine, et, attribut du parfait reporter, un appareil photo autour du cou.

— Bonjour Yolanda, alors, prête pour une visite guidée du plus beau quartier de Casablanca ?

— Bonjour François, comme tu vois, dit-elle en écartant les bras et en tournant sur elle-même, j'ai suivi tes conseils à la lettre, on peut y aller.

— Tu as eu raison de mettre un pantalon, tu seras plus à l'aise et on se fiche de la bienséance bourgeoise qui critiquerait certainement ce choix trop masculin ! Le trolley 8 arrive, on a juste le temps de monter dedans.

Le compartiment est presque vide en ce début d'après-midi et ils arrivent rapidement boulevard d'Anfa. Ils descendent à l'arrêt et commencent à marcher sur le trottoir de l'avenue bordée de palmiers.

— L'histoire dit que la ville a été créée sur cette colline par les Romains et s'appelait Anfa. D'autres disent que ce sont les Phéniciens qui sont venus en premier vivre ici. En 1794, Anfa devient la résidence du Gouverneur de la province de Chaouia sous le nom de Ad-Dar-Al-Baïda, littéralement « la maison blanche », devenue Casablanca en espagnol durant le Protectorat.

Les terrains de la colline d'Anfa ont été vendus aux riches français pour s'y loger, ils s'y sont fait construire de luxueuses villas. À partir des années 40, les familles Fassis, originaires de Fès, et qui constituent le gotha arabe des affaires, sont également venues grossir la population de ce quartier, lui commente François, tout en marchant d'un pas alerte.

— Je trouve que les villas sont plus belles les unes que les autres dit Yolanda.

— Oui c'est à qui rivalise d'ingéniosité pour montrer sa puissance financière. Les villas ont des styles très différents, entre hôtels particuliers parisiens et résidences huppées de la Côte d'Azur.

Nous allons bientôt passer devant les arènes. Elles ont été construites par la famille Castella, amoureuse de tauromachie, qui s'est installée au Maroc à la fin du 19e siècle. Les premières arènes étaient en bois et ont été réalisées en 1921 en 80 jours. Le Maréchal Lyautey lui-même a assisté à l'inauguration où s'est déroulé un match de boxe avec le Champion du monde français Georges Carpentier.

Elles ont été ensuite reconstruites en dur par l'architecte français Alexandre Cormier dans le style néo-mauresque et peuvent accueillir jusqu'à 12 000 spectateurs.

Elles ont surtout servi à leur destination première, les corridas et les courses de taureaux mais des matchs de boxe ont été organisés jusqu'en 1940, avec notamment le champion national, Marcel Cerdan.

Puis elles sont tombées en désuétude et n'ont plus été utilisées. On doit leur renouveau depuis deux ans, à un Espagnol, Don Vicente Marmaneu et un Français, Paul Barrière, tous deux passionnés de tauromachie et disposant d'un bon carnet d'adresses. Les Marocains et les colons sont devenus de grands amateurs de taureaux et lors des grands combats, les arènes sont pleines à craquer.

— Quelle horreur, je déteste cette pratique barbare ! Comment peut-on prendre du plaisir à regarder un taureau se faire massacrer ?

— Je te comprends. Justement, depuis quelque temps, une femme, Nina Banon, a réussi à convaincre les deux protagonistes d'organiser des concerts de rock. Ray Charles, the Platters sont déjà venus s'y produire et justement, je crois que Pétula Clark est prévue pour l'année prochaine ! Il est possible d'assister également à des courses de side-cars.

— Qui est Nina Banon ?

— La première femme journaliste du Maroc. Elle travaille à Radio Tanger international et diffuse, avec courage, des émissions liées à l'action nationaliste contre l'occupation française et espagnole. Elle est déjà venue au Journal et je sais que notre Journaliste en chef l'apprécie.

C'est dommage que tu n'aimes pas les corridas, sinon je t'aurai emmenée déjeuner au restaurant La Corrida qui n'est pas très loin du bureau, près du rond-point Mers Sultan.

— On y mange du taureau ? ironise Yolanda.
— Non, mais on y retrouve l'ambiance des corridas. Cet endroit est tenu par la femme de Don Vicente Marmaneu. On y déguste de la cuisine andalouse, assis sous les têtes de taureaux empaillés, les banderoles, les capes et les habits de lumière des toréadors. L'une des portes qui décore l'intérieur a même été récupérée des arènes.
— Merci, François, je crois plutôt que j'éviterai cet endroit, même si la nourriture est délicieuse. Rien que l'idée d'être contemplée par des yeux de bêtes assassinées me donne la nausée.
— C'est pas plutôt la chaleur et ton état qui te donnent envie de vomir ? avance François

Yolanda rougit. C'est la première fois que François fait allusion à sa grossesse et elle en est gênée.

— Non je t'assure, tout va bien, s'empresse-t-elle de répondre. Qu'allons-nous découvrir maintenant ? Sais-tu que tu es un guide merveilleux ?
— Merci. Nous allons bientôt passer devant l'Hôtel Anfa, hôtel de luxe créé par l'architecte Marius Boyer en 1938, en forme de paquebot des années 1940. Le Président américain Roosevelt, le 1er Ministre britannique Churchill, le général de Gaulle ont été reçus à cet endroit par le Sultan Sidi Mohammed Ben Youssef, le Prince Moulay Hassan et le général Résident français Giraud pour préparer l'avenir de la campagne alliée en Afrique du Nord lors de la Conférence d'Anfa en janvier 1943.

Je te propose de faire une halte pour se reposer devant les grilles et admirer la haie de palmiers qui entoure le bâtiment.

— Je suis d'accord pour m'arrêter un peu. Il fait très chaud.

Yolanda et François restent silencieux pendant quelques minutes pour écouter le calme de l'endroit et admirer la beauté du lieu. Après cette halte, ils reprennent leur marche.

— Nous allons passer devant l'hippodrome Louis Puech, construit par l'architecte qui a réalisé les arènes, Alexandre Cormier. Il a été édifié en 1912 mais n'a commencé à organiser des courses hippiques qu'en 1914. Il est construit sur une superficie de 20 hectares autour d'un golf de 9 trous. La tribune couverte peut accueillir jusqu'à 700 spectateurs et la piste de sable mesure 1 700 mètres de longueur. C'est le doyen des hippodromes au Maroc. Après, il n'a rien de spécifique, les courses de chevaux fonctionnent comme dans n'importe quel autre hippodrome. J'ai entendu dire que des défilés de voitures de luxe étaient organisés.

— C'est encore loin ? Je commence à être fatiguée, se plaint Yolanda.

— Je t'avais prévenue ! Tu as de la chance, le vélodrome est au bout de la rue. Nous y sommes presque. Tu vas pouvoir t'asseoir et j'irai acheter des boissons à la buvette. Regarde, c'est là où il y a un attroupement.

Yolanda aperçoit une foule bigarrée d'hommes de tout âge, toute catégorie sociale, toute origine, mélange de burnous blancs, turbans et tuniques, costumes, pantalons de toile et bras de chemise, mais aussi vieillards en haillons. On entend un brouhaha de voix dominé par le son d'un haut-parleur et on voit beaucoup d'agitation.

Derrière la foule, elle distingue un grand mur blanc entouré de portails bleus et une grande inscription « Stade Vélodrome » d'une couleur identique.

— Nous arrivons juste à temps pour participer à la présentation des chiens et au démarrage des paris. Regarde sur ta gauche le chariot rouge du vendeur de boissons est ouvert. Que souhaites-tu boire ?

— Un Coca-Cola, s'il te plaît.

Plus ils approchent, plus les hommes lui jettent des regards en biais, insistants ou réprobateurs. Certains détournent même la tête et crachent sur le sol en prononçant des paroles incompréhensibles et peu sympathiques. Elle le voit à leur mine dépitée.

Elle semble être la seule femme et a le sentiment de déranger ces hommes venus tenter leur chance pour gagner de l'argent. Au lieu de la mettre mal à l'aise, la situation l'amuse. Elle reste collée à François afin d'éviter de se faire bousculer.

Munis de leurs boissons, François présente sa carte de presse au gardien qui veille sur le lieu. Celui-ci lui remet deux tickets pour des places dans la haute tribune métallique. La cacophonie ambiante les empêche tout échange verbal et François lui prend la main afin de ne pas la perdre et pour la guider.

Installée dans les gradins, Yolanda prend le temps d'admirer ce site exceptionnel, entouré de palmiers et d'eucalyptus. Puis son regard se concentre sur la piste.

— C'est une prouesse d'arriver jusqu'ici. C'est la folie, cet engouement pour les courses de lévriers. C'est parce que les paris démarrent à un prix faible, beaucoup ne peuvent pas se payer les courses de chevaux où les paris sont plus élevés, alors ils viennent au cynodrome.

Avant de t'expliquer les règles du jeu, un peu d'histoire : le vélodrome a été construit en 1920 et on dit que son architecture rivalise avec celle des grands vélodromes du monde entier. Des courses internationales de vélos y sont organisées régulièrement. Des légendes du cyclisme comme Bobet, Robic ont évolué sur la piste de 320 mètres, qui, sous le sable que tu vois, est bétonnée. La tribune métallique sur laquelle nous sommes assis date de 1927.

— Très intéressant, je ne connais rien aux courses cyclistes, à part être allée voir avec mon père les cyclistes lorsque le Tour de France s'est arrêté à Nantes en 1948. J'avais 14 ans et je me souviens juste que les femmes acclamaient les coureurs et se bousculaient pour embrasser les gagnants de l'étape.
— On reviendra une autre fois pour une course cycliste si tu en as envie. La course à laquelle nous allons assister est une course de « racing ». Le long d'une des structures métalliques de la piste, il y a un rail qui va permettre d'actionner un lièvre mécanique qui aura 30 à 40 mètres d'avance sur les chiens. Les lévriers courent derrière le lièvre pour tenter de le rattraper.

Il existe également des « open coursing » en plein air ou des « parc coursing » qui se déroulent dans un endroit fermé. Les chiens courent deux par deux et sont assemblés par tirage au sort et un juge procède par élimination.

Ah, voilà la présentation des chiens ! s'interrompt François.

Yolanda regarde en direction de la piste et voit de magnifiques lévriers musclés et racés, de toutes les nuances de beige et de marron, tenus en laisse par leur propriétaire qui leur fait faire un tour de terrain. Chaque animal porte une casaque de couleur bleue, rouge, jaune, verte comportant un numéro bien visible. Le haut-parleur braille le nom de chaque chien ainsi que son numéro.

— Le tour de terrain, c'est pour permettre aux parieurs de choisir leur favori, lui souffle François à l'oreille.

La foule est en liesse et les cris fusent de toute part, le gardien s'active dans les gradins pour prendre les paris de ces joueurs enragés. À côté d'elle, un Français en costume et un jeune lycéen, qu'elle suppose être son fils, établissent leurs pronostics et lèvent le bras pour que l'homme vienne récupérer l'argent et les paris.

De son côté, François prend des photos et réalise des interviews pour sentir la température et immortaliser le moment.

— Le 10 est donné pour gagnant de la prochaine course, suivi du 8 et du 2. Ils proviennent tous du chenil de Benslimane. De vrais champions, lui dit-il en revenant.

Le tour de piste est terminé. Les lévriers sont placés dans une cage fermée, le lièvre est lancé, une voix s'élève des haut-parleurs pour annoncer le départ, un coup de pistolet retentit. Le clapet des cages s'ouvre et une horde de Greyhound s'élance à toute allure pour rattraper le faux animal sous les encouragements et les gesticulations du public. Les chiens soulèvent un nuage de poussière à chaque foulée.

— Pour le 230 mètres, c'est le 2 qui a gagné. Il reste 2 courses, une de 500 mètres et l'autre de 640 mètres, annonce François, surexcité.

À la fin, les maîtres récupèrent les chiens, leur passent une laisse autour du cou et les dirigent vers les balustrades. Le gagnant a le droit à un tour de piste sous les acclamations du public.

Le même cérémonial se répète pour les courses suivantes. À la fin, les gagnants se pressent autour du gardien afin de récupérer leurs gains. Le cynodrome se vide des perdants, que l'on repère à leur tête basse et triste.

Yolanda et François quittent les gradins pour se diriger vers la sortie.

— Attends, je vais récupérer les temps des gagnants, dit François en se dirigeant vers un grand tableau noir où sont notés les numéros des tours et les secondes.

13.3 secondes pour le 230 mètres, 31,8 pour le 500 mètres et 41,6 pour les 640 mètres. C'est pas mal. On reprend le trolleybus pour rentrer ?

— D'accord.
— Quelles sont tes impressions ?
— C'est à voir une fois dans sa vie, c'est pittoresque. Je trouve que c'est beau de voir courir ces superbes chiens. Dommage que ce soit pour de l'argent, j'ai moins bien apprécié la faune qui hurle, te bouscule sans s'excuser.
— Je t'avais dit que ce lieu était mal famé. As-tu remarqué que tu étais la seule femme ?
— J'ai remarqué. Je ne regrette pas de t'avoir accompagné, pour le spectacle. Et tu m'as bien protégée puisque je suis encore entière, dit-elle en souriant.
— On va repasser devant les mêmes endroits que tout à l'heure mais en sens inverse, je ne te refais pas la visite guidée. Puis-je te poser une question indiscrète ?
— Tout dépend de la question. Si elle est trop indiscrète, je ne répondrai pas.
— Pourquoi es-tu venue seule à Casablanca ? Est-ce que ton mari est resté en France, et te rejoindra plus tard ?

Yolanda est prise au dépourvu.

— C'est une histoire compliquée. Je n'ai pas de mari. Je n'ai pas trop envie d'en parler, dit-elle, rougissante.

Sentant la confusion de Yolanda, François intervient :

— Désolé, ma question était effectivement trop personnelle et mon souhait n'était pas de te mettre dans l'embarras. Je change de sujet, je souhaiterais te présenter Nora. Serais-tu disponible le 27 août pour un déjeuner afin que tu la rencontres ?

— Oui avec plaisir, c'est quel jour ?

— Un samedi. Aimes-tu la cuisine italienne ? Si oui, je propose de réserver une table au restaurant Don Camillo. Ce sont des siciliens qui ont ouvert ce bistrot il y a 2 ou 3 ans, les mets sont délicieux.

— OK pour moi. Où en es-tu avec elle ?

— Toujours au même point. Justement je pense que ce serait une bonne chose qu'elle échange avec toi. Entre femmes, elle se livrera sur des sujets qu'elle n'ose pas aborder avec moi.

— En ta présence et sans me connaître, je doute qu'elle se confie. Mais on peut essayer. J'aime rencontrer de nouvelles personnes venant d'horizons variés.

— Nous voilà arrivés Place de France, je te remercie pour ta sympathique compagnie et te souhaite un bon retour à ton domicile. Pas trop fatiguée ?

— Harassée, il me tarde de tremper les pieds dans une bassine d'eau froide ! Je saute dans le trolleybus. Je te remercie également pour ce bel après-midi, pour tes talents de guide et pour ta présence. Au revoir, François, à mardi au Journal !

27

Le jour de l'Assomption, Yolanda décide d'aller à la messe. Non pas par croyance religieuse, elle n'est pas spécialement pieuse ni pratiquante, même si elle a été baptisée et a fait sa communion solennelle, mais par superstition.

Elle aime l'ambiance des églises propice à méditer et à faire des vœux et comme son moral est en berne, elle a besoin de se recueillir pour se redonner de la confiance.

— Je vais aller à l'église du Sacré-Cœur. C'est l'occasion de visiter ce haut lieu du catholicisme à Casablanca et également la possibilité de me rafraîchir car il fait une chaleur torride depuis ce matin.

Effectivement, c'est la température élevée et le soleil qui inondait la fenêtre de sa chambre qui l'ont réveillée tôt. Pas une once de brise marine, pas un nuage dans le ciel, la journée s'annonce étouffante.

Pas de bruit de circulation non plus, le silence est juste perturbé par les cornes de brume des bateaux de croisière annonçant leur arrivée au port.

Vêtue d'une robe rose évasée à manches courtes, chaussée de chaussures plates, coiffée d'un bob noir, son éternel sac en paille sur l'épaule, elle se dirige d'un pas tranquille vers le parc Lyautey.

De loin, elle aperçoit un énorme édifice blanc, très élégant, resplendissant, entouré d'arbres. On dirait une cathédrale tellement l'église est importante. C'est l'architecte catholique Paul Tournon qui l'a réalisée entre 1930 et 1953 dans un style néo-gothique, art déco et musulman traditionnel, sur commande du général Lyautey qui voulait faire édifier un lieu de culte pour accueillir les 40 000 fidèles de la ville.

Yolanda suit la foule de croyants qui s'agglutinent vers la grande porte d'entrée : des familles avec des enfants, des couples, des personnes âgées, des colons pour la majorité, accueillis d'une inclinaison de la tête et d'un sourire, par un prêtre en aube immaculée, sans doute le maître des lieux.

À l'intérieur, elle a le souffle coupé par la beauté des lieux : un immense espace d'une hauteur impressionnante. Des travées gigantesques donnent un air solennel. Au fond, une nef voûtée en anse de panier est éclairée par de grandes baies rectangulaires décorées de vitraux colorés allant du rouge vif à l'indigo pour filtrer la lumière. Elle a du mal à trouver une place libre.

Une douce mélodie est diffusée par l'orgue et donne une ambiance mystérieuse qui lui fait monter les larmes aux yeux. Elle sort un mouchoir de son sac pour s'essuyer délicatement.

Le prêtre a ajouté une chasuble et une étole verte sur son aube blanche et s'avance vers la nef pour ouvrir la cérémonie, suivi des enfants de chœur. Une odeur entêtante d'encens distillée par un encensoir en argent pendu au bout d'une chaîne, et porté par un diacre, suit leur pas.

Le maître des lieux commence par remercier les chrétiens présents pour leur fidélité à l'Église catholique romaine et à leur volonté d'être unis pour célébrer, en terre marocaine, la messe de l'assomption, puis une dame du catéchisme vient lire les premiers versets de l'évangile.

En écoutant les premières paroles, Yolanda réalise que son subconscient lui a joué un tour en lui suggérant de venir à la messe aujourd'hui, car l'assomption c'est aussi l'histoire d'une femme enceinte, Marie. Elle décide d'y voir un signe positif et se met à prier, de toutes ses forces, pour que la vierge Marie lui donne le courage d'aller jusqu'au bout de son parcours.

Ensuite, le prêtre commence à lire le texte de l'Apocalypse de Saint-Jean :

Une Femme, ayant le soleil pour manteau et la lune sous les pieds Ap 11, 19a ;12, 1-6a. 10 b

Le sanctuaire de Dieu, qui est dans le ciel, s'ouvrit, et l'arche de son Alliance apparut dans le Sanctuaire.

Un grand signe apparut dans le ciel : une Femme ayant le soleil pour manteau, la lune sous les pieds, et sur la tête une couronne de douze étoiles. Elle est enceinte, elle crie, dans les douleurs et la torture de l'enfantement.

Un autre signe apparut dans le ciel : un grand dragon, rouge feu, avec sept têtes et dix cornes, et, sur chacune des sept têtes, un diadème. Sa queue, entraînant le tiers des étoiles du ciel, les précipita sur la terre. Le dragon vint se poster devant la femme qui allait enfanter, afin de dévorer l'enfant dès sa naissance.

Or, elle mit au monde un fils, un enfant mâle, celui qui sera le berger de toutes les nations, les conduisant avec un sceptre de fer.

L'enfant fut enlevé jusqu'auprès de Dieu et de son Trône, et la Femme s'enfuit au désert, où Dieu lui a préparé une place.

Alors j'entendis dans le ciel une voix forte, qui proclamait :

Maintenant, voici le salut, la puissance et le règne de notre Dieu, voici le pouvoir de son Christ !

Yolanda est bouleversée par ce texte qui éclaire son chemin et donne du sens à son histoire. Elle comprend pourquoi elle a atterri au Maroc. Elle a péché d'être tombée amoureuse d'un homme qui ne partageait pas ses sentiments, du moins pas suffisamment pour affronter avec elle les conséquences de leur moment d'égarement. Et pourtant quoi de plus beau qu'un enfant pour concrétiser un amour ?

Elle a fui afin d'éviter d'être mise au ban de la société et d'être considérée comme une paria, une fille de mauvaise vie. Une force suprême a réussi à aligner toutes les planètes pour qu'elle parvienne à quitter la France et à rejoindre le Maroc.

Depuis son arrivée, tout se déroule au mieux, malgré la mentalité rétrograde des colons, elle est acceptée dans son état, que ce soit au travail ou dans sa vie sociale. Du côté de sa santé, tout va bien, le bébé est en pleine forme.

Elle rentre chez elle confiante, emplie de courage et de volonté pour arriver à mettre au monde dans les meilleures conditions possibles son enfant et passe le reste de la journée à se reposer.

28

Dès son retour au Journal, Yolanda n'a pas le temps de s'appesantir sur ses états d'âme car l'actualité devient brûlante et va accaparer toutes ses pensées.

Le pays prépare les fêtes de commémoration de l'anniversaire de la déposition du Sultan. Dès le 19 août, les villes de Bejaad, Oued Zem, Khouribga et des tribus avoisinantes se soulèvent de façon populaire contre le colonisateur français en revendiquant l'indépendance de la patrie et le retour au pouvoir du Sultan Sidi Mohammed Ben Youssef. Les manifestations illustrent les liens forts qui existent entre le peuple marocain et le glorieux Trône Alaouite. Les émeutes augmentent malgré la répression féroce de la part de l'armée française.

Yolanda passe ses journées à répondre au téléphone, à taper des articles que les journalistes, en ébullition, lui apportent à la chaîne. Le poste de radio fonctionne en continu et diffuse des discours en français et en arabe qu'elle ne comprend pas. La tension est palpable car personne n'a le temps de lui expliquer clairement les événements.

Dans l'immédiat, chacun écoute, écrit, mais personne ne commente. La proximité des villes qui sont en crise, situées à l'Est de Casablanca l'inquiète et elle espère que la situation ne va pas s'aggraver comme lors des attentats du mois dernier.

En rentrant chez elle, ce mercredi soir, elle n'est plus aussi optimiste qu'en sortant de la messe de l'Assomption. A-t-elle fait le bon choix de choisir le Maroc comme terre d'asile ? Va-t-elle être obligée de rentrer précipitamment en France si les soulèvements s'intensifient ? Que fait le Gouvernement français, en dehors de la force, pour gérer cette crise ?

Elle trouve dans sa boîte aux lettres un message de Brigitte la conviant à un apéritif avec les voisins pour le vendredi soir. Elle accepte même si elle sait d'avance que la vue d'un couple amoureux dont la femme attend un heureux évènement dans la joie et l'épanouissement va certainement lui donner le cafard.

La semaine se termine dans un climat tendu. Les nouvelles des journalistes dépêchés dans la région de Khouribga sont alarmantes et Jules Lopez lui demande de venir travailler samedi en fin d'après-midi pour taper les comptes-rendus pour une édition spéciale du dimanche, ce qui lui permet, le vendredi, de quitter tôt le bureau et de se préparer pour l'apéritif chez sa voisine.

La soirée se passe mieux que Yolanda ne l'avait imaginée. Brigitte se montre enjouée et de bonne humeur et le jeune couple, originaire de Lyon, s'avère fort sympathique. Ils sont tous les deux enseignants et ont demandé leur mutation au Maroc juste après leur mariage, dans l'objectif de voir du pays. Ils ont réussi la prouesse de faire coïncider la date de leur prise de poste à Casablanca pour l'anniversaire de leur deuxième année de mariage.

Une fois installés dans un confortable canapé marocain, Brigitte ouvre une bouteille de Chardonnay et sert des canapés fourrés de délicates mixtures aux saveurs épicées.

— Juste une larme pour trinquer, disent en chœur les futures mamans.

L'atmosphère conviviale la libère de l'anxiété créée autour des événements politiques pesants de la semaine écoulée. Les conversations restent volontairement sur des sujets légers : échange de bonnes adresses de restaurants, discussion autour des prochains spectacles de théâtre et des artistes dont la venue est attendue avec impatience, sans oublier les tendances de la mode coiffure pour l'hiver prochain reçues le matin même par la coiffeuse.

Yolanda éprouve tout de même une pointe de mélancolie lorsque sont évoqués les naissances futures, prévues respectivement en décembre pour elle et en janvier pour Juliette, la voisine.

En discutant, elles se rendent compte qu'elles vont accoucher dans la même clinique mais avec des médecins différents.

— Vous me direz si vous avez été contente des soins dispensés à la maternité pour vous et pour le bébé puisque vous serez la première à accoucher, lui dit Juliette

— Promis. Reprenez-vous le travail après la naissance ? lui demande Yolanda.

— Oui, bien sûr. Je reprendrai huit semaines après la naissance du bébé. J'ai déjà trouvé une nourrice, la mère de l'une de mes élèves pour le garder.

— Quant à moi, la propriétaire de mon appartement avec laquelle j'ai sympathisé m'en cherche une car je vais reprendre le travail assez rapidement après l'accouchement. Comme elle a beaucoup de contact, je lui fais confiance.

— Odette va vous trouver quelqu'un de bien j'en suis certaine. Intervient Brigitte qui a entendu l'échange entre les deux futures mamans.

— Avez-vous commencé à acheter la layette et le matériel ? demande Juliette.

— Non, pas encore, je vais m'en occuper le mois prochain. Et vous ?

— Nous avons déjà reçu un magnifique landau anglais bleu marine de la part de mes parents et ma belle-mère a tricoté tout un trousseau de brassières et culottes blanches en laine qui seront certainement trop chaudes pour le climat d'ici, répond en riant le mari.
— C'est le premier petit enfant de la famille, alors, fille ou garçon, il est attendu, rétorque Juliette, le regard illuminé par la joie.

Yolanda sourit mais sa bouche se crispe. Elle ne souhaite pas en entendre plus car ces phrases, lancées de façon anodine et sans perfidie aucune, atteignent son cœur aussi sûrement que si on lui enfonçait un poignard dans la poitrine.

— Heureusement, qu'elle a la délicatesse de ne pas me poser de questions, se dit-elle.

Brigitte, qui perçoit le malaise, détourne habilement la conversation sur un autre sujet. La soirée se termine sans incident et chacun rentre chez soi en se promettant de rester en contact et de s'entraider si besoin.

Yolanda est moins triste qu'elle ne le pensait. Elle n'envie pas la vie tranquille et monotone de ce couple. Même si elle s'est mise dans le pétrin, elle sait qu'elle a gagné sa liberté. Elle regrette juste de ne pas avoir de nouvelles de Christian, car, en y réfléchissant, c'est le seul homme avec lequel elle aurait envie, actuellement, de sacrifier un morceau de sa liberté.
— Seigneur, faites en sorte qu'il m'appelle prie Yolanda avant de s'endormir.

29

Un silence de mort règne au Journal lorsqu'elle arrive le samedi après-midi. Elle s'installe derrière son bureau et sent qu'un événement grave s'est produit.

Jules Lopez lui apporte la réponse en lui tendant un texte à taper. Ses yeux se remplissent de larmes au fur et à mesure de sa lecture. Jamais elle n'aurait cru que la cruauté des hommes pouvait aller jusque dans ces extrêmes.

Massacre du 20 août 1955

Ce jour, a eu lieu à Oued-Zem, un soulèvement des tribus arabes de la région qui a débouché sur le massacre de 50 à 75 Européens. Les femmes, les enfants et les animaux domestiques figurent parmi les victimes. Les civils européens, armés pour la plupart, se sont défendus avec leurs armes à feu, expliquant la mort de certains insurgés. L'hôpital de la ville, où de nombreux malades étaient marocains, a fait l'objet de meurtres et de saccages par les insurgés. Ils arrachaient les bébés des mères enceintes et les déposaient sur leur ventre.

La riposte de l'Armée française et notamment de la Légion étrangère a suivi la violence de l'attaque et s'est soldée par l'exécution, sous le feu des soldats de la Légion étrangère dont le contingent était composé de soldats d'origine allemande, de responsables désignés par les chefs des tribus d'insurgés. Elle aboutit à de nombreuses victimes marocaines dans la ville même et dans le village voisin, Aït Ammar.

17 cadres d'origine européenne, travaillant à la mine de fer, ont été tués par des insurgés venus de Oued-Zem.

Ce soir, Oued-Zem est une ville martyre.

Le Gouvernement français ne peut plus ignorer ses contradictions et ses méthodes dans sa politique marocaine et répondre par la violence à des actions terroristes aux racines bien plus profondes que de simples troubles. La politique menée par Gilbert Grandval depuis son arrivée au Maroc au poste de Résident général est un échec cuisant qui mérite une sanction.

Nous venons d'apprendre de source sûre que vont s'ouvrir en France, à Aix-Les-Bains, le 22 août, les « entretiens franco-marocains » au cours desquels un Comité composé de 5 ministres français, de personnalités politiques chérifiennes, de délégués des partis nationalistes marocains, de représentants de français du Maroc vont réfléchir sur les éléments d'une politique nouvelle.

Yolanda fait valider le texte par Jules Lopez et l'envoie par télex à l'imprimeur. Chacun se mure dans le silence pour digérer que le Protectorat français va prochainement tirer sa révérence.

Elle prend un taxi pour rejoindre son appartement. Elle allume la radio et écoute les journalistes faire le compte des victimes, raconter les incidents, faire des pronostics sur l'avenir. La sidération l'empêche de réfléchir.

Toujours pas de coup de téléphone de Christian. C'est Odette qui l'appelle pour l'informer qu'elle a récupéré les vêtements chez Linda, la couturière. Elle lui propose de venir les essayer le lendemain.

Yolanda se dit que c'est une opportunité pour se changer les idées et accepte l'invitation pour l'heure du thé.

Elle s'endort difficilement et se réveille en pleine nuit, la chemise de nuit trempée, avec des visions d'incendies, de gens couchés à terre, morts, piétinés par une foule hagarde qui se dirige en courant, à moitié vêtus, vers le port, de militaires armés qui pointent leurs mitraillettes sur des victimes apeurées et en fuite.

— Cela veut-il dire que les Marocains vont nous expulser de leur pays ? se demande Yolanda en allant à la cuisine boire un verre d'eau pour se calmer.

Pour se rassurer, elle se dit que ce n'est qu'un cauchemar.

30

Elle se recouche et s'endort alors que les premières lueurs de l'aube traversent les persiennes. C'est la sonnerie du téléphone qui la réveille en sursaut, alors que le soleil est déjà haut dans le ciel. Elle regarde son réveil et s'aperçoit qu'il est 10 h. Elle se précipite dans l'entrée pour répondre.

— Bonjour, Yolanda, c'est Christian.

Le cœur de Yolanda se met à battre avec une telle violence qu'elle a l'impression de l'entendre comme s'il s'était échappé de sa poitrine. Son pouls s'accélère, elle n'a plus de voix, ses jambes sont en coton, elle a juste le temps de s'asseoir au sol avant de défaillir et de s'écrouler. Le contact avec le carrelage froid la calme.

— Je suis désolé d'avoir tardé à te donner de mes nouvelles, continue la voix. J'ai eu beaucoup de travail et de déplacements au mois de juillet. Je n'ai pas trouvé le temps de te téléphoner. Je suis à Rabat depuis le début août pour affaires. Comment vas-tu ?

— Je suis heureuse de t'entendre, je me suis fait un sang d'encre. Je croyais même que tu m'avais oubliée et j'en étais malheureuse. Je vais au mieux dans cette atmosphère troublée. As-tu rencontré des soulèvements lors de tes déplacements ?

— Je suis content de t'entendre moi aussi. Tu me manques beaucoup. Oui, bien sûr, les événements politiques se précipitent et il faut faire attention à ses faits et gestes actuellement. Enfin, je parle pour moi qui fréquente aussi bien des colons que des membres qui feront certainement partie du futur Gouvernement. Est-ce que le Journal du Maroc a reçu des menaces de mort ? Te sens-tu en sécurité ?

— Je ne crois pas que le Journal soit la cible des indépendantistes pour l'instant. Nous ne prenons pas trop position, nous nous contentons de retranscrire l'actualité de façon à peu près neutre. Je me sens en sécurité mais j'ai un peu peur que les Marocains nous mettent dehors du jour au lendemain.

— Ne t'inquiète pas, les Marocains sont loin d'être idiots. Ils savent pertinemment qu'ils auront besoin de l'expérience des Français pour construire leur Nouveau Monde. J'ai entendu des rumeurs annonçant l'ouverture imminente en France, d'entretiens franco-marocains pour travailler sur l'Indépendance.

— Je te confirme. Nous avons fait paraître l'information dans notre supplément spécial du dimanche. Les entretiens auront lieu à partir de demain à Aix-Les-Bains.

— Apparemment, l'objectif des conversations sera de commencer à négocier les bases de l'Indépendance.

Comme le Statut International de l'Empire Chérifien est encore régi par le Traité de Fès de 1912 qui déclare le Maroc sous Protectorat français, la France est obligée d'accompagner le pays dans le cadre de son indépendance et d'une politique nouvelle. Ce qui nous protège de l'exil.

— Comment expliques-tu tous les départs des Français ?

Yolanda trouve que Christian a une tendance à trop relativiser les évènements et à les réduire à ce qui l'arrange.

— À moins qu'il ait des informations secrètes qu'il ne veut pas divulguer ? se dit-elle.

— Ils ont peur. Tu connais l'expression : les rats quittent le navire ! Ils ont des choses à se reprocher, ils subissent la pression de leur entourage resté en France. Les motivations des gens sont multiples et la peur se transmet à la vitesse de l'éclair.

— Tu oublies ceux qui ont perdu l'un des leurs sauvagement assassiné lors des attentats.

— C'est vrai. Eux, je les comprends. C'est terrible de perdre un proche de cette façon. Mais je ne t'appelais pas que pour commenter l'actualité. Je reviens dans une quinzaine de jours à Casablanca. Pourrions-nous nous voir ?

— J'ai envie de te voir et de t'expliquer mes projets d'avenir. C'est difficile à développer par téléphone. Mais, je souhaiterais que tu en fasses partie, reprend-il.

— Que je fasse partie de quoi ? relève Yolanda, incrédule, manquant de s'étouffer en avalant de travers.

— De mon avenir, du tien. Que l'on essaie de construire un avenir commun, rétorque Christian d'un air embarrassé et ayant perdu d'un coup toute sa belle assurance.

La crainte du rejet, la peur, rendent Yolanda soudainement brutale dans ses propos :

— Christian, nous nous connaissons à peine. Je t'ai dit, la dernière fois que nous sommes sortis au cinéma, que j'avais besoin de temps. J'ai passé de bons moments avec toi que j'ai envie de renouveler. Mais de là à faire des projets d'avenir, il y a une marge. Tu ne me connais pas, dit-elle d'un ton mal assuré.

Elle se reprend et entreprend à toute allure, un dialogue intérieur :

— Réfléchis, ne va pas le braquer. Ce garçon te plaît, tu te sens bien avec lui et tu penses que c'est l'homme de ta vie. Dans ta situation c'est une chance qu'il ne faut pas laisser passer. Peut-être, mais mon indépendance dans tout cela ? se dit-elle.

— Si je comprends bien, tu n'es pas tombée amoureuse de moi comme je le suis de toi. Je suis déçu, je croyais que le courant passait bien entre nous.

— Ce n'est pas cela du tout Christian. Tu me plais aussi. J'attendais désespérément ton appel depuis notre dernier rendez-vous. J'étais au désespoir, je te l'ai dit. C'est que j'ai quelque chose de très grave à t'annoncer, dit-elle d'une voix blanche.

— Tu as rencontré quelqu'un d'autre, c'est ça ? Et tu ne sais pas comment me le dire ?

— Non, c'est difficile à dire au téléphone. Mais je ne peux plus te le cacher car tu comprendras dès que tu me verras et je me dois d'être honnête avec toi : je suis enceinte de 5 mois. Lorsque tu m'as rencontrée, je l'étais déjà. En fait, j'ai quitté la France pour cette raison, dit-elle dans un souffle.

Un silence à l'autre bout de la ligne s'établit qui semble durer une éternité. Yolanda attend, anxieuse. Elle se demande si Christian est toujours en ligne.

Il reprend la parole :

— Si je m'étais attendu à une telle nouvelle ! Tu m'as fait vraiment peur Yolanda, je croyais que tu étais tombée amoureuse d'un autre homme ! Je ne vais pas te dire que cette information me fait plaisir, mais ce n'est pas si grave !

J'ai de grandes ambitions pour notre couple et avoir des enfants en fait partie. J'ai besoin d'un peu de temps pour digérer la nouvelle, mais ce n'est pas un futur bébé qui va réduire à néant mes sentiments pour toi.

Yolanda pousse un soupir de soulagement et pense à la perspicacité d'Odette sur le sujet.

— Pour quand est prévue la naissance ? reprend Christian.
— À la mi-décembre.
— Et le père de l'enfant, est-il au courant ?
— Oui. Il n'a rien voulu entendre.
— Quel salaud, parfois, il m'arrive de détester mes comparses masculins pour leur lâcheté. Et comment a-t-il pu t'abandonner à ton triste sort ? Sait-il que tu es au Maroc ?
— C'est une longue histoire que je te raconterai un jour. Pour l'instant ce n'est pas la priorité et j'ai réussi à l'oublier, notamment depuis que tu occupes mes pensées. Il ne sait pas que je suis partie.
— As-tu tout préparé pour la naissance ?
— Oui. Je vais accoucher à Casablanca à la Clinique Comtes qui est réputée. Odette, ma propriétaire, me cherche une nounou. J'ai commencé à acheter le trousseau du bébé et je vais m'occuper le mois prochain des achats de matériel : landau, berceau, baignoire.
— Et à ton travail, les as-tu informés ?
— Je l'ai annoncé dès ma prise de poste. Le Directeur des ressources humaines n'a pas été très réjoui, mais il a réagi en bon père de famille, il a trois enfants et surtout, il avait besoin impérativement d'une secrétaire. Je me suis engagée à travailler le plus longtemps possible avant l'accouchement car je suis en pleine forme et je prendrai deux ou trois semaines après la naissance pour m'occuper du bébé.
— Décidément, j'étais le dernier à être au courant, dit Christian, sarcastique.
— Tu as raison d'être déçu, Christian, j'aurais dû te le dire sur le bateau lors de la traversée. À cette époque, je ne savais pas que notre relation allait évoluer.

J'étais dans le rejet de cette grossesse qui m'a obligée à quitter ma famille, ma patrie pour un avenir incertain. Je pensais uniquement à sauver ma peau.

J'ai pris conscience que j'attendais un bébé lorsque je suis arrivée ici et que mon ventre a commencé à bouger et à grossir. Crois-moi, rien n'est facile pour une femme dans ma situation.

Lorsque nous nous sommes revus, j'étais incapable de parler. J'avais peur que tu me rejettes, de ne jamais plus te revoir. Mais je te jure que j'avais la ferme intention de te l'annoncer dès notre prochain rendez-vous.

— Je te crois. Je te le répète, il me faut un peu de temps pour réfléchir à la situation. Nous en reparlerons de vive voix lorsque nous nous verrons. Justement, je voulais te proposer de nous voir le dimanche 4 septembre, es-tu disponible ?

— Bien sûr que je suis disponible, et contente de te revoir, enfin !

— C'est parfait. Mon collègue me prête son Aronde. Je serai devant ton immeuble à midi. Je t'emmène au restaurant pour le déjeuner et l'après-midi, nous irons flâner à Fedala. J'ai pensé aller au très sélect club privé Le Sun-Beach dont je viens d'obtenir la carte de membre et goûter la cuisine du restaurant La Réserve. C'est le plus chic de la corniche, c'est l'endroit idéal pour tout ce que nous avons à fêter. Qu'en dis-tu ?

— Je suis ravie.

— D'ici là, ne t'inquiète pas, je n'aurai certainement pas le temps de te rappeler. Je suis très occupé et je t'en dirai plus lorsque nous nous verrons. Je ne t'oublie pas. Je pense à toi, tu occupes mes pensées. Prends bien soin de toi. Je t'embrasse fort.

— Je t'embrasse aussi, Christian. À très bientôt. Je vais compter les jours qui nous séparent avec impatience ! dit-elle en raccrochant.

31

Yolanda repose le combiné et sent un poids en moins dans sa poitrine. Elle a avoué et il ne l'a pas rejetée. Elle en danserait de joie ! Quel homme ouvert d'esprit et exceptionnel ! Et la providence l'a mis sur son chemin ! Elle a eu raison d'aller prier la Vierge Marie !

Toutefois, l'inquiétude prend rapidement le dessus :

— Il m'a dit qu'il avait besoin de réfléchir, il n'a pas dit qu'il acceptait de continuer à me fréquenter. Il peut me briser le cœur et m'abandonner en se rendant compte qu'une femme avec un enfant est trop lourd à assumer. Il peut aussi juger que je suis une femme sans vertu, qui s'est jetée dans le lit du premier venu et donc, peu fiable. Je me suis un peu emballée.

Yolanda rumine de mauvaises pensées toute la matinée. Elle pleure sous la douche, ne peut rien avaler au déjeuner. Elle cache ses yeux rougis tant bien que mal par un peu de maquillage et sort sous le soleil brûlant pour se rendre à pied chez Odette.

En ouvrant la porte, Odette, qui commence à cerner Yolanda, s'aperçoit immédiatement que quelque chose ne va pas. Elle l'installe confortablement dans le canapé, lui offre une tasse de thé et un biscuit.

— Que se passe-t-il Yolanda, vous semblez bouleversée.

Yolanda éclate en sanglots et lui raconte la conversation téléphonique avec Christian, ses espoirs, puis ses doutes.

— Essuyez vos yeux, dit-elle en lui tendant un mouchoir. Regardons les aspects positifs : vous aviez peur que Christian vous oublie, or, il vous a contactée. Vous arrivez à trouver la force de lui avouer, au téléphone, ce qui n'est absolument pas la meilleure méthode, que vous étiez enceinte et il n'a pas raccroché.

Et cerise sur le gâteau, il vous propose de vous revoir et pas n'importe où, dans le meilleur restaurant de la ville ! Pour moi, il n'y a aucun doute, il tient à vous et il va rester.

— Vous croyez vraiment ? arrive à articuler Yolanda entre deux reniflements.

— Je crois surtout que vous vous posez trop de questions. C'est un ambitieux, votre Christian, un peu comme mon Albert lorsqu'il était jeune. En dehors du fait acquis que vous lui plaisez et qu'il est tombé amoureux de votre jolie frimousse, ce que je comprends parfaitement, c'est peut-être un opportuniste qui sait pertinemment que pour réussir dans le domaine des affaires, un célibataire n'a pas la crédibilité d'un homme marié.

De surcroît, vous lui offrez la possibilité d'asseoir sa situation en devenant père de famille. Ce sont ces éléments qui vont peser dans la balance et je suis certaine qu'elle va pencher de votre côté.

Lorsque vous vous êtes rencontrés, les planètes étaient alignées, comme on dit. En plus, il tient à vous, c'est évident, même si je sens que c'est un sanguin qui a du mal à exprimer ses sentiments. Ses émotions passent d'abord par son mental, ce qui peut donner l'impression qu'il n'éprouve rien, mais c'est faux, c'est simplement qu'il ne sait pas parler. Ce n'est pas plus mal, ce sont généralement des hommes beaucoup plus solides que les beaux parleurs qui promettent monts et merveilles et qui restent au même point toute leur vie.

De plus, d'après ce que je comprends, il est débordé et il concentre toute son énergie pour rester au Maroc. Avec les évènements troubles que nous connaissons actuellement et l'indépendance qui se prépare, il n'a certainement pas le temps ni le loisir de courtiser une autre femme !

Allons, Yolanda, chassez vos idées noires. Je ne vous reconnais pas dans cette petite femme éplorée. Ayez confiance en la bonne étoile qui a mis Christian sur votre chemin !

Rassérénée par les paroles d'Odette, son franc-parler et son bon sens, Yolanda essuie ses yeux, se mouche, arrive à calmer son angoisse et à retrouver le sourire.

— Voilà qui est bien, je vous préfère ainsi. Maintenant, je vais vous montrer les tenues dignes d'une magnifique future maman que Linda a confectionnées ! Vous allez les essayer, et si elles vous conviennent, je vous les ferai livrer un soir de la semaine prochaine. Vous allez voir, cela va vous détendre.

— Vous avez raison, je vois tout en négatif en ce moment. Hier j'avais peur d'être mise à la porte du Maroc à cause de l'indépendance et aujourd'hui, je doute des intentions de Christian. Je dois être fatiguée ou bien ce sont les hormones qui travaillent.

Odette la conduit dans sa chambre à coucher où les robes, les blouses, les jupes et les pantalons sont étalés sur le lit. Effectivement, se prêter aux essayages la détend et l'amuse. Odette avait raison : la couturière est une professionnelle hors pair et a confectionné des vêtements d'une coupe impeccable. Aucune retouche à prévoir, tout va à la perfection.

En fin d'après-midi, Albert rentre des courses de chevaux de l'hippodrome Louis Puech et les rejoint dans le séjour.

— Yolanda, laissez-moi vous faire un compliment : votre état vous épanouit, vous avez une mine superbe et êtes plus belle que jamais, dit-il en la regardant avec un sourire appréciateur.

— Bonsoir mon chéri, quelle bonne nouvelle as-tu à nous annoncer pour être d'humeur aussi charmante ? lui lance Odette.

— J'ai gagné au tiercé ! J'avais presque tous les numéros dans l'ordre, et j'ai récolté une coquette somme, même si ce n'est pas le gros lot ! dit-il en riant, fier de lui. Je propose d'ouvrir une bouteille de champagne pour fêter ma victoire.

— Souhaitons que l'avenir soit clément avec nous ! dit Albert en levant sa coupe et en trinquant avec les deux femmes.

— Le bruit court que Gilbert Grandval allait être remercié et remplacé par un militaire, à la demande expresse du Maréchal Juin auprès du Président Coty. En avez-vous entendu parler Yolanda ? demande-t-il, interrogateur et curieux, après avoir savouré une lampée de champagne les yeux clos.

— Non, je n'ai pas entendu cette information. Toutefois, je ne serais pas surprise que cette rumeur soit confirmée dans les prochains jours. Le Maréchal Juin qui a été Résident général de ce pays, s'oppose formellement à l'indépendance du Maroc. Il pense certainement que la force et l'ordre pourront arrêter les mouvements en marche.

Compte tenu des violences des 19 et 20 août dans tout le pays et la façon dont il a géré les soulèvements par la répression, je doute que le général Grandval soit crédible pour les négociations qui sont prévues la semaine prochaine à Aix-Les-Bains, répond Yolanda.

— On parle du général Pierre Boyer de Latour pour le remplacer. C'est un élève de Lyautey, spécialiste des affaires nord-africaines et indochinoises, reprend Albert.

— Mon père a certainement entendu parler de lui, il a fait la guerre d'Indochine, intervient Yolanda.

— Votre père a peut-être même été sous son commandement. On raconte qu'il a notamment assuré la protection des routes en Cochinchine en plaçant des postes de surveillance dans des tours le long des principaux itinéraires.

Il a également participé aux campagnes de pacification du Maroc après la Première Guerre Mondiale et a constitué clandestinement le 2e tabor marocain qui a débarqué en Provence et rejoint les campagnes de France et d'Allemagne pendant le 2e conflit mondial. Il est actuellement en Tunisie pour négocier les accords d'autonomie interne suite au discours d'indépendance de Pierre Mendès France du 31 juillet 1954 à Carthage.

— C'est pas lui qui s'est marié avec une Berbère ? intervient Odette.

— Si, il a épousé la fille d'un Caïd de l'Atlas marocain. La pauvre est décédée 5 ans après leur mariage. Il a la réputation d'un bon pacificateur et d'un courageux baroudeur. S'il vient au Maroc, ce n'est certainement pas pour la répression, mais plutôt pour préparer l'indépendance. C'est inévitable.

— J'en saurai certainement plus la semaine prochaine. Je pense que nous allons connaître une grande période d'activité, mais depuis quelques semaines je suis habituée, dit Yolanda.

— En attendant, buvons, dit Albert en se resservant et pour clôturer la discussion.

32

L'intuition de Yolanda était juste : désormais, il n'y a plus aucun temps mort au Journal. Les télex arrivent sans interruption, les téléphones sonnent en permanence, les gens courent dans tous les sens. Difficile de s'y retrouver et d'avoir une vision réelle des événements.

Elle a beaucoup de mal à coordonner ses missions et à comprendre ce qui se passe réellement dans une actualité brouillonne, remplie d'informations et de contre-informations. De bruits de couloir, de vérités et de mensonges, de manipulations et d'hypocrisie.

Avec patience et méthode, elle essaie de mettre en ordre les différents communiqués de presse et les brouillons raturés écrits par les collaborateurs, afin de fournir aux lecteurs une information la plus précise, exacte et concise possible, dans le respect de la neutralité imposée au Journal.

Tous les matins, elle est dorénavant chargée de lire les articles sur le thème de l'indépendance dans les quotidiens français et marocains et d'en faire oralement une synthèse au Comité de rédaction. Ce nouvel exercice de style la stresse, d'autant plus qu'elle n'a jamais été particulièrement à l'aise pour parler en public. Son manque de confiance en elle lui procure rougeurs, transpiration et bégaiements.

Elle s'embrouille entre les noms des Caïds, des Pachas et des Glaouis, tellement il y en a autant que de provinces marocaines. Lorsqu'elle frappe les articles de presse, elle met un point d'honneur à taper tous les noms sans faire de faute d'orthographe.

Heureusement, le public des journalistes est indulgent et reconnaît son mérite de débutante. Elle prend ainsi confiance en elle au fil des jours et réussit à s'améliorer.

Comme personne n'est disponible pour lui donner une explication de texte, elle s'applique, le soir, chez elle, studieusement et méticuleusement, à rédiger des fiches récapitulatives.

Le 21 août, une délégation marocaine de Pachas, de Caïds, des Membres éminents du Parti nationaliste de l'Istiqlal et du Parti pour la démocratie et l'indépendance s'envolent pour Paris, sur invitation du Président du Conseil Edgar Faure. Ils vont participer à une conférence officielle à Aix-Les-Bains afin de présenter au Gouvernement français leurs vues quant à la situation au Maroc.

Dans l'avion, les Marocains sont divisés en trois groupes :

— Les traditionalistes, collaborateurs dévoués de la colonisation tels que les Pachas d'Agadir, de Meknès et de Casablanca, les Caïds de Zaer et des Aït Ayach représentant les communautés berbères contre l'indépendance et pour le maintien du Sultan Mohammed Ben Arafa au pouvoir ;

— Les nationalistes modérés pour lesquels la constitution d'un Gouvernement d'Union nationale avec la France s'impose ainsi que le retour au pouvoir de l'ancien Sultan Sidi Mohammed Ben Youssef ;

— Les nationalistes du Parti de l'Istiqlal avec les fortes têtes en faveur de l'Indépendance et d'une autonomie immédiate : Mohammed Lyazidi, Medhi Ben Barka, Omar Ben Abdeljlil, Abderrahim Bouabib et Mhamed Boucetta.

Le Glaoui de Marrakech n'a pas été convié.

Côté français, Edgar Faure n'est pas seul. Il est accompagné dans les pourparlers par Antoine Pinay, ministre des Affaires étrangères, Robert Schumann, garde des Sceaux, Pierre July, ministre des Affaires marocaines et tunisiennes et le général Pierre Kœnig, ministre de la Défense nationale.

Le général Gilbert Grandval a été prié de rejoindre les conférences, même si sa façon autoritaire de répondre aux dernières émeutes n'a pas plu au président du Conseil.

Une délégation du mouvement Conscience française, organisme chargé de protéger les intérêts des Français au Maroc, est présente.

La conférence d'Aix-Les-Bains démarre le 22 août et va durer jusqu'au 27 août. Les réunions se succèdent, l'énumération des argumentations et des preuves avancées sont longues et fastidieuses.

Le Monde du 23 août déplore que le président du Conseil Edgar Faure soit toujours soumis aux « dissensions de son cabinet sur le problème crucial » mais salue sa décision d'un dialogue « avec les nationalistes marocains eux-mêmes ».

L'Istiqlal triomphe, ses arguments sont clairs, bien exposés, clairement dirigés par des orateurs confirmés. En face, les chefs marocains sont mal à l'aise. De tous, un seul comprend le français, le Pacha Bou Amor des Zaers et les temps de traduction sont interminables. De ce fait, la qualité de la retranscription des propos est approximative.

Pressés de rentrer dans leur tribu, ils affirment :

— Nous faisons confiance au Gouvernement de la France. Nous acceptons ses décisions.

Le ministre July leur offre un grand dîner avant leur départ au cours duquel le Pacha Bou Amor et le Caïd Raho critiquent le Pacha El Glaoui de Marrakech.

Ce qui est certain, c'est que cette conférence ouvre la voie au retour d'exil du Sultan Sidi Mohammed Ben Youssef du Maroc et, à terme, à l'indépendance. Elle sert également à ce que les ministres français aient des discussions directes avec les représentants du nationalisme marocain et qu'ils se fassent une opinion de la situation au Maroc, sans se laisser influencer par les retours plus ou moins arrangés et édulcorés des membres de la Haute Administration française et de l'Armée présente dans le pays.

Il est acté que le Sultan Sidi Mohammed Ben Arafa n'a pas pu constituer, durant son règne, un Gouvernement marocain représentatif dans les délais impartis et qu'il fallait tirer les conclusions de cet échec.

Le 23 août, l'information fuite que le Président de la République, René Coty, a reçu, à Bagnoles, le général Boyer de Latour.

Yolanda se dit que, décidément, Albert a d'excellentes sources d'information.

Pendant ce temps, à Rabat, les cercueils du général Duval et du Commandant Chabrol, tués en avion à Ksar-Es-Souk le 22 août sont veillés à l'Hôtel du Commandement. Les corps des 88 civils européens tués pendant les émeutes de Oued-Zem sont inhumés.

En bref, comme titrait le Journal du Maroc dans sa dernière édition, la synthèse purement théorique de cette conférence, a consisté à écrire une feuille de route : acter la démission du Sultan Sidi Mohammed

Ben Arafa et instituer un nouveau Conseil du Trône, former avec les nationalistes un Gouvernement marocain, obtenir l'approbation et le retour au pouvoir du Sultan Sidi Mohammed Ben Youssef, tout en négociant un accord de tutelle avec la France.

Mais l'affaire est loin d'être dénouée car le calendrier des négociations n'a pas été arrêté. Et surtout, la manière de parvenir à réaliser tous ces objectifs n'a pas été définie.

Le mercredi soir, Yolanda récupère avec plaisir les vêtements envoyés par Odette et profite de cet aparté pour se vider la tête et refaire des essayages avant de ranger soigneusement les tenues dans l'armoire de sa chambre.

Dans la matinée du jeudi, François lui confirme le rendez-vous pour le déjeuner du samedi au restaurant Don Camillo.

Le vendredi soir, elle découvre dans sa boîte aux lettres une enveloppe timbrée de France. Avec fébrilité, elle la déchire et découvre à l'intérieur une lettre de son frère. Le billet, plié en deux, est bref.

Bonjour, petite sœur,

Je te remercie pour tes nouvelles et je suis content que tu te sois bien acclimatée au Maroc et à ton travail.

Ne t'inquiète pas pour moi, les médecins ont préféré me mettre au vert dans ce sanatorium pour que ma vilaine toux ne s'aggrave pas. Je prends l'air frais des montagnes, je me promène dans la forêt, je lis et prends mon mal en patience. Le plus dur c'est que j'ai dû arrêter de fumer !

Geneviève me manque, nous nous écrivons tous les jours.

Je t'embrasse
Jean-Jacques

Elle se réjouit de ces nouvelles, qui, malgré la maladie, sont plutôt positives pour l'avenir. Elle achètera demain une jolie carte postale de Casablanca qu'elle lui enverra avec quelques messages enjoués pour le faire sourire un peu.

33

Le lendemain matin, après avoir déniché dans un bureau de tabac une carte postale illustrant plusieurs endroits emblématiques de Casablanca : l'Église du Sacré-Cœur, la piscine municipale avec son grand plongeoir, la place de France et une vue de l'immeuble Liberté, histoire de montrer à son frère qu'elle ne vit pas au milieu des sauvages, Yolanda se dirige vers le quartier Mers Sultan afin de rejoindre François et sa fiancée.

Rue de Verdun, elle trouve facilement le restaurant grâce à son enseigne en forme de cloche et est surprise par sa banale façade vitrée et le simple store jaune qui protège l'intérieur des rayons du soleil. François lui avait pourtant dit que c'était la meilleure adresse de la ville pour déguster la cuisine italienne.

Sur la façade, elle vérifie l'inscription « Restaurant Don Camillo depuis 1952 » afin de s'assurer qu'elle est au bon endroit. En franchissant le seuil, elle est frappée par les murs lambrissés d'une couleur sombre, les casseroles en cuivre pendues au-dessus du passe-plat, le comptoir en crépi entouré de briques rouges, les miroirs accrochés çà et là, le sol en tomette, qui donnent une touche à la fois méditerranéenne et désuète à l'ensemble. Une douce odeur de pâte à pizza cuite au feu de bois, d'origan, de coriandre et d'huile d'olive vient lui chatouiller les narines.

François et une femme qu'elle suppose être Nora lui fait un petit signe de la main, sur sa gauche et elle se dirige en souriant vers leur table.

En grand gentleman bien éduqué, il se lève pour l'accueillir, tire une chaise bistrot vernie face à Nora pour la laisser s'asseoir et fait les présentations.

Nora se tourne vers elle et lui adresse un sourire intimidé.

En dehors des yeux qu'elle a noirs et non pas verts, la vue du visage de Nora lui fait immédiatement penser à la Aziyadé de Pierre Loti qui lui a fait perdre la tête en Turquie : les lèvres ourlées et charnues peintes en rouge carmin, le visage à l'ovale parfait, les yeux, fendus en amande, bordés de longs cils et mis en valeur par un trait de khôl noir. Ses épais cheveux noirs, que l'on imagine longs et ondulés, sont tirés en un strict chignon. Une sensualité ensorcelante se dégage de toute sa personne, accentuée par une suave odeur de patchouli.

Yolanda assimile immédiatement Nora au mythe de la femme fatale cher au psychanalyste Sigmund Freud, selon lequel les hommes cristallisent leur désir primaire fantasmé et bestial sur ce type de beauté. Elle comprend que François, en homme certainement peu expérimenté sur le terrain amoureux, ait succombé au pouvoir de cette beauté insaisissable, fantomatique et exotique.

Elle est vêtue d'une jupe crayon noire qui moule avantageusement ses hanches rondes et d'un haut à bretelles rouge qui met en valeur une poitrine généreuse.

— Elle ne doit certainement pas rentrer chez elle dans cet accoutrement, pense Yolanda.

Toutefois, en l'observant discrètement, elle constate, que, sous son apparence délurée, Nora semble mal à l'aise : ses yeux inquiets se déplacent de gauche à droite sans fixer un point déterminé et ses doigts couverts de bagues aux longs ongles vernis rouge sang sont crispés sur la nappe blanche.

Après les banalités sur le temps, la chaleur persistante en cette fin août, la prochaine rentrée scolaire, un serveur vient leur apporter la carte.

Il leur présente les spécialités de la maison : pizza cuite à la pierre chaude, pâtes maison sans oublier escalope à la milanaise, et propose la carte des vins.

Yolanda choisit un plat de spaghettis à la carbonara, François et Nora optent pour la viande. Tous commandent la crème brûlée pour le dessert.

Tout en se régalant des plats servis, à la hauteur de la réputation du restaurant, Nora pose quelques questions à Yolanda : la date de l'arrivée du bébé, sa santé, comment elle s'adapte à Casablanca.

Yolanda s'applique à répondre de la façon la plus banale et détachée qu'il soit.

Elle dévie habilement la conversation en lui demandant comment se passe son travail chez Forvil, lui dit qu'il faut qu'elle vienne la voir pour se réapprovisionner du parfum Vertige du Maroc qu'elle a définitivement adopté.

François intervient pour parler de l'actualité et du stress qu'ils vivent tous les deux au Journal. Nora acquiesce et leur explique que son père est sur les nerfs. Les chantiers de marchés publics sont bloqués dans l'attente de l'indépendance. Il passe son temps en réunions où on lui dit qu'il faut attendre que les affaires reprennent. Elle dit qu'il est difficile de l'aborder actuellement.

François confirme à Nora que Yolanda est au courant de leur situation et qu'elle peut parler. Yolanda répète les conseils qu'elle avait donnés à François, il y a quelques semaines : forcer les événements, rencontrer le père de Nora, expliquer leur volonté de s'unir et de rester au Maroc. Pour les rassurer, elle ajoute, sans être convaincue, que les temps changent et que les mentalités sont en train d'évoluer.

Au travers de ses propos, Yolanda se rend rapidement compte du tempérament effacé et soumis de Nora qui tranche avec son physique provocant. Le poids de son éducation pèse sur ses épaules et la paralyse pour affronter l'autorité paternelle.

Nora n'a pas une âme d'aventurière, Yolanda voit la terreur voiler son beau regard et elle éprouve de la tristesse pour François.

Gênée, car elle ne souhaite pas être l'oiseau de mauvais augure dans cette histoire qui ne la regarde pas, se jugeant mal placée dans sa position pour donner des leçons, elle finit par changer de sujet et décide de livrer un scoop, même si elle sent qu'elle va être obligée de se confier plus qu'elle ne le souhaiterait.
Elle se tourne vers Nora et lui demande.

— Connaissez-vous le restaurant La Réserve ?
— Oui j'y suis allée une fois l'année dernière pour le mariage d'une cousine. Je me souviens que l'endroit est très chic, que l'on y mange une cuisine raffinée. Le restaurant est construit sur pilotis, si bien que, dans la salle, on a l'impression d'être dans une soucoupe de verre au-dessus de la mer. C'est superbe.

François, piqué par la curiosité, coupe la conversation :

— C'est un club privé réservé aux milieux fortunés ! Le restaurant se situe sous la piscine du Sun-Beach. L'architecture est d'inspiration futuriste, style Le Corbusier, mais je ne me souviens plus de l'architecte qui a fait les plans, Georges Renaudin peut-être. En tous les cas, il a été construit en 1933.

J'ai réalisé un reportage pour le Journal sur cet endroit : le lieu a été racheté par un journaliste français champion de plongeon de haut vol. Il a transformé les lieux en l'un des meilleurs clubs de Casablanca, à l'image du Racing Club de France.

Pendant la Seconde Guerre Mondiale, il était fréquenté par les militaires américains. Depuis, il est exclusivement réservé aux riches colons car les conditions d'admission sont plus que draconiennes. Il faut régler une cotisation exorbitante pour obtenir une carte de membre. La ségrégation est très forte, on doit compter seulement 3 familles musulmanes et 10 familles juives parmi leurs membres acceptées pour leur niveau social élevé.

Le club possède plusieurs équipes championnes de volley-ball et de water-polo, pour le sport, mais il ne faut pas s'y méprendre, c'est avant tout un lieu proche du monde européen des affaires. Pour le fun, de grandes fêtes thématiques et des concours automobiles y sont organisés. Au fait, pourquoi nous demandes-tu des renseignements sur cet endroit ?

— Un ami m'a invitée à déjeuner dans ce restaurant la semaine prochaine.

— Eh bien, il connaît du beau monde ton ami ! Tu caches bien ton jeu Yolanda. Tu ne nous dis pas tout. Tu nous joues le rôle de la pauvre petite Française qui ne connaît personne à Casablanca et en fait la vérité, c'est que tu fréquentes le gratin ! dit-il d'un ton qui surprend Yolanda.

— Ne te méprends pas François, je ne t'ai pas menti. C'est quelqu'un que j'ai rencontré sur le bateau pendant la traversée et que je revois de temps en temps. Il ne m'a pas dit comment il pouvait m'inviter à la Réserve et je n'ai pas osé lui poser de questions, se défend Yolanda.

Elle sent que François a les nerfs à fleur de peau et pourrait devenir cinglant. Elle regarde son assiette et plonge sa cuillère dans la crème brûlée qu'on vient de lui servir. Nora fait de même. Le dessert se déguste en silence.

— Alors, Mesdemoiselles, comment trouvez-vous cette crème brûlée ? demande-t-il au bout d'un moment d'un ton adouci.

— Délicieuses, répondent en chœur les deux filles.

Le repas est terminé, François se rend au comptoir pour régler l'addition et serrer la main du patron des lieux. Yolanda et Nora le suivent. Ils se quittent sur le trottoir en se promettant de se revoir bientôt tous les trois. L'ambiance entre eux est aussi lourde que la chaleur extérieure.

Yolanda décide d'aller se rafraîchir au Vox pour regarder la programmation des films. Une séance du film Futures vedettes du réalisateur français Marc Allégret, avec en tête d'affiche Jean Marais et Brigitte Bardot, commence dans 20 minutes. Elle se coule discrètement dans la file d'attente, achète un billet d'orchestre à l'ouvreuse installée derrière sa caisse de verre, se dirige vers l'un des escaliers et s'installe confortablement dans un fauteuil. Un air frais s'échappe du plafond escamotable qui a été ouvert.

Yolanda réfléchit au déjeuner.

— Le repas, bien qu'agréable, a été éprouvant, se dit-elle. Nora et François sont dans un amour impossible et au lieu de se battre, ils s'aveuglent, se rendent malheureux et insatisfaits mutuellement, sans oser avoir une communication franche. Et pourquoi cette accusation de me prendre pour une menteuse lorsque j'ai annoncé que j'étais invitée à la Réserve ? Frustration, jalousie, sentiment d'infériorité vis-à-vis de moi ?

À l'intérieur de la salle obscure, un documentaire sur la construction du Cinéma Vox capte son attention. Il l'informe qu'il a été construit en 1935 par l'architecte Marius Boyer. Il comporte 3 niveaux comprenant une capacité de 2 000 places, ce qui en faisait, à cette époque, le plus grand cinéma du monde ! S'ensuivent ensuite des explications techniques sur les performances du groupe électrogène qu'elle ne retient pas. Le film démarre et elle oublie le repas au Don Camillo.

34

Pendant que les chefs marocains embarquent à Marseille sur le bateau du retour et scandent avec émotion et satisfaction des « Vive Le Sultan Sidi Mohammed Ben Youssef, vive le Maroc indépendant », le général Gilbert Grandval quitte le pays après avoir donné sa démission le 27 août au Président René Coty.

Yolanda décide de profiter de son dimanche pour se promener dans les allées du Parc Lyautey. Ce parc, construit à partir de 1916 par l'architecte urbaniste Albert Laprade afin d'offrir aux Casablancais une zone de verdure, s'étend sur une superficie de 30 hectares qui va de l'ancienne Médina au quartier Maarif. Il a été planté d'arbres et de plantes venant du monde entier.

Elle pénètre dans le parc de jeu par le boulevard Moulay Youssef. C'est un endroit qu'elle apprécie particulièrement, avec ses toboggans, ses balançoires et les bacs à sable fréquentés par de volubiles petites filles en robes à bretelles et chemisier blanc et des petits garçons en culottes courtes et polo de toutes les couleurs. Les cris, les pleurs, les rires et les babillages des enfants respirent la fraîcheur insouciante de l'enfance. Certains jouent aux billes, d'autres montent des poneys ou font voguer sur les flots du bassin des modèles réduits de bateaux, les voiles tendues par la brise qui vient de l'océan.

Toute cette agitation se déploie sous l'œil attendri des parents ou des nounous, assis à discuter à l'ombre des bancs, certains chargés de poussettes ou de landaus qu'ils secouent de façon mécanique. Elle s'imagine, attendrie et émue, à leur place, dans quelques mois lorsqu'elle sera mère à son tour.

Plus loin, elle flâne le long des immenses palmiers dattiers remplis du chant entêtant des oiseaux, admire les bougainvilliers dans lesquels butinent des nuées d'abeilles, essaye de trouver le nom des fleurs colorées qui s'étalent dans les parterres des jardins à la française. Elle s'arrête pour observer les hommes qui jouent aux cartes sous les auvents des cafés. Les échos des mélodies du manège des auto-tamponneuses attirent la jeunesse.

Les sens alertés par des odeurs de fleurs d'oranger, elle s'arrête au stand des sucreries pour s'acheter une barbe à papa rose et collante qu'elle déguste avec les doigts. En levant la tête, elle aperçoit les arcs-boutants blancs de l'Église du Sacré-Cœur.

Elle se dirige vers les arches derrière lesquelles elle observe de jeunes gens en short qui disputent une course d'athlétisme dans le stade construit en 1936. Il y a beaucoup de monde, il s'agit certainement d'une compétition.

Elle décide ensuite de rentrer tranquillement chez elle et de passer une soirée calme à écouter de la musique.

En arrivant au Journal le lundi matin, elle est accueillie à l'entrée de l'immeuble par François.

— Bonjour, Yolanda, je t'attendais. Je voulais m'excuser pour mon comportement de samedi midi. Je me suis emporté après toi et j'ai été cynique. Je n'aurai pas dû.

— Bonjour, François, je te remercie pour tes excuses et je les accepte. J'ai été vexée par ta réaction que je ne méritais pas. J'ai toujours été loyale avec toi.

— C'est vrai. En fait, ma colère n'était pas contre toi, elle est contre moi-même. Ma relation avec Nora, au lieu de m'apaiser, me rend stressé, impatient. Qu'as-tu pensé d'elle ?

— François, ce n'est pas le moment de parler de tout cela, je n'ai vraiment pas le temps, l'équipe m'attend là-haut pour le débriefing du matin ! Si tu veux savoir, je l'ai trouvé belle, désirable, gentille.

— Mais ?

— Sincèrement, je pense qu'il sera difficile pour elle de tenir tête aux désirs de sa famille. Non pas que tu ne sois pas un bon parti, tout simplement parce que tu es et tu resteras un étranger pour eux et que son père n'acceptera pas une mésalliance.

D'après moi, le meilleur que tu aies à faire, c'est de te sortir de la tête que tu pourras en faire ton épouse. Mais ce n'est qu'un avis, j'espère que je me trompe.

— Je te remercie pour ton opinion sincère et directe. Maintenant, allons au travail, dit-il en lui ouvrant la porte de l'immeuble.

Arrivés en haut des escaliers, ils entendent des voix parlant fort derrière la porte vitrée, ils se regardent en souriant et s'exclament en chœur :

— Encore une grosse journée qui nous attend !

L'effervescence est due à l'appareillage au port du bateau avec à son bord les participants à la Conférence de la semaine précédente. Immédiatement après la réunion de la rédaction, pas moins de six journalistes, dont François, sont dépêchés pour couvrir l'évènement avec pour mission d'obtenir le plus d'informations possible et de reportages photo.

Pendant ce temps, Yolanda commence à taper sur sa fidèle Remington :

Le 31 août, les autorités de la ville sont sur le port pour recevoir le débarquement du bateau ayant à son bord les chefs indigènes, couverts de grandeur après les articles élogieux sur leurs prestations à la Conférence d'Aix-Les-Bains. Le service d'ordre est imposant car de nombreux marocains sont venus les acclamer et les débordements sont toujours possibles dans cette foule en liesse.

Pendant ce temps, le général Boyer de Latour arrive à Rabat en provenance de Tunis. Il est reçu par le général Miquel et Son Excellence le Grand Vizir, puis se rend à la Maison de France.

Le 1er septembre, il sera reçu solennellement par le Sultan Sidi Mohammed Ben Arafa qui lui remettra les insignes de Grand-Croix de l'Ouissam Alaouite. Ensuite, il se rendra sur les sites de Oued-Zem et Khouribga, site des émeutes des 19 et 20 août pour se recueillir.

À partir du 3 septembre, il recevra toutes les délégations marocaines et françaises.

La semaine s'écoule au rythme de sa machine à écrire. Elle a même l'impression d'entendre le bruit métallique du rouleau et des touches qui frappent les lettres sur le papier dans son sommeil.

Odette lui téléphone le vendredi soir pour lui souhaiter le meilleur pour son rendez-vous du dimanche avec Christian. Yolanda apprécie la gentillesse de son amie et lui promet de venir la semaine suivante lui raconter. Elle est tellement fatiguée et accaparée par le Journal que toute angoisse l'a quittée.

Le samedi, elle se rend chez Brigitte pour se faire coiffer, rentre chez elle, teste un masque de beauté soi-disant révolutionnaire pour la peau, se repose sur le canapé et choisit avec soin la tenue qu'elle portera le lendemain.

35

Elle s'habille d'une petite robe noire, classique mais chic, sans manches, avec un col rond, cintrée sous la poitrine avec un nœud en velours. La robe s'évase en godets jusqu'aux genoux.

Le tissu, légèrement brillant, lui donne un style moderne à la Audrey Hepburn, son idole qu'elle affectionne tant. Elle porte des escarpins noirs à brides et talons aiguilles pour accompagner la tenue.

— La classe dans la simplicité se dit-elle en se regardant dans la glace. Je ne peux pas faire mieux compte tenu de mon état. Je me sens comme une baleine échouée sur un banc de sable, ironise-t-elle.

En fin de matinée, c'est le son insistant d'un klaxon dans la rue qui l'amène à regarder par la fenêtre. Elle reconnaît l'Aronde Rouge décapotable garée devant le salon de coiffure de Brigitte, et Christian au volant. Comme il lui est impossible de se faire entendre d'aussi haut, elle lui fait de grands signes pour lui expliquer qu'elle descend.

Christian l'accueille en la serrant dans ses bras. Elle a oublié qu'il était si grand. Ses longs bras lui font une sorte de peignoir de protection.

Elle sent sa douce odeur, mélange de tabac et d'eau de toilette qui la rassure sur le fait qu'elle est toujours amoureuse de lui. Elle est si bien qu'elle a bien du mal à se détacher, même si son ventre frotte sur les boutons de sa veste.

Elle se recule pour l'observer : il est bronzé, ses cheveux noirs ont poussé et lui donnent un style d'artiste en vogue. Il porte un costume en lin rayé bleu marine et blanc, une chemise blanche, une paire de Richelieu de couleur noire aux pieds. Cette tenue aurait pu paraître un peu trop « mauvais garçon » dans un autre contexte, mais, ici, à Casablanca, elle est d'un chic absolu.

Il tend les bras pour la repousser et l'admirer. Yolanda est mal à l'aise, elle se sent un peu énorme et mal assortie comparativement à lui, si beau, si mince. Elle a pris du poids, son ventre rond pointe vers l'avant, une horreur.

Brigitte a pourtant réussi à lui faire une coiffure avec les cheveux tirés en arrière maintenus sur les côtés par des barrettes dorées et elle a trouvé dans ses affaires, une paire de lunettes de formes papillon qui lui donne l'air d'une star hollywoodienne.

Le masque de beauté lui a fait une peau de bébé et elle a particulièrement soigné son maquillage : œil de biche avec un trait d'eyeliner noir, mascara en épaisse couche pour allonger les cils, rouge à lèvres rouge pour faire ressortir sa bouche.

Christian la regarde, émerveillé. Il lui dit que la maternité lui va bien.

Elle rougit.

— Il est myope, se dit-elle intérieurement.

Elle s'installe dans la voiture et ils échangent des banalités. La radio diffuse les tubes américains en vogue et la main de Christian tapote en rythme sur le volant. Yolanda est sereine, elle se sent à l'aise près de lui et a conscience qu'une certaine proximité doublée de confiance s'est tissée entre eux depuis leur dernier échange téléphonique.

Le silence s'installe peu à peu dans l'habitacle, vers le boulevard Balande, aux abords de la corniche. La brise marine atténue la chaleur et le vent décoiffe Yolanda qui retient ses barrettes afin qu'elles ne s'envolent pas. Ils se regardent et sourient de cette situation cocasse. Elle se penche vers son sac posé à ses pieds pour récupérer un foulard Hermès qu'elle noue autour de sa tête pour éviter de saccager le travail de Brigitte, sous l'œil amusé de Christian qui semble apprécier sa coquetterie.

Au ralenti, elle voit défiler les noms des Clubs de plage qui évoquent des contrées exotiques. Au bout de la plage Aïn Diab, elle aperçoit la piscine et les terrains de sport du Sun-Beach puis le grand bâtiment blanc et circulaire du restaurant La Réserve.

De façon anachronique, un bédouin traînant lentement à sa suite un couple de dromadaires se mêle au paysage et circule négligemment au beau milieu des piétons endimanchés. Ceux-ci, nullement impressionnés par les blatèrements des bêtes, se poussent pour les laisser passer.

Christian stoppe la voiture devant l'entrée du restaurant. Un chasseur en livrée blanche et fez rouge sur la tête, ouvre la portière côté passager, puis côté conducteur. Christian lui glisse négligemment dans la main les clés afin qu'il aille la garer à une place réservée aux membres du club, à côté de véhicules de luxe, en majorité de marques américaines.

Yolanda est subjuguée par l'assurance et la décontraction de Christian et découvre un autre homme que celui qui l'avait emmenée danser au Kon-Tiki deux mois auparavant.

— Il n'a plus son Leica autour du cou, se dit-elle, intimidée.

Il le sent et lui saisit la main pour franchir le long ponton en béton blanc qui mène, depuis le trottoir, à la porte du restaurant.

À l'entrée, Christian présente à l'hôtesse sa carte de membre et un maître d'hôtel consulte son registre en les faisant patienter. Yolanda profite de ce répit pour observer les lieux : ce qui la frappe en premier, ce sont les immenses baies vitrées qui plongent au-dessus de la mer. Elle a l'impression d'être dans un bateau.

Les pas sont atténués par une épaisse moquette rouge, le mobilier est moderne, les sièges de table rouges en cuir et bois doré, les tables couvertes de nappes blanches amidonnées. Les murs sont peints en blanc, couverts de tableaux immenses aux dessins géométriques abstraits. Il règne dans cette salle une ambiance luxueuse et feutrée.

Une rangée de serveurs vêtus de blanc, une serviette pliée sur le bras droit, est discrètement positionnée au fond de la salle. Ils sont prêts à intervenir pour remettre du pain dans la coupelle, remplir les verres, enlever la moindre miette sur la table et satisfaire les désirs des convives.

L'un d'entre eux vient à leur rencontre et les accompagne à une petite table isolée près d'une baie vitrée ouverte pour laisser passer l'air du large, à l'abri des curieux et des oreilles indiscrètes.

— Comment trouves-tu cet endroit ? lui demande Christian, une fois installés confortablement.
— C'est époustouflant !

— Il y a encore un étage au-dessus avec une salle identique à celle-ci. Elle sert aux réceptions et se transforme de temps en temps en piste de danse. Si tu le souhaites, nous pourrons prendre une boisson sur la terrasse après notre repas.

Du champagne Louis Roederer, deux flûtes et quelques amuse-bouches miniatures leur sont servis.

— À cet inoubliable repas, dit Christian en rapprochant sa coupe de la sienne pour trinquer.
— Oui, à ce repas, merci pour cette invitation, balbutie Yolanda en levant sa flûte.

Elle se sent intimidée dans cet endroit et l'assurance de Christian l'intrigue. L'alcool la détend, elle plonge son nez dans la carte sans prix que lui a délicatement tendue le maître d'hôtel.

La salle est pourtant pleine mais les conversations sont feutrées. La majorité des convives sont des hommes en costume. Les rares femmes présentes sont d'une élégance à la pointe de la dernière mode, des bijoux irradient autour de leurs cous et pendent à leurs oreilles. Yolanda imagine, sans les voir, que les doigts et les poignets doivent être parés de la même façon.

Elle constate avec fierté que le regard de certains hommes se tourne vers elle. Elle lit plus attentivement le menu en se demandant ce qu'elle va choisir, les émotions lui coupant l'appétit.

— De quoi as-tu envie ?
— Je n'ai pas très faim. Il y a beaucoup de choses…
— La cuisine est française, le chef est lyonnais. Il a intégré dans sa carte quelques plats de sa région comme les quenelles, spécialité à base de farine, de semoule, de beurre, de lait, au poisson ou à la volaille, commente Christian. Tu as aussi le tablier de sapeur,

rectangle de gras double mariné dans du vin blanc, pané et frit. Le nom vient du Maréchal de Castellane sous Napoléon III qui a comparé l'enrobage du gras double à la couleur des tabliers de cuir des sapeurs-pompiers.

Le poulet Célestine, sauté aux champignons avec de l'ail et du persil. On dit qu'un cuisinier aurait inventé cette recette pour séduire sa dulcinée, finit-il en riant.

Yolanda n'a aucune envie de ces plats qui lui soulèvent l'estomac à l'avance et ne répond pas.

Christian prend ce silence pour une invitation à continuer ses commentaires :

— Plus classique, tu as aussi le choix entre les huîtres de Oualidia provenant des parcs ostréicoles près de Safi, le homard ou la langouste grillée, les calamars à l'armoricaine.

Le turbot grillé, un régal, la sole meunière pour les poissons. Le gigot de mouton, l'entrecôte maison, les brochettes maison pour les viandes. J'arrête parce que je vais finir par te noyer.

— Toi, que prends-tu ? demande-t-elle afin d'ajuster son choix sur le sien.

— Si tu me fais confiance, voici ce que je te propose, car je sens que tu es embarrassée : quelques huîtres accompagnées d'un Chablis frais, un turbot grillé avec sa brochette de légumes, et un financier au chocolat en dessert, une tuerie.

— Parfait pour moi.

— Affaire conclue, je commande, dit-il en levant la main pour attirer l'œil de l'un des serveurs qui s'empresse de venir à leur table.

En attendant l'entrée, Christian et Yolanda continuent de savourer leur verre et profitent pleinement du cadre du restaurant.

— C'est vraiment beau ici, intervient Yolanda pour meubler le silence qui s'installe.

— Je suis content que mon choix te plaise. J'ai longtemps hésité avec un autre restaurant réputé, le Cabestan, mais je me suis arrêté sur celui-ci pour la vue sur la mer. Obtenir une table est un véritable marathon, tant il est fréquenté, surtout le dimanche.

Yolanda profite du service des huîtres pour abandonner sa coupe de champagne et réclamer un verre d'eau. Impossible, pour elle, de boire du Chablis dans son état.

C'est à la 4e huître que Christian décide de lui donner des éclaircissements sur la raison majeure de leur présence en ce lieu et se lance dans un interminable monologue que Yolanda ne va pas chercher à interrompre.

— J'ai passé une partie du mois de juillet et le mois d'août à Rabat afin de me rapprocher de personnages importants dans le domaine financier et dans le secteur politique. J'ai eu la chance d'avoir ces contacts dans le cadre de mes activités photographiques puisque j'ai réalisé une quantité de reportages photo des mariages de la bourgeoisie française et marocaine. Mon collègue ne pouvant pas quitter Casablanca à cause de ses enfants, j'ai accepté de le remplacer. La qualité de mon travail a fait ma réputation et j'ai été demandé partout.

Lors de ces événements familiaux qui durent deux à trois jours, j'ai réussi à sympathiser, à discuter et à obtenir des informations sur ce qui se préparait dans l'avenir.

Les membres de l'Istiqlal, le parti de l'indépendance, travaillent à la constitution du futur Gouvernement marocain. J'ai même eu l'occasion de rencontrer son fondateur, Allal El Fassi et son conseiller Abdelhadi Boutaleb, qui a participé aux entretiens d'Aix-Les-Bains.

Entre les événements en Indochine, la guerre en Algérie et les émeutes au Maroc, la France se retrouve dans une position intenable avec ses colonies. Paris a été condamné par l'ONU depuis la mise sur le trône par le Gouvernement du Sultan Sidi Mohammed Ben Arafa, qui a échappé à trois attentats. La Ligue Arabe refuse de reconnaître ce nouveau Sultan considéré comme un homme de paille assujetti au Gouvernement français. Même l'Espagne qui possède une partie du Maroc dénonce son rôle de bouffon.

La seule issue pour sortir le Maroc de ce chaos, c'est de faire revenir le Sultan Sidi Mohammed Ben Youssef d'exil et que la France tienne les promesses qui lui ont été faites lors de la conférence d'Anfa en 1942 par Roosevelt et Churchill : l'indépendance de son pays. Selon mes sources, c'est imminent.

Sans rentrer dans les détails qui t'ennuieraient, lorsque le Maroc retrouvera sa liberté, la France n'assurera plus son soutien : le pays aura besoin de créer des entreprises pour assurer son développement économique.

Le futur souverain alaouite s'appuiera sur des personnes fiables et de confiance pour créer la nouvelle société marocaine. Il aura besoin d'entrepreneurs français sérieux pour pallier le manque de chefs d'entreprises marocains puisque les années de Protectorat ont asservi la population.

Pour ce faire, il va distribuer des subventions, faciliter l'accès au crédit, louer ou vendre des terrains agricoles pour une bouchée de pain. J'en suis arrivé à la conclusion que c'est le moment de rester et de profiter de cette aubaine pour développer un business, lui dit-il en avalant la dernière huître.

Intérieurement, Yolanda se félicite de suivre l'actualité sur l'indépendance et d'avoir évolué dans ses fonctions au Journal, ce qui lui permet d'accorder du crédit aux paroles de Christian. Elle se demande ce qu'il a l'intention de lui annoncer et reste attentive.

Très pragmatique, c'est au turbot grillé à point que Christian précise son point de vue :

— J'ai retrouvé un ami, Abdel Bouatif, que j'avais rencontré à Paris où il suivait des études d'avocat en 1948. Il a vécu des années de galère, mais maintenant il travaille pour la cause marocaine avec le Gouvernement français, en relation directe avec Edgar Faure. Tu vois c'est du beau monde.

Il a assisté, à Madrid, à la réunion de la direction du Parti de l'Istiqlal, pour préparer les négociations qui ont eu lieu à Aix-Les-Bains le mois dernier. De façon très confidentielle, il va partir dans quelques jours avec une délégation du Parti à Madagascar pour rencontrer le Sultan Sidi Mohammed Ben Youssef en exil. Il m'a aidé à trouver une idée de création d'entreprise innovante et utile pour le pays : un élevage de poules pondeuses.

Yolanda s'étrangle et évite de justesse d'avaler une arête de poisson. Elle se précipite sur son verre d'eau pour cacher le fou rire qui la prend :

— Un élevage de poulets, bah voyons, on aura tout vu, je vais peut-être me transformer en fermière, se dit-elle.

Elle le laisse continuer, afin d'éviter de le vexer mais elle meurt d'envie de lui demander comment on peut passer de la photo aux poulets. De toute façon, Christian déjà a repris la parole :

— Les Marocains ne produisent pas suffisamment d'œufs pour nourrir la population et dépendent de la France pour leur en fournir. Une fois l'indépendance actée, le marché de l'importation des œufs français va exploser et les Marocains ne pourront plus s'offrir cette denrée de première nécessité à prix raisonnable. La seule solution est donc de produire localement en grande quantité en développant l'élevage en batterie. Et organiser un réseau de livraison dans les principales villes du pays.

Avec l'aide d'un ingénieur agronome, j'ai monté un projet qui consiste à construire un hangar métallique et à fabriquer à l'intérieur des enclos en fer pour contenir les poules sur deux à trois étages.

À l'extrémité des cages, une rigole permettra de distribuer la nourriture. Un éclairage permanent laisse les poules éveillées pour leur permettre de pondre régulièrement. Les cages sont nettoyées des déjections tous les jours et les œufs sont ramassés chaque matin, mis dans des boîtes et livrés par camion aux marchés en gros.

Nous avons étudié les meilleurs endroits pour nous implanter et évalué le montant des investissements. La Banque d'État du Maroc accepte de financer une partie, notamment la construction du hangar, l'achat du terrain et j'obtiendrai des primes pour l'achat des équipements et des subventions pour obtenir les 70 000 poules pondeuses qu'il faudra pour démarrer.

À raison d'un œuf par jour et par poule, la production s'élèvera, approximativement, à 5 800 boîtes de 12 œufs par jour. Dans un premier temps, je louerai un camion pour les livraisons.

Et dans un deuxième temps, si les affaires fonctionnent, il faudra construire un deuxième hangar, acheter 70 000 autres poules pondeuses et investir dans des camions.

— Mais, ne peut s'empêcher d'intervenir Yolanda, que connais-tu à ce métier d'éleveur et comment sais-tu à l'avance qu'il va te convenir ?

— Je me fiche de savoir si ce métier va me convenir ou pas, Yolanda. C'est la chance de ma vie pour gagner de l'argent, m'assurer un statut, être reconnu. Ce n'est pas en restant photographe que je vais devenir milliardaire. Je vais faire un stage dans un élevage et je vais m'entourer des compétences qui me manquent. Ce n'est pas très compliqué.

Elle comprend que seule compte pour lui la réussite sociale et que si on lui avait proposé de devenir routier ou vigneron, cela aurait été pareil.

Christian lui proposerait-il un marché : devenir une femme respectable et respectée et oublier son passé. À ce stade de la discussion, elle aurait besoin d'être rassurée sur le rôle qu'il lui offre dans ce projet.

Il enchaîne sur sa lancée, sans rien voir de son désarroi :

— J'ai des vues sur un terrain de deux hectares à M'Qam Tolba, près de Tiflet, un village à 60 km au sud de Rabat, que je voudrais acquérir pour y construire un hangar, des bureaux et notre future maison.

Au dessert, Christian aborde enfin le sujet crucial lorsque le serveur leur apporte les desserts.

Yolanda tend l'oreille :

— Depuis notre conversation téléphonique, j'ai eu le temps de réfléchir. Je suis tombé amoureux de toi dès que je t'ai vue. Depuis que je te connais, il ne se passe pas un jour sans que je pense à toi. Je souhaite passer les jours qui me restent à vivre à tes côtés.

— Un peu abrupt, se dit-elle, mais rassurant.

Son cœur fond. Il lui prend la main :

— Je t'aime Yolanda et ce n'est pas un bébé qui va m'empêcher de construire ma vie avec toi.

Yolanda est attendrie par ces paroles. Des larmes de joie lui montent aux yeux, une goutte coule sur la table.

— Oh mon amour ne pleure pas, dit-il en prenant délicatement son visage entre ses mains.
— Ce sont des larmes de joie. Je suis si émue par ce que tu me dis. Moi aussi je t'ai aimé dès que je t'ai vu. Mais, avec ma situation, je me disais qu'il fallait que je t'oublie, que notre histoire n'était pas possible.

Christian ne répond pas. Il sort alors de sa poche un écrin de la Maison Mounier, le meilleur joaillier de luxe de la ville, et le dépose sur la table à la droite de Yolanda.

— Chérie, voici un gage de mon engagement envers toi.

Yolanda, émue, soulève le couvercle et découvre une énorme bague Marguerite montée sur saphir, sertie de diamants étincelants, un présent qui a dû lui coûter une fortune. Christian lui prend doucement l'annulaire de la main droite et lui passe le bijou au doigt. Elle admire la bague, sa main tremble.

— Elle te plaît ?

— Oh, Christian, elle est magnifique. Je n'ai pas de mots assez forts pour te remercier. C'est trop, beaucoup trop.

— Rien n'est trop beau pour toi. En plus, elle est à la bonne taille. Accepte ce présent en signe de mon engagement vis-à-vis de toi.

— Dois-je l'accepter comme une bague de fiançailles ?

— Exactement. Maintenant je vais t'expliquer comment je vois les mois qui viennent, reprend-il d'un air sérieux.

Jusqu'à la naissance du bébé, je vais être peu présent à Casablanca et auprès de toi. Le bruit court que le Sultan Sidi Mohammed Ben Youssef va revenir au pouvoir au mois de novembre et que l'indépendance sera définitive au 1er trimestre de l'année prochaine.

D'ici là, il faut que je peaufine mon dossier, que je choisisse mon terrain, dessine les plans du poulailler, trouve les ouvriers, le financement. Je vais être sur place et à Rabat.

Toi, profite de cette période pour prendre soin de toi et te préparer à l'accouchement. Oublier aussi le passé et te préparer à la nouvelle vie qui nous attend. Nous allons nous téléphoner régulièrement. Je te promets de venir te voir dès que l'enfant sera né. Et que je t'épouserai dès que nous aurons la possibilité de vivre ensemble.

— Cela veut dire que je vais devoir quitter le Journal ? Déménager dans la pampa perdue à 60 km de Rabat et devenir une fermière ? dit Yolanda tout à coup apeurée.

— Naïve petite Yolanda ! s'exclame Christian. Parce que tu crois vraiment que le Journal du Maroc va survivre à l'Indépendance ? L'une des premières actions du nouveau souverain sera de supprimer la presse française pour la remplacer par une presse marocaine sous contrôle du Gouvernement.

— Je n'avais pas pensé à cette hypothèse effectivement.

— Alors oui, je te propose de venir me rejoindre dans la pampa comme tu dis pour travailler avec moi. Je vais avoir besoin de toi pour la comptabilité et le secrétariat de l'entreprise. Je vais faire construire une maison avec tout le confort moderne et tu auras du personnel de maison à ta disposition. Je vais t'offrir ton permis de conduire et une voiture pour aller en ville lorsque tu voudras te changer les idées, nous en aurons largement les moyens.

Nous pourrons envisager notre mariage après la naissance du bébé.

Yolanda ressent du soulagement suite à cette discussion : elle sait tout. Christian lui a tout expliqué sans rien lui cacher et en l'associant à une aventure, certes, hasardeuse. Mais, il lui offre l'opportunité de se marier, de rester au Maroc, d'avoir un père pour son enfant et de rompre avec la honte d'être fille-mère exclue de sa famille, bannie par la société et célibataire à vie.

Dans sa déclaration d'amour, Christian est sincère. Ce qu'il ne dit toutefois pas à Yolanda, c'est que son ami marocain lui a fortement suggéré de prendre femme pour asseoir sa future crédibilité d'entrepreneur.

— Le statut de célibataire, dans un Maroc indépendant, attirera la méfiance des banquiers échaudés par des colons désargentés venus tenter l'aventure avec des projets faramineux pour, ensuite, dépouiller les organismes de crédit en faisant faillite et en disparaissant avec des milliers d'ardoises de créances impayées, lui a confié Abdel Bouatif.

Yolanda présente tous les avantages pour devenir l'épouse parfaite : jolie, intelligente, de l'éducation, de la classe, blonde, avenante. Sous cette image impeccable, personne n'ira fouiller dans son passé et l'existence d'un jeune enfant, né avant régularisation, sera vite oubliée par un mariage discret. Tous penseront que l'enfant est de lui, sans chercher à approfondir les raisons qui les ont poussés à venir s'installer au Maroc.

Christian a soigneusement préparé ses arguments de façon à ce que Yolanda accepte ses propositions : la convaincre, la séduire, sans lui laisser le temps de trop réfléchir. Il a décelé son tempérament inquiet et son manque d'assurance, malgré un courage à toute épreuve. Il a décidé de la protéger et de lui donner confiance en l'avenir.

Christian sort de ses pensées en lui proposant de finir le repas en buvant un café sur la terrasse, ce qu'elle accepte. La brise du large lui dénoue le ventre et elle se détend. Beaucoup d'informations et d'émotions en peu de temps. Elle est épuisée et sent poindre un mal de tête.

— Je sais que tu avais prévu de m'emmener visiter Fedala, mais je ne me sens pas très bien. Trop d'émotions dans mon état. Pourrais-tu me raccompagner s'il te plaît ?
— Bien sûr ma chérie, ne t'inquiète pas, nous aurons l'occasion d'y aller une autre fois. Je vais régler l'addition et je te raccompagne.

Christian conduit doucement, se gare devant son immeuble et la raccompagne jusqu'à son appartement. Il l'embrasse fougueusement sur la bouche avant de la quitter et elle se sent fondre de désir pour lui. Il la serre tendrement dans ses bras, lui demande de bien prendre soin d'elle et de l'attendre. Il lui lance un dernier « Je t'aime » avant de la quitter.

36

Janvier 2013

J'arrête ma narration pour déguster la sole au beurre citronné que le serveur dépose sur la table devant moi.

Je suis émue car, en racontant son histoire, je fais revivre Yolanda sous nos yeux. Une petite dame, aux cheveux argentés et au visage tout fripé, essuie régulièrement ses larmes avec un grand mouchoir en dentelle.

— Puis-je me permettre de vous donner mon avis ? demande une grosse femme aux cheveux violets.

J'acquiesce :

— Vous pouvez, bien sûr.
— Je trouve ce récit trop beau pour être vrai. Tomber enceinte d'un homme marié, fuir au Maroc en rencontrant de vrais amis et trouver un amoureux, on ne voit cela que dans les romans.
— Vous avez raison dans l'immédiat. Attendez de connaître la suite, vous allez certainement déchanter.

Dans le fond de la salle, une vieille dame m'observe en silence. Son regard bleu perçant me dérange.

Je décide de détourner la tête et de reprendre mon récit.

37

Septembre 1955

À partir de ce rendez-vous crucial, Yolanda met ses peurs de côté pour se concentrer sur la future naissance du bébé. Il ne lui est plus possible de douter : sa vie change, elle va rester au Maroc et attendre, avec foi en l'avenir. Christian est la bonne étoile envoyée par le destin pour lui assurer une nouvelle vie. Elle doit lui faire confiance. Et elle l'aime, elle ne peut plus imaginer sa vie sans lui.

Elle profite donc sereinement de ses week-ends pour finaliser le trousseau de naissance, acheter le matériel indispensable pour la venue du nouveau-né. Elle déniche chez un brocanteur un magnifique berceau ancien à barreaux et à balancelle qu'elle rénove d'un coup de peinture blanche. Elle achète un voile moustiquaire pour orner le baldaquin et décide que l'enfant dormira dans sa chambre pour le démarrage.

Odette a eu droit à un compte-rendu téléphonique complet du repas à La Réserve et se réjouit de la tournure positive des évènements et de ses intuitions qui se sont avérées vraies. Elle lui annonce avoir trouvé une nourrice, la cousine de Linda, la couturière, qui vient de quitter sa campagne de Taroudant, près de Marrakech, pour s'installer à Casablanca.

Elle organise une rencontre entre les deux femmes. Le regard doux et le timide sourire de Yasmina plaisent instantanément à Yolanda.

C'est une petite femme rondelette d'une trentaine d'années, au visage rond et aux longs cheveux noirs attachés dans le dos. Elle a laissé son petit garçon au village avec sa mère et a choisi de venir gagner sa vie en ville.

Un accord est scellé entre elles : elle prendra ses fonctions dès que Yolanda retrouvera le chemin du Journal, se rendra à son domicile récupérer le bébé et le ramènera le soir.

Plus l'actualité s'intensifie, plus son corps gonfle. Elle a de plus en plus de mal à se déplacer et la chaleur ambiante lui donne l'impression, en fin de journée, d'avoir des poteaux à la place des jambes. Seule l'eau froide arrive à la soulager, elle passe donc beaucoup de temps sous la douche.

Dans le trolleybus, les voyageurs ont pitié d'elle et lui cèdent leur place assise. Elle a la sensation d'être une impotente ou une très vieille dame, c'est selon son humeur du jour.

Lorsqu'elle partage l'ascenseur avec sa voisine de palier, Juliette, elles sont obligées de se mettre de biais pour pouvoir tenir toutes les deux. Ce qui leur provoque de grosses crises de rire.

Au fil des jours, les températures diminuent le matin et le soir, tout en restant agréables en journée, pas moins de 20 degrés, ce qui rafraîchit l'atmosphère. Yolanda éprouve du soulagement. Elle dort mieux et ses jambes redeviennent à peu près normales. Si ce n'est son ventre rebondi comme un ballon de football, de dos, sa silhouette reste normale.

Pendant ce temps, les politiques de tous bords s'agitent dans tous les sens. Les journaux marocains et internationaux se lancent dans des pronostics incertains ou mensongers pour vendre du papier et mettre en ébullition la population.

La présidence du Conseil français est même contrainte de publier un communiqué dans le Monde pour mettre en garde l'opinion publique « *contre les comptes rendus fantaisistes et les interprétations tendancieuses des délibérations gouvernementales relatives aux affaires marocaines. Le Gouvernement rappelle que dans de tels sujets la discrétion est de règle et qu'il s'interdira en conséquence tout démenti concernant les informations parues dans la presse* ».

— Facile d'ouvrir le parapluie quand on divise pour mieux régner ! commente haut et fort Jules Lopez en parcourant de long en large les couloirs du Journal, les mains derrière le dos, sous le regard amusé des équipes de rédaction.

Elle se console de ne pas avoir de nouvelles de Christian en admirant la bague qui scintille de mille feux à son doigt, preuve matérielle qu'elle n'a pas rêvé ce qui lui arrive. L'éclat de cette bague n'a échappé à aucun regard et, afin d'éviter les questions indiscrètes, elle a annoncé qu'elle était fiancée. Tous, unanimement, l'ont félicitée et ont fait preuve d'une grande sollicitude en la complimentant et en lui souhaitant leurs meilleurs vœux de bonheur.

Pour se faire pardonner de son accès de colère au restaurant Don Camillo, François l'invite à déjeuner à la brasserie du Roi de la Bière, passage Sumica.

Pendant le repas, il évoque à nouveau ses difficultés avec Nora mais Yolanda n'écoute que d'une oreille. Il lui fait toutefois part de son désir de quitter le Maroc et de retourner en France d'ici la fin de l'année.

— Tu as raison, conclut-il, je n'arriverai jamais à épouser Nora. Rester à Casablanca ne m'apportera que du malheur et le souvenir de mon amour impossible. Je vais trouver le courage de la quitter et chercher un autre emploi en métropole.

Yolanda est triste à l'idée de perdre prochainement un ami.

Elle profite d'une soirée calme pour écrire à sa mère et lui annoncer ses fiançailles. Elle reste évasive sur la façon dont la déclaration a été faite et concentre sa prose sur la description de la bague. Elle ne parle pas des événements politiques.

38

Ceux-ci prennent, petit à petit, une tournure plus opérationnelle et on sent que tous les protagonistes aussi bien du côté français que marocain veulent parvenir à une conclusion, même si les décisions tardent à être prises.

Chaque membre de l'équipe de rédaction est sur le qui-vive, à la recherche de l'information, sur tous les fronts.

Le général Boyer de Latour prend ses fonctions à Rabat. Les membres de l'Istiqlal et du Parti Démocrate de l'Indépendance se rapprochent de Sidi Mohammed Ben Youssef à Madagascar, accompagnés par une délégation française menée par le général Georges Catroux, Grand Chancelier de la Légion d'Honneur.

Yolanda apprend en lisant la presse que l'ami de Christian, Abdel Bouatif, fait partie du voyage, ce qui confirme ce qu'il lui avait dit lors du repas à La Réserve.

L'objectif de cette délégation est de présenter à l'ancien Sultan les principes directeurs de l'action politique que la France compte entreprendre dans l'Empire chérifien. Elle souhaite obtenir son accord.

Curieuse, Yolanda se décide à interroger le plus discrètement possible Christiane Linberg, la Journaliste en chef du Journal.

— Christiane, pourriez-vous me dire qui est Abdel Bouatif ?

— Abdel ? C'est un membre de l'Istiqlal. Il fait partie des commissions qui participent aux négociations pour l'Indépendance, très près du Sultan Sidi Mohammed Ben Youssef. Il a fait des études de droit et de sciences politiques, je crois. Quoiqu'il ait également été imprimeur à Tanger, je ne sais plus trop. C'est un ami de mon cousin. Ils se sont connus en 1944, lors de la présentation du Manifeste de l'Indépendance, je me souviens que c'était l'un des plus jeunes signataires.

Lorsque les autorités coloniales ont arrêté le Secrétaire général du parti de l'Istiqlal, Ahmed Balafrej et son adjoint Mohamed Lyazidi, il a participé à la manifestation populaire de Salé, en représailles. Il a été arrêté et a été emprisonné à Rabat.

Puis en 1946, il a participé à la rédaction d'un rapport sur la situation au Maroc pour l'ONU.

Il est revenu au Maroc en 1949, s'est inscrit au barreau de Rabat et a travaillé dans le journalisme. Il était venu, je me souviens, à la maison, me solliciter pour intégrer son Journal. Je venais de démarrer au Journal du Maroc à cette époque, j'ai décliné son offre.

Après, je crois qu'il a refait de la prison pour avoir participé à une grève générale en Tunisie. Après sa libération, il a repris les travaux pour l'Indépendance tout en étant fidèle à l'Istiqlal.

Pourquoi me demandez-vous des informations sur lui, vous le connaissez ? Du peu que je l'ai connu, je me souviens d'un personnage un peu timide, très simple et ouvert d'esprit. Mon cousin, lorsqu'il parle de lui, dit que c'est un idéaliste de gauche.

— En fait, c'est mon fiancé qui m'a parlé de lui. C'est l'un de ses amis, ils se sont connus en France.

— Abdel a un réseau impressionnant car son charisme fait de nombreux émules. Il va certainement être prochainement très occupé avec la construction du nouveau gouvernement marocain.

— Justement. Mon fiancé monte, avec son aide, un dossier de projet commercial près de Rabat.

— Votre fiancé est-il Marocain ?

— Non, français. Il dit que les Marocains auront besoin d'entrepreneurs français pour développer la nouvelle économie du pays.

— Hum, j'ai plutôt entendu dire que le nouveau Maroc allait soutenir l'entrepreneuriat de ses congénères. Mais il a peut-être une dette envers votre fiancé. Je souhaite que son projet aboutisse.

La conversation est interrompue par l'appel d'un journaliste dépêché en France pour lancer un scoop : le Sultan Sidi Mohammed Ben Youssef accepte de soutenir la nouvelle politique devant l'opinion marocaine. À condition, toutefois, que le Glaoui de Marrakech ne soit pas le 3e membre du Conseil du Trône et qu'il donne sa démission. Reste à négocier avec le Glaoui.

C'est une avancée importante et le Gouvernement français est soulagé. Yolanda, également, l'est pour d'autres motivations : Christian ne lui a pas menti, Abdel Bouatif a des appuis.

D'autres membres influents font pression pour obtenir le départ de Sidi Mohammed Ben Arafa. Celui-ci se met en résistance et refuse âprement de renoncer à ses droits au trône.

Dans la nuit du 30 septembre au 1er octobre, le Sultan donne sa démission sous la pression. Le lendemain, tôt le matin, il quitte la zone française de l'Empire chérifien à Tanger, entouré d'une garde d'honneur disposée en longue file près de l'avion qui l'emporte en zone internationale.

Depuis la veille, d'importantes mesures de sécurité ont été mises discrètement en place pour éviter tout débordement tout le long du parcours que devait emprunter le cortège.

Quelques voitures font partie du cortège dans lesquelles se trouvent notamment le Directeur adjoint du protocole, Si Ben Naceur, le Capitaine Oufkir, Officier d'ordonnance du Résident général, Si Allai Kerdoudi, le Secrétaire particulier du Sultan, et Si Moulay Abdallah à qui le souverain a donné délégation pour s'occuper des affaires du Sultanat.

Avant d'embarquer à bord de l'avion qui l'emporte en France, et sous les accents de l'Hymne chérifien et de la Marseillaise, la délégation passe les troupes en revue et salue le drapeau français. Sidi Mohammed Ben Arafa se tient droit, le visage serein et marche, appuyé sur une canne.

Le 2 octobre, l'Armée de Libération Nationale lance sa toute première opération de résistance contre l'Armée française près de Taza, à 360 km au nord-est de Rabat. Environ 1 000 résistants infligent de lourdes pertes à l'Armée française aussi bien humaines que matérielles. En 2 jours, ils contrôlent les montagnes au nord de Taza et poursuivent leurs opérations jusque dans la zone contrôlée par l'Espagne.

39

Cette attaque est largement relayée par les médias du monde entier et Yolanda reçoit dans la semaine un télégramme de sa mère :

Bonjour Yolanda guerre au Maroc – Peur pour toi – donne des nouvelles – urgent – Maman –

Yolanda recherche dans son agenda le numéro de téléphone de la concierge de l'immeuble de ses parents, s'empresse de décrocher le combiné, compose le numéro de l'opérateur international, écoute la tonalité s'établir et attend avec impatience le « bonjour » de l'opératrice afin de lui donner le numéro de téléphone à contacter.

Après 5 minutes d'attente et de grésillements sur la ligne, Yolanda entend une voix :

— Allo ? Qui est à l'appareil ?
— Bonjour Madame Martinez, c'est Yolanda, la fille de Madame Martin du 2e étage. Comment allez-vous ?
— Ah bonjour Yolanda. Vous m'appelez du Maroc ? Votre maman se fait beaucoup de souci pour vous, vous savez. Ne quittez pas, je vais aller la chercher.
— Oui, je vous appelle de Casablanca, merci Madame Martinez.

Yolanda pose le combiné et en profite pour aller chercher une chaise, se servir un verre d'eau dans la cuisine et s'installe devant le meuble de l'entrée sur lequel est posé l'appareil téléphonique. Elle entend, enfin, la voix de sa mère :

— Bonjour, ma chérie, je suis contente que tu m'appelles. Dieu merci, tu es vivante. Je me fais un sang d'encre. Dans le journal, ton père a lu que c'était la guerre au Maroc. Qu'il y avait des pertes énormes de militaires français, des prisonniers, des sauvageries en tout genre. Je ne dors plus depuis une semaine tellement j'ai peur pour toi, débite Jeanine d'une voix altérée par l'émotion.

— Bonjour maman. Je t'assure que je suis en sécurité et qu'il ne se passe rien à Casablanca. Il y a eu des altercations entre l'Armée de résistance et les Forces françaises au nord-est du pays en début de mois. Mais les colons ne sont pas en danger, on peut continuer à vivre normalement.

— En es-tu certaine ? Ton père a un collègue qui a entendu aux informations que des familles françaises prenaient le bateau en urgence pour rentrer en métropole. Il paraît que les gens partent en laissant tous leurs biens derrière eux, de peur d'être attaqués par les Marocains.

— Effectivement, maman, certains Français préfèrent quitter le pays depuis les premiers attentats, et il y en a encore qui font ce choix, surtout depuis les événements violents du mois de juillet, mais je suis bien placée au Journal pour t'affirmer que le choix du Gouvernement français est de négocier l'Indépendance dans la paix. Je n'avais pas mesuré que les journaux allaient s'emparer du sujet en modifiant le contexte, et que cela allait créer de l'inquiétude pour toi.

— Nous avons suivi à la radio, le débat de l'Assemblée nationale qui s'est terminé par le vote à la majorité pour la formation d'un Gouvernement marocain. Tu crois vraiment que les Marocains vont accepter de garder des colons dans leur pays ? Tu es sûre qu'ils ne vont pas renvoyer tout le monde du jour au lendemain ?

— Non, maman, c'est impossible. Le Gouvernement français va négocier de rester en place jusqu'à la proclamation de l'Indépendance car pour l'instant le pays est encore sous Protectorat français, le Traité de Fès de 1912 n'a pas été ratifié.

— Tu fais comme ton père, tu m'abreuves de politique et de termes auxquels je ne comprends rien. Moi, ce que je veux, c'est que tu rentres à la moindre alerte, s'énerve Jeanine.

— Tu sais bien que, dans mon état, c'est impossible.

— Ton état, ton état, on s'arrangera toujours, balbutie-t-elle.

— Tu sais très bien que papa et Jean-Jacques n'accepteront jamais une fille-mère dans la famille. Et toi, tu me feras payer au centuple, quotidiennement, par des remarques insidieuses, d'avoir créé la zizanie. Fais-moi confiance, je suis en sécurité ici avec un toit sur la tête, un travail, des amis et, si tu as reçu ma dernière lettre, un fiancé.

Il est préférable que je sois loin jusqu'à ce que je puisse revenir la tête haute, en ayant évité le déshonneur à notre clan. Je vais être obligée de raccrocher maintenant car les communications internationales coûtent horriblement cher. Je vais vous écrire plus régulièrement. Je t'embrasse maman et embrasse également papa pour moi.

— Un fiancé qui ne t'épousera peut-être pas. Au revoir, ma petite fille. Merci pour ton appel. Je t'embrasse très fort, lui dit sa mère d'un ton perfide en raccrochant rapidement le combiné.

Yolanda en est médusée et reste quelques secondes, immobile telle une automate, l'écouteur vissé à l'oreille, à écouter le bip bip de la ligne interrompue.

Elle remet la chaise dans la cuisine et s'installe dans le canapé, pensive et perturbée par les dernières paroles de sa mère. Elle ne peut pas remettre en question le télégramme ni la sincérité de son inquiétude.

— Maman a le don de dire des petites phrases assassines pour déstabiliser, se dit-elle, c'est plus fort qu'elle lorsqu'une situation l'embarrasse, et en l'occurrence c'est ma grossesse qui lui pose problème. Elle a raison, je la comprends, mais j'ai quand même montré que j'arrivais à me débrouiller toute seule. Quelle immaturité de sa part, elle ne se rend pas compte du courage que je déploie.

Bon allez, stop aux idées critiques, je vais leur écrire plus souvent et les tenir au courant des événements politiques pour leur éviter de l'inquiétude inutile.

40

Le 17 octobre, Yolanda tape un article rassurant, relatant, entre autres, les conclusions d'une réunion qui s'est tenue dans la salle des Vizirs du Palais Impérial de Rabat entre le Conseil du Trône et le général Boyer de Latour : le Conseil renouvelle sa collaboration avec la France pour construire un avenir prospère et fraternel et demande expressément à la population de stopper les actes de violence.

En levant la tête de son clavier, elle aperçoit François qui sort du bureau de Jules Lopez. Il titube, a la tête décomposée, blanc comme un linge.

— Serait-il malade ? se demande-t-elle.

Elle lui adresse un sourire auquel il ne répond pas et longe le couloir d'un pas incertain, s'enferme dans son bureau en claquant la porte.

Elle ne le revoit pas de la semaine et s'inquiète. Elle essaye d'obtenir des informations auprès du Directeur des ressources humaines qui reste de marbre face à ses allusions.

Le jour où le Pacha de Marrakech, Thami El Glaoui, donne sa démission du Conseil du Trône et exprime le vœu de rétablir le Sultan Sidi Mohammed Ben Youssef, ce qui représente un véritable coup de théâtre politique positif, François réapparaît au Journal en meilleure forme et lui propose de prendre un verre à la sortie du travail.

À pied, il l'emmène jusqu'au Charlie's bar. Le parcours est silencieux, ils sont bousculés au gré des mouvements de la foule toujours aussi bruyante et disparate à cette heure. Les klaxons des voitures retentissent dans une cacophonie infernale et le gendarme placé au centre du rond-point Mers Sultan, dans sa guérite fleurie, fait des moulinets avec ses bras pour réguler le flux ininterrompu des chauffards.

François marche d'un pas traînant, le visage fermé, ses beaux yeux verts cachés derrière des lunettes noires et Yolanda le suit en zigzaguant entre les passants, se protégeant tant bien que mal le ventre avec son sac à main. Une fois attablée et après avoir passé commande de deux Coca-Colas bien frais, François, tristement, prend la parole :

— Je voulais t'informer que j'ai rompu avec Nora et que j'en suis malade à en crever.

— Pourquoi avoir précipité les choses, tu m'en avais parlé le mois dernier, mais je ne pensais pas que tu prendrais une décision si rapidement.

— Son frère est venu me voir. Un soir, il a sonné à ma porte. Je lui ai ouvert, je ne voulais pas le faire rentrer, mais il hurlait dans le couloir en me traitant de sale colon menteur. Il a commencé à jurer en arabe et à cracher par terre, les voisins sortaient de chez eux pour voir d'où venait tout ce vacarme, alors, pour éviter le scandale, je l'ai fait entrer dans mon appartement.

Je lui ai demandé de se calmer et lui ai proposé de discuter entre gens civilisés. Il a hésité mais il a obtempéré. Je lui ai proposé un thé qu'il a accepté. J'avais peur. Je me suis affairé dans la cuisine pour me donner une contenance et calmer mes tremblements, mais je n'en menais pas large.

J'ai servi le breuvage et j'ai attendu en silence. Il a repris la parole pour me dire qu'il savait tout de mon histoire avec Nora, que s'il apprenait que je l'avais salie, il me tuerait. Que je n'avais pas le droit de fréquenter sa sœur parce qu'elle était fiancée depuis longtemps à un Marocain et que je méritais la mort pour avoir transgressé la règle. De temps en temps il élevait la voix, se mettait à crier et à gesticuler dans tous les sens. Je n'ai pas nié, de peur qu'il sorte un couteau ou un révolver de sa poche.

Des amis à lui nous ont vus dans un restaurant et lui ont rapporté l'information. Comme c'était la deuxième fois, il n'a plus cru à une relation amicale.

— Tu n'as pas essayé de nier ?

— Bien mal m'en a pris, si j'avais fait cela, je serais peut-être en morceaux dans l'Océan Atlantique à cette heure ! Il m'a dit que Nora avait avoué être amoureuse de moi, que je devais avoir honte et me repentir d'avoir détourné une honnête fille du droit chemin !

— Que t'a-t-il dit ?

— Qu'il fallait que je quitte la ville et que je ne m'approche plus jamais de sa sœur sinon il m'arriverait malheur. Que ma tête était mise à prix dans toute la ville, même dans le quartier de Bousbir.

— Le quartier de Bousbir ?

— Le quartier de la ville réservé à la prostitution. Comme si j'étais un homme de mauvaise vie.

— Et, tu l'as cru ? Tu n'as pas essayé de lui tenir tête ?

— Évidemment que je l'ai cru, il m'a tellement terrorisé. Tu sais très bien que ces gens-là sont capables de tout pour sauver leur honneur. On entend tellement d'histoires de ce genre dans les faits divers.

Yolanda se remémore les confidences de François, dans le taxi, après le concert de ce chanteur égyptien dont elle ne se souvient plus le nom, la lueur de joie dans son regard lorsqu'il évoquait Nora, ses paroles enflammées.

— Nora a été envoyée chez une tante à Rabat, reprend-il. Impossible de la retrouver, je n'ai pas son adresse. J'ai reçu un courrier de sa part dans lequel elle m'explique qu'elle me quitte et m'annonce qu'elle se marie bientôt. L'a-t-elle rédigé de son plein gré ou sous la pression ? Je l'ignore, mais son frère a été bien clair sur le fait qu'il ne fallait pas que je rentre en contact avec elle.

— C'est bien triste comme fin d'histoire d'amour. Que comptes-tu faire ?

— Je rentre en France dans une semaine. J'ai donné ma démission du Journal, mon préavis à ma propriétaire. Je vends les quelques meubles que j'avais achetés et j'ai pris un billet pour la traversée jusqu'à Marseille. J'embarque sur le Lyautey le 1er novembre. Je vais retourner habiter chez mes parents, dans un premier temps puis je vais chercher du travail, en tant que salarié ou pigiste. Et oublier, dit-il d'une voix agitée de trémolos dans laquelle son chagrin est palpable.

Yolanda est attristée par cette nouvelle et lui prend la main pour le réconforter. Elle pense avec nostalgie au dimanche passé ensemble à la course de lévriers.

— Même si je présageais la fin tragique de mon histoire avec Nora, et je t'en avais déjà parlé, je ne pouvais pas m'empêcher de conserver au fond de moi une lueur d'espoir. Je sais que les romans sont remplis d'histoires d'amours impossibles comme la mienne, mais j'ai vraiment cru pouvoir changer le cours des choses. Maintenant je suis comme Icare, je me suis brûlé les ailes et je n'ai plus que mes yeux pour pleurer et mon cœur qui saigne, dit-il dans un sanglot, en sortant un mouchoir de sa poche pour s'essuyer les yeux.

— Qu'aurais-tu fait à ma place ? reprend-il.

Yolanda se tait. Elle sait qu'elle aurait fait preuve de plus de courage et n'aurait pas baissé les bras aussi facilement si elle avait été sûre de son amour. Mais chaque être humain est différent. Elle choisit de tempérer ses propos pour adoucir sa souffrance.

— Au fond de toi, je pense que tu savais que ce serait une histoire d'amour pleine d'embûches. Tu étais aveuglé et tu pensais pouvoir défier les conventions mais tu n'étais pas seul dans cette affaire. Nora est restée en retrait et c'est certainement son attitude qui a fait basculer le destin du mauvais côté de la balance, avance-t-elle prudemment, du bout des lèvres.

— Je sais, tu es pleine de bon sens comme d'habitude. Je voulais te dire au revoir et te remercier pour ton écoute et ta gentillesse. Tes conseils vont me manquer. Prends bien soin de toi dans ce pays de barbares sans foi ni loi. Attention à ce qu'ils vont faire de ce pays lorsqu'ils auront leur indépendance, ajoute-t-il en cherchant dans ses poches de la monnaie pour régler l'addition et en se levant.

Yolanda trouve que François, certainement par dépit, généralise et tient des propos négatifs. Elle sent qu'il est parvenu à un point de non-retour et qu'il prend la bonne décision en quittant le Maroc. Rester à Casablanca lui ruinerait la santé et le moral et pourrait le rendre dangereux vis-à-vis de lui-même en le faisant, comme tant d'autres ici, basculer dans l'alcoolisme, la drogue ou le sexe. Partir, c'est pour lui, se donner une chance de se sauver de cette triste histoire.

— Viens, je te raccompagne au trolleybus, dit-il en jetant quelques pièces de monnaie sur la table et en lui prenant le bras pour qu'elle se lève.

Ils se séparent devant l'arrêt et Yolanda rentre chez elle en se disant qu'elle a perdu un collègue auquel elle tenait.

Afin d'adoucir sa peine, elle appelle Odette et lui relate les faits. Comme toujours, ses paroles bienveillantes remontent le moral de Yolanda.

41

Edgar Faure fait appliquer au Conseil des ministres du 5 novembre 1955 l'idée d'une « indépendance dans l'interdépendance » et rappelle le Sultan Sidi Mohammed Ben Youssef et ses proches en France. Le Sultan est logé au Palais Henri IV à Saint-Germain-en-Laye. Le même jour, Jules Lopez convoque Yolanda dans son bureau.

— Bonjour, Yolanda, asseyez-vous, dit-il en lui montrant un siège devant son imposant bureau en acajou recouvert de dossiers cartonnés et de feuilles volantes dans tous les sens.

— Je voulais vous voir pour discuter ensemble d'une date pour votre départ en congé maternité. Je vous arrête tout de suite, je commence à vous connaître, dit-il en levant le bras pour stopper Yolanda qui allait intervenir. Vous allez me dire qu'il y a beaucoup de travail, que l'actualité est brûlante, que vous allez bien. Mais, il faut aussi que vous vous reposiez avant l'arrivée de votre enfant. Si vous ne le faites pas, vous allez arriver épuisée à l'accouchement et vous risquez des complications pour votre santé. En France, le congé de maternité est de 6 semaines avant la naissance et de 8 semaines après. Pour quelle date est prévue l'heureux évènement ?

— À partir du 12 décembre, Monsieur Lopez.

— Donc, si je calcule bien, répond-il en récupérant le calendrier posé sur son bureau, vous devriez déjà avoir quitté le Journal depuis le 31 octobre. Je vous demande donc de démarrer votre congé maternité à partir de vendredi prochain. Et ce n'est pas négociable, vous m'entendez Yolanda ? Votre salaire sera maintenu à hauteur de 80 %.

— Oui, Monsieur, je vous remercie, mais comment allez-vous faire sans secrétariat ?

— Je vais organiser une réunion de crise avec Christiane et ses équipes. Chacun va se responsabiliser pour rédiger les articles, Christiane supervisera la mise en page et le contrôle du quotidien. Je prendrai en charge l'administratif, les relations avec l'imprimeur et le contrôle du réseau de distribution. On devrait s'en sortir.

Yolanda, qui connaît maintenant le fonctionnement de l'entreprise, est dubitative :

— Je vous promets de revenir travailler dès que je serai remise, affirme-t-elle.

— Vous verrez, Yolanda, vous aurez peut-être envie de profiter du bébé le plus longtemps possible. Votre congé maternité peut aller jusqu'au 6 février de l'année prochaine.

— Bien sûr que j'aurai envie de passer du temps avec mon enfant, mais sûrement pas au détriment de mon activité professionnelle. J'ai trouvé une nourrice, tout est organisé pour que je revienne rapidement au Journal, insiste-t-elle.

— OK Yolanda, je ne vais pas rentrer en conflit avec vous aujourd'hui. Je suis sensible à votre dévouement. Mais, de grâce, ne sacrifiez pas votre santé à ce journal dont les ventes chutent un peu plus tous les jours. Au fait, Christiane m'a dit que votre fiancé avait un projet d'installation près de Rabat. Allez-vous le suivre ?

— Je ne sais pas. Le projet est loin d'être abouti aujourd'hui. Et nous n'avons pas encore évoqué le sujet avec mon fiancé, ment-elle.

— Je vous le souhaite, Yolanda, vous méritez de trouver le bonheur et l'apaisement, ajoute Jules Lopez, soudain pensif.

Yolanda sort de son bureau perplexe :

— Le Journal semble en difficulté. Christian a peut-être raison lorsqu'il me dit que la presse française n'a pas de perspectives face à l'Indépendance.

Les jours suivants, le futur souverain du Maroc étudie, en compagnie des délégations marocaines composées entre autres d'une trentaine de notables berbères du sud, les propositions du Quai d'Orsay.

La participation aux discussions du Chérif El Kittani, l'un des chefs de la conjuration d'août 1953 et celle de Si Ahmed Balafredj, Secrétaire général du parti de l'Istiqlal, est fortement remarquée. Ce dernier, leader en exil à Madrid, représente le courant occidental de l'Istiqlal. Il a une grande influence sur les membres du Parti. Son déplacement représente un acte symbolique de soutien sans faille pour le Sultan.

Le groupe de travail élabore des textes de contre-propositions. Ces écrits sont signés avec le Gouvernement français et publiés le 6 novembre sous la dénomination « Déclaration de La Celle-Saint-Cloud ».

Pour la première fois, le mot « Indépendance » est prononcé. Les déclarations n'évoquent, toutefois, rien, sur l'abolition du Traité de Fès de 1912.

Le Sultan Sidi Mohammed Ben Youssef charge le Conseil du Trône de continuer à gérer les affaires courantes de l'empire.

Il confirme sa volonté de constituer un Gouvernement marocain de gestion et de négociation représentatif des différentes tendances de l'opinion marocaine. Ce Gouvernement aura notamment pour mission d'élaborer les réformes institutionnelles qui feront du Maroc un état démocratique à monarchie constitutionnelle, de conduire avec la France les négociations destinées à faire accéder le Maroc au statut d'État indépendant uni à la France par des liens permanents d'une interdépendance librement consentie et définie.

Rien ne s'oppose plus au retour du Sultan dans son pays.

Le 10 novembre en fin de journée, Yolanda range consciencieusement son bureau, transmet les dernières informations indispensables et fait le point sur les dossiers en cours avec Jules Lopez et Christiane Linberg. Elle a eu le temps de mettre en page, l'article envoyé par le journaliste présent à Paris pour relater les évènements du jour :

Le Sultan a reçu Monsieur André Dubois, né en Algérie en 1903, Haut Fonctionnaire, ancien Préfet de police de la Seine, nommé nouveau Résident général de France au Maroc.

Le souverain se réjouit de l'entretien :

Nous espérons que les négociations seront entreprises dans les meilleurs délais entre le Gouvernement chérifien et le Gouvernement de la République française. Cette politique doit mener le Maroc au statut de l'Indépendance à base de monarchie constitutionnelle, affirme-t-il aux journalistes.

Elle a un petit pincement au cœur en se disant que, dorénavant, elle devra suivre l'actualité à la radio ou en achetant le journal en kiosque, et qu'elle ne vivra plus, pour un certain temps, l'excitation et la fierté d'être au faîte de la vie politique.

Avant de quitter les locaux, elle fait le tour des lieux pour saluer tout le monde. Tous lui souhaitent un repos bien mérité et lui demandent de les informer de la naissance du bébé.

Christiane Linberg et Jules Lopez l'attendent dans le couloir pour la serrer dans leurs bras et lui dire qu'elle va leur manquer. Yolanda, touchée, la larme à l'œil, leur promet de revenir rapidement.

C'est dans la rue qu'elle laisse éclater ses sanglots. Elle a peur à l'idée de ne plus avoir ses journées rythmées par une activité professionnelle et de devoir se préparer à un accouchement auquel elle n'a pas eu trop le loisir de penser jusqu'à maintenant.

42

Yolanda ne voit pas passer la première semaine de son congé maternité. Elle profite de ce temps libre pour aller rendre visite à Odette et Albert à la brasserie, réaliser les derniers achats pour la naissance, et se reposer.

Les températures se rafraîchissent et elle s'achète quelques gilets pour réchauffer ses robes et ses blouses d'été.

Elle apprend par la presse que le Sultan a repris son trône le 16 novembre. À Rabat, l'atmosphère est à son comble, Sidi Mohammed Ben Youssef et ses fils sont acclamés par la population marocaine venue l'accueillir à l'aéroport. Yolanda se demande si, dans toute cette exaltation qui transpire la liberté retrouvée d'un pays opprimé, les colons français ont encore une place.

Comme pour la faire mentir d'un excès de pessimisme, elle entend à la radio, le soir même que Monsieur André Dubois, Résident général, a été reçu au Palais Impérial par Sa Majesté le Sultan et a prononcé un discours d'engagement et de loyauté pour aider le Maroc dans la voie de l'Indépendance, tout en respectant les accords négociés avec la France. Discours largement approuvé par le nouveau Sultan.

Le 18 novembre, date symbolique car c'est le même jour, qu'en 1927, Sidi Mohammed Ben Youssef avait succédé à son père, le

Sultan prononce un discours dont Yolanda écoute attentivement la retransmission en direct.

Sidi Mohammed Ben Youssef voit les choses en grand, il veut montrer au peuple sa volonté de s'inscrire dans la mémoire collective marocaine comme le « père de l'Indépendance » : défilés de militaires, d'écoliers, de civils brandissant des banderoles. C'est une foule d'au moins 100 000 personnes qui attend le Souverain sur l'Esplanade de la Mosquée Hassan à Rabat pour saluer son héroïsme.

Le Sultan de 46 ans, très fier, prend la parole et va droit au but :

— *Après plus de 43 années de Protectorat français, nous nous réjouissons de pouvoir annoncer la fin du Régime de tutelle et du Protectorat et l'avènement de la liberté et de l'indépendance, tout en exprimant clairement ma volonté de continuer à coopérer avec la France.*

Il ajoute : *« Le Maroc sort du petit Jihad pour s'engager dans le grand Jihad ».*

Le lendemain, au cours d'un déjeuner à la brasserie, elle demande son avis à Albert sur la situation politique :

— Je ne sais pas ce que l'avenir nous réserve, à nous commerçants. Même si je suis à peu près certain que nous n'aurons rien à craindre pour notre sécurité, je crois, tout simplement, que lorsque les fonctionnaires et l'Armée française auront quitté le pays, les Marocains ne fréquenteront pas les brasseries tenues par des colons. Ils vont vouloir s'affranchir de notre culture pour imposer leurs règles, leurs modes de consommation, et c'est normal. On a encore un peu de temps devant nous car l'Indépendance, tout le monde en parle, mais elle n'est pas encore signée.

Odette ne veut pas que j'aborde le sujet car elle n'a aucune envie de rentrer en France, mais je sais qu'il faudra penser à vendre l'affaire avant qu'elle ne périclite.

— Tu fais encore ton oiseau de mauvais augure mon chéri. Ne l'écoutez pas, dit Odette en arrivant à leur table avec un plateau de melon odorant et de jambon de Bayonne. Il est négatif en ce moment, il n'a pas apprécié les cérémonies d'hier pour célébrer en grande pompe le retour du Sultan. Allez, Yolanda, en attendant, servez-vous.

Au fait, j'ai deux places pour aller voir la troupe du Théâtre marocain au Théâtre municipal, dans la pièce adaptée des Fourberies de Scapin de Molière, rebaptisée Aâmal Jha. Le comédien Tayeb Saddiki y joue un rôle qui a été salué par la critique car c'est la première fois que les Marocains sont autorisés à jouer dans des troupes françaises.

— Ah bon, parce que les Marocains ne pouvaient pas se produire sur scène auparavant ? dit Yolanda, étonnée.

— Et non. D'abord, pour des raisons traditionnelles, les pièces arabes sont produites en extérieur, et, ensuite, pour des raisons moins avouables de ségrégation. Le Théâtre municipal a vu le jour en 1922, il a été construit de façon provisoire en 90 jours, sans budget, par Hippolyte Delaporte. Pour distraire, exclusivement, les non marocains.

— C'est odieux d'avoir réservé l'accès à la culture uniquement aux étrangers. C'est pareil pour les plages privées, les dancings et j'en passe. Depuis le Protectorat, soit 43 longues années, les idées du Maréchal Lyautey d'une nation unie, qui trouve sa force dans la richesse de la mixité, sont restées une vaste utopie. Chacun chez soi, diviser pour mieux régner. Pas étonnant que les Marocains ont explosé !

— Vous avez raison Yolanda. Nous ne tirons pas les leçons de nos comportements. Regardez l'Indochine, la Tunisie, l'Algérie, ajoute Albert.

— C'est bien triste, reprend Yolanda. Odette, c'est avec plaisir que je vous accompagnerai à cette pièce qui risque d'être pour le moins surprenante. J'ai hâte de voir comment une troupe marocaine appréhende notre répertoire classique. Cela risque d'être croustillant.

— Je suis ravie de vous changer les idées car le temps doit vous paraître long maintenant que vous êtes en congé maternité. La troupe se produira lundi prochain. On se retrouve devant le Théâtre, dans le quartier Malka, face à la Banque d'État à 18 h 30 ?

— D'accord, Odette, je trouverai l'endroit.

— Merveilleux. Avez-vous préparé la valise pour la maternité ?

Albert profite de cette conversation féminine pour saluer les clients attablés dans la salle.

— Non, pas encore. J'ai rendez-vous mercredi avec le Docteur Thierry pour la dernière visite avant l'accouchement. Je comptais demander aux sages-femmes la liste des vêtements à préparer.

— Vous pouvez déjà commencer à y mettre 2 ou 3 chemises de nuit, des sous-vêtements, les produits de toilette et le trousseau pour le bébé : langes en tissu, bodies, bonnet, bottons, bavoirs, brassières, couches-culottes. Savez-vous combien de nuits vous allez rester à la clinique ?

— A priori, s'il n'y a pas de complications quatre nuits.

— Sinon avez-vous acheté le matériel pour la maison ? Ouah, Yolanda, j'ai hâte de voir ce nouveau-né, se réjouit Odette. Vous me prévenez dès que les douleurs commencent pour que je vienne vous chercher ?

— Non Odette, j'appellerai une ambulance, ce sera plus simple, surtout si c'est en pleine nuit. En revanche, je vous promets de vous appeler dès que l'accouchement sera terminé. Je crois que j'ai tout : biberons, tétines, baignoire en plastique, table à langer, plus tous les produits de soins. J'ai trouvé un magnifique landau bleu marine aux Galeries Modernes que je me suis fait livrer ainsi qu'un porte-bébé. Et j'ai le berceau ancien que j'ai repeint.

— Alors je vous raccompagnerai à la maison avec le bébé. Allez-vous allaiter finalement ?

— Je n'ai pas envie d'allaiter en définitive car ce sera trop contraignant avec le travail.

— Savez-vous si Christian sera présent ?

— Aucune idée. Je n'ai pas eu de nouvelles depuis notre dernier déjeuner. Il connaît la date prévue de l'accouchement, je pense qu'il va bientôt me téléphoner.

— Comment vous sentez-vous ?

— Plus la date approche, plus je suis terrorisée à l'idée de la délivrance. J'ai peur de souffrir et pourtant, c'est paradoxal, je sais parfaitement que je ne peux pas rester gonflée comme un hippopotame prêt à éclater !

J'ai lu un article dans la revue des Travailleurs sur la méthode de l'accouchement sans douleur. C'est un obstétricien, le Docteur Fernand Lamaze, qui a rapporté cette méthode de Russie. Il s'agit de techniques psychologiques à apprendre à maîtriser, par exemple, comment souffler pendant les contractions, et qui assurent un accouchement sans douleur.

J'ai demandé à la clinique, il n'existe pas de cours pour l'instant, un projet de loi est à l'étude au Gouvernement français pour que la méthode soit développée sous forme de séances de préparation pré-travail accouchement et qu'elles soient remboursées par la Sécurité Sociale l'année prochaine. Mais ce sera trop tard pour moi !

J'ai lu aussi que certains médecins pratiquent une anesthésie totale de confort, je vais voir si je peux en bénéficier.

— C'est un mauvais moment à passer et, comme toutes les mères, vous oublierez vite. Ce ne doit pas être insurmontable sinon aucune ne renouvellerait l'expérience. Il faut rester confiante, Yolanda. En tous les cas, je penserai très fort à vous. Ma question concernait surtout Christian, vivez-vous bien le fait de ne pas avoir de nouvelles de lui ?

— C'est un peu dur, mais je me remémore ses dernières paroles lors de notre déjeuner. Il était sérieux, il va revenir.

Yolanda sourit d'un air contrit et Odette lui prend la main pour lui donner du courage. C'est à ce moment-là qu'Albert revient vers leur table avec une belle tarte aux pommes et des assiettes à dessert dans les mains.

— Voilà de quoi vous donner des forces Yolanda, dit-il en lui servant une belle part. Bon et bien, je pense que le Sultan va constituer son Gouvernement prochainement et que nous saurons bientôt quel va être le sort des Français dans ce pays.

— Vous me faites peur quand vous parlez ainsi Albert. N'oubliez pas que mon fiancé a l'objectif de rester au Maroc.

— Ah mais ne confondez pas la situation de Christian à la mienne Yolanda. Il a toutes les chances de son côté pour rester ici quelques années : un projet agricole qui va révolutionner le pays et un savoir-faire qu'il va transmettre. Moi, avec une brasserie, je n'ai aucune valeur ajoutée.

— Dans l'immédiat rien n'est fait. Nous trouverons toujours une solution, comme nous l'avons toujours fait et réussi. Laisse-toi guider par les évènements, rétorque Odette.

— D'accord, si tu crois que c'est facile avec tout ce que les collègues viennent me raconter à longueur de journée.

— Ne les écoute pas ! Café ou thé à la menthe Yolanda ? dit-elle en se tournant vers elle afin de mettre fin aux jérémiades d'Albert.

— Thé s'il vous plaît.

Lorsqu'elle sort de la brasserie, elle est surprise par une pluie battante. Une belle averse, qui rend les trottoirs glissants, fait s'agglutiner les passants sous les porches, et se vider les rues. Elle sort un parapluie noir de son sac pour se protéger et rentre à pied en sautant, du mieux que son état lui permet, entre les flaques d'eau.

En regagnant son appartement, elle s'aperçoit qu'elle est trempée, se change, sèche ses cheveux et s'installe dans le canapé avec un bon livre pendant que les gouttes de pluie s'écrasent sur les vitres avec un bruit sec.

Heureusement, le ciel s'éclaircit dès le lendemain de façon durable, les nuages chassant la pluie. Un temps frais mais ensoleillé s'installe, annonciateur toutefois, d'un léger hiver à venir.

C'est avec plaisir qu'elle retrouve Odette devant le Théâtre municipal le lundi soir. Elle reconnaît de loin et avec affection, sa silhouette empâtée et colorée. La pièce est un succès et les deux femmes passent un excellent moment de détente partagée.

Le mercredi, un pâle soleil perce les nuages lorsque Yolanda prend le trolleybus pour se rendre à la clinique. Elle a jeté une veste sur ses épaules pour se protéger du froid un peu mordant en ce début de matinée.

La visite est concluante : le bébé et la maman se portent bien, elle doit se préparer à un accouchement à terme. Le médecin n'est pas très partant pour lui faire une anesthésie en fin de travail, mais n'a pas refusé catégoriquement, il lui conseille de se reposer le plus possible.

Elle rencontre la sage-femme qui lui donne la liste du trousseau à prévoir. Elle a même l'occasion de visiter la pouponnière et la jolie chambre bleue à deux lits séparés par un paravent qu'elle partagera avec une autre maman. Elle a fait part de ses angoisses au personnel médical qui lui a affirmé que c'était tout à fait normal. Elle a même récupéré le numéro de téléphone d'un ambulancier.

Elle colle le papier sur lequel elle l'a noté sur le téléphone en rentrant. Elle décide de terminer sa journée en préparant sa valise.

Les jours s'écoulent tranquillement. Elle fait provision de lecture à la librairie De Silva Michel, rue Maréchal et se contente de petits déplacements dans le quartier car elle a mal aux jambes. La nuit, elle dort peu, réveillée par les coups de pied du bébé le long de sa colonne vertébrale. Elle se dit qu'avec une telle force, ce ne peut être qu'un garçon. La peau de son ventre est tellement tendue que l'on peut suivre le tracé bleu des veines sur sa peau.

Elle a déposé en évidence dans sa chambre, la valise et le sac avec ses effets personnels en prévision d'un départ précipité à la maternité.

La plupart du temps elle reste allongée dans le canapé du séjour à écouter de la musique classique sur France Culture ou à dévorer des romans. Ou à rêver de Christian et de sa future vie de couple avec un petit garçon.

Odette l'appelle régulièrement pour avoir un bulletin de santé. Elle reçoit une carte de Jean-Jacques, heureux de lui annoncer qu'il va mieux et qu'il quitte normalement le sanatorium avant Noël.

43

Début décembre, elle reçoit un appel de Christian et son cœur chavire lorsqu'elle entend le son de sa voix. Elle sent une boule de joie enfler dans sa gorge et ses mains tremblent sur le combiné.

— Bonjour ma chérie, je t'appelle pour te donner une bonne nouvelle : je reviens quelque temps à Casablanca et je pense pouvoir être là pour ton accouchement, lui dit-il tout à trac.

Cette façon brutale de dire les choses la vexe un peu après une si longue période de silence, mais elle garde ses réflexions pour elle.

— Bonjour, Christian, je suis tellement heureuse de t'entendre ! Tu m'as manqué. J'ai vu le médecin, l'accouchement est prévu entre le 10 et le 15 décembre. Heureusement car je ne peux plus marcher !

— J'espère que tu ne travailles plus et que tu te reposes, tu ne dois pas mettre ta santé en danger ma chérie.

— Ne t'inquiète pas, je suis en congé maternité depuis la mi-novembre, je fais attention à moi, c'est juste que je dors très mal et que je suis énorme !

— Rien d'anormal, je suis rassuré. J'ai souvent pensé à toi, mais j'étais tellement occupé qu'il m'était impossible d'appeler. Je sais, j'aurais pu t'écrire, mais ce n'est pas mon fort. En tous les cas, tous mes rêves ont été pour toi et j'espère que tu as senti que j'étais, en permanence, proche de toi.

J'ai aussi passé beaucoup de temps à Tiflet et il n'y a pas encore de ligne téléphonique là-bas.

Maintenant que le Gouvernement marocain de gestion et de négociations est presque constitué sous la présidence de Mbarek Bekkaï, il faut attendre que le rapport politique du Congrès extraordinaire du Parti de l'Istiqlal soit présenté pour connaître les propositions sur l'Indépendance et les rapports entre la France et le Maroc.

Je pense que le nouveau Gouvernement va être formé dans la foulée, mais dans l'immédiat, rien n'est fait. C'est pour cela que je n'ai pas de raisons de rester à Rabat et que je pense que ma place est auprès de toi dans les moments délicats que tu vas traverser.

— Je suis ravie de t'avoir à mes côtés car je suis paniquée par cette prochaine délivrance. Tu me seras d'un grand soutien moral.

— C'est normal, je ne connais pas une seule femme ravie de passer cette épreuve. Sois rassurée, tu accouches dans une clinique avec une équipe médicale qui sera à l'écoute et qui va t'accompagner. C'est beaucoup mieux qu'à la maison avec une sage-femme.

— Tu as raison. Au fait, as-tu appris que le général Boyer de Latour a donné sa démission le mois dernier ?

— Oui, j'ai entendu qu'il était lassé de servir de fusible et usé par les tractations souterraines entre les membres du Gouvernement français et la guerre lancée par les Marocains. Il est remplacé par André Dubois, ancien Préfet de Police, qui a fait un discours remarquable sur la volonté de la France de coopérer avec le Maroc afin que l'Indépendance se passe au mieux. C'est un bon point pour notre projet de rester vivre dans ce pays.

— Où loges-tu ?

— J'ai gardé mon studio près de la place de France. Le loyer est modique et c'était plus pratique d'y laisser mes affaires plutôt que de trimballer de grosses valises avec moi. D'ailleurs, je te donne le numéro de téléphone de la concierge « 44 NA 62 » pour que tu puisses me contacter lorsque tu partiras à la clinique.

— Je te remercie. La sage-femme m'a donné le numéro d'une ambulance pour m'accompagner. Je t'appellerai ou te ferai contacter dès que je pourrai, j'ai préparé une liste, je vais rajouter ton numéro. Compte tenu de la situation, et je pense que tu me comprendras, je préfère accoucher seule et te prévenir lorsque le bébé sera là.

— Je comprends Yolanda, c'est à toi de décider et je respecte ton choix. En attendant, j'ai hâte de te voir et de te serrer dans mes bras. Puis-je passer dans l'après-midi ?

— Bien sûr, j'ai hâte aussi de te revoir. À tout à l'heure.

Ces retrouvailles imprévues la rendent fébrile. Pour s'occuper les mains, elle se met à confectionner un gâteau de riz au caramel, range l'appartement et essaye de donner un peu d'allure à sa silhouette alourdie. Son cerveau est prêt à exploser avec dix mille questions existentielles : faut-il lui reprocher son silence, comment se comporter : distante ou proche, va-t-il apprécier si je suis romantique, comment parler du futur bébé, de quoi la rendre folle.

Toutes ses angoisses se dissipent lorsque la sonnette retentit dans l'appartement et qu'elle ouvre la porte : il est là avec son grand sourire, le regard humide de joie contenue, un énorme bouquet de roses rouges dans les bras.

Instinctivement, elle sait quoi faire : lui enlever le bouquet des mains, le faire entrer et fermer la porte d'entrée derrière lui et se serrer au creux de ses bras ouverts. Il l'étreint, se penche vers son visage et cherche ses lèvres pour l'embrasser d'un long baiser langoureux et amoureux. Leurs langues se mêlent en une douce valse interminable.

— Tu m'as manqué, lui dit Christian dans un souffle.

— Toi aussi, lui répond-elle.

Leur amour leur apparaît comme une évidence. L'incongruité de la situation est gommée par la vérité de leurs sentiments qui, d'un état embryonnaire et fortement guidé par l'intérêt réciproque en juillet, s'est lentement développé en une attirance sincère et mutuelle.

Ils se souviendront longtemps de cet après-midi de retrouvailles, fait de tendresse et de joie. La tentation est grande de leur donner une forme plus charnelle, mais Christian la respecte trop pour donner libre cours à ses pulsions.

Ils partagent des moments intimes les jours suivants et apprennent à se connaître et à s'apprécier. Comme Yolanda ne peut plus se déplacer, c'est Christian qui vient la voir. Il en profite pour lui apporter ses repas afin qu'elle se ménage, réalise les dernières emplettes à la pharmacie. Ils passent beaucoup de temps, l'un près de l'autre, à envisager leur futur, tout en écoutant les dernières nouvelles à la radio.

Le 7 décembre, le nouveau Gouvernement est formé sous la Présidence de Mbarek Bekkaï. Le Vice-Président du Conseil Mohammed Zeghari et 18 autres ministres et secrétaires dont 4 ministres d'État sont nommés par un Dahir, l'équivalent d'un Décret.

L'ami de Christian en fait partie, en tant que Secrétaire, ce qui est une excellente nouvelle.

Le Résident général français André-Louis-Dubois est l'interlocuteur de ce nouveau Gouvernement pour la France. Le Dahir qui scelle ce Gouvernement est toutefois encore visé par le Résident général.

Le 12 décembre, dans la soirée, Yolanda commence à ressentir les premières douleurs. Elle décide de ne pas attendre et appelle l'ambulance. Elle récupère sa valise, le petit sac pour le bébé, son sac à main et descend doucement les escaliers en regardant chaque marche pour ne pas tomber.

Arrivée au 1er étage, elle sonne chez Brigitte pour la prévenir qu'elle part à la clinique. Yolanda lui demande de bien vouloir prévenir Odette et répond négativement à sa proposition de l'accompagner.

Les contractions commencent à se rapprocher lorsque Yolanda se retrouve dans la rue. L'ambulance n'est pas encore arrivée et l'air frais de la nuit qui fouette son visage couvert de sueur, lui fait un bien revigorant. Elle réalise que la délivrance est proche et une larme s'échappe du coin de l'œil.

L'ambulance arrive. Le chauffeur, aux petits soins, la déleste de ses affaires, les met soigneusement dans le coffre du véhicule et l'installe confortablement à l'arrière. La douleur lui vrille les entrailles, elle serre les dents pour ne pas crier.

Le chauffeur met un discret fond de musique arabe pensant la détendre. Il la rassure, lui raconte qu'il a quatre enfants, qu'il a l'habitude, tout va bien se passer.

— Ils sont très bien à la Clinique Combes, c'est là que les stars accouchent, dit-il.

Un brancard et une infirmière l'attendent à l'entrée des urgences et l'emmènent immédiatement en salle d'accouchement. Elle a juste le temps de tendre un bout de papier à l'infirmière en lui demandant de prévenir à ce numéro que la naissance est imminente.

— C'est le père de l'enfant ? questionne-t-elle.
— Oui, répond Yolanda, de peur que l'appel ne soit pas passé.

Dans la salle de travail, elle fouille dans sa valise car on lui demande de se déshabiller et de se mettre en chemise de nuit. Elle sent une masse humide couler entre les jambes : elle perd les eaux.

À partir de là, les évènements s'enchaînent sans qu'elle puisse y exercer aucun contrôle. La douleur est intense, interminable, elle sent son corps se déchirer. On lui ordonne de respirer, de souffler, de pousser. Elle n'est plus qu'une plaie ouverte aux regards d'inconnus.

Au bout d'un temps qui lui paraît une éternité, on lui demande de pousser très fort et elle sent une masse se détacher d'elle. Puis, elle entend des pleurs et réalise que les souffrances sont terminées.

Une sage-femme s'approche pour lui montrer un bébé sanguinolent :

— Vous venez de mettre au monde un garçon, Madame, félicitations.

Yolanda sourit. Elle est heureuse et des larmes de joie inondent son visage.

— Vous êtes épuisée, vos nerfs lâchent, lui dit le Docteur Thierry. Nous allons vous endormir pour finir le travail. Vous verrez votre fils plus tard.

Elle se réveille le lendemain matin dans une chambre individuelle. Elle a faim et mal partout. Elle regarde à côté d'elle, pas de bébé mais un magnifique bouquet de roses blanches est posé sur la table de nuit.

— Bonjour Madame. Ah vous voilà réveillée, à la bonne heure. Comment allez-vous ? Avez-vous faim ? lui demande une infirmière en rentrant dans la chambre.

— Je me sens comme si j'avais été rouée de coups. Mais ça va. Oui, j'ai très faim. Pouvez-vous me dire où est mon petit garçon et pourquoi je suis dans une chambre seule ?

— C'est normal. Vous avez bien travaillé cette nuit. Votre fils a dormi dans la pouponnière pour vous permettre de vous reposer. Le berceau sera apporté tout à l'heure pour la première tétée. Pour la chambre, un Monsieur est passé tôt ce matin et a demandé de vous installer ici. C'est lui également qui a déposé le bouquet de fleurs. C'est le papa, je présume ? Le Docteur Thierry et la sage-femme vont passer tout à l'heure vous voir pour les papiers et après, vous aurez les soins. En attendant, que souhaitez-vous pour le petit-déjeuner ?

— Non ce n'est pas le papa, mais l'histoire est trop longue à raconter. Je souhaiterais du café et du pain grillé avec du beurre s'il vous plaît.

Yolanda mange de bon appétit et le cœur léger. Elle est contente que Christian se soit déplacé à la clinique pour s'enquérir de son accouchement. Qu'il l'ait installée dans une chambre individuelle montre son intérêt pour elle et les fleurs sont le reflet de son amour.

Elle apprécie sa compréhension et sa sollicitude discrète dans ces moments douloureux physiquement et moralement, sans lui tenir rigueur des circonstances particulières de la naissance de son fils. Elle se dit aussi, avec soulagement, que les événements se sont enchaînés avec tellement de rapidité qu'elle n'a pas eu le temps de développer du ressentiment vis-à-vis de Philippe.

Le médecin lui confirme que l'accouchement s'est bien passé et qu'elle va rapidement se rétablir. Le bébé, de son côté, est en pleine forme. La sage-femme lui demande les prénoms de l'enfant. Yolanda choisit d'appeler son fils « Patrick » et lui donne les prénoms de son père et de son grand-père maternels.

Le moment où on lui apporte son bébé est émouvant. À la vue de ce petit bonhomme emmailloté de blanc, une vague d'amour la submerge. Elle le prend dans ses bras et examine avec douceur ce petit visage aux yeux bleus, la peau rose et fripée, quelques mèches de cheveux bruns sur le crâne, les mains et les pieds minuscules. Patrick vagit doucement et sa bouche cherche une tétine imaginaire. Elle cherche dans ce petit visage une quelconque ressemblance avec Philippe qu'elle ne trouve pas.

— C'est un gourmand, votre enfant, dit l'infirmière en lui tendant un biberon de lait. Il réclame à boire depuis une heure ! Voilà, installez-vous confortablement calée devant les oreillers.

Patrick se jette goulûment sur le biberon et des petits bruits de succion emplissent la chambre.

C'est à ce moment-là que la porte s'ouvre sur un Christian souriant mais un peu anxieux, les bras chargés de paquets multicolores. Il regarde la scène, attendri. Son regard s'emplit de bonté à la vue du bébé et il sourit en regardant la maman. Il vient lui faire un tendre baiser sur le front et ils se taisent, gênés par ce moment d'intimité nouvelle à laquelle ni l'un ni l'autre n'est encore habitué.

L'infirmière revient lorsque le biberon est terminé et montre à Yolanda la façon de tenir le bébé pour le rot. Ce n'est que lorsque Patrick, repu, sommeille dans le berceau qu'ils osent rompre l'émotion qui les étreint.

— Comment te sens-tu ? dit Christian tendrement.

— Épuisée, vidée, toute cotonneuse, comme dans un rêve. J'ai du mal à réaliser que le bébé qui sommeille dans cette chambre est le mien, que j'en suis responsable jusqu'à la fin de mes jours. Ta présence me réchauffe le cœur et je t'en remercie. En plus, tu es aux petits soins pour moi : la chambre, les fleurs. Grâce à toi, je suis une femme comblée. Je t'aime mon chéri.

— C’est normal de faire tout cela pour la femme que l’on aime. Je savais que cette naissance allait te bouleverser, alors je fais en sorte de l’adoucir. Et ce n’est pas fini, dit-il en récupérant les paquets qu’il avait posés sur un fauteuil.

— Merci, mon amour, dit Yolanda en découvrant un magnifique bracelet en or délicatement ciselé et un ours en peluche pour Patrick.

— Je voulais te proposer d’aller à la Mairie déclarer Patrick et le reconnaître. Puisque nous allons certainement nous unir prochainement, je pense que c’est plus facile de le faire dès maintenant que plus tard où il faudra entreprendre des démarches en passant par un Tribunal.

Ce petit bonhomme fait aussi partie de ma vie, dit-il en se penchant sur le berceau et en regardant avec attendrissement le bébé qui sommeille.

— Rien ne me ferait plus plaisir, mais es-tu sûr de vouloir précipiter les choses ?

— Oui, dit-il en l’embrassant.

Yolanda réalise que Patrick va porter le nom de famille de Christian. Cette nouvelle étape montre que la vie lui offre vraiment une deuxième chance.

Les quatre jours passés à la clinique sont bien remplis, entre les biberons, les siestes de la maman et du nouveau-né, les conseils dispensés par le Service médical pour s’occuper du nourrisson, les visites d’Odette et de Brigitte, attendries comme des grands-mères par ce nouveau venu dans leur vie.

Yolanda est touchée par la visite de Madame Lopez qui lui offre une magnifique parure de bain.

Christian vient régulièrement la voir le matin et en fin de journée. Il lui parle de l'avenir, lui montre les plans de leur future maison, lui explique les techniques d'élevage des poules pondeuses et commente l'actualité.

Yolanda apprécie son enthousiasme, sa spontanéité et la légèreté avec laquelle il appréhende la vie. Il a remis son appareil photo autour du cou et a repris sa passion en mitraillant de flashs maman et bébé.

Christian lui commente la première déclaration du Président du nouveau Gouvernement marocain, dans laquelle il a souligné qu'il aura, avant tout pour mission, de négocier avec la France les termes d'un nouvel accord.

Le Président a précisé que les Français ainsi que les étrangers installés au Maroc auront les garanties de liberté d'expression, de réunion, de culte et la liberté d'établissement pour leurs biens et leurs personnes et a donné l'assurance qu'ils ne feront l'objet d'aucune discrimination ou mesure particulière.

— Le traité de Fès de 1912 va être abrogé. C'est bon pour nos affaires, jubile Christian qui la quitte le soir même pour retourner à Rabat avec la promesse de revenir à Casablanca à Noël.

44

C'est une Yolanda stressée et anxieuse qui rentre en taxi à son appartement, livrée à elle-même pour s'occuper d'un bébé dont elle est certaine de ne pas encore maîtriser les gestes les plus élémentaires. Elle a beau se répéter que tout va bien se passer, son tempérament inquiet, renforcé par la fatigue et les émotions des derniers jours, prend le dessus.

Elle envoie une lettre à sa mère pour annoncer la naissance de son fils en joignant une photo du bébé prise à la maternité par Christian.

Au fil des jours, Patrick s'avère être un bébé calme, qui dort beaucoup et regarde sa mère de son regard bleu avec une grande confiance, ce qui aide Yolanda à s'attacher au nouveau-né et à acquérir les compétences de maman. Il se réveille la nuit et pleure, mais un léger biberon de lait le calme instantanément.

Yolanda devient rapidement une experte du bain, de la table à langer, de la stérilisation et de la préparation à la bonne température des biberons. Elle manipule avec dextérité le landau dans les allées du Parc Lyautey. Elle perd doucement les kilos accumulés pendant la grossesse et se remet de ses couches.

Elle reçoit avec plaisir une carte postale représentant la tour Eiffel au dos de laquelle François a griffonné quelques mots :

« Je reprends goût à la vie, je vais mieux. Donne-moi de tes nouvelles. » Accompagnée d'une adresse dans le 8e arrondissement de Paris.

Elle s'empresse de lui répondre, l'informant de la naissance de Patrick.

Comme il l'avait promis, Christian revient à Casablanca pour Noël qu'ils fêtent chez Odette et Albert, l'occasion pour eux de faire connaissance avec son futur mari. L'entente est immédiate et réciproque, ils passent une journée mémorable et se couvrent mutuellement de cadeaux.

Christian semble apprécier de plus en plus de passer du temps avec sa petite famille et Yolanda se moque des convenances de la bonne société. Elle lui propose de quitter son studio pour venir s'installer chez elle, ce qu'il accepte. Le temps du célibat est terminé pour lui et il a envie de se poser.

La cohabitation se fait naturellement, la tendresse s'installe. Christian s'avère être un père moderne qui sait s'occuper d'un bébé et prend son rôle au sérieux. Il dort encore sur le canapé du salon sous prétexte de ne pas déranger la mère et l'enfant, mais Yolanda sent bien qu'il attend qu'elle lui donne le feu vert pour se rapprocher d'elle.

C'est le matin de la Saint-Sylvestre qu'ils font l'amour pour la première fois. Patrick s'est réveillé plusieurs fois dans la nuit, rendant ses parents insomniaques. Affamée et épuisée, Yolanda s'est levée au petit matin pour grignoter un peu de pain et boire un café.

Christian l'a rejointe dans la cuisine et a commencé à l'embrasser. Elle répond à ses baisers par une étreinte sensuelle à laquelle il n'a pas pu résister longtemps et l'a guidée doucement vers le canapé.

Les sens en éveil, le désir lui provoquant des papillons dans le ventre, Yolanda se donne à lui. Christian s'avère être un amant attentionné à lui donner du plaisir. Ils se retrouvent haletants, les corps en sueur et repus d'amour contenu pendant ces longs mois d'abstinence.

— C'est une excellente façon de clôturer l'année, lui dit Christian en souriant. Ce soir, je t'emmène fêter la nouvelle année à la Guinguette Fleurie. Les Peters Sisters y sont en concert. Qui pourrait garder Patrick ?

— Je pense que Odette, si elle n'a rien de prévu, sera d'accord, répond Yolanda.

Effectivement, Odette se fait un plaisir d'accepter la demande du couple.

— Albert m'a donné congé pour la Saint-Sylvestre, dit-elle en riant, ça tombe bien !

La soirée est actée et Yolanda entend Christian fredonner le refrain du tube de l'année du trio des sœurs américaines « Vous qui passez sans me voir » sous la douche. Il modifie les paroles en chantant à tue-tête la devise du dancing :

— À la Guinguette fleurie, y'a que des vedettes, ce qui déclenche l'hilarité de Yolanda. Patrick regarde sa mère d'un œil surpris.

Les deux amoureux s'habillent avec soin pour se mêler à la foule joyeuse et endiablée du cabaret à la mode. Ils se coulent dans l'ambiance anonyme, en oubliant, pour un soir, leurs responsabilités de jeunes parents, et en savourant leur amour tout neuf. L'orchestre de Costa et ses Potes est en grande forme et les Peters Sisters mettent le feu à la piste de danse.

Lorsque les douze coups de minuit sont ponctués par les cymbales de l'orchestre et les cris du public, Christian entraîne Yolanda à l'écart de la foule, dans une alcôve, l'embrasse fougueusement et la serre dans ses bras.

— Bonne année, ma chérie. Pour démarrer ce nouveau chapitre de notre vie, je souhaiterais t'épouser le plus rapidement possible. Acceptes-tu ?

— Oui, mon amour. Bonne année 1956 à toi, lui répond Yolanda.

Le lendemain matin, au déjeuner, Christian lui annonce :

— Je pense qu'il est préférable de se marier avant la proclamation de l'Indépendance qui, selon mes sources, devrait être signée en mars. Les démarches seront plus faciles à réaliser.

Si je te laisse mes papiers, pourrais-tu te rendre à l'Hôtel de Ville pour déposer un dossier ? Je te propose, bien sûr, un mariage civil, je suis athée, je ne veux pas passer devant Monsieur Le Curé.

— Bien sûr, je peux m'occuper de tout. D'ailleurs, il va me falloir un extrait d'acte de naissance. Je vais le demander à ma mère. Ne t'inquiète pas, je ne suis pas très religieuse non plus, me marier devant Monsieur Le Maire me suffira. Mais si tu me demandes ce service, cela veut-il dire que tu vas repartir ?

— Hélas oui, mon amour, je dois rejoindre Rabat et Tiflet au plus vite. Je t'appellerai régulièrement pour prendre des nouvelles et je reviendrai pour notre mariage. D'ailleurs, quelle date décidons-nous pour la cérémonie ?

— Le 14 février, jour de la fête des amoureux, serait un bon jour qui nous porterait chance, propose Yolanda.

— Le 14 février, le jour de la Saint-Valentin, c'est un mardi, acquiesce-t-il en vérifiant le calendrier posé sur le buffet, c'est parfait. Il va nous falloir trouver chacun notre témoin.

— Facile pour moi, je vais demander à Odette.

— Et à mon patron, Monsieur Florentin, en ce qui me concerne.

— Tu travailles toujours pour le photographe ? lui demande-t-elle, surprise.

— Oui, j'ai même ouvert une succursale à Rabat. C'est ce qui me permet de gagner ma vie en attendant de devenir éleveur de poulets, dit-il en souriant.

Yolanda s'aperçoit, sans s'en offusquer outre mesure, que Christian reste très secret sur ses activités professionnelles.

— C'est donc pour cette raison que tu fais la navette entre Rabat, Tiflet et M'Qam Tolba ?

— Oui, pour le moment. Mais dès que j'aurai signé les actes notariés pour le terrain, je serai à M'Qam Tolba. J'installerai une tente de camping sur le terrain, ce qui me permettra d'être sur place pour surveiller les travaux.

— Et, sais-tu à quelle date sera effective la vente du terrain ?

— Ça ne saurait tarder. Dans deux mois, tout au plus.

— Décidément tu es un homme surprenant et plein de ressources, s'esclaffe-t-elle. Allons-nous habiller pour récupérer notre fils, conclut Yolanda qui préfère ne pas en savoir plus dans l'immédiat.

Christian repart dès le lendemain et Yolanda se retrouve seule avec Patrick qui fait maintenant ses nuits.

Comme promis, elle se rend à l'Hôtel de Ville, dans le quartier de la place de France, pour récupérer le dossier pour le mariage. L'officier d'État Civil lui communique la liste des documents à fournir.

Il accepte que la cérémonie ait lieu le mardi 14 février 1956, en fin de matinée, à la condition expresse que le dossier complet soit remis, en présence des deux futurs mariés, avant la fin du mois de janvier, délai réglementaire pour publier les bans de mariage.

En sortant du bâtiment, elle va directement au Bureau de Poste envoyer un télégramme à sa mère pour lui réclamer de toute urgence, l'envoi d'un extrait d'acte de naissance.

Heureusement, Christian la contacte le soir même. Elle s'empresse de lui annoncer la bonne nouvelle pour la date du mariage et lui livre la liste des pièces nécessaires.

— Très bien. Je vais envoyer un télégramme à la Mairie où je suis né pour obtenir l'extrait d'acte de naissance. Je me permets de donner ton adresse pour qu'il te parvienne. Pour le justificatif de domicile, on donnera le tien en notifiant que nous vivons ensemble.

Je vais m'organiser pour venir à Casablanca le 23 janvier pour nous rendre ensemble à la Mairie. Je vais également me renseigner sur les formalités complémentaires à réaliser pour que la reconnaissance de Patrick soit légalisée dans le cadre du mariage.

Et surtout, ma chérie, il faut que je m'occupe d'acheter un costume adapté à cet évènement et que nous prévoyions un repas avec nos amis. Que penses-tu de l'idée de fêter cela à la brasserie d'Odette et Albert ?

— C'est une excellente idée. Je vais réfléchir à la liste des invités. Je pense notamment à Brigitte, la coiffeuse, mes voisins, Jules Lopez et son épouse. Je contacte Odette dès que j'ai raccroché pour l'informer.

— C'est parfait. Je rajouterai mon patron, sa femme, et le collègue qui me prêtait sa voiture. D'ailleurs, je vais lui demander de nous conduire pour ce grand jour. Je te laisse carte blanche pour choisir le menu et les vins. T'es-tu occupée de ta tenue ?

— Non, je n'ai pas encore eu le temps, mais je vais le faire. En attendant, j'ai également envoyé un télégramme à ma mère afin qu'elle me fasse parvenir rapidement un extrait d'acte de naissance.

— Tu es formidable ! Je savais que tu étais une femme de tête ! la complimente Christian. Dis à Albert que je réglerai la note du restaurant le jour J, je vais avoir des rentrées d'argent dans quelques jours. Et je te laisserai des espèces lors de mon séjour à Casablanca pour commander les fleurs, ta robe, et les décorations.

— C'est d'accord, de mon côté j'ai quelques économies qui vont me permettre d'avancer les premières dépenses.

En raccrochant le combiné, Yolanda se dit qu'il faudra qu'elle aborde avec lui le sujet de l'argent, afin de savoir quelle organisation mettre en place après le mariage puisque la loi interdit à une femme mariée de posséder un compte bancaire personnel.

Elle sait qu'il faudra ouvrir un compte commun mais elle veut conserver son autonomie financière et partager en deux les dépenses du ménage.

— Je discuterai de ce délicat sujet de vive voix, conclut-elle.

Au téléphone, Odette se réjouit de ce mariage qui met fin définitivement à une période de doutes et d'angoisses pour Yolanda. Elle accepte spontanément d'organiser le banquet de mariage avec vin d'honneur et propose à la jeune femme de l'aider dans le choix de sa tenue.

— Pour le mariage, Fatima gardera Patrick dans notre appartement, comme cela vous pourrez profiter de cette journée inoubliable.

— Ah, Odette, vous êtes une mère pour moi. Je ne sais comment vous remercier. Je vais aller chez Razana Tissus pour choisir un patron et je viens vous voir samedi après-midi avec Patrick. J'ai une petite idée de ce que je veux : une robe courte en taffetas avec un corsage et les manches mi-longues en belle dentelle de Calais, une couronne de fleurs sur mes cheveux courts avec un léger voile de tulle arrivant aux épaules. Un bouquet de lys pour compléter le tout et l'affaire sera réglée.

Et au diable la morale, je veux du blanc, même si mon statut de mère avec un petit garçon de deux mois est loin d'être virginal. Pensez-vous que Linda pourra me confectionner une tenue dans les délais ?

— Parfaitement, ma chère, je vais déjà la prévenir. Elle sera ravie et vous avez raison de faire selon votre goût pour la couleur. C'est une belle revanche sur la vie pour vous, ce mariage, il faut marquer le coup.

Je dois avoir dans mon placard une cape courte en renard blanc polaire pour recouvrir vos épaules si le temps est frais, je vais la chercher et si elle vous plaît, je vous la prête.

Pour les fleurs, dites-moi également ce que vous souhaitez, je vais demander un devis à la fleuriste qui nous fournit en bouquets, elle réalise de très jolies compositions.

Avant de se rendre chez Odette, Yolanda s'arrête chez Scali, le Chausseur, boulevard de la Gare pour trouver des escarpins à talons aiguilles blancs et aux Magasins Modernes pour acheter des gants et une couronne de fleurs.

En arrivant chez Odette, elle s'empresse de montrer ses emplettes :

— Excellent choix, approuve cette dernière. Venez, nous allons dans ma chambre pour que je vous montre la cape dont je vous ai parlé. J'ai trouvé également quelques bijoux qui pourraient compléter votre tenue.

Après avoir validé la cape et réalisé l'inventaire de la boîte à bijoux d'Odette en ayant récupéré au passage une parure composée d'un collier en perles de culture et les boucles d'oreilles assorties, Yolanda, sur le chemin du retour, rend visite à Brigitte pour l'inviter au mariage et glisse un petit mot manuscrit dans la boîte aux lettres de ses voisins.

Celle-ci, ravie, propose de s'occuper de la coiffure avec pose du diadème et du voile ainsi que du maquillage. Yolanda donne son accord, touchée par la gentillesse de la coiffeuse.

Elle appelle Jules Lopez qui accepte l'invitation avec enthousiasme et la félicite. Elle en profite pour prendre des nouvelles du Journal et confirmer qu'elle reprendra bientôt le travail.

— Je pense reprendre mon poste à la fin du mois, le lundi 30. Avez-vous besoin que je vous le confirme par écrit ?

— Vous avez le temps Yolanda, profitez de votre petit Patrick. Mais non, vous n'avez pas besoin de me faire un courrier, vous m'appelez le vendredi de la semaine précédente pour me confirmer, cela me suffira, lui répond gentiment le Directeur des ressources humaines.

Le soir, son voisin de palier vient lui annoncer que sa femme, Juliette, a accouché le midi d'un petit garçon, prénommé Julien, pesant 3,5 kg et se portant à merveille ainsi que la maman. Il la remercie pour l'invitation et accepte avec joie de faire partie des invités. Yolanda le complimente pour la naissance et promet d'aller voir la maman à la clinique très rapidement.

Le 13 janvier, elle reçoit un colis en provenance de Nantes. Elle l'ouvre fébrilement et a le plaisir d'y trouver les papiers demandés ainsi que quelques brassières tricotées à la main. Une lettre de sa mère est glissée dans une enveloppe.

Bonjour ma chérie,

Toutes nos félicitations pour la naissance de ce petit Patrick. La photo que tu nous as envoyée trône sur le buffet de la salle à manger. Il est vraiment très mignon. Ton père a été un peu surpris de cette naissance imprévue, il se doute qu'il y a anguille sous roche, comme on dit, mais il n'a pas posé de questions. Son argument a été de dire que tu étais majeure de toute façon.

Il faut bien avouer que j'ai fait passer la pilule en lui vantant les mérites de ce Christian que je ne connais pas, mais qui est certainement un homme bon pour se charger d'une femme et d'un enfant en l'épousant.

Ton frère n'a fait aucun commentaire, mais tu le connais, il n'est jamais très expansif. Il est peut-être vexé que tu ne te sois pas confiée à lui, mais avec sa tuberculose, ce n'était vraiment pas le moment.

Depuis son retour, il va bien et il a repris ses études de comptabilité. Il envisage d'épouser Geneviève en septembre. Pourras-tu revenir en France pour le mariage ? Ce serait l'occasion de faire connaissance avec ton mari et de voir notre petit-fils en chair et en os.

J'ai eu le temps de tricoter quelques brassières en cachette. Je sais que le temps est plus clément au Maroc qu'ici, mais je pense que vous avez malgré tout un hiver et que Patrick aura l'occasion de les porter. Si tu as besoin que je tricote autre chose, dis-le-moi dans un prochain courrier.

Dès que j'ai reçu ton télégramme, je me suis rendue à la Mairie et je leur ai mis la pression pour obtenir rapidement les papiers que tu trouveras aussi dans le paquet. Je suis triste à l'idée de ne pas pouvoir être présente au mariage de ma fille, mais la vie est ainsi faite et je me contenterai des photos. J'espère que ce sera une belle journée et que vous ne serez pas seuls pour fêter l'évènement. En tous les cas je penserai à vous.

Je t'embrasse.
Embrasse Patrick pour moi
et présente mes amitiés à ton futur mari.
Maman
Le 10 janvier 1956

Chez Razana Tissus, Yolanda trouve le patron de la robe parfaite, un modèle superbe de la Maison Dior. Une vendeuse la conseille sur les tissus et Yolanda sort du magasin avec un grand paquet délicatement emballé dans du papier de soie comprenant une magnifique dentelle de Calais, des mètres de taffetas et de tulle blanc.

Elle arrive chez Odette en poussant joyeusement le landau de Patrick qui dort à poings fermés. Celle-ci approuve le patron et lui propose de se rendre chez Linda en faisant l'aller-retour en taxi.

— Fatima va garder Patrick et lui donnera son biberon si nous sommes en retard la rassure Odette en regardant d'un air attendri le bébé sagement endormi.

Linda, prévenue de leur visite, s'extasie devant le choix de Yolanda et prend ses mensurations.

— Vous avez bien perdu depuis la naissance de votre fils, bravo, il va falloir que je reprenne toutes vos tenues ! dit-elle en souriant.

Venez la semaine prochaine à partir de jeudi pour un premier essayage. J'aurai déjà monté, coupé et cousu la robe, je l'ajusterai sur vous. Et apportez-moi en même temps les tenues que vous voulez que je modifie.

À leur retour, elles retrouvent Patrick changé et nourri. Autour d'un thé à la menthe et quelques délicates pâtisseries, elles discutent du menu du mariage. Yolanda lui confirme qu'ils seront onze à table.

Dans la soirée, elle appelle Christian pour lui relater les derniers évènements. Elle lui confirme que, de son côté, tous les invités seront présents au mariage et lui annonce la naissance de Julien, le bébé de ses voisins de palier. Il lui confirme que son patron et son collègue Maurice avec leurs épouses respectives feront partie de la fête.

Yolanda est heureuse de ces échanges et minaude sur des détails pour faire durer la conversation.

Avant de raccrocher, Christian la remercie chaleureusement de s'occuper de tout pour ce grand jour et lui confirme son amour.

45

Ce lundi 23 janvier, Christian se gare devant l'immeuble du 12 boulevard de Marseille et sort d'une petite 4CV Renault de couleur verte de laquelle, ses jambes, pliées en deux comme un cartable, ont du mal à se dégager.

Yolanda entend ses souliers claquer sur le sol et monter quatre à quatre les marches de l'escalier et se jette dans ses bras lorsqu'elle ouvre la porte d'entrée. Il a tout juste eu le temps de poser au sol la bouteille de champagne qu'il cachait derrière son dos avant de répondre à son étreinte. Il est d'une humeur joyeuse et a un visage illuminé par la joie.

— Tu sembles bien euphorique mon amour. Qu'allons-nous fêter aujourd'hui ?

— Je suis heureux de te retrouver. Satisfait aussi parce que j'ai gagné de l'argent et je viens les poches pleines. As-tu aperçu la voiture que je me suis achetée ? C'est une occasion, un petit kilométrage, une affaire. Pas encore la Buick de mes rêves, mais cette Renault 4CV va nous permettre de nous déplacer.

D'ailleurs, ma chérie, il va falloir que tu passes ton permis de conduire. Nous irons faire un tour tout à l'heure et je vais te montrer les rudiments du Code de la route et les principes de base du maniement d'une voiture, enchaîne-t-il, surexcité.

Yolanda, habituée avec Patrick à un rythme plus calme, est perturbée. Mais, en même temps, dynamisée par toute cette exubérance et se laisse prendre au jeu. Elle n'ose pas casser son enthousiasme en lui demandant de parler moins fort pour ne pas réveiller le bébé qui fait la sieste.

— Après tout, Patrick doit s'habituer à l'extravagance de son père, se dit-elle.

Ce coup de sirocco lui fait aussi du bien. Elle admire l'aplomb et l'énergie de l'homme de sa vie, qui semblent inépuisables.

— Champagne, reprend-il, tu sors les flûtes, nous allons fêter mon autre réussite : j'ai obtenu le financement de la Banque Marocaine pour le Commerce et l'Industrie et, dans la foulée, j'ai signé jeudi dernier l'achat du terrain pour notre future exploitation chez le Notaire !

— Ouah, génial. Tu me l'avais caché !

— Je voulais te faire la surprise. Maintenant, je vais pouvoir attendre le versement de l'argent et commencer les travaux du hangar puis de notre future maison. Tu auras d'ailleurs la responsabilité d'en établir les plans avec l'architecte.

Yolanda sourit, ravie de pouvoir s'impliquer dans la construction de sa future demeure. Elle se promet d'y réfléchir avant de voir le professionnel.

Le séjour de Christian à Casablanca est intense et démarre par le shopping : achat d'une tenue complète pour la cérémonie aux Vêtements GBM, boulevard de la Gare : costume croisé bleu marine avec pantalon à revers et à plis, chemise de smoking blanche, nœud papillon, pochette assortie. Pour compléter, ils vont chez Scali, choisir des gants en cuir, des derbys couleur gold et une ceinture assortie, toute la panoplie d'un jeune premier.

Les jours suivants sont consacrés à l'administratif : la Mairie pour rendre les derniers justificatifs, le Notaire pour établir un contrat de mariage, la Banque pour ouvrir un compte bancaire commun.

Christian donne procuration à sa future épouse :

— C'est à toi que reviendra la gestion de l'argent du ménage. Tu seras bien meilleure que moi sur ce sujet : je suis un dépensier, gérer l'élevage de poulets et le faire prospérer me suffira, ajoute-t-il en souriant lors de la signature.

Yolanda est rassurée sur ce point car elle appréhendait beaucoup ces lois idiotes qui font qu'une femme mariée perd la liberté de conserver un compte bancaire individuel. Aurait-elle dû s'inquiéter de l'attitude désinvolte de Christian face à l'argent ? Entraînée dans le tourbillon du bonheur, elle n'a pas le temps d'y réfléchir.

Un déjeuner au Roi de la Bière, une promenade au parc avec Patrick, une visite éclair à Odette et Albert et Christian est déjà reparti au volant de la 4CV pour de nouvelles aventures agricoles.

Avant son départ, il lui a laissé une enveloppe remplie de billets pour couvrir les dépenses du mariage et pour les leçons de conduite. Elle est fière qu'il la sente capable de conduire une voiture, car encore très peu d'hommes font confiance aux femmes dans ce domaine. Elle va mettre un point d'honneur à ne pas le décevoir.

Christian lui a appris à démarrer, freiner, passer les vitesses de façon sommaire. Elle a trouvé l'exercice assez simple et surtout, très amusant. Manipuler le levier de vitesse est un jeu d'enfant pour elle.

Afin d'apprendre le Code de la route, elle se rend à la Librairie De Silva Michel et en ressort avec un exemplaire tout neuf du Guide parfait du candidat au permis de conduire, dans sa mise à jour de juillet 1954.

Ce fascicule devient son livre de chevet et elle apprend consciencieusement la définition de chaque panneau, tout en berçant Patrick dans ses bras au rythme de ses récitations.

Elle prend rendez-vous dans une auto-école pour son apprentissage. Un homme bedonnant d'une quarantaine d'années lui fait parcourir les artères de Casablanca dans une 2 CV bringuebalante dont les 3 vitesses au tableau de bord grincent.

Il lui aboie à la dernière minute des ordres stressants : tourner, se garer, faire demi-tour. Elle se prend au jeu et sent qu'elle est douée puisqu'il lui affirme qu'une dizaine d'heures de conduite suffiront pour qu'elle passe le permis avec un expert assermenté par l'Union Nationale des associations de tourisme.

L'avenir montrera que ce moniteur avait raison puisque, moyennant le paiement de la modique somme de 15 francs de droit d'examen et 50 francs de droit de brevet, elle obtiendra le fameux permis rose au début du mois de février. Première indépendance de femme mariée. Christian est fier de sa dulcinée.

La semaine précédant la reprise du travail, elle contacte Jules Lopez pour lui confirmer son retour.

Elle demande à la nourrice de venir quelques jours à l'appartement afin que Patrick s'acclimate à sa nouvelle gardienne. Enfant facile, le bébé, qui commence à prononcer ses premiers areuh et à simuler des mimiques ressemblant à des sourires, laisse Yasmina s'occuper de lui.

Le 1er jour de la reprise, laisser son fils à une étrangère est un véritable déchirement, même si elle sait qu'il est entre de bonnes mains.

46

Le retour au Journal est un choc pour Yolanda. Depuis quelque temps, accaparée par son nouveau rôle de maman, elle a réussi à vivre dans un cocon et à oublier de suivre les informations. Elle n'est donc plus au courant de l'actualité bouillonnante du pays.

À son arrivée dans les locaux, elle se rend compte immédiatement que le moral des troupes est au plus bas. Beaucoup de journalistes ont déserté et profité des fêtes de fin d'année pour retourner en France et ne plus en revenir, apeurés par l'échéance de l'Indépendance et ses incertitudes face à l'avenir.

Ils ne sont plus qu'une dizaine dans les locaux. Jules Lopez reste la plupart du temps enfermé dans son bureau et traîne une mine triste dans les couloirs.

Le nouveau Gouvernement de Guy Mollet ouvre à Paris, à partir de février, les négociations pour l'Indépendance du Maroc.

Le premier Décret marocain est publié dans le Bulletin Officiel du 3 février 1956 et confie au Président du Conseil les pouvoirs dans les domaines administratifs, réglementaires, individuels, jusque-là dédiés au Grand Vizir destitué de ses fonctions.

Même si les attentats et les manifestations se font plus rares depuis le retour du Sultan et son appel au calme, les journalistes, au cours de leurs investigations, relatent encore de fréquents incidents violents et sanguinaires entre colons et mouvements de libération. On dit que des résistants armés sont cachés dans les campagnes et torturent les civils français.

La France, dans l'attente des accords entre les deux gouvernements, baisse la garde dans le pays et demande aux administrations, de façon officieuse, de se contenter de liquider les affaires courantes.

Dans les pages du journal, la place des petites annonces classées a doublé : c'est le moment de faire de bonnes affaires car les Français qui quittent le pays vendent, à prix bradés, électroménager, meubles, et automobiles.

Yolanda aide les employés à faire face à cet afflux supplémentaire de travail. Une foule compacte s'agglutine toute la journée devant les bureaux d'accueil pour faire enregistrer le texte de leur annonce. Une opportunité financière non négligeable pour le Journal.

Le soir, elle est heureuse de retrouver son fils qu'elle récupère chez Yasmina. Elle s'occupe de le baigner, de lui faire boire son biberon et le couche dans son berceau.

Puis, après le dîner, démaquillée et en robe de chambre, elle s'installe à la table de la salle à manger et commence à dessiner les plans de sa future maison : elle la veut claire, avec de grandes baies vitrées orientées plein sud pour faire entrer la lumière, trois chambres au minimum, une salle de bain carrelée de carreaux jaune clair avec une grande baignoire et une cuisine équipée en formica comme elle en a vu dans le magazine Mobilier et Décoration.

Aurons-nous le budget pour installer l'air conditionné ? Et pour acheter des meubles dernier cri ? se demande-t-elle.

Avant d'aller se coucher, elle peaufine un article que Jules Lopez lui a demandé de rédiger pour le lectorat du Journal. Il s'agit d'un récapitulatif des actions françaises menées depuis le démarrage du Protectorat.

Dubitative, elle compile les informations telle une bonne élève :

Population
Le Maroc compte 8 millions d'habitants composés, en ce début 1956, de 7 650 000 Marocains et 400 000 Européens dont trois quarts de français.

Santé
De 1913 à nos jours, 43 hôpitaux ont été construits et le taux de mortalité infantile est passé de 42 à 17 pour 1 000.

Éducation
Le pays compte 307 903 élèves scolarisés, dont 200 000 Marocains. 250 000 ménages disposent d'un poste de radio dont 150 000 chez les Marocains.

Transport
Les Français ont construit 11 000 kilomètres de routes et 1 756 kilomètres de voies ferrées.

Agriculture
De 1938 à 1955, les terres irriguées pour la culture agricole sont passées de 20 000 à 300 000 hectares.

Énergie
La production électrique a été multipliée par 6.

À la relecture, elle n'est pas très fière d'elle car elle trouve que cet article factuel, certes, n'évoque qu'un seul aspect des choses et ne parle absolument pas d'une réalité moins glorieuse. Elle a lu que l'accès à la modernité n'est pas une bonne affaire pour tout le monde et qu'un Marocain sur cinq vit dans un bidonville.

Elle pense également aux aventuriers français ou étrangers, arrivés sans un sou, qui ont volé et exploité des terres qui appartenaient aux Marocains et qui les ont réduits en esclavage en les payant une misère. Sans parler des fonctionnaires bornés et incapables qui ont saccagé et considéré le Maroc comme un pays annexé à la France.

47

Après deux séances d'essayages, la robe de mariée est prête. Linda la livre chez Brigitte afin que Christian ne la voie pas avant la cérémonie, on dit que cela porte malheur.

Christian passe la nuit de la veille du mariage chez Maurice, son collègue photographe.

Le matin du grand jour, Yasmina arrive tôt pour s'occuper de Patrick pendant que sa maman se rend au salon de Brigitte pour se faire coiffer et maquiller.

Yasmina profitera du déjeuner pour se rendre chez Odette avec le bébé qui restera là-bas jusqu'au lendemain soir afin que les mariés puissent profiter de leur nuit de noces.

Pas de voyage de noces prévu pour les tourtereaux, c'est impossible dans l'immédiat, à cause du projet de Christian qui requiert sa présence. Yolanda, quant à elle, n'a pas de congés et elle refuse de laisser Patrick.

Pour marquer l'évènement, Christian a réservé une chambre à l'Excelsior Palace, l'un des plus beaux hôtels de la ville.

Lorsque Yolanda remonte à son appartement, la fleuriste a déjà livré un magnifique bouquet de lys odorants.

À 10 h 30, la mariée est prête. Elle est belle : le blanc sied à son teint légèrement hâlé, le discret maquillage met en valeur ses yeux et la robe souligne sa silhouette mince et élancée. Le temps est ensoleillé, la température douce.

L'Aronde rouge décapotable, décorée de fleurs et de rubans blancs, se gare devant la porte de l'immeuble. Maurice en descend et ouvre la portière arrière à Yolanda pendant que Brigitte monte à l'avant.

La voiture se fraie un chemin dans la circulation pour arriver à temps devant le parvis de la Mairie où les attendent Christian et le reste des invités. Les garçons de Jules et Isabelle Lopez, très chics dans leur complet bleu marine et chemise blanche, font office de garçons d'honneur et se placent devant le cortège.

Un autre collègue de Christian, armé d'un appareil photo, immortalise la rencontre entre les futurs époux. Christian regarde Yolanda avec admiration.

— Que tu es belle ! lui souffle-t-il à l'oreille avant qu'un employé municipal vienne au-devant d'eux pour les conduire jusqu'à la salle des mariages.

Yolanda, un peu nerveuse, a juste le temps de faire un signe de reconnaissance de sa main gantée à tous les invités.

La salle des mariages est imposante, avec de grandes baies vitrées donnant sur la rue, des murs tapissés de tentures colorées, des plafonds hauts à colonnades, un sol en marbre écru. Les amis entrent en premier et sont invités à s'asseoir sur les bancs tendus de velours bordeaux.

Lorsque tous sont installés, les futurs mariés s'avancent vers le fond de la salle où Monsieur le Maire les accueille, solennel, debout derrière un grand bureau de bois foncé. Devant se trouvent quatre fauteuils en velours de la même couleur que les bancs, deux pour les mariés et deux pour les témoins.

Un air de musique classique détend l'assemblée. Des gerbes de fleurs blanches : lys, roses, gardénias sont posés au sol et embaument les lieux.

La mélodie s'arrête, l'Officier d'État Civil prononce le discours, lit les articles du Code Civil avec les engagements des futurs époux, puis demande le consentement de Yolanda et Christian. Ils sont émus de se dire « OUI » et ont les yeux embués.

Odette apporte les alliances sur un coussin rose. Christian glisse facilement l'anneau autour de l'annulaire de Yolanda, mais celle-ci a plus de mal à passer l'anneau au doigt de son époux, ce qui cause une seconde d'angoisse à l'assemblée.

Les mariés s'embrassent et tout le monde applaudit. La cérémonie se termine avec la signature des registres et la délivrance du livret de famille. Le photographe mitraille l'évènement.

À la sortie, retour sur le parvis, les grains de riz pleuvent sur les mariés en signe de bonheur et de chance. Les amis viennent les congratuler chaleureusement. Le photographe donne des ordres auxquels tout le monde se soumet de manière bon enfant pour réaliser des photos de groupe parfaites.

Christian et Yolanda montent à l'arrière de l'Aronde et la voiture les conduit, sous un concert de klaxons, jusqu'à la brasserie.

Devant le restaurant, au lieu d'aller à l'intérieur, Odette les invite à se diriger vers la porte d'entrée de leur immeuble et leur fait la surprise d'avoir organisé la suite des festivités à son domicile. Elle montre avec fierté la grande table dressée dans son immense séjour ainsi que la décoration de la pièce.

— L'appartement est grand, je me suis dit que c'était plus intime de se faire livrer le repas ici, dit-elle en riant à des mariés un peu gênés.

L'apéritif est servi sur le balcon, le champagne coule à flots.

Avant d'aller rejoindre leurs amis, Christian et Yolanda prennent le temps d'aller embrasser leur petit bonhomme.

Dans la cuisine, Albert, aidé de Fatima et de son second de cuisine, a troqué son costume pour une tenue de grand chef et a concocté un repas digne d'un restaurant étoilé.

Après le dessert, pièce montée coupée par les mariés comme le veut la tradition, la table est rapidement rangée et poussée le long d'un mur pour laisser la place à un petit orchestre venu faire danser les convives. Peu après minuit, chacun rentre chez soi, repu et heureux. Les jeunes mariés sont déposés par Maurice devant leur hôtel où ils savourent dans l'intimité leur nouveau statut.

Christian repart le 20 février. Yolanda est triste d'abandonner si rapidement son époux, mais les fondations du hangar vont commencer et Christian doit être sur place pour accueillir les maçons.

Ils ont évoqué l'éventualité que Yolanda quitte le Journal du Maroc pour s'installer à Tiflet, le village à une dizaine de kilomètres de leur terrain, mais elle a tenu tête et refusé de donner sa démission.

— Christian, je t'aime et être loin de toi me fait souffrir, mais je ne peux pas quitter Casablanca pour l'instant. J'ai un engagement vis-à-vis du Journal et il m'est impossible d'abandonner le navire maintenant. Tu vas me manquer. Si nous te suivons, Patrick et moi serons plus une gêne qu'autre chose car tu vas être accaparé par les travaux, les déplacements.

— J'entends ce que tu me dis, et tu as raison, mais je ne vais pas pouvoir revenir à Casablanca avant plusieurs mois et vous allez me manquer également, affirme-t-il.

Yolanda cache son malaise derrière un sourire de circonstance.

— Ma place est pour l'instant ici, avec Patrick qui n'a que deux mois. On en reparlera lorsque les travaux seront terminés.

— Je me plie à tes arguments. Tu as raison, tu viendras me rejoindre lorsque la maison sera construite et je vais organiser les travaux en même temps que la construction du hangar.

— Je vais te montrer les plans sur lesquels j'ai commencé à réfléchir, si tu veux. Et tu sais mon amour, nous pourrons nous téléphoner régulièrement.

— Je souffre déjà à l'idée de quitter mon nouveau foyer. C'est vrai, je connaissais les conditions avant de t'épouser. Vivement les mois prochains pour fêter nos retrouvailles ! Pas mal du tout tes propositions, je vais demander à l'architecte de me chiffrer le montant des travaux.

48

Après le départ de Christian, la vie reprend son rythme.

Yolanda reçoit une gentille lettre de sa mère :

Ma chérie,

Nous te présentons nos meilleurs vœux de bonheur pour ton mariage et nous espérons que vous avez bien profité de cette journée mémorable. Tu vas prochainement recevoir un mandat comme cadeau de mariage. Ainsi, vous choisirez ce qui vous plaira.

Après un mois de janvier très doux, une vague de froid secoue la France depuis le début de février. Les températures sont en dessous de zéro la plupart du temps et nous avons de la neige. À tel point que je suis obligée de dormir avec mon manteau et un foulard sur la tête tellement il fait froid dans notre appartement ! Le matin, les tuyauteries sont gelées et nous avons passé quelques jours sans eau. Dehors, c'est la catastrophe, plus de bus, plus d'école, les rues sont verglacées. Tu as beaucoup de chance d'être au soleil et il nous arrive de t'envier.

Ton père a attrapé la grippe, il est en arrêt de travail et cloué au lit.
Je glisse dans l'enveloppe un petit mot que Jean-Jacques a écrit à ton intention.

Nous t'embrassons.
Maman

Le message de son frère la touche. Il lui souhaite beaucoup de bonheur et réitère son invitation pour son mariage en septembre. Elle se dit qu'elle a oublié d'en parler à Christian et reporte sa réponse. Dans l'immédiat, elle n'imagine pas un instant retourner en France.

Elle rédige un mot rapide sur une carte postale pour les remercier et y joint quelques photos du mariage et de Patrick.

Les négociations entre la France et le Maroc aboutissent le 2 mars 1956 par la signature de l'Indépendance du pays tant attendue. Le traité de Fès du 30 mars 1912 proclamant le Protectorat est abrogé.

De nouveaux accords vont définir l'interdépendance entre les deux pays dans les domaines où leurs intérêts sont communs, notamment en matière de défense, de relations extérieures, d'économie et de culture.

Yolanda retient que les droits et les libertés des Français établis au Maroc et des Marocains installés en France seront garantis sur la base de la liberté et de l'égalité et se réjouit que Christian ait eu raison de croire que l'avenir était possible pour eux dans ce pays.

Le représentant de la République française au Maroc porte dorénavant le titre de Haut-Commissaire de France et non plus de Résident général.

De fait, le Maroc passe directement du statut de Protectorat à celui d'Indépendant, sans le stade intermédiaire de l'autonomie interne. Ce qui implique que le pays doit disposer d'aides extérieures et d'apport de capitaux étrangers pour développer sa propre structure économique, acquérir les exigences sociales liées à l'acquisition de son autonomie dans les domaines de la diplomatie, de la coopération administrative, technique, des matières culturelles, de l'économie, des finances, du droit, de l'armée et de la défense commune.

— La présence des Français pour accompagner et former les futurs Marocains est, de ce fait, indispensable, se rassure Yolanda sur le maintien de ses compatriotes sur le territoire.

Le 6 mars, après son retour de Paris où il a présidé la 1re phase des négociations franco-marocaines, le Sultan Sidi Mohammed Ben Youssef fait une entrée triomphale au Palais Royal de Rabat. Le lendemain, il prononce un discours pour informer les Marocains de l'indépendance.

Le 7 avril, un accord signé à Madrid entre le Sultan et le général Franco met fin à la souveraineté espagnole sur le nord du pays. Le 20 octobre de la même année, la zone de Tanger, qui était soumise à un statut international particulier, sera réintégrée au Maroc.

Les temps changent : le Sultan proclame le vendredi comme jour de repos hebdomadaire selon la loi musulmane. Le drapeau marocain flotte sur tous les édifices publics.

Toutefois, dans cette période de transition, le pays se retrouve dans une grande instabilité économique : les grands travaux sont bloqués, les décisions peinent à se prendre des deux côtés. Les directives françaises tardent à venir pour les fonctionnaires chargés de former les Marocains. Les caisses de l'État sont vides, les impôts ne sont plus perçus.

Christian téléphone toutes les semaines pour avoir des nouvelles de son épouse et de son fils. Yolanda lui raconte la baisse d'activité au Journal due à la diminution des ventes, le départ de plus en plus de commerçants européens et la tristesse de certains quartiers aux grilles de fer baissées. L'ambiance de la ville est en train de se modifier.

Odette et Albert ont mis en vente la brasserie. Comme l'avait prédit Albert, la fréquentation s'écroule ainsi que le chiffre d'affaires, ce qui les inquiète. Ils préfèrent retourner vivre du côté de Bayonne.

Yolanda est attristée par cette nouvelle qui va lui faire perdre des amis très chers.

Brigitte a décidé de rester car elle dit que la coiffure « Made in France » aura toujours la cote auprès des futures riches marocaines.

Patrick sourit et commence à babiller : ses gencives l'agacent, il ne va pas tarder à faire ses dents.

Christian essaie de lui remonter le moral : les travaux du hangar sont presque terminés. La livraison des poules pondeuses, provenant de la station expérimentale avicole de Meknès, est prévue pour la fin avril.

Un ingénieur agronome de la Chambre d'Agriculture de Rabat est présent pour l'accompagner et l'aider. Il a réussi à être nommé Chef de secteur et va accueillir des fellahs marocains pour les former aux techniques d'élevage des poules. Ils auront ensuite l'opportunité de s'installer sur des terres qui leur seront attribuées par l'État.

Les poules, âgées de presque un an, seront prêtes à pondre rapidement. Afin de continuer à produire suffisamment d'œufs, elles seront revendues l'année suivante à l'abattoir et remplacées.

— J'espère que tu seras avec moi, pour voir notre première production, lui dit Christian d'un ton surexcité.

Yolanda voudrait partager son enthousiasme, mais elle n'arrive pas, pour le moment, à se projeter dans cet avenir paysan.

Le 15 avril, le Sultan forme une armée régulière de 1 500 hommes appelée Les Forces Armées Royales et son fils, le prince Moulay Hassan en est nommé Chef d'État-Major général.

À partir du 26 avril, un nouveau ministre vient compléter le Gouvernement, après la création du ministère des Affaires Étrangères. Ce nouveau membre, Ahmed Balafrej, fait partie de l'Istiqlal.

Fin avril, Jules Lopez informe Yolanda que le Journal du Maroc est contraint de mettre la clé sous la porte, il ne titre plus qu'à une vingtaine de milliers d'exemplaires par jour et perd de l'argent.

Il a trouvé un poste de responsable administratif à l'École Jules Ferry de Casablanca et sa femme a suspendu sa disponibilité pour reprendre son métier d'enseignante : ils ont décidé de rester au Maroc.

— Je suis attristé de devoir fermer ce Journal, lui confie-t-il, c'est un pan de ma vie qui s'écroule. Mais le principal, c'est de rebondir. Qu'allez-vous faire ?

— Je vais rejoindre mon mari et lancer l'exploitation avec lui.

— Je suis content pour vous. Restons en contact. En attendant, je vais vous régler une petite indemnité afin de vous permettre de voir venir. J'ai été ravi de travailler avec vous Yolanda, vous avez été d'un grand professionnalisme.

— Merci, Monsieur Lopez, le plaisir est réciproque. Je vous donnerai notre adresse, dit Yolanda, en empochant le chèque et son certificat de travail.

C'est avec une grande tristesse qu'elle quitte son poste et qu'elle s'apprête à franchir une nouvelle étape de sa vie au Maroc.

Elle a du mal à retenir ses larmes lorsqu'elle annonce la nouvelle à son époux, heureux d'avoir prochainement sa femme à ses côtés.

— Je vais chercher un logement à Tiflet en attendant que notre maison soit terminée. Je vais venir te chercher dès que tu seras prête à partir, lui dit-il d'un ton enjoué.

49

Après les fêtes de l'Aïd al Mawlid qui marquent la fin du ramadan, sous un soleil radieux, Yolanda quitte avec regret l'appartement qu'elle occupe depuis son arrivée à Casablanca.

Pour l'occasion, Christian est venu l'aider à déménager. Odette pleure doucement, un mouchoir à la main. Yolanda retient ses pleurs et la serre dans ses bras en promettant de revenir la voir.

Yasmina a gardé Patrick pour permettre à ses parents d'avoir les mains libres pour les préparatifs du départ et la voilà qui arrive pour l'installer dans son couffin, à l'arrière de la voiture. Elle a les yeux rougis par les larmes car elle s'était attachée au bébé.

Les bagages sont entassés sur le toit de la 4CV. Les portières claquent, la voiture s'enfonce doucement dans la circulation, direction le nord, route nationale 1 par Fedala, Skhirat, Témara puis Rabat. Enfin route nationale 6, direction Tiflet, environ 150 km à parcourir.

Yolanda regarde avec nostalgie le paysage défiler par la fenêtre du véhicule et voit peu à peu cette ville qui l'a adoptée, s'éloigner. Christian garde le silence pour ne pas la perturber dans ses pensées. Il sait ce que coûte de quitter une ville comme Casablanca.

Il sait également qu'elle va avoir un choc lorsqu'elle découvrira son nouveau lieu d'habitation. Leur future maison n'a que les fondations, et il a dû trouver un endroit provisoire à Tiflet, le village le plus proche, pour les héberger. Ce qu'il a trouvé est loin d'être aussi confortable que l'appartement qu'elle occupait précédemment.

La route est défigurée par des usines, des raffineries, des villages dont les échoppes sont situées en bordure de route, peu de vue sur la mer.

En traversant Skhirat, Christian tente de détendre l'atmosphère pesante qui règne dans l'habitacle :

— Ce village rural a une plage réputée très prisée par la famille royale. Nous y reviendrons.

Yolanda acquiesce.

Au fil des kilomètres, la circulation se raréfie, les habitations se limitent à quelques enclos blanchis à la chaux entourés de terre ocre poussiéreuse. Quelques hommes en sarouel et des femmes voilées sarclent le sol aride des cultures. Des palmiers indiquent les points d'eau.

À Rabat, la 4CV bifurque sur la nationale 6 par la route côtière. Une heure suffit pour parcourir la distance pour arriver à Tiflet. Patrick dort tranquillement à poings fermés, bercé par le bruit du moteur, ignorant que le cours de sa vie va changer.

Le village de Tiflet est minuscule comparé à Casablanca, sale, moche. Un café, un bâtiment administratif, un bureau de poste, une épicerie. Tout juste fréquenté une fois par semaine par le souk, le marché local. Pas âme qui vive, sauf des hommes attablés à la terrasse du café à boire du thé et à jouer aux cartes. Ils arrêtent un bref instant leur partie pour commenter le passage de la voiture chargée comme un dromadaire.

À la sortie du bourg, le véhicule s'arrête devant une maison d'un étage au toit en terrasse. Une porte à 2 battants en bois peint d'un bleu délavé, une poignée rouillée autour de laquelle pend un cadenas au bout d'une chaîne en protège l'entrée.

Une chaleur suffocante, sans la brise océane, prend Yolanda à la gorge lorsqu'elle sort de la 4CV. Elle ouvre la porte arrière pour récupérer Patrick dans ses bras.

Christian déverrouille le cadenas avec une grosse clé et la porte s'ouvre sur une cour carrée qui comporte deux portes et un escalier. Une volée de lézards, dérangés dans leur sieste au soleil, s'échappent à leur approche. Yolanda, le cœur au bord des lèvres, attend.

— C'est provisoire, ma chérie, lui dit Christian d'une voix mal assurée en voyant sa mine déconfite. Le temps que notre maison soit terminée. Pour l'instant, il n'y a que les fondations.

Ce bâtiment appartient à l'architecte qui travaille sur le projet de notre entreprise. Une famille marocaine habite au 1er étage et il nous loue le rez-de-chaussée. Tu vas voir c'est rudimentaire, mais avec un peu de nettoyage et de décoration, comme tu sais le faire, ce sera habitable.

Christian ouvre la porte de gauche sur une grande pièce au sol en ciment, comportant un évier rudimentaire et quelques meubles : table, chaise, un grand lit et un canapé dans l'angle. Les murs sont tachés de traces noires.

— Il y a une douche et des toilettes à l'extérieur, viens voir.

Yolanda aperçoit un caisson en bois avec un couvercle dessus en guise de toilettes. Une nuée de grosses mouches noires et vertes tournent autour. Dans un coin, un lavabo et un bac à douche.

Elle reste muette. Elle préfère garder le silence plutôt que laisser exploser son indignation.

Pendant que Christian vide la 4CV, elle s'occupe de Patrick, arrive à lui faire prendre un bain dans le grand évier de la cuisine, lui faire boire son biberon et le coucher dans le berceau que Christian a installé en premier.

Plus tard, dans la chaleur du lit, Christian la serre dans ses bras et apaise ses sanglots en lui caressant les cheveux. La douceur de ses bras, la calme, la submerge et l'endort. Seul, le bruit des camions se rendant à Rabat ou à Fès déchire la tranquillité de la nuit.

Le lendemain matin, Christian emmène femme et enfant à M'Qam Tolba pour leur faire visiter le domaine. La voiture s'enfonce péniblement au nord par une route étroite, à peine goudronnée et pleine de nids de poule.

Après 7 à 8 km, la voiture s'arrête devant un grand terrain grillagé, au sol ocre, sur lequel s'élèvent un hangar métallique et les fondations d'une maison.

— Géographiquement, le terrain se situe dans la plaine du Gharb, une région plate d'environ 6 000 m^2, sillonnée par l'Oued Sebou et de superbes palmeraies. Regarde, au loin, on aperçoit les collines des pré-montagnes du Rif. Dans cette région agricole, on produit du riz et on fait pousser des betteraves et des cannes à sucre, ainsi que du tabac, lui dit-il.

Une tente berbère sert de logement aux ouvriers. Yolanda ne fait aucun commentaire mais trouve l'endroit très isolé et malodorant. Un grand chien blanc et noir s'approche doucement d'elle.

— Je te présente Aïdi. Je n'ai pas été très original dans le choix de son nom puisque c'est le nom de sa race, je crois que ça veut dire chien en arabe. C'est un chien des montagnes de l'Atlas.

Sa mission est de protéger les poules des renards et des chacals. C'est aussi un compagnon affectueux et obéissant. Un paysan du coin me l'a donné, sa chienne a mis bas une portée de chiots. C'est un mâle.

Yolanda acquiesce et se penche pour donner une caresse sur la tête en forme d'ours de l'animal qui la lui rend en lui léchant la main. La fourrure de l'animal est épaisse et drue.

Elle diffère la visite du hangar, ce serait trop pour un premier jour. Elle se contente de regarder autour d'elle d'un œil critique. Heureusement, l'enthousiasme de Christian et la joie d'être avec lui lui permettent de dépasser l'envie de fuir qui la prend aux tripes depuis la veille.

— Partir, mais pour aller où ? se dit-elle en serrant Patrick endormi dans ses bras. Pour quoi faire ? Elle sait qu'elle est piégée et n'a pas d'autre solution que de s'adapter.

Alors, elle prend le taureau par les cornes et son mal en patience, nettoie de fond en comble le logement provisoire. Elle se rend à Rabat pour acheter quelques meubles, repeint les murs en blanc, réparti la pièce en coins intimes en les séparant par des paravents en bois ouvragés trouvés chez un ébéniste. Enfin, elle demande au propriétaire, l'utilisation exclusive du cabinet de toilette.

Pendant qu'elle essaie de donner une figure plus accueillante à cette maison, les accords de Rabat définissant les principes de coordination des politiques étrangères entre la France et le Maroc sont signés.

50

Quelques semaines après leur installation, en fin de journée, Patrick, habituellement si sage, est grognon et se tortille dans tous les sens. Yolanda met cet état sur le compte d'un mal aux gencives dû aux dents qui poussent. Elle les frotte doucement avec du baume pour les adoucir. Le bébé se calme.

C'est après son biberon du soir, auquel il a peu touché, qu'elle s'aperçoit qu'il est fiévreux. Il n'arrête pas de pleurer, son front est brûlant et ses selles liquides. Yolanda fait cuire du riz pour lui faire boire l'eau de cuisson.

La voisine, attirée par les pleurs, appelle la guérisseuse du village qui arrive avec des onguents fabriqués à partir de plantes médicinales. Elle masse vigoureusement le ventre du bébé avec sa décoction qui finit par se calmer et s'endormir. Elle parle en arabe et la voisine traduit que Patrick souffre d'une indigestion.

Yolanda est inquiète et ne ferme pas l'œil de la nuit. Elle est seule car Christian dort sur le terrain avec les ouvriers pour surveiller le ramassage des œufs. Elle se lève régulièrement pour toucher le front de son fils qui est toujours aussi chaud, son souffle est irrégulier. Elle décide de se rendre à Rabat le lendemain pour consulter un médecin.

À la levée du jour, Patrick se réveille en sursaut et hurle de douleur. Sa couche est souillée d'un liquide marron d'où s'élève une abominable odeur de putréfaction. Yolanda, apeurée, a juste le temps de constater que sa température est montée à 39 degrés, de le laver sommairement, de l'habiller et de l'installer à l'arrière de la 4CV dans son couffin pour prendre la route vers Rabat. Elle va directement à l'hôpital car elle a l'intuition que son fils est en danger.

Avant de partir, elle a eu le temps de frapper chez sa voisine pour qu'elle informe Christian de son absence. Celle-ci promet d'envoyer quelqu'un pour le prévenir.

Le bercement de la voiture calme le bébé qui se rendort. Yolanda, la peur au ventre, roule à tombeau ouvert et parcourt en 45 minutes la distance qui la sépare de la capitale.

À son arrivée aux urgences, Patrick est pris en charge immédiatement par l'équipe médicale. Elle n'a pas le droit d'entrer dans la salle d'examen et attend nerveusement le verdict du pédiatre dans la salle d'attente.

Celui-ci vient enfin la rejoindre en fin de matinée et la conduit dans son bureau.

— Madame, votre fils a attrapé une dysenterie. Il y a du sang dans ses selles, son état est avancé, il présente des signes de déshydratation, nous ignorons si nous allons réussir à le sauver, lui dit-il d'un ton contrit.

Yolanda s'effondre.

— Ce n'est pas possible. Qu'est-ce qui a provoqué cette maladie ?
— La chaleur, l'eau pas suffisamment bouillie, c'est malheureusement une maladie fréquente dans nos pays chauds. Nous l'avons perfusé et installé dans une chambre de la maternité. Vous pouvez rester avec lui. Une infirmière va vous conduire.

Yolanda peine à se lever de sa chaise. Elle a l'impression que le sol se dérobe sous ses pieds. Elle se laisse guider comme une automate dans les couloirs de l'hôpital.

Dans la chambre, elle s'approche avec précaution du petit lit où repose son fils. Il dort d'un sommeil artificiel, le corps livide, la peau diaphane, comme si la vie avait commencé à se retirer. Elle pleure silencieusement. Elle se sent seule et espère que Christian a été prévenu.

Il ouvre la porte de la chambre une heure plus tard et la serre dans ses bras. Il pleure lui aussi en regardant le bébé qui semble lutter pour garder une étincelle de vie.

Ils le veilleront jusqu'à la fin. Patrick perd la vie le lendemain, à l'aube, le jour de ses six mois.

Yolanda est inconsolable. Elle exige que le bébé soit enterré le plus vite possible dans un cimetière de Rabat et ne prévient personne du décès. Christian fait tout son possible pour la soutenir et reste avec elle, mais il est impuissant face à la détresse d'une femme qui a perdu son enfant. Il s'occupe de régler les questions administratives et gère l'enterrement. Un prêtre catholique vient faire une brève bénédiction devant la petite tombe blanche.

Après la cérémonie, ils rentrent directement à Tiflet. La voisine vient les accueillir en pleurant. Le téléphone arabe a fonctionné et l'annonce du décès a circulé.

Les semaines qui suivent sont atroces pour Yolanda. Elle a envie de mourir, elle passe ses journées au lit, perd la notion du temps, reste prostrée, les vêtements de Patrick dans les mains et pleure beaucoup. Christian s'organise pour rentrer tous les soirs et presse les ouvriers pour que la maison de M'Qam Tolba soit habitable car il sent qu'il faut que Yolanda change d'air pour commencer à faire son deuil et qu'elle restera dans son chagrin tant qu'elle séjournera à Tiflet.

51

Janvier 2013

J'arrête mon récit en pleurant.

— Vous voyez, Madame, dis-je en m'adressant à la dame aux cheveux violets, le conte de fées n'est pas aussi beau qu'il paraissait au départ.

— J'en conviens, me répond-elle en essuyant une larme au coin des yeux, c'est triste, pauvre Yolanda. Je ne la connais que depuis 6 mois, j'étais loin de m'imaginer qu'elle avait vécu ce drame.

En relevant la tête, j'aperçois le regard scrutateur de la vieille dame aux yeux bleus glacier et me promets de lui parler dès que j'en aurai l'occasion.

Je reprends le fil de l'histoire.

52

Juillet 1956

Début juillet, la maison est terminée. Christian achète quelques meubles et propose à Yolanda de venir s'y installer. Inerte, sans réaction, elle se laisse conduire dans chaque pièce que Christian a mis un soin particulier à créer selon les plans qu'elle avait dessinés. Il s'occupe du déménagement et se sépare des affaires du bébé.

Dans son nouveau lieu de résidence, le désespoir de Yolanda est moins lourd. Elle s'intéresse petit à petit à l'élevage, écoute Christian lui faire part de ses réussites. Elle vient de plus en plus souvent le rejoindre dans son bureau. Il en profite pour lui montrer les factures, les courriers. Mais elle relâche rapidement son attention.

Elle serre les dents, car elle déteste tout : l'odeur âcre des plumes et des fientes de poules qui parfument l'atmosphère d'une odeur de vomi, les piaillements incessants des volatiles soumis à un éclairage artificiel, les déclenchements intempestifs des alarmes qui obligent Christian à quitter la chaleur de leur lit, la nuit, les aboiements du chien dès qu'un élément suspect approche, les klaxons, à l'aube, des camions de livraison des œufs, les allées et venues sournoises des ouvriers qui la détaillent et font des commentaires en arabe lors de ses déplacements sur le terrain.

Et le pire c'est l'éloignement de la civilisation : plus de cinéma, encore moins de théâtre, de restaurants, de bars, et surtout, plus l'odeur de la mer. En journée, la chaleur est insupportable, avec une température frôlant les 35 degrés sans un gramme d'air. Elle transpire du matin au soir et s'arrose la tête avec un tuyau d'arrosage qui traîne dans la cour pour se rafraîchir. La vision des plaines à perte de vue est déprimante. Les nuits, en revanche, sont douces et permettent de rafraîchir les esprits.

Christian a peur que la déprime de Yolanda s'installe. Il ne reconnaît plus la femme qu'il a épousée il y a quelques mois. Au fond de lui, il a peur qu'elle décide de le quitter et de rentrer en France. Il comprend, toutefois, que le décès de Patrick n'est pas le seul motif de sa tristesse.

Même s'il a tout fait pour que la disposition ressemble scrupuleusement aux plans qu'elle avait dessinés, et comporte tout le confort moderne, il est bien conscient que l'éloignement de la ville et la vie à la campagne pèsent également en négatif sur le moral de son épouse.

— Elle n'a jamais vécu dans un milieu rural. C'est une fille de la ville, habituée à l'agitation, j'aurais dû mieux la préparer, se reproche-t-il en la regardant essuyer avec une moue dédaigneuse ses escarpins souillés par la poussière de la cour.

Afin de lui permettre de se déplacer, il a acheté avec ses premiers gains, à un prix intéressant, une Buick d'occasion, la voiture de ses rêves, à un Français de Tiflet qui rentrait en métropole. Il offre la petite 4CV à Yolanda qui le remercie avec effusion.

Certains jours, elle disparaît des journées entières pour se rendre à Rabat. Elle rentre la nuit tombée et sort du coffre des sacs de grands magasins remplis de vêtements qu'elle ne portera jamais car trop habillés pour leur vie à M'Qam Tolba. Christian se demande, si, lors de ces échappées, elle se rend sur la tombe de son fils décédé. Il n'ose pas lui poser la question.

Yolanda a besoin de temps pour faire le deuil de son petit Patrick. Elle se culpabilise. Elle ne peut s'empêcher de penser que la mort de Patrick est une punition divine pour avoir fauté hors mariage avec le meilleur ami de son père, pour avoir fui au Maroc, pour avoir accepté de lier sa vie à un homme, certes qu'elle aime, mais dont elle s'aperçoit qu'elle ne connaît rien sur son passé.

Toutes ces pensées négatives tournent en boucle dans son esprit et décuplent en elle le sentiment d'avoir été une mauvaise mère. Elle pense aussi qu'elle n'aurait pas dû quitter Casablanca si rapidement après la fermeture du Journal, elle aurait dû rester dans sa vie confortable. Ainsi Patrick n'aurait pas vécu dans cette maison primitive, loin de tout. Elle se sent responsable de la maladie qui l'a tué.

Pour éviter de devenir folle, elle part. Elle va respirer l'air de la mer, se poser sur la plage de Rabat, sur l'Oued Abou Regreg, derrière les murailles de la Casbah des Oudayas et regarde les enfants construire des châteaux de sable en se disant qu'elle ne verra jamais le sien s'amuser de la sorte. Elle pleure beaucoup.

Quand ses larmes sont taries et qu'elle voit le soleil baisser à l'horizon, elle décide de rentrer. Elle apprécie que Christian ne lui pose aucune question. Elle serait incapable de se justifier.

Les jours où la douleur est moins vive, elle déambule dans les rues du centre-ville. Elle n'aime pas Rabat, devenue capitale en 1912 à la place de Fès. C'est le Maréchal Lyautey qui est à la base de cette décision et en a fait le siège du Résident général, la capitale du Protectorat français et du Sultan Moulay Youssef.

En 1913, Lyautey fait appel aux mêmes architectes que pour Casablanca pour dessiner la ville nouvelle chargée d'abriter les Institutions du Protectorat et la population européenne.

Cette ville a tout d'une grandiose capitale : majestueuse, emplie d'histoire, sérieuse. Fondée au 12e siècle par les Almohades, elle porte assurément les traces historiques mauresques des grands Sultans.

Rien à voir avec le cosmopolitisme, l'effervescence de Casablanca. Petite joueuse face aux 700 000 Casablancais, Rabat a une population d'environ 150 000 habitants, composée à 87 % d'Européens employés par les administrations françaises.

Le vendredi, jour de prière, elle apprécie de se mêler à la foule anonyme installée près du Palais, pour acclamer le Sultan qui revient de la Mosquée sur son magnifique cheval.

Certains jours, elle fait du shopping aux Galeries Lafayette, la provision de maquillages chez Monoprix, déguste une brochette au restaurant Casablanca, mange une glace au café Glacier La Ibense Ruimy, et va se recueillir au cimetière. Elle passe beaucoup de temps, assise sur la petite tombe blanche, à raconter à son fils défunt ce qu'il ne verra jamais.

Les sujets de conversation avec Christian sont rares et le silence s'installe dans leur couple. Celui-ci concentre toute son énergie sur son activité professionnelle.

Vu de loin, ce ne semble pas aussi facile qu'il l'avait pressenti : les absences sans motif des fellahs, les poules qui souffrent d'anémie et périclitent, le camion qui ne vient pas récupérer les œufs aux horaires convenus ; autant de sujets qui l'épuisent puisqu'il doit compenser les manques.

Le soir, il tombe de fatigue et s'endort dès qu'il a posé la tête sur l'oreiller. Ils ne sortent plus et refusent les invitations à dîner du responsable administratif de Tiflet et de son épouse qui insistent lourdement pour les avoir à leur table. Yolanda sait qu'il a besoin d'elle, mais dans l'immédiat, elle n'en a pas la force.

53

Petit à petit, le temps fait son œuvre et adoucit sa peine. Un matin, elle apprend, en écoutant la radio à l'heure du petit-déjeuner, que le général Nasser a proclamé la nationalisation du canal de Suez le mois dernier et qu'en représailles, les Français et les Anglais ont lancé une offensive militaire à Port-Saïd.

En solidarité envers le Président de la République égyptien, le Gouvernement marocain a exprimé son indignation pour l'agression contre le territoire et la souveraineté de l'Égypte et la collusion franco-anglaise.

Cette réaction a déclenché les foudres du Gouvernement français qui argue que cette déclaration remet en question les accords de neutralité de l'Indépendance envers les décisions françaises. Le Sultan rétorque que l'intérêt premier de son pays est de soutenir tous les peuples arabes et campe sur ses positions.

Son goût pour le journalisme se réveille :

— Il y a de l'eau dans le gaz, dit-elle tout haut. il ne cède pas d'un pouce ce Sultan !

— Tu as parlé ? dit Christian, surpris d'entendre le son de sa voix.

— Je dis que le Sultan a du caractère. Il s'est engagé à ne mener aucune manœuvre incompatible avec les intérêts français, et il n'en fait qu'à sa tête. J'espère qu'il ne va pas se mettre à dos le

Gouvernement français et nous mettre dehors, mais j'avoue que sa réaction est courageuse.

— Penses-tu, il sait ce qu'il fait. Il a pour objectif de devenir le leader du monde arabe. Quant à se mettre à dos les Français, ils s'en remettront en crachant des insanités sur lui. Il sait qu'ils ne peuvent pas quitter le pays pour deux raisons : le Sultan est protégé par les États-Unis qui observent à la loupe comment se passe l'Indépendance et sont prêts à se positionner au moindre manquement. Ensuite, la France est dans le pétrin avec la guerre d'Algérie et ne peut pas se permettre de faire des vagues avec le Maroc. Cela s'appelle la politique ma chérie, dit-il en se levant pour l'embrasser, heureux de l'entendre s'exprimer.

Yolanda, mue par un élan improbable, se rend à Tiflet pour acheter à l'épicerie tous les journaux du jour. Elle a l'impression d'avoir beaucoup de retard dans la lecture de l'actualité et la sensation de se réveiller d'une longue période d'absence.

Quelques jours plus tard, elle décide d'écrire quelques lettres. La première pour sa mère et la deuxième pour Odette.

Ma chère maman,

C'est une bien triste nouvelle que j'ai à t'annoncer : Patrick nous a quittés. Il est mort au mois de juin d'une dysenterie du nourrisson. Je suis anéantie par ce deuil, j'ai été bien malade, c'est pourquoi je ne te préviens que tardivement.

Je te demande de ne plus jamais évoquer le sujet, ni même de parler de lui. Ma souffrance est trop immense et je préfère m'imaginer qu'il est au ciel avec les anges et ne plus faire revivre sa mémoire sur cette terre. Je compte sur toi pour informer Jean-Jacques, Geneviève et papa de respecter cette décision.

Le Journal du Maroc a fait faillite à la fin du mois d'avril et j'ai été licenciée. J'ai quitté Casablanca et j'ai rejoint Christian à Tiflet, à environ 50 km de Rabat, la capitale du Maroc. C'est plus au nord de Casablanca en remontant vers Tanger et le détroit de Gibraltar. Nous habitons un petit village dans une jolie plaine un peu isolée.

Christian a créé une affaire d'élevage de poules pondeuses qui commence à fonctionner correctement. Il a une dizaine d'ouvriers et un camion pour les livraisons quotidiennes des œufs au MIN de Rabat. Il a fait construire une petite maison sur le terrain et nous sommes correctement installés. Nous avons même la climatisation. Si je vais mieux, je vais bientôt travailler avec lui pour me charger de la comptabilité.

Nous ne viendrons malheureusement pas au mariage de mon frère et Geneviève car nous ne pouvons pas quitter le Maroc en laissant notre affaire aux mains des ouvriers marocains qui ne sont pas encore complètement formés. Je m'excuse auprès de Jean-Jacques.

C'est promis, maman, nous viendrons dès que nous le pourrons.

Je vais demander à Christian de prendre quelques photos. Je te les envoie ensuite afin que tu puisses te rendre compte de notre cadre de vie.

Embrasse toute la famille pour moi sans t'oublier
Yolanda

Chère Odette,

Je suis désolée de ne pas vous avoir écrit plus tôt. Si je ne l'ai pas fait, c'est que j'ai une bien triste nouvelle à vous annoncer : nous avons perdu notre petit Patrick. Une dysenterie mortelle qui lui a fait perdre la vie à 6 mois ! Décidément, la vie est bien injuste.

À la suite de ce choc, j'ai été anéantie pendant quelques mois et je commence tout juste à sortir de ma torpeur et à reprendre goût à la vie.

Nous habitons maintenant dans la campagne, à environ une cinquantaine de kilomètres de Rabat et à 8 km de la commune de Tiflet : l'affaire de Christian commence à fonctionner correctement et la maison d'habitation est terminée. C'est très différent de la vie à Casablanca, un peu isolé, mais je pense m'y faire avec le temps, même si l'ambiance joyeuse de Casa me manque.

Et vous, comment allez-vous ? Où en êtes-vous de votre projet de vente de la brasserie ?

Nos tête-à-tête me manquent.

Je vous embrasse ainsi que Albert
Yolanda

PS : Si vous avez l'occasion de voir Brigitte et Juliette, je vous remercie de les informer de la triste nouvelle, je n'ai pas la force de le faire.

Yolanda se rend à la Poste de Tiflet pour expédier les deux enveloppes et reçoit une réponse d'Odette la semaine suivante :

Yolanda,

Quelle tristesse d'apprendre que Patrick n'est plus parmi nous ! Ce pauvre enfant si beau ne méritait pas un tel destin. Mais l'on dit que les voix du seigneur sont impénétrables. Du coup je me suis rendue à l'église Sainte-Marguerite pour faire brûler un cierge le jour où j'ai reçu votre courrier.

Nous avons vendu la brasserie et l'appartement à un bon prix, à un Marocain, ancien commerçant de Fès qui veut s'installer à Casablanca avec sa famille. Je ne vous cache pas qu'après 19 ans passés au Maroc, nous sommes très tristes de partir.

Nous rejoignons Bayonne en avion dans une quinzaine de jours et nous n'aurons pas l'occasion de nous revoir avant notre départ car nous sommes débordés par les préparatifs du déménagement. Nos meubles vont nous suivre par bateau.

Dès notre arrivée, je vous enverrai notre adresse car, on ne sait jamais, si vous passez par le pays basque, même dans quelques années, nous serons heureux de vous revoir.

En attendant, je garde le souvenir d'une jolie petite femme forte, courageuse et agréable.

Notre amitié va aussi me manquer. Je vous souhaite de réussir dans tous les domaines et que vous surmonterez l'épreuve que vous venez de vivre. Christian va vous y aider, j'en suis certaine.

Nous vous embrassons tendrement
Odette et Albert

— Ainsi va la vie, se dit-elle avec nostalgie. Les gens se rencontrent, puis se séparent. Je leur souhaite d'être heureux en France.

54

La solitude lui pèse et les promenades à Rabat deviennent routinières. L'isolement de l'exploitation se referme sur elle.

Elle passe beaucoup de temps dans le bureau que Christian a fait construire dans une aile de la maison. Petit à petit, elle met de l'ordre dans les papiers, vérifie les factures, prépare les paies des salariés, se rend à Tiflet une fois par semaine pour faire les courses alimentaires et déposer les chèques à la banque.

Elle reprend un rythme de vie. Christian l'observe et se réjouit de retrouver la jeune femme active qu'il a connue à Casablanca. Lui aussi a été meurtri par le décès de Patrick, mais il se dit qu'ils auront d'autres enfants, dont il sera le père légitime cette fois.

C'est lui qui s'occupe des poules pondeuses dans le hangar avec l'aide des ouvriers. Yolanda n'y a mis les pieds qu'une seule fois et refuse d'y retourner. La vue de ces pauvres volatiles qui n'ont rien demandé à personne, enfermés dans une cage en fer de quelques mètres carrés, empilés les unes sur les autres sous la chaleur des tôles, lui fend le cœur.

Christian a beau lui dire que c'est pour la bonne cause, puisque l'objectif est de nourrir des milliers de Marocains, il n'arrive pas à la faire changer d'avis.

Petit à petit et avec patience, Christian, d'un tempérament optimiste et gai, lui redonne goût à la vie et à l'amour. Cet homme énergique, du haut de son mètre quatre-vingt-cinq, tout en jambes, la peau brunie par le soleil, habillé en improbable gentleman farmer : jeans, tee-shirt, petit gilet à franges et affublé d'un éternel feutre noir à larges bords pour protéger son visage des rayons du soleil, a le don de la faire rire.

De nature sociable, il s'est mis toute la région dans la poche, des fellahs qui travaillent sur l'exploitation aux hauts fonctionnaires de Rabat et de Tiflet. Les gens lui font confiance et il s'implique dans la vie locale. Ils reçoivent et sont invités aux soirées de la bourgeoisie locale.

Ce nouveau statut fait du bien à Yolanda : elle a le sentiment d'être reconnue, même si les sujets de discussion avec ces femmes de colons oisives sont limités à l'éducation des enfants, la mode et à critiquer les Arabes.

À la fin septembre, elle reçoit des photos du mariage de son frère sur lesquelles les jeunes mariés sont magnifiques. Elle a quelques regrets de ne pas avoir pu y assister, mais elle sait que c'était impossible. Sur les photos de groupe, elle détaille avec émotion les membres de la famille.

— Tu sais, je ne peux pas me rendre en France dans l'immédiat, mais rien ne t'empêche d'y aller pour revoir les tiens, lui dit Christian.

— Je sais mon amour, mais je n'ai pas encore suffisamment de forces pour entreprendre le voyage, je ne veux pas te quitter non plus alors que tu as besoin de moi. Ils me manquent, bien sûr, mais laissons passer un peu plus de temps, lui répond-elle les larmes aux yeux, touchée par sa sollicitude.

Le lendemain, elle rédige un mot de félicitations pour les jeunes époux et y joint un mandat comme cadeau de mariage.

55

En octobre, les événements politiques déchaînent à nouveau la chronique et Yolanda les suit avec attention car ils remettent une fois de plus la question de leur sécurité à vivre au Maroc sur le devant de la scène ainsi que la précarité des accords signés entre la France et le Maroc.

Le Président du Conseil, Guy Mollet, annonce la démission de Monsieur André Dubois, présent au Maroc depuis un an, Résident général puis Haut-Commissaire depuis la déclaration de l'Indépendance. C'est un protecteur des ressortissants français au Maroc qui part. Son successeur n'a pas encore été nommé, mais ce sera un Ambassadeur.

La position du Maroc à l'égard de l'Algérie rend caduc l'accord diplomatique de Rabat du mois de mai, déjà ébranlé par l'affaire du canal de Suez. Les Marocains considèrent qu'ils doivent aider les Algériens en les accueillant sur le territoire marocain et en les aidant. Le Sultan ne s'est jamais caché que sa volonté était qu'un règlement pacifique et qu'un cessez-le-feu français en Algérie intervienne.

Le Sultan prévient la France qu'une visite officielle des dirigeants du Front de libération nationale, se prépare au Maroc. La France, en représailles, menace d'arrêter l'aide financière du Maroc pour faire pression.

Le 21 octobre, une délégation composée de Ahmed ben Bella, Hocine Aït Hamed, Mohamed Boudiaf, Mustafa Lacheraf et Mohamed Khider, qui font partie des chefs plutôt conciliants du Front de libération nationale, est reçue à Rabat par le Sultan afin de préparer la Conférence de Tunis, un sommet organisé par le Président tunisien Habib Bourguiba sur l'avenir du Maghreb.

Le 22 octobre, les Responsables algériens prennent un avion de Rabat à destination de Tunis via Palma de Majorque. Informés de ce déplacement très médiatisé, les Services Secrets français envoient des avions de chasse pour détourner l'avion afin de le faire atterrir à Alger. Les rebelles sont arrêtés et emprisonnés.

Cette arrestation déchaîne la colère des peuples arabes et livre le Front de libération nationale à sa branche militaire et ses chefs les plus durs. Des émeutes sanglantes, que Paris-Match nomme une « Saint-Barthélemy marocaine », ont lieu dans la plupart des grandes villes marocaines, la plus dure étant celle de Meknès dès le 23 octobre. Les troupes françaises sur place ont interdiction d'intervenir pour faire cesser la tuerie. Ce comportement est jugé inacceptable par le Sultan qui rappelle son Ambassadeur à Paris.

Yolanda et Christian entendent à la radio que des bandes organisées pillent les campagnes pour incendier les fermes et les terres agricoles.

Dans la journée du 24 octobre, ce sont les policiers français qui lancent un mot d'ordre de grève en demandant à la France leur rapatriement. Le mouvement est suivi le lendemain par une partie des fonctionnaires.

Dans les jours qui suivent, les familles rentrent en France en masse, on dit qu'il ne reste plus que 300 000 colons dans le pays. Yolanda est nerveuse.

— Ne t'inquiète pas, nous ne risquons rien. J'ai des appuis marocains qui m'ont soutenu pour nous installer et ne nous lâcheront pas.

— D'accord, toi tu le sais. Mais tu crois que les sauvages qui pillent les terres le savent ?

— Arrête de te faire du mauvais sang et fais-moi confiance. Les terres qui sont incendiées sont des terres indûment exploitées qui auraient dû être rendues depuis l'Indépendance. Ce n'est pas notre cas. Et puis en plus, nous ne cultivons pas la terre, nous élevons des poules, ne mélangeons pas tout ! s'emporte Christian.

Effectivement, en décembre, le nouvel Ambassadeur, Monsieur René Lalouette, propose des incitations financières pour relancer l'économie et maintenir les colons dans l'agriculture pour développer le potentiel local. On dénombre environ 700 exploitations tenues par des Européens sur une surface de 128 000 ha et 578 propriétés françaises emploient 4 000 permanents et 8 529 saisonniers. Il est hors de question pour les deux pays de se priver de cette manne financière.

Malgré les menaces de suspension des crédits financiers délivrés par la France suite à la violation par le Maroc des accords au sujet de l'Égypte et de l'Algérie, l'Assemblée nationale française vote les crédits d'aide économique et sociale affectés aux budgets d'équipements. Le montant s'élève à 32 milliards de francs en plus des 9 millions d'avance qui ont déjà été versés.

Une partie de ces crédits toutefois devra être affectée à l'aide aux Français regagnant la métropole, et à l'indemnisation des victimes françaises des désordres du pays.

En contrepartie, le Gouvernement marocain est sommé par la France de ramener la confiance dans le pays en appliquant une politique de « fermeté convenable » et le châtiment des coupables. Des procès sont donc annoncés avec la constitution d'un Tribunal militaire spécial, ce qui nécessite la création du Code militaire marocain.

Jeanine écrit régulièrement à sa fille pour la soutenir dans l'épreuve qu'elle vit. Elle lui dit s'ennuyer, Jean-Jacques ne vient plus beaucoup la voir depuis que le couple est marié et a emménagé dans un appartement neuf à l'autre bout de la ville. Cela l'attriste, elle doute des sentiments de Geneviève à son égard.

Son père a perdu son emploi et traîne toute la journée en pyjama et robe de chambre dans le petit appartement en fumant des Gitanes.

Elle encourage Yolanda à revenir en France avec Christian, à adopter un mode de vie plus conventionnel, à prévoir d'avoir d'autres enfants.

Yolanda répond avec gentillesse à sa mère, comprend sa solitude, l'incite à se trouver une occupation, encourage son père à trouver un travail. Mais elle reste ferme sur sa position : le Maroc lui plaît, la vie avec Christian également, et leur exploitation est florissante. Il leur est impossible d'envisager un retour en France.

Le couple a pris un rythme de vie en se répartissant les rôles et s'est habitué avec facilité à cette nouvelle vie. La cohabitation professionnelle les a rapprochés. Petit à petit, par ce biais, ils ont appris à se connaître, à s'apprécier, à se compléter : Yolanda, sérieuse, parfois exigeante à la limite du perfectionnisme et de la maniaquerie, solide, efficace sous des abords qui pourraient sembler superficiels, Christian visionnaire, brouillon à la limite du je-m'en-foutisme, mais affûté, rusé dans l'action, assumant ses choix et les risques qu'il prend. Ils sont complémentaires. L'amour qui les unit est indéfectible.

À Noël, elle annonce à sa famille qu'elle attend un bébé, la naissance est prévue pour fin juillet prochain. Jeanine se réjouit pour sa fille, elle va être grand-mère.

Yolanda est heureuse d'être à nouveau enceinte, même si le spectre de Patrick rôde autour d'elle avec son lourd manteau d'angoisses. Elle repense à l'année précédente, au plaisir de la naissance de son bébé, et a peur pour l'embryon qui prend forme dans son ventre. Elle chasse ses fantômes en se rassurant :

— La malédiction ne peut pas frapper deux fois.

Elle redouble de prudence et va régulièrement à Rabat pour se faire suivre par un gynécologue de la Maternité Maréchale Lyautey.

Christian est heureux, il va être papa de son premier enfant, de quoi faire oublier à Yolanda sa première histoire d'amour ratée et construire une famille, la sienne.

Depuis qu'il est devenu chef d'entreprise, il se sent une âme de patriarche. Il est fier de sa femme qui a su surmonter les épreuves et s'adapter à sa nouvelle vie. Elle s'avère être une alliée de poids dans la gestion de l'exploitation, veillant à ce que les clients règlent les factures dans les délais, vérifiant toutes les livraisons, surveillant les pointages des ouvriers.

Sans elle, il n'aurait pas donné un tel élan à ce projet. Et surtout, elle a su se faire respecter dans un milieu extrêmement misogyne. Christian est amoureux de sa femme.

— L'année 1956 a eu son lot de malheurs, mais se termine sous de prometteurs hospices pour l'avenir, se dit-il en fumant une cigarette sur la terrasse et en observant la Grande Ourse dans le ciel bleu marine de la nuit.

56

L'année 1957 s'avère compliquée pour le jeune Maroc indépendant : une situation politique complexe, des tensions entre l'Istiqlal et le Gouverneur Addi Ou Bihi dans le Sud, qui nécessitent l'intervention des unités de l'Armée marocaine. Heureusement, aucun accrochage n'est à déplorer.

Jamais le taux de chômage n'a été aussi élevé, le pays souffre des fermetures d'usines et de grands magasins qui étaient tenus par des Français retournés vivre en métropole. Pour pallier la situation, le Sultan lance de grands travaux, par exemple la création de 12 000 postes pour construire la route de l'Unité qui reliera le nord de Fès à Ketama dans le Rif.

De son côté, Mehdi Ben Barka, le Chef de l'Istiqlal, met en place plusieurs écoles de cadres dans les grandes villes.

Pour célébrer la nouvelle année chrétienne et remercier leur personnel, Christian et Yolanda organisent un méchoui dans la cour devant le hangar pour les salariés, les conjoints et les enfants. Peu habitués à fréquenter les patrons et à faire participer les femmes, il a fallu qu'ils mettent en avant des arguments fallacieux pour obtenir une timide approbation.

Vers midi, les couples arrivent, les hommes en burnous blanc traditionnel, les femmes en djellabas colorées, voiles en mousseline, gros bijoux anciens en or ou en argent avec pierreries. Les hommes se réunissent d'un côté autour de Christian, les femmes et les enfants se rapprochent de Yolanda. La barrière de la langue limite les échanges, et une certaine gêne persiste. Malgré ces différences et même si le fond de l'air est un peu frais en ce mois de janvier, la journée est une réussite. Dès lors, la réputation de « bon patron » de Christian s'est renforcée dans toute la région.

Yolanda ne vit pas du tout sa deuxième grossesse comme la première. Pas besoin de cacher son état, elle s'épanouit. Son ventre ne grossit pas de la même façon.

— Vous allez avoir une fille, Madame lui prédit Neïma, sa femme de ménage.

Son frère, Jean-Jacques, lui envoie une carte dans laquelle il annonce qu'il sera papa en octobre. Yolanda est contente pour lui et pour Geneviève.

— Maman va être grand-mère deux fois cette année, se dit-elle.

Le 1er mars, le Sultan reçoit en visite Monsieur Richard Nixon, Vice-Président des États-Unis. Le même mois, le Prince Moulay Hassan, fils héritier, qui prend de plus en plus part à la vie politique, reçoit des étudiants français et marocains à Rabat.

Le 21 avril, pendant le ramadan, Christian et Yolanda sont conviés par le ministre de l'Agriculture, Omar Abdeljellil et l'Ambassadeur Roger Lalouette à une réception au Palais Royal de Rabat dans le cadre de la mise en avant du développement économique de la région. C'est une distinction honorifique du travail réalisé par Christian pour participer au développement de l'élevage intensif au Maroc et encourager la formation de futurs exploitants agricoles.

Pour l'occasion, Yolanda a trouvé une robe mauve en soie dans une boutique de luxe de l'avenue du Dar El Makhzen et des chaussures assorties au magasin Au Derby. Son ventre proéminent est soigneusement enveloppé dans les plis de la robe, elle a laissé ses cheveux pousser en un carré souple. Son teint hâlé met en valeur la couleur bleue de ses yeux.

Christian a remis son costume de marié qui lui donne une prestance unique. Yolanda est fière de son mari et le regarde amoureusement. C'est leur première sortie dans le grand monde depuis qu'ils sont venus s'installer à M'Qam Tolba et elle est émue de s'apercevoir que les épreuves ont renforcé leur couple. Ils se regardent tendrement et sont fiers l'un de l'autre.

La veille de l'Aïd Al Mawlid, il lui fait la surprise de l'emmener assister au moussem des bougies à Salé. Dans les rues de la ville, ils assistent, émerveillés, au défilé des grandes bougies colorées.

Quelques semaines plus tard, Christian reçoit du Gouvernement l'autorisation de construire un deuxième hangar pour doubler la production d'œufs. Ne souhaitant pas acheter des camions supplémentaires pour effectuer les livraisons, il s'associe avec une Compagnie de transports de Rabat qui assurera la livraison de la production jusqu'à Fez et Casablanca. Le Gouvernement débloque des crédits pour financer le projet.

Le jour de la fête nationale française, Yolanda met au monde une superbe petite fille pesant quatre kilos et mesurant déjà 52 cm. Les douleurs ont commencé tout doucement, la veille, dans l'après-midi, et Christian a eu tout le temps de la conduire à la Clinique de la Maréchale Lyautey.

— Elle sera grande comme son père, déclare la maman, heureuse.

Les parents décident de la prénommer Mathilde, comme la comédienne Mathilde Casadesus qui était l'année dernière à l'affiche du film Gervaise avec Bourvil.

Mathilde ressemble à son père : peau mate, yeux marron, bouche charnue et petit nez droit et Christian en est très fier.

À son retour de la maternité, Yolanda décide de ne pas prendre de nourrice pour élever sa fille. Elle se remet rapidement de son accouchement et installe une annexe de la chambre d'enfant dans son bureau.

Mathilde, à l'instar de son frère décédé, est une enfant sage qui aime la compagnie. Elle s'habitue très vite aux sons de la machine à écrire et aux cris des poules. Le chien Aïdi semble apprécier le bébé et dort souvent au pied du berceau.

Les fêtes de l'Achoura, début août, sont l'occasion de réceptions au Palais Oualidia, résidence d'été du Sultan et le couple est invité. Yolanda refuse de faire garder sa fille et reste à la maison. Elle a trop peur qu'il lui arrive malheur. Elle veille sur elle de façon maladive, se levant la nuit pour vérifier la qualité de son sommeil, surveillant ses langes pour détecter la moindre anomalie, inspectant son corps pour soigner la plus petite piqûre d'insecte. Christian se rend tout seul aux fêtes et lui raconte, au petit-déjeuner, les derniers potins mondains.

En août, le Sultan se déclare Roi du Maroc sous le nom de Mohammed V et nomme son fils, le Prince Moulay Hassan, comme son successeur. Les rues et les places sont débaptisées et prennent des noms arabes. Les parcs publics portent le nom du roi.

L'élevage de poules pondeuses est prospère, le cheptel a été changé. Les anciennes poules, moins productives, ont été vendues à l'abattoir. Yolanda a toujours du mal à accepter le triste sort de ces volatiles.

Les travaux du 2e hangar se terminent à la mi-septembre. Christian se lève à l'aube pour vérifier que tout est en ordre à l'intérieur pour accueillir la nouvelle cargaison. Pour faire face à ce développement de l'exploitation, il a fallu embaucher cinq salariés supplémentaires et un Intendant, car Christian ne peut plus superviser la totalité du cheptel. Un article paraît dans la presse locale pour saluer leur travail. À Tiflet, au souk hebdomadaire, ils sont respectés et salués par les autochtones.

Yolanda envoie régulièrement des photos de sa fille à sa mère. Celle-ci se réjouit d'admirer Mathilde mais continue à se lamenter de ne pas la voir. Yolanda répond en proposant à ses parents de venir au Maroc, ce qu'ils refusent en argumentant des complications pour obtenir les visas.

À la fin octobre, elle apprend que sa belle-sœur a mis au monde une petite fille, Caroline. Elle est heureuse pour son frère.

L'année 1958 file à toute vitesse. Yolanda et Christian ont adopté leur régime de croisière en ce qui concerne l'exploitation et leur couple se construit sans soucis et avec amour.

Les bénéfices de l'exploitation sont importants mais ils travaillent beaucoup et n'ont que de rares moments en tête-à-tête. Ils partagent tout et sont satisfaits de ce rythme. Yolanda a retrouvé définitivement sa joie de vivre. Mathilde est en bonne santé.

57

En 1959, la réussite et le bonheur sont toujours au rendez-vous, mais Yolanda s'ennuie : Tiflet est toujours un petit bourg balayé par la poussière et M'Qam Tolba, un lieu-dit isolé ; Rabat est loin et les invitations se font plus rares.

Elle travaille moins : Christian a embauché un comptable car l'entreprise demande des compétences techniques que Yolanda n'a pas. S'occuper de Mathilde qui est maintenant une jolie petite fille curieuse, bavarde et attachante, ne suffit pas à combler ses journées.

Christian commence également à tourner en rond ; son ADN c'est de monter des affaires, de les développer et de partir ensuite sur d'autres projets.

— L'entreprise de poulets fonctionne bien, il serait peut-être temps de la vendre, se dit-il.

La tension politique du pays à l'égard des Français au sujet de la politique coloniale de la guerre en Algérie l'inquiète. Il a entendu que le Maroc abritait des bases et des camps d'entraînement du FLN algérien, que les fellaghas recrutent dans les tribus pour les former dans des camps d'instructions sur le front du Sahara. Les familles juives installées depuis le Protectorat fuient le pays.

Le Maroc souffre de problèmes constitutionnels : le passage de la monarchie populaire à une monarchie constitutionnelle se heurte à des mouvements d'opposition.

L'autre grand sujet est lié à la personnalité de Mohammed V : ses liens avec le parti de l'Istiqlal, les notables ruraux, les officiers marocains de l'Armée française, les groupes de résistants, les petits partis sont remis en cause ainsi que sa politique internationale.

Son fils prend de plus en plus part à la vie politique. Tout ce petit monde coopte, marginalise, élimine les rivaux par propagande, corruption, emprisonnement et assassinat. En résumé, la monarchie contrôle l'Armée, l'Istiqlal contrôle la bureaucratie.

La monarchie utilise les faiblesses de tous les partis pour imposer ses vues et rassembler une large coalition pour affaiblir l'Istiqlal. Pour parvenir à ses fins, le Roi Mohammed V va jusqu'à déclencher des rébellions dans des régions rurales où le parti est peu présent et impopulaire. C'est ce qui se produit dans la région du Rif en 1958. L'intervention de l'armée marocaine y met fin début 1959. Le parti de l'Istiqlal éclate et devient l'Union nationale des forces populaires.

Des problèmes administratifs et de droit également se multiplient. La relève des cadres français qui ont quitté le pays n'a pas été réalisée en totalité. Dans les milieux des hauts fonctionnaires, une suspicion naît à l'égard des fonctionnaires français restés et, plus globalement, vis-à-vis de la diplomatie française.

Au niveau économique, l'unification monétaire tarde à se faire. Malgré les plans quadriennaux et biennaux d'équipement, la réorganisation de la production est lente.

Les investissements publics et privés sont insuffisants, la participation de l'État, trop faible pour endiguer le marasme économique. Il faudrait accélérer les réformes agricoles, former des cadres dans tous les domaines et pas seulement dans l'Armée. L'irrigation des terres est un vrai sujet non exploité.

Au cours d'un dîner, Christian apprend de la bouche d'un proche du Gouvernement que la Libye vient de découvrir des gisements de pétrole, et qu'elle s'apprête à accorder des concessions à des Compagnies Pétrolières internationales comme Exxon, Mobil, Texas Gulf et d'autres pour les exploiter.

Il tend l'oreille et questionne :

— Quelle est la situation politique de la Libye ?
— Le Royaume fédéral de Libye est indépendant depuis 8 ans. C'est un immense pays de 1 750 000 kms2 qui n'a aucune viabilité économique. Une immensité de désert avec la plus faible population du monde ! Avant son indépendance, c'était une colonie italienne annexée en 1911, d'ailleurs 25 à 30 000 Italiens sont restés dans les grandes villes, principalement à Tripoli. En 1835, c'étaient les Turcs.

Pour s'en sortir, le Roi Mohammed Idris 1er n'a pas eu d'autres solutions que de signer des accords politiques avec les Britanniques, les Américains, les Français et d'obtenir des subventions de leur part en échange d'accords de contrôle sur l'administration et les banques. J'espère que la découverte de pétrole va permettre à ce pays de voler de ses propres ailes, lui répond le dignitaire.

La France a occupé le territoire du Fezzan, au nord-ouest du pays, une région, grande comme la France, de 1945 à 1951. La région a été confiée à l'administration de l'Algérie française sous le nom de Territoire du Fezzan approuvé par l'ONU.

La Compagnie Française des pétroles Algérie a eu le permis d'exploiter dans la Plaine de la Djeffara et la région de Syrte. Depuis 1956, la Compagnie Française des Pétroles en Libye a été constituée.

Les Français ont évacué le Fezzan en 1955, mais ont signé un accord d'Amitié franco-britannique libyenne.

Aujourd'hui, toutes les compagnies pétrolières internationales ont négocié les autorisations d'exploiter des terrains pétrolifères dans le désert. Une véritable manne pour ce pays, le plus pauvre de la planète ! ajoute-t-il.

Christian est songeur suite à cet échange dont il a retenu deux points importants : la découverte de pétrole va entraîner l'arrivée de milliers d'hommes pour construire les plates-formes d'exploitation qui auront besoin de vivre sur place, et que la France a signé des accords avec la Libye ce qui laisse présager une facilité pour s'y installer. Une idée germe dans son esprit, mais il est obligé d'en discuter avec Yolanda avant de se lancer dans des investigations plus concrètes.

C'est un matin du mois de mai, en prenant leur petit-déjeuner sur la terrasse, avant de démarrer une journée de labeur qu'il se lance sur le sujet.

— J'ai entendu dire que la Libye allait avoir besoin de Français pour l'exploitation des puits de pétrole.

— Qui t'a parlé de cette histoire ?

— Le conseiller du Palais, à la réception de l'autre jour.

— Tu veux quitter le Maroc ? Arrêter les poulets ? Partir en Libye ? Tu n'y connais rien en pétrole ! Et c'est comment la Libye ? s'exclame Yolanda, affolée.

— Doucement, ma chérie, ce n'est pas pour demain. Je t'en parle seulement. Pour le Maroc, il faut se rendre à l'évidence, il n'y a presque plus de Français. Les missions d'accompagnement post-indépendance sont terminées.

La politique du Roi est instable, on entend parler de rébellions, de massacres, je crois franchement que nous n'avons plus notre place dans ce pays qui a besoin de digérer complètement le Protectorat français et de trouver son propre rythme entre Marocains.

Abdel, pourrait reprendre l'élevage. Il connaît le métier maintenant, il pourrait se monter en coopérative, les prêts qui restent à rembourser pourraient lui être transférés sans difficulté.

— Et pourquoi ne pas rentrer en France ? avance Yolanda.

— Tu te vois reprendre une vie routinière sous un climat froid et humide après ce que nous vivons depuis 4 ans ? Sans compter que je n'ai aucune qualification sérieuse, à part la photographie.

— Pas vraiment, mais je ne sais pas si j'ai envie de changer de pays. La Libye n'est ni une Colonie ni un Protectorat. Mathilde est encore petite. Dis-moi, c'est quoi ton idée ?

— La Libye est un pays en voie de développement, ancienne colonie italienne, indépendante depuis fin 1951 et actuellement dirigée par une monarchie, comme ici. Le pays se situe à l'est de la Tunisie et de l'Algérie et a une frontière avec le Niger, le Soudan, le Tchad au sud, l'Égypte à l'est, bordée au nord par la mer de Libye.

Le climat y est encore plus sec qu'ici car le relief est occupé majoritairement par le désert. Il y a 2 villes principales : Tripoli, la capitale au nord-ouest et Benghazi au nord-est. La richesse du pays c'est le pétrole.

Le Roi Idris 1er a signé en 1955 une loi qui autorise l'attribution des terres à des prospecteurs individuels en vue de forages de puits de pétrole. La Compagnie Française des Pétroles exploite une concession dans la région de Waha, au nord-est de la Libye, par exemple.

— Et alors ? Où veux-tu en venir ?

— Les concessions sont installées au milieu du désert, à des centaines de kilomètres d'une grande ville. Les Compagnies ont installé des mini-villégiatures au milieu du sable : habitations, dispensaire, cantine, salle de détente, salle de sport, coiffeur, massages pour les salariés qui travaillent dans ces endroits isolés. J'ai pensé que l'on pourrait monter un bar pour leur permettre de se détendre, ajoute-t-il timidement du bout des lèvres, appréhendant la réaction de sa femme.

Pour la première fois depuis leur mariage, Yolanda devient cramoisie et réagit de façon très dure :

— Ça ne t'a pas suffi de me faire vivre dans ce bled, de me transformer en fermière, maintenant tu veux m'emmener au milieu de nulle part, pour faire la cuisine ? Et ta fille, tu y penses un peu ? Comment va-t-elle survivre dans un endroit pareil ?

— Chérie, calme-toi. Si je t'en parle, c'est bien que je ne ferai rien sans ton accord ! Des hommes vivent dans ces endroits, tout est prévu et organisé pour leur sécurité. Réfléchis, renseigne-toi. De toutes les façons, il est clair aujourd'hui qu'avec la politique du Roi Mohammed V nous ne pouvons pas rester éternellement au Maroc, dit-il en se levant de table.

— Tu m'exaspères, répond-elle, accablée. Souviens-toi, lorsque tu me parlais de cette affaire de poules pondeuses, tu pensais que cela allait durer. Et maintenant, on change.

— Je sais, je n'avais pas prévu ce qui arrive. Mais tu ne peux pas me reprocher de ne pas anticiper, de ne pas trouver des solutions pour nous en sortir. Si tu veux rentrer en France, je te suivrais, ajoute-t-il, peu convaincu.

— Parce que tu crois vraiment que tu me laisses le choix ? Tu sais très bien ce qui nous attend en France. Je n'ai pas envie de cette vie-là. Mais il y a peut-être une autre alternative que la Libye. Et d'abord, es-tu certain que nous aurons l'autorisation de nous y installer ?

— La Libye fait partie de la Ligue Arabe, tout comme le Maroc. Nous allons quitter le Maroc dans de bonnes conditions puisque nous avons formé de futurs dirigeants et que nous léguons une entreprise saine en plein essor. Notre réputation nous suivra et les membres du Gouvernement vont nous aider à établir des contacts. De mon côté, je vais contacter la Compagnie Française des Pétroles ainsi que les Sociétés américaines pour faire acte de candidature. D'ailleurs tu as déjà travaillé pour eux, à Orléans, c'est toi la carte de visite.

— Je ne veux pas me transformer en barmaid.

— Qui te parle de faire la barmaid ? Est-ce que tu nettoies les poules ? On trouvera du personnel. Et tu feras ce que tu sais très bien faire : l'administratif, les achats, l'organisation, le management des équipes. Et t'occuper de Mathilde.

Christian décide de clôturer la discussion dans l'immédiat. Il sent que Yolanda est en colère et préfère s'enfuir, travailler plutôt que de l'affronter lorsqu'elle est dans cet état.

Afin d'éviter de passer sa mauvaise humeur sur la vaisselle, Yolanda décide d'aller prendre l'air. Elle installe Mathilde dans l'auto, met la poussette dans le coffre du véhicule et démarre. Christian entend le moteur de la 4CV hurler, les pneus crisser sur le sable, et voit la voiture disparaître dans une volée de poussière ocre. Il ne s'inquiète pas, il a l'habitude de la voir quitter la maison dès qu'elle est contrariée. Maintenant qu'il la connaît mieux qu'à leurs débuts, il sait qu'après réflexion, elle se retranchera de son côté.

Yolanda conduit nerveusement. Au fond d'elle, elle sait qu'elle a épousé un aventurier, et que c'est pure perte de temps d'essayer de le dissuader dans ce projet. C'est aussi ainsi qu'elle l'aime, elle ne supporterait pas un homme sédentaire avec ses pantoufles bien rangées près de la cheminée. Elle fait confiance à Christian et partage ses doutes sur l'avenir des Français au Maroc, mais elle n'apprécie pas qu'il prenne de plus en plus de risques, surtout avec une famille à charge.

— On pourrait prendre le temps de chercher une autre opportunité en Tunisie par exemple, se dit-elle. Quoique son idée est géniale, il faut bien l'admettre. Mais suis-je prête à aller dans le désert ?

Yolanda gare la voiture et descend jusqu'au petit cimetière, pour fleurir la tombe de Patrick. Mathilde, fièrement installée dans sa poussette, observe avec curiosité les tombes autour d'elle.

Ensuite, elle se rend dans le centre-ville, à la Librairie Les Belles Images pour acheter toute la documentation qui existe sur la Libye.

Elle passe les cinq jours suivants à dévorer les ouvrages tout en prenant des notes sur des fiches bristol à petits carreaux. Le téléphone sonne dans le vide, le courrier s'entasse sur son bureau, elle confie Mathilde aux soins de la femme de ménage. Les livres la suivent partout, même au lit. Elle a besoin de tout son temps pour s'instruire et se faire une idée de ce pays dont elle n'a jamais entendu parler. Christian n'ose pas interrompre ce tête-à-tête avec la Libye.

Au sixième jour, elle estime qu'elle en a appris suffisamment et rejoint Christian, occupé à prendre la fraîcheur du soir sous la véranda. Il la regarde arriver vers lui, des fiches manuscrites à la main, et se dit qu'il va passer un mauvais moment :

— Tu m'étonnes que je n'ai jamais entendu parler de la Libye ! commence-t-elle avec une voix aiguë de commentatrice de télévision. Ce pays fait partie de l'un des plus pauvres du monde. 1 200 000 habitants regroupés dans trois régions : 1 088 000 en Tripolitaine, 291 000 en Cyrénaïque et 59 000 au Fezzan. La plus forte concentration d'habitants vit à Tripoli et à Benghazi. 94 % du pays est recouvert de désert particulièrement sec, sauf sur les régions littorales. Les principales ressources sont les oliviers, les palmiers et l'élevage de brebis, chèvres et chameaux. Le pays produit des céréales.

Dès que tu te documentes un peu, la pauvreté de la Libye saute aux yeux : elle exporte des pistaches, des animaux vivants, de l'huile d'olive, de la ferraille, des éponges pour l'Italie, l'Égypte, le Royaume-Uni, l'Allemagne Occidentale, Malte et la Grèce. Les importations sont des produits alimentaires, des tissus, des machines et des moyens de transport, des matériaux de construction. Et bien, il était temps que les Libyens découvrent le pétrole ! clame-t-elle sur un ton ironique.

Au cours de son histoire, le pays a été occupé par les Phéniciens, les Perses, les Helléniques, les Romains, les Byzantins, les Arabes et les Ottomans, les Italiens. À croire que personne n'a vraiment eu envie de rester y vivre ! Tripoli est une ville de passage obligé pour le Soudan, pays qui a fasciné les européens voyageurs du 19e siècle.

La capitale est apparemment une porte d'entrée pour le commerce des graines et des épices depuis la Syrie jusqu'à la Mésopotamie, avec un port dynamique et une grande richesse matérielle.

L'architecture de la ville est sublime avec ses influences ottomanes et italiennes. De par sa situation géographique, Tripoli est tournée vers la Tunisie. Ça me rappelle Casablanca, mais dommage, mauvaise pioche, ce n'est pas là que tu envisages de me faire vivre !

La météo, maintenant, on en parle ? 55 degrés à l'ombre l'été avec un vent chaud et sec le Ghibli. Les nuits sont plus fraîches, je te le concède. Et l'hiver, c'est le froid, jusqu'à -3 degrés certains matins !

Côté santé, aucun docteur en médecine. La mortalité infantile est de 40 %. En 1938, pourtant l'Italie a dépêché 20 000 colons pour développer le pays : fonder 26 villages avec mosquée, école, centre social, hôpital, créer le tourisme, ouvrir des salles de spectacle, construire une route côtière de Tripoli à Tobrouk. Ils ont même entrepris une grande campagne d'évangélisation et construit des églises.

Sur le plan politique, le Royaume-Uni a une forte influence, il a occupé la Tripolitaine et la Cyrénaïque après la Seconde Guerre Mondiale. D'ailleurs il va falloir que tu te mettes sérieusement à apprendre l'anglais car c'est la langue nationale après le dialecte libyen et l'italien. Là, j'ai un avantage sur toi, dit-elle en souriant. Mais tu as aussi le choix entre l'arabe et le berbère. Le regroupement des 3 régions s'est fait le 21 novembre 1949 et c'est l'ONU qui tranche la question en se prononçant pour un état Libyen indépendant. L'Emir Idris 1er est désigné comme Roi. Ça ne te rappelle rien ?

Depuis cette date, c'est un pays qui vit sous perfusion : le Royaume-Uni a négocié l'usage des bases militaires pour 20 ans en échange d'aides financières. Les États-Unis donnent aussi de l'argent. L'Italie a accordé des dommages de guerre et 27 000 Italiens vivent dans le pays. Principalement des propriétaires terriens, comme quoi la colonisation n'est pas qu'un apanage français.

Quant à nous, Français, nous avons quitté la zone du Fezzan en 1955 mais nous avons signé un traité d'amitié pour 20 ans, qui mentionne que les troupes françaises ont été remplacées par des troupes libyennes. Il y a une coopération des polices, nous avons toujours l'usage des aérodromes pour le ravitaillement des postes de surveillance et nous pouvons utiliser la piste 5 pour le transit des convois.

Depuis la découverte du pétrole, l'argent rentre dans les caisses de l'État mais cela entraîne des tensions sociales, la crise du logement, des grèves générales et des répressions. Pour un pays plus tranquille que le Maroc, tu repasseras ! Et 94 % de la population est analphabète.

Bien sûr, le gros sujet c'est le pétrole. Le Roi Idris 1er a signé en 1955 une loi sur le pétrole qui autorise l'attribution de terres à des prospecteurs individuels en vue de forage de puits de pétrole. La première compagnie qui a trouvé du pétrole est la Libyan American Oil dans le sud-ouest du pays. Des gisements bien plus importants viennent d'être découverts par la Compagnie Esso Standard Libya. On dit aussi que la Compagnie Française des Pétroles Algérie a trouvé quelques gisements au nord-ouest du pays.

Je n'ai pas trouvé grand-chose sur la vie dans les zones d'exploitation. Pour attirer les travailleurs, les Compagnies s'efforcent de construire de véritables centres de vie confortables et sécurisés. Beaucoup de nationalités cohabitent : Français, Italiens, Allemands, Américains, Libyens, Egyptiens, Tunisiens, ainsi que tous les corps de métier : ingénieurs, foreurs, sondeurs, électriciens, pompistes mais également cuisiniers, infirmiers, médecins, garagistes, même des policiers.

J'ai lu nulle part qu'il y avait de la présence féminine sur place. Le plus grand risque, c'est de se faire sauter le caisson par la présence des gaz inflammables et les produits chimiques.

Voilà mon chéri, j'ai terminé, je t'ai résumé l'essentiel de mes lectures.

— Et alors, que dois-je en déduire ? avance Christian qui a eu la patience de l'écouter jusqu'au bout sans l'interrompre.

— Que j'ai la trouille. Mais que, comme je t'aime et que j'ai confiance en toi, je vais te suivre dans ton délire. J'ai l'impression de sauter dans le vide. Venir au Maroc, ce n'était rien à côté, c'était à peu près bordé, la France en mieux. La Libye c'est franchement austère, rien pour attirer. Sauf, si je veux être complètement honnête, que la situation politique y semble malgré tout plus calme.

Christian reste silencieux. Il ne veut pas remuer de mauvais souvenirs qui blesseront Yolanda. Il se souvient fugacement de son désarroi lorsqu'elle lui a annoncé sa grossesse, ses peurs face aux émeutes qui ont secoué Casablanca en juillet 1955. Ses doutes d'être expulsée du pays qui ne l'ont jamais vraiment quittés.

Comme si la transmission de pensée fonctionnait entre eux, Yolanda reprend :

— Je pense aussi à Mathilde que nous emmenons dans ce projet. Va-t-elle supporter la chaleur, la solitude d'être la seule enfant ? Elle n'a que deux ans.

— Tu me l'as dit tout à l'heure et je te le confirme, il y a une équipe médicale sur place avec le matériel suffisant pour réaliser des interventions. Et il ne faut pas penser au malheur, nous serons attentifs, nous la surveillerons de près. Ce sera même plus simple qu'ici où il faut se rendre à Rabat pour le moindre bobo.

C'est justement parce que c'est un pays pauvre qu'il faut y aller, j'ai envie de participer à son développement. Les équipes qui travaillent dans le pétrole ont l'énergie des anciens chercheurs d'or en Amérique ! On va se retrouver entre étrangers, nous allons apprendre à parler plusieurs langues. Tu gardes plutôt un bon souvenir de ta période à Orléans.

Certes, nous serons loin de tout, mais cela ne va pas changer beaucoup de M'Qam Tolba. Nous passons notre temps à travailler. Pour la météo, idem, nous sommes habitués aux grandes chaleurs et avec un climatiseur, nous ne nous en sortons pas trop mal.

On m'a vraiment dit que les bases de vie sont de véritables villes dans le désert, avec toutes les commodités. Nous ouvrirons un bar avec de la petite restauration qui fonctionnera quelques jours par semaine. Les compagnies pétrolières vont tout nous fournir : le local, l'habitation, le matériel et nous n'aurons plus qu'à développer l'affaire en réglant un maigre loyer. J'ai entendu dire que la Standard Oil of New Jersey installe le champ pétrolifère de Syrte et qu'une station d'hébergement va être construite à Samaha. Si nous n'y allons pas, ce sera un autre couple qui saisira cette opportunité.

— C'est à combien de kilomètres d'une ville ?

— C'est à environ 170 km au sud de Syrte. Comme Tiflet, c'est un important marché où l'on vend surtout des dattes, de l'orge ainsi que des chameaux et des ovins.

— Et si je suis la seule femme sur le centre d'hébergement ?

— Eh bien si c'est le cas, tu te feras respecter comme tu l'as fait ici.

À bout d'arguments, Yolanda se tait et reste pensive. Elle commence à connaître son époux et le sait, tout comme le jour de ses fiançailles au restaurant la Réserve, rien ne le fera changer d'avis. Elle n'a pas d'autres solutions que de le soutenir dans ce nouveau projet de vie. Elle n'a plus qu'à le suivre et se dire que c'est sa destinée.

58

Quelques jours plus tard, alors qu'elle est en train de contrôler une livraison de produits d'entretien pour les hangars, Yolanda voit Christian venir vers elle, l'air particulièrement enjoué.

— Je reviens d'une réunion à l'Ambassade, le dossier pour notre départ en Libye se précise.

— Que veux-tu dire ?

— Eh bien, l'Ambassadeur du Maroc a contacté son homologue pour lui demander comment entrer en contact avec les concessions américaines dans la région de Syrte. Il lui a parlé de notre projet et semble dire qu'à première vue, la Standard Oil of New Jersey a retenu notre dossier de candidature. Il faut attendre leur réponse.

Je vais me renseigner au ministère de l'Agriculture pour savoir comment faire pour vendre l'affaire à Abdel.

— Ce n'est pas un peu prématuré ? avance Yolanda.

— Non, il faut que je lance tout en même temps, les Services sont tellement lents dans ce pays.

— Et Abdel, est-il d'accord ?

— Je lui en ai parlé, mais tu as raison, il faut que j'aie une discussion sérieuse avec lui avant toute chose.

— Ce serait mieux, lui répond Yolanda.

Début septembre, après beaucoup d'énergie, de rendez-vous, de discussions, tout est bouclé. L'entreprise de poulets est vendue une somme plus que rondelette à Abdel, heureux de devenir le propriétaire d'une affaire. Il récupère le logement ainsi que tout le mobilier et même la Buick, qu'ils ne peuvent pas emmener avec eux.

Les négociations pour la transmission des prêts sont assez rapides, le Gouvernement marocain a été facilitateur et a tenu ses promesses, ayant salué l'investissement de Christian au développement économique du pays.

Leur dossier pour le camp de base de Samaha a été retenu et leur arrivée est prévue pour la fin du mois d'octobre.

Comme il est impossible de faire la route en voiture, d'abord parce que la distance est trop longue, et ensuite parce qu'il est impossible de traverser l'Algérie à cause de la guerre, Christian et Yolanda ont réservé des places sur l'avion Air France Rabat/Paris et en profitent pour prendre un repos bien mérité en France.

Ils resteront plus d'un mois en métropole, l'occasion pour Yolanda de revoir les siens, de leur présenter Christian et Mathilde.

Pour le retour, ils prendront un vol Air France Bordeaux/Tripoli et feront le trajet jusqu'à la concession pétrolière en jeep de l'Armée libyenne. Ils ont beaucoup d'argent en poche, ce qui leur laisse la liberté de vivre sereinement. Ils en profitent pour renouveler leur garde-robe et prévoir des vêtements légers pour affronter prochainement le climat semi-désertique de la Libye.

Christian a eu des garanties sérieuses de la part des Américains pour leur installation : ils bénéficieront d'un logement climatisé et de la mise à disposition d'un baraquement équipé et meublé pour y installer un bar. Le loyer est minime, mais il faut bien dire que c'est un peu justifié pour une place dans le désert ! Pas de royalties à verser sur le chiffre d'affaires. Pour les livraisons, ils pourront utiliser les services des camions de ravitaillement de la cantine ainsi que les jeeps mises à disposition. Les autorités ont fourni papiers et visas sans difficulté.

Les retrouvailles avec ses parents sont émouvantes. Quatre ans qu'elle ne les avait pas vus ! Son père a vieilli, sa mère semble inquiète. Elle est heureuse de les retrouver. Jeanine serre dans ses bras sa petite fille qui lui rend spontanément son étreinte en l'embrassant.

Derrière ses parents, Jean-Jacques et Geneviève tiennent par la main une petite fille blonde, aux immenses yeux bleus, vêtue d'une jolie robe turquoise, à peine plus jeune que Mathilde. On présente les deux cousines, aussi claire de peau que l'autre est brune et tannée par le soleil, qui entreprennent rapidement de faire connaissance.

Jeanine et Emile éprouvent immédiatement de la sympathie pour Christian et voient en lui un gendre rassurant pour leur fille. Emile a enfin un interlocuteur intéressant pour discuter de la guerre d'Algérie et des Arabes. Christian est heureux de s'intégrer à une famille, lui qui n'en a plus.

Les échanges avec son beau-frère et sa belle-sœur sont plus distants et moins cordiaux. Elle sent que la désinvolture affichée de son mari et son sens de la démesure irritent le conventionnalisme de Jean-Jacques. Elle voit Geneviève tordre la bouche dans un rictus de désapprobation lorsqu'il évoque leur vie au Maroc.

Afin de ne pas forcer ces nouvelles amitiés et de garder leur indépendance, Yolanda et Christian ont loué un appartement dans le centre-ville et une voiture pour la durée de leur séjour. Yolanda en profite pour faire visiter la région à son époux : la côte atlantique et ses petites stations balnéaires, les villages de l'intérieur et leur charme pittoresque autour de la Loire et de l'Erdre, Nantes et son passé historique.

C'est au cours d'un repas du dimanche que Yolanda évoque la suite de leurs aventures et leur prochain départ pour s'installer en Libye. Emile ne fait pas de commentaires. Jeanine verse sa petite larme et se lamente :

— Je ne vais pas voir grandir ma petite fille ! Et pourquoi partir encore, alors que vous avez tout en France pour être heureux.
— Parce que nous avons envie de profiter des opportunités qu'offre le monde pour vivre des moments inoubliables que nous raconterons plus tard à nos enfants, répond Christian.
— Oui, mais c'est tout de même dangereux de partir dans des pays étrangers qui n'appartiennent même pas à la France, ajoute ma mère.
— Les colonies, c'est terminé, maman, dépassé. Nous reviendrons plus tard, dit Yolanda pour clore les lamentations.

Jean-Jacques et Geneviève ont écouté l'échange sans faire de commentaires. Yolanda sait qu'ils n'approuvent pas leur décision.

À la fin de leur séjour, Yolanda arrive toutefois à avoir une conversation avec sa mère.

— Je sais, maman, que tu souhaiterais que je reste ici près de vous, mais j'ai épousé un homme qui a de l'ambition et qui aime les défis pour parcourir le monde.
— Je comprends ma petite fille, d'autant plus que Christian est un homme parfait pour toi. Il t'a secourue, il t'a épousée, c'est un homme honnête. C'est que je ne voulais pas t'inquiéter, mais la santé de ton père se dégrade depuis quelques mois.
— J'ai vu qu'il n'avait pas très bonne mine. Avez-vous consulté un médecin ?

— Oui, le médecin de famille dit qu'il fait de l'angine de poitrine, il a un traitement, il faudrait qu'il arrête de fumer, mais tu connais ton père, c'est compliqué de lui faire entendre raison.

— Emmène-le chez un spécialiste dans ce cas. Je vais te laisser de l'argent, dit Yolanda en ouvrant son sac et en glissant une liasse de billets entre les mains de sa mère.

— Merci ma fille. Je ne peux pas beaucoup compter sur ton frère pour me soutenir.

— Ah bon ?

— Oui, mais c'est un autre sujet. Depuis son mariage, il change. On le voit moins souvent. Il rechigne à se rendre disponible.

— C'est normal maman, il est marié maintenant et a une petite fille à élever. Il doit aussi se faire sa situation professionnelle, il a moins de temps qu'avant.

— Oui, espérons que tu as raison, dit-elle dubitative.

— En tous les cas, tiens-moi au courant pour papa. Dès que nous serons arrivés à la concession pétrolière, je t'enverrai nos coordonnées.

— Oui, ma chérie. Je te trouve épanouie, tu sembles heureuse, j'en suis ravie pour toi. Le mariage te va bien. Ton mari est très gentil et la petite Mathilde adorable, dit Jeanine en la regardant droit dans les yeux avec compassion.

Sa mère tient sa promesse et n'aborde pas le sujet de Patrick ouvertement, mais le fantôme du petit garçon disparu passe entre elles deux dans cette dernière phrase et serre le cœur de Yolanda.

59

Le 27 octobre 1959, Christian, Yolanda et Mathilde embarquent à l'aéroport d'Orly dans l'avion Air France AF2310 à destination de Tripoli. Ils arrivent sur le tarmac de la Libye en fin d'après-midi. L'aéroport international, ancienne base aérienne de l'Aeronautica Militare créé sous la colonisation italienne, est situé à 35 km au sud du centre-ville, en plein désert.

Dès la descente, Yolanda sent une bouffée de chaleur lui caresser les narines et lui chauffer la peau : elle se sent à nouveau chez elle. Christian la regarde en souriant et leurs cœurs palpitent à l'unisson.

Le parfum de l'aventure les saisit, ils sentent tous les deux qu'ils sont faits pour ce climat aride, ce sable roux, les odeurs des épices, l'éclectisme des populations qui se mélangent, les sons des mosquées et de la musique orientale. Mathilde contemple ses parents d'un air satisfait.

Après avoir passé la douane et récupéré leurs bagages, une voiture de l'Ambassade de France les attend à la sortie avec un chauffeur pour les emmener à l'hôtel Uaddan, magnifique édifice qui surplombe la baie de Tripoli.

La ville s'étend au bord du désert sur un morceau de territoire rocheux qui s'avance dans la mer Méditerranée. Yolanda regarde se dérouler la ville et trouve que la cité ressemble un peu à Casablanca et à Rabat avec sa vieille ville encerclée de remparts, ses immeubles à arcades, ses boulevards et ses buildings modernes.

En revanche, elle remarque que la circulation est moins dense, qu'il n'y a ni bus ni trolleybus et que les trottoirs sont fréquentés par une foule bigarrée, en grande majorité masculine.

Le soir, lorsque Mathilde dort les poings fermés, le couple contemple par la fenêtre de leur chambre, doucement caressé par la brise marine, les vagues qui se brisent bruyamment sur les rochers. Yolanda et Christian s'embrassent au clair de lune et ressentent l'apaisement de ceux qui ont choisi leur vie.

Le lendemain matin, une Land Rover de l'Armée libyenne les récupère devant l'hôtel pour les faire parcourir les 500 km de route carrossable qui les séparent de la ville de Syrte. Christian prend place à côté du chauffeur pour surveiller la conduite du chauffeur, Yolanda et Mathilda s'installent à l'arrière. L'air de la mer traverse, par endroits, les vitres ouvertes du 4X4 et rafraîchit l'habitacle.

À la différence de Tripoli, Syrte est une petite ville condamnée au vent et au sable dans une plaine craquelée, couverte de désert et ouverte sur la mer. Pas de palace pour les accueillir, l'hôtel dans lequel on les installe est vétuste et bruyant. Ils sont fatigués, Mathilde est grognon et ils ont hâte d'arriver à leur destination.

Le jeudi, après une nuit difficile, ils remontent dans le 4X4 qui va parcourir, par la piste, les 170 km qui les séparent de la concession de pétrole. La route est caillouteuse, ils sont bringuebalés de gauche à droite sur le chemin caillouteux. Mathilde rit aux éclats lorsque la tête de son père heurte le toit du véhicule, en faisant un bruit sec.

Derrière la Land Rover, une longue traînée de poussière marque la trace du véhicule. Pas une âme humaine, pas un animal, pas d'herbe, rien d'autre que du sable à perte de vue.

Bien que ce soit la fin du mois d'octobre, la chaleur se fait sentir et les vêtements collent à la peau. Avec l'eau d'un jerrycan, Yolanda asperge régulièrement le cou et les épaules de Mathilde pour l'hydrater. Elle a mal au cœur. Christian scrute la route. Yolanda commence à avoir peur, mais la curiosité de l'inconnu la tient en haleine.

Seul, le chauffeur, habitué des lieux, reste stoïque et impassible. Il ne parle que l'Arabe. Christian ne connaît que des rudiments de cette langue apprise au contact des ouvriers à M'Qam Tolba. Les échanges sont compliqués, tout en gestes et mimiques et restent réduits au minimum.

Après des heures, ils aperçoivent enfin, au loin, les lueurs des becs de gaz qui brillent comme des flammes sacrées, des icônes dans ce paysage monotone. Peu à peu, une plate-forme se dessine, des pipelines, des puits, des camions de chargement.

La voiture passe à côté sans s'arrêter et stoppe quelques kilomètres plus loin, devant un espace délimité par des remparts et une porte en bois, tel un fort. L'endroit est gardé, le chauffeur descend et tend des papiers aux hommes en uniforme postés devant l'entrée.

Après plusieurs minutes d'attente, en plein soleil, qui font trépigner d'impatience Mathilde, l'un des gardes leur demande, dans un Anglais approximatif, de bien vouloir descendre du véhicule et de le suivre. Ils rentrent à l'intérieur par la grande porte en bois et sont conduits vers un baraquement.

Yolanda découvre, avec stupéfaction, une véritable ville dans l'enceinte du fort. Des rangées de bungalows en bois grossièrement peints en blanc sont alignés les uns à côté des autres avec des toits en tôle ondulée.

— On se croirait dans un western, se dit-elle.

Christian et Mathilde marchent à ses côtés, les yeux aussi écarquillés que les siens.

Le garde les fait entrer dans le bureau du Chef de centre. Un homme petit, trapu, la cinquantaine, chauve, le visage avenant, les accueille avec sympathie et leur souhaite la bienvenue. Il est habillé d'un jean et d'un tee-shirt, le mégot d'une cigarette fume dans le cendrier posé devant lui. Il leur propose de s'installer confortablement dans le canapé en cuir à la droite de la pièce et leur offre à boire. Il parle français avec un léger accent.

Il leur explique que le camp est habité par une centaine d'hommes de toutes les nationalités et de tous les corps de métier et évoque les règles en vigueur sur le site :

— Ne vous approchez pas des puits, même à pied, respectez les consignes de sécurité dans l'enceinte des lieux, ne sortez jamais en dehors des fortifications pour éviter les attaques des tempêtes de sable et des animaux sauvages. Faites attention à la déshydratation, les citernes d'eau sont remplies tous les soirs, mais il faut la faire bouillir avant de la consommer. L'électricité est fournie par des générateurs électriques à certains horaires uniquement. De même pour l'utilisation de l'eau. Vous verrez, on prend vite le rythme et on s'organise.

Le soleil est notre grand ennemi et il ne pleut presque jamais, j'espère que vous avez fait provision de crème solaire, que vous avez lunettes de soleil et chapeau, surtout pour la petite. Les pluies sont rares et sporadiques. En revanche, prévoyez des couvertures car les nuits sont parfois très froides, le mercure descend sous zéro degré certains mois d'hiver.

Le site est composé de maisons construites en bois. Il comporte plusieurs grands baraquements aménagés en dortoirs pour les ouvriers et les employés. Les cadres ont des maisons meublées mises à disposition. L'une d'entre elles vous est réservée, ajoute-t-il.

La cantine avec un toit ouvert, le lieu de culte, le dispensaire, l'infirmerie font partie des parties communes. Depuis quelques mois, la femme du Responsable des forages a ouvert une épicerie dans un baraquement vide. Elle est approvisionnée chaque semaine par les camions de ravitaillement qui viennent de Syrte, vous pourrez lui passer commande des produits que vous ne trouverez pas dans sa boutique. Nous avons même un salon de coiffure et un barbier. Madame, il n'y a pas beaucoup de dames sur ce site et votre petite fille va être la seule enfant, dit-il en se penchant vers Mathilde qui sirote consciencieusement son verre de Coca-Cola.

Je vais demander à mon adjoint de vous accompagner dans votre logement, vous faire visiter le village et vous montrer le bar. Vous avez de la chance, il a été aménagé avec du mobilier neuf qui n'a jamais servi. Un Italien devait venir le tenir mais il s'est désisté au dernier moment. J'espère que vous allez vous plaire ici.

C'est une concession calme. Les gens sont là pour gagner de l'argent et travailler avec la fierté de participer à la grande histoire : la découverte du pétrole dans un pays pauvre. Ils savent également qu'au moindre écart, ils seront renvoyés dans leur pays d'origine sans indemnité. L'esprit de coopération est bien présent.

Mais, et c'est normal, pour éliminer la pression et le stress, ils ont besoin de s'amuser et je suis bien content que vous soyez arrivés pour leur procurer un peu de détente. Nous organisons de temps en temps des séances de cinéma en plein air en projetant des films sur un drap blanc tendu entre deux piquets, c'est mieux que rien, mais insuffisant.

Christian et Yolanda le remercient pour son accueil et se lèvent. Un jeune homme mince, la vingtaine, les conduit dans une rue transversale et ils découvrent leurs bagages posés devant la porte d'entrée de l'une des maisons située au milieu de la rue.

D'emblée, Yolanda est séduite par ce petit logement simple comprenant un séjour avec un coin cuisine, deux chambres et une salle d'eau avec douche et toilettes, elle se sent déjà chez elle. Le mobilier en bois est rudimentaire mais donne à l'ensemble un aspect chaud et convivial. Des fenêtres à petits carreaux agrémentés de rideaux en voile blanc finissent de donner une ambiance reposante au reste. Elle sourit à Christian qui la regarde avec anxiété, attendant son approbation.

En visitant le bar, Yolanda et Christian se regardent et se font un clin d'œil : ils sont immédiatement inspirés et conquis par les lieux : une grande pièce au plancher de bois brut, au fond, un comptoir en formica jaune avec les rebords en zinc. Derrière, des étagères en verre attendent d'être remplies de bouteilles d'alcool. Des tables et des chaises en bois meublent la salle, éclairée par de grandes fenêtres. À la gauche du comptoir, une porte mène à une cuisine équipée de matériel professionnel. Un immense ventilateur à pales trône au plafond pour rafraîchir l'atmosphère.

Yolanda, séduite, a une vision furtive de l'endroit rempli de clients, de musique et de danseurs.

Ils sont accueillis à bras ouverts par les résidents. Il règne dans la communauté une ambiance bienveillante et amicale. Tous sont des apatrides, ont perdu les repères de leur pays d'origine et se serrent les coudes pour supporter des conditions de travail difficiles, dangereuses, et fatigantes. Personne n'a le temps de surveiller l'autre, de critiquer, de chercher des histoires, les moments partagés entre voisins sont légers et chaleureux.

Yolanda a passé à l'épicière quelques commandes de linge de maison pour embellir leur maison. Elle a récupéré un vieux rocking-chair en bois qu'elle a installé, sur la terrasse, devant l'entrée, dans lequel elle prend le frais en s'imaginant au Texas.

Mathilde, avec son teint mat, sa bonne humeur, et ses tresses brunes, devient vite la mascotte du camp.

Pendant ce temps, Christian s'occupe de l'aménagement du bar. Il passe les commandes d'alcools forts, de bière, de jus de fruits et autres limonades, se fournit en verre, prépare la carte des boissons et apprend l'Anglais.

Son ambition est de faire de ce lieu un endroit incontournable dont la réputation se transmettra de concession en concession.

En souvenir de leur premier rendez-vous, ils ont décidé d'appeler le lieu « le Kon-Tiki » et de recréer l'ambiance de ces rendez-vous balnéaires, les piscines en moins.

Les débuts sont timides, les travailleurs, peu habitués aux distractions, viennent prendre un verre en soirée mais ne s'attardent pas. Christian a alors l'idée d'acheter un juke-box et se déplace jusqu'à Tripoli pour trouver l'oiseau rare. Très vite, le fond musical détend l'atmosphère, les clients sont plus nombreux. Certains couples improvisent même quelques pas de danse entre les tables.

D'un commun accord, Christian et Yolanda décident d'ouvrir l'établissement du jeudi soir au dimanche soir afin de se laisser le temps de profiter de la vie.

Christian se spécialise dans la confection des cocktails, élabore une carte pointue à partir des alcools les plus improbables et tient le bar avec un serveur. Les produits sont livrés tous les vendredis par les camions de ravitaillement, la commande est passée par radio en début de semaine.

Yolanda prend les commandes, tape les additions et encaisse l'argent à partir du vendredi, ce qui lui laisse beaucoup de temps pour s'occuper de sa fille.

Le téléphone arabe fonctionne. Les consommateurs viennent de plus en plus nombreux et de plus en plus loin au Kon-Tiki pour passer une bonne soirée.

Christian veille à la tenue des lieux mais, comme leur avait dit le responsable du camp lors de leur arrivée, les risques de dégénérescence sont rares, même si l'alcool délie les langues et les gestes. Pour faire face à l'affluence et à la demande, il a engagé un cuisinier qui propose des grillades, des frites et des pâtisseries pour les clients affamés qui souhaitent se restaurer.

Yolanda apprend rapidement à se tenir à l'écart des clients, à refuser de servir les alcooliques, à mettre dehors les retardataires au moment de la fermeture et obtient le respect de la communauté. Ce métier de contact lui plaît beaucoup plus que celui qu'elle exerçait au sein de l'exploitation de poules pondeuses. Elle aime l'ambiance de la fête, les rires, la joie dégagée par cette population nomade hétéroclite. Pas de jugement, pas de rang ni de rôle à tenir. Dans le désert, seule compte l'envie de se détendre d'un dur labeur.

Ils sont victimes de leur succès : les célibataires réclament des femmes pour danser et le répertoire du juke-box s'avère insuffisant pour animer les soirées endiablées. Qu'à cela ne tienne, Christian, avec l'accord du Chef de centre, passe une annonce par radio, pour rechercher danseuses et orchestre.

Ainsi, chaque vendredi soir, après quatre heures de route, ballottées sur des pistes incertaines pour gagner quelques sous, des danseuses aux mœurs parfois légères et un orchestre arrivent de Syrte, tassés dans les remorques des camions de ravitaillement. Cette joyeuse bande repart le dimanche soir, après trois jours par semaine de fêtes mémorables, de débordements en tout genre, en se promettant de revenir la semaine suivante.

Trois jours d'insouciance, à boire et à danser sur les airs américains en vogue parfois écorchés par des instruments de musique approximatifs, et de garantie de gains pour Christian et Yolanda.

L'ambiance est survoltée, toutes les tables sont occupées ainsi que la piste de danse. L'air est saturé par la fumée des cigarettes, la chaleur des corps, le niveau sonore augmente avec la consommation d'alcool et le brouhaha de la multitude de langues parlées.

Même s'ils vivent en vase clos, paradoxalement, Christian et Yolanda sont heureux. Ils profitent de leurs moments de répit pour se reposer, profiter de Mathilde. Les relations avec les autres habitants du site sont simples et ils ont créé des liens amicaux avec quelques couples de français. Christian a fait l'acquisition d'un poste de télévision, ce qui leur permet de rester en contact avec le reste du monde et de se tenir au courant de l'actualité, de loin, car l'avenir du Maroc ne les intéresse plus et la guerre en Algérie les attriste.

Lorsque l'ambiance de la ville leur manque, ils ferment le bar et partent quelques jours à Tripoli, faire le plein de bruit, de klaxons, d'odeurs, de livres, de vêtements. Rassasiés, ils ont hâte de rentrer pour reprendre leur vie au camp. Avant de s'enfoncer sur la piste, ils font un arrêt à Syrte pour profiter d'un bain de mer.

Yolanda écrit à ses parents régulièrement et envoie des photos. Christian a repris son appareil et développe lui-même les pellicules. Jeanine lui répond en lui racontant sa vie nantaise. La santé de son père s'améliore.

Ni l'un ni l'autre n'envisage de mettre fin à ce rêve éveillé qui allie bonheur d'être ensemble, satisfaction de bien gagner leur vie en faisant un métier épanouissant et les années passent paisiblement.

Le 5 juillet 1962, jour de la proclamation de l'Indépendance de l'Algérie, ils portent un toast à la fin des massacres.

Le destin vient briser leur rêve fin 1962, lorsqu'un incendie se déclare dans des puits intercalaires et détruit une vingtaine de points de production. Le vent a propagé le feu aux abords du camp et tous les habitants ont très peur. Heureusement, les sauveteurs arrivent à maîtriser les flammes.

Dès le lendemain, les Américains, les Italiens et les Français reçoivent, de la part des compagnies de pétrole, l'ordre de rentrer dans leur pays ou de se déplacer sur d'autres sites.

En une semaine, le centre est dépeuplé. Yolanda et Christian n'ont plus aucune raison de rester tenir le bar puisqu'il n'y a plus de clients. Le couple est anéanti.

Christian, cette fois, n'a prévu aucun parachute doré pour s'en sortir. Ils étaient si heureux qu'ils n'ont jamais pris le temps de chercher un plan B « au cas où ».

Les questions refont surface :

— Que faire ? Demander une mutation dans une autre concession de pétrole ? Trouver un autre projet dans un autre pays ? Retourner au Maroc ou en Algérie ? interroge Christian.

— Mathilde grandit, il faut songer à ce qu'elle aille à l'école, avance Yolanda.

— Tu as raison. Et le Maroc n'a plus besoin de nous, la Tunisie peut-être mais je ne suis pas tenté par ce pays. Et l'Algérie vient d'obtenir son Indépendance et a un profond mépris vis-à-vis des Français, ajoute tristement Christian.

Ils décident donc, le cœur lourd, de réunir leurs économies et de retourner vivre en France.

60

En ce début d'année 1963, le retour à Nantes est brutal. D'abord ils souffrent du froid. Yolanda grelotte. Déjà 8 ans qu'elle avait oublié la pluie, le gel, l'humidité qui s'incrustent partout dans les os, les cœurs, qui rendent les gens de mauvaise humeur et qui compliquent les relations sociales.

En Libye, lorsqu'elle transpirait du matin au soir à cause de la chaleur, il lui arrivait de rêver de retrouver la fraîcheur d'un climat plus tempéré. Maintenant qu'elle y est, elle regrette le soleil.

Sa mère lui annonce que son père est malade, il est atteint d'un cancer généralisé et n'a plus que quelques mois à vivre. Triste nouvelle. Il meurt en mars. L'occasion pour Yolanda de revoir à l'enterrement, Philippe, son ex-amant et père de son défunt fils. Elle le trouve vieux, usé, rabougri et n'éprouve ni émotion ni compassion. Il se contente de la regarder de loin sans lui adresser la parole.

— Quel lâche, se dit-elle en se serrant contre le bras de Christian. Il n'a jamais cherché à savoir ce qu'est devenu son enfant.

Avec leurs économies, ils ont loué un magnifique appartement ancien, à hauts plafonds moulés, parquets de chêne et grandes fenêtres à petits carreaux, dans le quartier du parc de Procé, là où vit la bourgeoisie nantaise, avec un balcon qui donne sur la verdure.

Mathilde est scolarisée en maternelle à l'École privée de jeunes filles Notre-Dame de Toutes Joies et se fait de nouvelles camarades aux parents médecins, avocats ou fonctionnaires. Elle apprend vite et fait la joie de ses parents. En septembre, elle intègre le cours préparatoire.

— C'est fou ce que cette enfant est sociable et s'adapte partout, s'exclame Jeanine, émerveillée.

Le couple ne travaille pas et vie de l'argent gagné au Maroc et en Libye que Christian fait fructifier par des placements judicieux.

Yolanda profite de son temps libre pour s'occuper de sa famille et de sa mère, devenue veuve au seuil de la cinquantaine, sans ressources – Emile lui a seulement laissé un toit sur la tête – ni diplômes. Elle n'a jamais travaillé de sa vie et refuse de s'y mettre à son âge. Elle l'inscrit donc dans une agence matrimoniale pour qu'elle retrouve un mari, afin qu'il subvienne à ses besoins.

Les relations avec son frère et sa belle-sœur ne sont pas au beau fixe. Outre le fait qu'il désapprouve leur oisiveté pendant que lui se démène comme un beau diable pour faire décoller son Cabinet comptable, Jean-Jacques n'apprécie pas, l'orientation que Yolanda fait prendre à sa mère.

— Tu ferais mieux de lui trouver un travail de dame de compagnie ou de baby-sitter, au lieu de lui chercher un mari, lui dit-il.

— Maman, dame de compagnie, elle se fera renvoyer au bout de huit jours ! Elle ne veut pas travailler ! Je lui cherche un mari parce que je n'ai pas envie de devoir m'en occuper éternellement. Tu t'en fiches toi, tu t'en sors bien, tu t'es arrangé pour t'éloigner, comme cela elle ne vient rien te demander, lui rétorque-t-elle.

Christian n'arrive pas à trouver sa place. Lui qui a réussi à déplacer des montagnes, à convaincre des ministres, des banquiers au Maroc, des sociétés internationales en Libye, se heurte à un mur. Son impressionnant curriculum vitae fait peur. On rentre dans les années où la France veut oublier son passé colonial et ne souhaite plus entendre parler de l'Afrique du Nord.

— Vous avez réussi parce que vous étiez en Afrique. En France, ce n'est pas pareil, s'entend-il dire sans que personne ne puisse lui expliquer le sens de cette phrase.

Avec sa hargne habituelle, il persévère. Cherche l'idée novatrice qui va révolutionner l'époque. Il fait sensation le temps d'une saison estivale sur la côte, avec une invention dans le domaine de la peinture abstraite, mais le soufflé retombe vite.

Il abandonne l'art et se rapproche des Institutions politiques. Il brigue un poste de Conseiller municipal. Il est rapidement évincé : on critique ses idées, on le juge trop fantaisiste. Tous les points positifs de son tempérament, appréciés à l'étranger, se retournent contre lui dans cette France conservatrice, qui a du mal à voir la nouveauté d'un bon œil.

Christian devient désabusé et nostalgique. Le voyant sombrer dans la déprime, Yolanda lui propose de reprendre la photo.

— Mais c'est une excellente idée, je n'y avais pas pensé. Je vais me mettre à la recherche d'un local pour m'installer à mon compte, lui dit-il avec une lueur dans le regard.

Avec l'aide d'un agent immobilier, il déniche un emplacement vide dans la rue Crébillon, l'une des rues les plus cotées du centre-ville. Il trouve un architecte pour aménager le local dans le style moderne, tapisse les murs de ses plus beaux clichés du Maroc et de la Libye.

En septembre, tout est prêt pour une inauguration. Yolanda l'aide à rédiger les invitations et à sélectionner la liste des invités. Un succès, tout le gratin répond à l'appel et c'est une foule compacte qui occupe les lieux, en commentant de façon élogieuse les photographies de Christian. Le lendemain, quelques articles dans la presse locale confirment qu'un nouveau talent occupe le devant de la scène.

Christian reprend confiance. Les contrats affluent : mariages, naissances, reportages, il ne sait plus où donner de la tête. En janvier 1964, il est obligé d'embaucher un assistant pour tenir le magasin.

— C'est vraiment stupéfiant, confie-t-il à Yolanda, je croyais que la photo allait me rendre riche au Maroc, je me suis trompé. Du coup, j'avais complètement oublié que j'avais cette corde à mon arc et je suis resté des mois à me morfondre, alors que la solution, je l'avais sous la main. Je ne te remercierai jamais assez ma chérie de m'avoir indiqué le chemin à suivre.

Yolanda se réjouit, Christian est sorti de sa période d'abattement et a retrouvé sa belle motivation et son esprit d'entreprise. Le bonheur est de retour dans leur foyer.

C'est sa mère qui l'inquiète. L'agence matrimoniale lui a présenté le profil d'un homme qui, selon elle, ne convient pas du tout à Jeanine. Il s'agit d'un veuf, agriculteur d'une cinquantaine d'années, père de 4 enfants majeurs, propriétaire d'une ferme à une trentaine de kilomètres de Nantes, en pleine campagne. Sa mère l'a rencontré plusieurs fois et semble s'être entichée de lui.

— Voyons, maman, tu n'as jamais vécu à la campagne, tu ne vas jamais t'adapter. Comment vas-tu faire pour le shopping, les courses ?

Je n'ai rien contre les paysans, mais cet homme a-t-il le niveau intellectuel pour te comprendre ? N'est-il pas un peu rustre pour s'entendre avec toi ?

— Mais ma fille, tu ne connais pas cet homme, il est bon et gentil. Je n'aimerai jamais un autre homme que ton père. Ce que je recherche, c'est uniquement ne plus être seule et que quelqu'un subvienne à mes besoins financiers. Celui-ci est d'accord, crois-moi, c'est tout de même assez rare à trouver de nos jours.

— C'est le premier homme que l'agence te présente. Donne-toi du temps, accepte d'autres rencontres. J'ai l'impression que tu te jettes sur le premier venu.

— C'est ma vie et je fais ce que je veux, lui intime Jeanine.

Yolanda se tait. Elle est impuissante et sent qu'elle n'arrivera pas à la faire changer d'avis. Jeanine épouse Robert en juin 1964 et s'installe dans le corps de ferme, en attendant la construction d'une maison plus accueillante dans la commune la plus proche, qu'il lui offre en cadeau de mariage.

Yolanda s'éloigne temporairement de sa mère afin de la laisser s'adapter à sa nouvelle vie. Elle n'apprécie pas de lui rendre visite dans cette ferme isolée, loin de Nantes, qui sent la bouse de vache et les vapeurs d'alcool. Elles reprendront le fil de leur relation fusionnelle lorsque Jeanine habitera sa nouvelle demeure plus moderne et dans un environnement plus civilisé.

En 1965, l'affaire de Christian est florissante. Il achète le magasin situé à côté du Studio photo pour s'agrandir et y expose des reportages de photographes de la région. Il travaille beaucoup, s'absente souvent. Le couple se voit peu, ils ont peu d'amis et de moins en moins de loisirs en commun.

Yolanda s'ennuie dans sa vie de femme au foyer, maintenant que Mathilde grandit et décide de chercher un travail. Christian aurait préféré qu'elle le rejoigne au Studio, mais elle a refusé. Elle veut conserver son indépendance et retourner dans un secteur d'activité qu'elle appréciait. Cette décision signe le premier grand désaccord du couple depuis leur retour en France.

Elle envoie sa candidature au Journal Ouest-France, le quotidien d'origine rennaise, et est embauchée à un poste d'assistante à mi-temps. Elle retrouve avec joie l'ambiance survoltée des salles de rédaction, même si elle est affectée dans un premier temps au service du personnel.

Mathilde continue de grandir et de réussir à l'école. Elle ne souffre pas de l'absence de ses parents. Elle est régulièrement invitée chez des copines, et la gardienne de l'immeuble s'occupe d'elle pour ses devoirs lorsque Yolanda rentre tard.

Yolanda partage tous ses loisirs avec sa fille et elles se sont trouvé une activité manuelle commune : la fabrication de colifichets avec des perles, des fils et du métal. Christian se joint à elles deux pour des promenades au bord de la mer ou à la campagne.

Même s'ils ont des revenus corrects, ils gagnent moins d'argent qu'à l'étranger et ne peuvent plus se permettre de vivre luxueusement. Le niveau de vie de la France est plus élevé, les dépenses, chauffage, essence, nourriture, plus importantes, et les obligent à vivre plus chichement. Petit à petit, ils sont pris dans un rythme routinier.

Yolanda s'adapte facilement. Au fond d'elle, elle apprécie de vivre dans le confort d'une vie organisée. Lorsqu'elle songe à ses années au Maroc et en Libye, elle se dit qu'il s'agissait d'expériences de jeunesse, à la durée limitée dans le temps. Elle est contente de les avoir vécues, mais n'éprouve pas de nostalgie des terres lointaines.

Christian, lui, est plus insatisfait de son sort et critique souvent l'esprit étriqué des Français, le conservatisme du Gouvernement, comportement qui exaspère Yolanda. Les disputes et les désaccords sont fréquents. Il la traite de petite bourgeoise conventionnelle. Elle réplique en lui disant que c'est un anarchiste.

Lentement, mais inexorablement, le couple se délite. La magie de l'Orient n'opère plus entre eux. On dirait que, comme un mirage, leur amour était une illusion dont la flamme ne pouvait brûler que dans le risque et l'exotisme.

En 1967, ils décident, communément, de divorcer. Yolanda reste dans l'appartement, Christian décide de s'installer dans le même quartier afin de ne pas perturber la vie de Mathilde qui partage son temps entre les deux foyers. Les ex-conjoints se voient peu mais les rapports entre eux restent cordiaux.

Pour subvenir à ses besoins et à ceux de sa fille, Yolanda obtient un poste à plein temps au Journal. Comme lorsqu'elle était à Orléans, elle collectionne les amants. Les années n'affectent pas sa beauté, elle est toujours aussi attirante. Certains vont jusqu'à la demander en mariage, mais elle est incapable d'imaginer refaire sa vie. Christian est et restera son grand amour et aucun des hommes qu'elle rencontre ne parvient à la cheville de la magie de ce qu'elle a vécu avec lui.

Christian continue à développer son Studio de photos. Il prend une part active dans les manifestations de mai 1968 et va même occuper les barricades à Paris. Il réalise des clichés qui se vendront une fortune.

Dans les années 70, piqué par la curiosité, il passe des vacances à Ibiza, l'une des îles espagnoles des Baléares. Il a lu et entendu que cet endroit commençait à attirer les hippies globe-trotters argentés du monde entier et que c'était le prochain eldorado à exploiter. Sur le bateau qu'il prend au port de Barcelone, il rencontre une Américaine avec laquelle il sillonne l'île pendant une quinzaine de jours. Son âme d'aventurier se réveille et il évalue positivement le potentiel de cette île. Il tombe amoureux, rentre à Nantes et reste en contact avec sa dulcinée rentrée outre-Atlantique.

Il quitte la France en 1974, vend son affaire à Nantes, retourne à Ibiza et y retrouve son Américaine. Il achète une Finca, une ferme traditionnelle, dans les terres, à l'ouest de l'île, la modifie et la transforme en Hôtel de luxe rural fonctionnant aux énergies renouvelables. Précurseur avant l'heure, il rencontre un grand succès.

En 1975, Yolanda a envie de soleil. Mathilde est majeure. Elle lui annonce vouloir arrêter ses études et partir en Angleterre comme fille au pair. Elle se retrouve seule à Nantes, plus rien ne la retient, sauf son travail.

C'est alors que l'une de ses amies lui annonce qu'elle souhaite vendre une vieille bâtisse héritée de ses parents sur les hauteurs d'Aix-en-Provence. Elle lui propose de la visiter, tout en la prévenant que la maison a besoin de rénovations. Yolanda est séduite par l'endroit. Elle saute le pas, achète, donne sa démission du Journal et déménage en début d'année 1976.

Elle participe activement aux travaux de rénovation avec les artisans du coin. Pour vivre, elle décide de mettre en vente les bijoux fabriqués avec Mathilde accumulés depuis des années et aménage une boutique dans la maison. La réussite est au rendez-vous.

61

Janvier 2013

— Voilà, Mesdames, j'ai terminé l'histoire de Yolanda, paix à son âme. J'ai perdu le contact avec elle lorsqu'elle a quitté Nantes. Elle m'avait donné son adresse, nous nous souhaitions la bonne année et les anniversaires chaque année, mais rien de plus. C'est son Notaire qui m'a téléphoné lorsqu'elle a été hospitalisée aux Sables-d'Olonne, quelques jours avant son décès.

À ce moment-là, la dame aux yeux bleus glacier intervient :

— Je m'appelle Carmen. J'ai fréquenté votre tante. C'était ma voisine à Estepona et une amie très chère. Yolanda m'a également raconté cette histoire et je vous félicite car vous avez relaté ses souvenirs avec justesse et précision. Mais je connais le véritable récit de ce qu'elle a vécu au Maroc. Non pas la version romantique qu'elle a inventée afin de garder la face devant la famille, mais la réalité qui lui est revenue en boomerang plus de 40 ans plus tard.

Je suis ulcérée :

— Comment vous permettez-vous de salir la mémoire de ma tante le jour de son enterrement ? Pourquoi remettez-vous en question la véracité de mes propos ? dis-je avec de la colère contenue dans la voix.

— Il n'est pas question pour moi de noircir la mémoire de mon amie, mais de raconter un chapitre de sa vie que vous ignorez. Une version qui va vous montrer le courage qu'elle a dû déployer face à l'adversité de la vie des femmes de notre génération. Écoutez-moi, affirme-t-elle.

Je décide de la laisser s'exprimer.

— Yolanda est arrivée en Espagne en 1998, un matin ensoleillé de juin avec un camion de déménagement de marque française. Elle avait loué la maison mitoyenne, dans une rue calme, proche du bourg d'Estepona, reprend Carmen.

Vous connaissez votre tante, elle était discrète. Je ne la voyais pas beaucoup et nous nous contentions d'échanger des politesses lorsque nous nous croisions. Un jour, j'ai remarqué qu'une plaque indiquant « Atelier de bijoux » avait été apposée sur la porte d'entrée avec des horaires d'ouverture.

C'est ainsi que j'ai franchi le seuil de son domicile et que j'ai fait plus ample connaissance avec elle. Je me souviens qu'elle était embarrassée car elle ne maîtrisait pas notre langue et souriait d'une manière empruntée pour justifier son incapacité à communiquer.

Les créations qu'elle fabriquait étaient d'une grande qualité et de toute beauté. Petit à petit, elle s'est constitué une clientèle de touristes. Elle a pris des cours d'Espagnol et nous nous sommes vues de plus en plus souvent, tantôt chez l'une, tantôt chez l'autre. Nous échangions des banalités sur le temps qui passe, la littérature, le cinéma. Elle a perfectionné son Espagnol, et moi, veuve depuis longtemps, je partageais agréablement ma solitude.

Au cours des soirées un peu arrosées, la nuit tombée, lorsque la fraîcheur du soir rafraîchissait enfin l'air chaud de la journée, elle se confiait sur sa jeunesse, ses voyages, sa fille. Je me souviens qu'elle éludait les questions sur Mathilde, ce qu'elle était devenue, si elle la voyait toujours. Elle restait évasive et je n'insistais pas, de peur de la froisser. Les années ont passé et notre amitié s'est renforcée. J'étais loin de me douter des événements qui allaient suivre.

L'affaire se déroule en 2004, au Journal télévisé, que j'écoute habituellement d'une oreille distraite, en préparant le déjeuner. J'entends prononcer le nom de votre tante : Yolanda Martin. Je lève la tête pour regarder l'écran placé sur une étagère de la cuisine et j'ai un choc en découvrant à l'image, le visage de Yolanda superposé à celui de sa fille. Je monte le son. D'après le commentateur, je comprends que Mathilde est mêlée, avec un soi-disant demi-frère dénommé Patrick, à une affaire de meurtre au Mexique.

Je cours sonner chez Yolanda qui m'ouvre la porte, le visage décomposé. Des larmes coulent sur ses joues, elle n'arrive pas à articuler une seule parole. Bouleversée, je la prends dans mes bras et la serre en lui disant que je suis à ses côtés si elle a besoin et je la laisse. Je ne la revois pas, Yolanda reste cloîtrée chez elle et je n'ose pas la déranger.

Dans les jours qui suivent, elle est interviewée par les journalistes qui campent dans notre village, à l'affût du moindre indice. Elle explique qu'elle est sans nouvelles de sa fille depuis des années et dément tout lien de parenté entre Mathilde et ce Patrick dont tout le monde parle.

Les deux présumés meurtriers sont maintenus en garde à vue, puis incarcérés. Ils affirment toutefois être frères et sœurs et sèment le doute dans les esprits des enquêteurs.

L'affaire occupe la scène médiatique pendant plusieurs semaines. Mathilde et Patrick sont séparés et incarcérés à la prison d'Acapulco. Les perquisitions ainsi que l'autopsie du cadavre montrent qu'il y a eu séquestration et volonté délibérée de tuer. La légitime défense est écartée. Le procès est prévu pour le mois de novembre.

J'accompagne Yolanda de mon mieux pendant ces moments difficiles, je lui apporte de la nourriture, lui tient compagnie, mais elle reste dans un mutisme maladif et refuse mon aide.

À la fin juillet, coup de théâtre, Yolanda accorde une interview à un magazine people et avoue avoir menti. Elle affirme que Patrick est bien son fils, enfant dont elle a accouché sous X le 12 décembre 1955 à Paris. Pour confirmer ses dires, elle se soumet de son plein gré à un test ADN. Celui-ci s'avère positif.

62

Autour de la table, les visages se figent et affichent des mines consternées. J'entends des :

— Ce n'est pas possible, pauvre femme. C'est quoi cette histoire ?

Sous le choc, mon sang se glace. Estomaquée et choquée comme si j'avais reçu une bombe en pleine tête, j'interromps Carmen d'un ton véhément :

— Vous mentez, vous me racontez n'importe quoi parce que Yolanda n'est plus sur cette terre pour vous contredire.

— Non, Madame, votre tante a réellement abandonné son fils à la naissance. D'ailleurs le test ADN l'a confirmé. Attendez la suite, vous allez tout comprendre. Moi aussi j'ai été surprise lorsque j'ai appris ces révélations. N'oubliez pas que votre tante m'avait raconté la même version de sa vie que celle que vous avez relatée pendant le déjeuner, me répond-elle.

— Mais comment a-t-elle réagi ? Elle a dû croire à un cauchemar, un spectre du passé qui ressurgit, lui dis-je, sceptique.

Je ne l'écoute plus. Dans mon esprit, les questions se bousculent :

— Yolanda a-t-elle réellement rejoint le Maroc à l'été 1955 ? A-t-elle mis au monde un bébé à Casablanca décédé en juin 1956 à Rabat ?

A-t-elle menti ? Et Christian ? Était-il son complice ? Et Mathilde en prison.

— Quel serait mon intérêt de vous raconter des balivernes et ternir l'image de votre tante ? Si vous doutez de mes propos, je peux me taire et quitter cette table, dit-elle en commençant à se lever.

— Non, je suis désolée, continuez. Ce sont les émotions, votre récit me bouleverse et remet en question une partie de mon adolescence. Je suis également choquée d'apprendre que ma cousine est en prison.

Le reste du groupe reste silencieux et attend religieusement que Carmen reprenne le fil de l'histoire.

La vieille dame reprend d'une voix franche et directe :

— À la fin septembre, un grand Journal national s'empare de l'affaire et publie un numéro spécial en récupérant le témoignage de Yolanda.

Avant la parution, elle était venue me voir. Elle m'a dit qu'au nom de notre amitié, j'étais la première personne à qui elle se devait de rétablir la vérité. Elle m'a expliqué qu'avec les années, la version de sa vie au Maroc, qu'elle racontait à tout le monde, était devenue pour elle une réalité.

Tout a basculé en 1994, lorsqu'un homme, qui se présente comme Patrick, lui téléphone et lui dit être son fils. Il l'informe avoir eu connaissance de son numéro de dossier de naissance sous X par sa mère adoptive.

Il a attendu le décès de celle-ci pour contacter les services sociaux et obtenir le nom de sa mère biologique. La recherche sur Minitel pour la retrouver a été un jeu d'enfant puisqu'à l'époque, Yolanda avait créé un atelier de bijoux fantaisie réputé dans le sud de la France.

Il lui a dit avoir été adopté à l'âge de deux ans par un couple de fonctionnaires et avoir passé la plus grande partie de son enfance aux Sables-d'Olonne, en Vendée. Peu doué pour les études, il vit de petits boulots dans le domaine de l'entretien des bateaux de plaisance sur la côte.

Les premières minutes de surprise passées, Yolanda lui a dit qu'il inventait, se trompait de personne, qu'elle n'avait jamais accouché sous X et qu'elle n'avait pas de fils. Elle lui a demandé de ne plus l'importuner et a raccroché le combiné.

Un peu perturbée par cet appel, elle retourne à ses occupations et oublie. Elle commence à faire un premier cauchemar la nuit suivante : elle était dans une salle d'accouchement, elle mettait au monde un enfant, elle voyait une masse enveloppée dans une couverture blanche, mais on ne lui montrait pas la tête du bébé. L'histoire la taraude toute la journée du lendemain, elle repense à la naissance de Mathilde, sans y voir de lien avec son cauchemar.

Le troisième jour, elle a un déclic : la vision de cette année 1955, de son histoire d'amour avec Philippe, de sa grossesse, de son départ précipité au Maroc, de son accouchement sous X à Paris. Elle prend peur, mais elle se rassure en se disant qu'elle n'a pas laissé son identité à l'hôpital lors de son accouchement et que ce Patrick est certainement un imposteur.

Pour se conforter, elle contacte les Services du Conseil National d'Accès aux origines personnelles pour connaître la procédure de recherche de la mère biologique en cas d'abandon. On lui explique que l'enfant doit faire une demande officielle écrite auprès de leurs Services ou auprès du Président du Conseil général.

Après la réception de la demande, ce sont eux qui contactent la mère dans le cas où, comme pour elle, le dossier ne présente aucun élément positif ou négatif sur la divulgation d'éléments la concernant. La démarche nécessite un accord de volonté des deux parties. Elle ne peut pas provenir d'une démarche unilatérale. Forte de ces informations, Yolanda est rassurée.

Quelques semaines plus tard, Patrick la recontacte et lui demande de la rencontrer au moins une fois. Yolanda continue de nier toute parenté. Il insiste lourdement. À bout d'arguments et croyant le confronter une bonne fois pour toutes à la réalité, elle accepte un rendez-vous à son domicile.

Lorsqu'elle ouvre la porte ce jour-là, elle éprouve un vif sentiment de malaise. Elle a l'intuition que l'homme, d'une quarantaine d'années qui se tient devant elle, a un lien qu'elle ne parvient pas à définir, avec elle.

Elle le reçoit froidement, il lui montre le dossier pour prouver sa bonne foi, essaie de l'amadouer, mais elle décide de rester sur ses positions.

Il lui dit avoir loué une chambre chez l'habitant pour quelques semaines et qu'il souhaite la revoir pour faire connaissance. Son expression déterminée effraie Yolanda, il ne lui laisse aucune alternative. Privée de toute rationalité, Yolanda accepte sa demande.

Au fil des jours, Patrick s'incruste de plus en plus souvent chez elle, il sonne à sa porte n'importe quand sous des prétextes fallacieux.

Les souvenirs remontent à la surface et au fond d'elle, elle m'avoue avoir eu l'intuition que cet homme était bien l'enfant qu'elle avait abandonné à Paris en 1955. Mais elle a peur, car personnes n'est au courant que Mathilde a un demi-frère. Elle craint le rejet, l'incompréhension après toutes ces années.

Comme les preuves contenues dans le dossier de Patrick sont minces, elle choisit de continuer à nier. Elle n'a pas confiance dans ce fils sorti de nulle part, pour lequel elle n'éprouve aucune affection. Elle le trouve perfide, de mauvaise foi, agressif. Il insiste lourdement pour l'obliger à annuler le dossier de naissance sous X et qu'elle le reconnaisse. Ce qu'elle refuse catégoriquement.

Patrick perd patience, il menace de dire la vérité à Mathilde. C'est ce qu'il fait, finalement. Sa fille, choquée par ces révélations qu'elle croit sans les remettre en question, la traite de menteuse, prend le parti de ce demi-frère avec lequel elle se trouve des points communs, tels que le goût de la vie de bohème et s'enfuit avec lui.

Avant de partir, Patrick a vidé son sac et lui a avoué avoir séduit une infirmière de la maternité afin de récupérer le dossier d'admission de Yolanda dans les archives qui contenait quelques informations qui permettaient de la retrouver, notamment son nom de jeune fille. Yolanda se tait et ne peut plus nier qu'elle n'est pas sa mère biologique.

Pendant une dizaine d'années, Yolanda n'entend plus parler d'eux et vit dans la hantise d'apprendre un malheur. Pour elle, la venue de Patrick dans sa vie reste un présage de mauvais augure.

Elle décide de changer de cadre et vient s'installer à Estepona. Nous faisons connaissance et devenons amies.

Je dois avouer que son pressentiment était juste. La suite de l'histoire, c'est au journal télévisé qu'elle l'apprend, dix ans plus tard.

À la fin de ses confidences, Yolanda m'a confirmé qu'elle était décidée à se battre pour défendre sa fille. Elle avait contacté les meilleurs avocats, adressé un courrier au Président de la République française pour qu'elle soit extradée et jugée en France. À ma connaissance, elle n'a entrepris aucune démarche pour son fils.

En novembre, elle m'a appris que Mathilde et son demi-frère étaient condamnés à 30 ans de détention dans une prison mexicaine. Elle ne les reverra jamais.

63

Carmen se tait. Un lourd silence s'installe à la table. Je suis abasourdie par ces révélations. Après quelques minutes, la vieille dame au regard bleu glacier reprend la parole en se tournant vers moi :

— Votre tante a été très affectée par cette histoire. Comme je l'ai souligné, elle avait fini par croire la fable qu'elle vous avait racontée et, pour elle, Patrick était mort et enterré à Rabat en juin 1956.

Le retour de Patrick dans sa vie, quarante ans plus tard, lui a fait l'effet d'une résurgence de l'au-delà. Pendant une période, j'ai craint pour sa santé mentale et je l'ai secourue. En plus, dans cette affaire, elle avait perdu sa fille.

J'interviens :

— Savez-vous ce qui s'est réellement passé au Maroc alors ?

Carmen secoue la tête en signe d'acquiescement :

— Avant de vous raconter, je dois vous dire que votre tante m'a avoué qu'elle pensait, qu'à l'époque, il lui était impossible d'envisager d'élever seule un enfant. Abandonner Patrick a été la seule solution. Elle en a beaucoup souffert, y compris de garder ce secret pour elle.

Elle était enceinte de quatre mois, lorsqu'elle est partie à Casablanca pour travailler au Journal du Maroc. Elle a bien rencontré Christian sur le bateau qui assurait la ligne Marseille/Casablanca. Simplement, elle a embelli la réalité.

Après le débarquement au port, elle l'a revu deux fois : après les attentats du 14 juillet et le dimanche où il l'a emmenée danser au Kon-Tiki, lorsque Brigitte l'a vu venir la chercher avec la superbe voiture décapotable prêtée par son ami photographe. Puis, elle n'a plus eu de nouvelles de lui.

Elle ne voulait pas accoucher au Maroc et avoir, sur la conscience, la présence d'un enfant abandonné dans ce pays.

Elle a quitté Casablanca fin novembre afin d'accoucher à Paris. Elle a acheté un billet d'avion et réservé une chambre à la Maternité de Port-Royal dans le 14e arrondissement. Elle avait informé l'équipe médicale qu'elle souhaitait accoucher sous X.

Je crois aussi qu'elle s'était renseignée sur toutes les démarches à mener pour l'abandon. Le Docteur Thierry, l'obstétricien qui la suivait à Casablanca, était dans la confidence et l'a bien aidée.

Avant la date fatidique de l'accouchement, elle a loué une chambre d'hôtel dans le quartier de la rue Blanqui, a erré dans Paris comme une malheureuse, avec sa culpabilité, ses doutes. Elle a rencontré le médecin de Port-Royal pour confirmer oralement sa décision et demander le secret sur son identité. Aucune question ne lui a été posée.

On l'a informée que l'enfant serait confié aussitôt après sa naissance au Service départemental de l'aide sociale, qu'elle avait la possibilité de laisser dans un pli fermé des éléments concernant les origines de l'enfant, qu'elle pouvait également lui choisir un prénom.

Elle pouvait changer de décision dans un délai de deux mois et récupérer son bébé. Au-delà, il sera confié à l'adoption.

Le jour de l'accouchement, toute l'équipe médicale est couverte par le secret professionnel. Selon une loi de 1941, tous les frais de séjour à la maternité étaient pris en charge gratuitement par l'État.

Le 12 décembre, vers 17 h, elle a commencé à perdre les eaux dans sa chambre d'hôtel. Elle a demandé au réceptionniste d'appeler une ambulance pour la conduire à l'hôpital. À son arrivée, comme le travail avait commencé, on l'a installée directement dans la salle d'accouchement. Elle se souvient avoir souffert le martyre, et avoir hurlé de douleur à chaque contraction.

À 23 h 30, après une dernière poussée, la sage-femme lui a annoncé qu'elle avait mis au monde un garçon et lui a demandé si elle voulait voir le nourrisson, le toucher, passer un moment avec lui.

Elle m'a dit avoir refusé toutes les propositions afin de ne pas être hantée par son visage, son odeur, pour le restant de ses jours et a éclaté en violents sanglots. L'infirmière lui a également demandé si elle voulait donner son identité et déposer des renseignements complémentaires, sous pli fermé. Elle a simplement laissé le prénom du bébé : Patrick.

On lui a administré un sédatif pour l'endormir. Elle s'est réveillée dans une chambre, seule, le corps douloureux, épuisée et triste. Elle avait des doutes sur ce qu'elle était en train de faire. Elle se sentait coupable de faire partie des 10 000 femmes par an qui accouchent sous X.

Mais elle se disait aussi qu'il allait être confié à une famille qui le rendrait heureux et, après des heures d'angoisse, elle arrivait à la conclusion que c'était la meilleure solution pour l'enfant et pour elle.

Son état a dû faire pitié aux infirmières car l'une d'entre elles est venue lui proposer une aide psychologique. Elle était attachante, votre tante, sa situation a certainement dû attendrir le personnel de santé.

Elle l'a remerciée et a décliné son offre car elle savait que le seul remède capable d'adoucir sa peine était de rentrer au Maroc.

Elle est restée trois jours à la maternité sans avoir accès à la pouponnière où son fils découvrait le monde. Elle a demandé des nouvelles, on lu a répondu qu'il avait été transféré aux services sociaux. Les montées de lait la faisaient souffrir. On lui a donné une ordonnance avec des médicaments à prendre pour les réduire et l'adresse d'un lactarium où elle pouvait donner son lait.

Elle a marché dans les rues de Paris toutes illuminées par les décorations de Noël, ce qui a exacerbé sa tristesse et son sentiment de solitude. Elle n'a pas pris contact avec son amie d'Orléans car elle était incapable de raconter à quiconque l'acte effroyable qu'elle venait de commettre, elle avait honte. Elle ne pouvait pas prendre contact non plus avec sa famille qui la croyait au Maroc.

Elle a repris l'avion pour rentrer à Casablanca le 24 décembre, puis le travail le 1er janvier 1956, avec son terrible secret. Elle est rentrée avec la culpabilité d'avoir abandonné un enfant et souffrait d'avoir pris cette décision.

C'est à cette période qu'elle a revu Christian, par hasard, à une terrasse de café. Il l'a reconnue, lui a proposé de s'asseoir à sa table, lui a offert une boisson. Ils ont flirté gentiment, et elle l'a laissé faire. Le rencontrer de façon si improbable, à l'un des pires moments de sa vie, lui est apparu comme un signe, un peu de bleu dans sa tête si noire.

Entre eux, la relation a été immédiatement fusionnelle. Ils ne se sont plus quittés. Cet homme l'attirait comme un aimant et elle était amoureuse. Il est venu s'installer chez elle rapidement et ils se sont mariés.

La suite, vous la connaissez, c'est le projet de l'exploitation des poules pondeuses. Ils se sont installés à M'Qam Tolba, puis la naissance de Mathilde, le départ en Libye et le retour en France. Christian l'a sauvée de la culpabilité d'avoir abandonné son fils et elle ne lui a jamais parlé ni de sa grossesse, ni de l'existence de Patrick.

— Mais, Carmen, comment a-t-elle fait pour duper Odette, le Journal, Brigitte, enfin toutes les personnes qu'elle côtoyait à Casablanca, y compris Christian ? ne puis-je m'empêcher d'intervenir.

— Pour Christian, cela a été facile puisque sa grossesse ne se voyait pas lors de leurs rendez-vous, donc elle n'a rien dit.

Pour tous à Casablanca, elle avait avoué qu'elle était enceinte, qu'elle n'était pas mariée. Elle racontait qu'elle allait accoucher à Nantes et laisser son bébé, par sécurité, aux bons soins de sa mère afin qu'il passe ses premières années loin de la chaleur, des risques d'épidémies, des maladies et des événements du Maroc.

Personne n'a été surpris, à l'époque, c'était chose courante de faire élever ses enfants en bas âge par la famille et tout le monde l'a crue. En janvier 1956, elle a raconté qu'elle avait mis au monde un petit garçon de 3,5 kg, qui se portait à merveille.

Comme elle avait souvent les yeux rouges, son entourage a pensé que son bébé lui manquait.

Pour ses parents, elle a envoyé un courrier dès son arrivée pour les informer qu'elle avait mis au monde, à Casablanca, le 12 décembre 1955, un petit garçon prénommé Patrick.

Elle savait qu'elle ne pouvait pas s'empêtrer très longtemps dans ces mensonges qui ne tiendraient pas sur la durée et qui l'empêcheraient de faire son deuil de l'abandon sous X. Elle avait conscience aussi qu'à terme, ils pourraient même atteindre sa santé mentale.

C'est pourquoi, pour ses parents, elle a décidé de faire mourir Patrick 6 mois plus tard d'une dysenterie, maladie courante des pays chauds. Elle a annoncé la nouvelle à ses parents par courrier, et a demandé à sa mère de ne plus jamais parler de Patrick, pour ne pas raviver son chagrin et sa peine. En fait, elle avait surtout très peur qu'ils en parlent à Christian. Mais ils ont tenu parole.

Quant à Odette et Albert, elle leur a fait croire que Patrick était décédé à Nantes : mort subite du nourrisson. A cette époque, Odette et Albert étaient dans d'autres préoccupations, ils venaient de vendre leur brasserie et s'apprêtaient, avec tristesse et amertume, à rentrer en France. Ils ne se sont pas déplacés à Tiflet et se sont contentés de présenter leurs condoléances.

Elle m'a avoué qu'en tuant symboliquement Patrick, elle avait réussi à oublier qu'il y avait dans la nature un enfant qu'elle avait mis au monde à Paris, son cerveau est passé dans le déni de cette naissance.

— Savez-vous qui était le bébé sur les photos qu'elle envoyait à Jeanine, sa mère ?

— Oui, c'était le bébé de leur voisine d'immeuble, Juliette. Elle m'a aussi confié que les plus belles années de sa vie ont été celles passées avec Christian au Maroc et en Libye et la naissance de Mathilde.

— Si tout ce que vous dites est vrai, dis-je, pas encore tout à fait convaincue, elle aurait inventé les sorties avec Christian au cinéma, au restaurant, la bague de fiançailles ?

— Je vous confirme, elle a inventé. Il faut comprendre que pour elle, la priorité absolue était de cacher qu'elle avait abandonné son enfant. Donc, pour être crédible, elle s'est servie de sa rencontre avec Christian pour broder une idylle.

De cette façon, elle évitait qu'Odette devienne trop possessive et Brigitte trop curieuse. La bague ? Du toc bien imité qu'elle avait trouvé Aux Cent mille bijoux, rue Blaise Pascal. Personne n'a essayé de la regarder de trop près. Je ne crois pas que Yolanda était une mythomane de nature, elle mettait plutôt en place des stratégies de survie.

Elle a mis beaucoup de temps à se remettre psychologiquement de cette intrusion de son passé dans sa vie. Je pense toutefois que m'avoir parlé lui a permis de se libérer de ce poids qui la rongeait inconsciemment de l'intérieur depuis toutes ces années.

En 2007, lors d'une mammographie, on lui a détecté une tumeur cancéreuse au sein. Les médecins ont dit que c'était dû à un choc psychologique. Elle a mis deux années à s'en remettre avec des traitements lourds. Pour se faire aider, elle a suivi une thérapie qui lui a permis de parler et de prendre du recul par rapport à ce qu'elle avait vécu en 1955. Elle a notamment découvert que beaucoup de femmes de cette époque avaient été obligées de vivre des traumatismes similaires et que son cas était loin d'être unique.

Cette épreuve nous a rapprochées et comme elle n'avait plus de contact avec sa famille, je suis devenue en quelque sorte, une sœur d'adoption. J'ai beaucoup de peine de l'avoir perdue, c'est pourquoi j'ai eu envie de faire revivre sa mémoire aujourd'hui.

Caroline, dit-elle, en se tournant vers moi les larmes aux yeux, je pense que vous partagez mon avis.

— Je salue le courage de Yolanda. Personne ne peut la juger, elle a mené sa vie comme elle l'entendait avec autonomie et en avance sur son temps. La vie est encore dure pour les femmes, même aujourd'hui. Carmen, une dernière question, savez-vous pourquoi est-elle venue mourir en Vendée ?

— Je ne sais pas, je croyais que vous aviez la réponse. Ce sera le seul mystère. Pour retrouver sa mère qu'elle adorait ? Par rédemption parce que Patrick a passé toute son enfance dans cette ville ?

Les révélations de Carmen ont plongé chacune des vieilles dames dans leurs pensées. Il est temps de se quitter, le repas est terminé depuis longtemps, les serveurs s'affairent autour de nous pour nous faire comprendre que c'est l'heure de la fermeture. Le récit de la vie de Yolanda a également pris fin.

À l'extérieur du restaurant, je serre affectueusement Carmen dans mes bras et la remercie.

Épilogue

Sous le régime de Vichy, l'avortement est considéré comme un crime contre l'État français et est passible de peine de mort.

Dans les années 50, en parallèle du baby-boom, sur plus de 800 000 naissances par an, on dénombre 350 000 avortements. Ils sont répandus dans tous les milieux, toutes les régions, en majorité pour des femmes de 20 à 35 ans, souvent mariées. Environ 300 d'entre elles décèdent chaque année, sans compter celles devenues stériles ou gravement mutilées.

En 1955, un décret autorise l'avortement thérapeutique lorsque la grossesse met la vie de la mère en danger. Pendant ce temps, le Docteur Grégory Pincus met au point la pilule contraceptive aux États-Unis.

Le 8 mars 1956, l'association « Maternité Heureuse » est créée et devient le Mouvement français pour le planning familial en 1960.

La loi Veil du 17 janvier 1975 a légalisé temporairement l'interruption volontaire de grossesse pour les femmes. La loi a été définitivement légalisée le 1er janvier 1980.

La question de l'IVG reste toujours, à l'heure actuelle, un sujet de discussion, où se mêlent le droit des femmes à disposer de leur corps, le geste médical et technique, la question morale ou les impacts psychologiques.

« N'oubliez jamais qu'il suffira d'une crise politique, économique ou religieuse pour que les droits des femmes soient remis en question. Ces droits ne sont jamais acquis. Vous devrez rester vigilantes votre vie durant », disait, il y a quarante ans, Simone de Beauvoir.

Le 24 juin 2022, la Cour Suprême des États-Unis provoquait la stupeur partout dans le monde en annulant l'arrêt Roe V. Wade qui avait ouvert le droit à l'avortement en 1973. L'abrogation de la jurisprudence relance la possibilité de l'interdiction de cette pratique. Dorénavant, chaque État américain aura le droit d'interdire l'IVG. D'ailleurs, dans la foulée, 18 États américains ont officiellement rendu illégal l'avortement, sauf dans quelques rares cas exceptionnels, mettant en danger la vie de milliers de femmes.

En Pologne, le droit à l'avortement a été abrogé en 2020.

En 1955, il n'existe aucune statistique précise du nombre de femmes qui accouchent sous X. Les raisons qui motivent leur décision d'abandonner leur enfant à la naissance sont généralement, par ordre croissant :

- l'absence du père biologique ;
- les difficultés financières ;
- un âge trop jeune ;
- la crainte du rejet familial ;
- des traumatismes.

Depuis la loi Veil, huit femmes sur dix n'ont pris conscience de leur état qu'après la fin du délai légal pour une IVG et optent pour l'accouchement sous X. On en dénombre, en 2010, environ 700 par an.

Le CNAOP, Conseil National d'Accès aux origines personnelles a été créé par la loi du 22 janvier 2002 pour faciliter l'accès des enfants nés sous X à leurs origines personnelles. Depuis 2002, 10 085 personnes ont saisi cet organisme et 2 843 personnes ont eu accès à l'identité de l'un de leurs parents.

Remerciements

Je tiens à remercier celles et ceux qui ont accepté avec enthousiasme d'être mes premiers lecteurs.

Merci à Chantal, Nadine, Solène, Linda et Bernard de m'avoir donné leur avis sincère sur le premier jet de cette histoire. Leurs conseils avisés m'ont permis de peaufiner mon texte, et leur enthousiasme m'a donné le courage de croire en ce projet et de le faire aboutir.

Merci à Caroline de Luca, qui m'a aidée à puiser à l'intérieur de moi-même les ressources nécessaires à la rédaction de ce livre et à garder un cap positif de façon permanente.

Merci à Fanny, de s'être « collée » à la dernière relecture.

Sources

Archives Le Monde

Publication du 2 août 1954 ;
Publication du 14 juillet 1955 ;
Publication du 16 juillet 1955 ;
Publication du 25 juillet 1955 ;
Publication du 15 septembre 1955 ;
Publication du 3 octobre 1955 ;
Publication du 12 octobre 1956.

Les sites de l'INA – 22 juillet 1955 – ORTF collection JT 20 h – Vidéo - Journal télévisé.

Yabiladi.com

Le 14 juillet 1955 et la bombe du café Mers Sultan à Casablanca

Organisations secrètes marocaines « Présence française, le groupe terroriste visant la résistance nationale ».

Jeuneafrique.com

Ce jour-là : le 18 novembre 1955 à Rabat – Pierre Houpert.

Digithèque MJP

Indépendance du Maroc.

Le Monde Diplomatique – Le Maghreb colonial

Mohammed V Père de l'indépendance du Maroc.

Tel Quel

Histoire. Comment le Maroc a été vendu – Karim Boukhari ;
Nostalgie : il était une fois Aïn Sebaâ « le beau-lieu » – Margaux Mazellier ;

Persee.fr

La conversion libérale de Jacques Lemaigre Dubreuil au Maroc (1950-1955) – Clotilde de Gastines ;
Le statut international du Maroc depuis 1955 – André de Laubadère ;
La Libye à l'heure du pétrole – Jean-Jacques Berreby ;
Les secteurs de modernisation rurale – Louis Papy ;

Yassine Benargane

22 août 1955 : les pourparlers franco-marocains d'Aix-les-Bains, entre mythe et réalité.

Cairn.info – Presses Universitaires de France – Relations internationales ;
Le Maroc entre la France et l'Algérie 1956-1962 ;
Mounya Essemlali ;

Maroc.ma.fr

La célébration des soulèvements du 19 et 20 août 1955 contre le colonisateur.

GP archives

Édition étrangère Le conseil du trône au Maroc – Édition du 19/10/1955.

Maghress.com

La Gazette du Maroc du 19/06/2006 – Le Sun-Beach – Bouchra Bensaber.

Annales de Bretagne et Pays de l'Ouest

Violences urbaines, Maroc 1956 – Jean-Marc Largeaud.

Regards sur l'histoire de La Seyne-sur-Mer

La naissance d'un bateau – Jean Gérin.

entreprises-coloniales.fr

Casablanca Le développement prodigieux d'une ville en pleine fièvre de croissance (Réalités, juin 1953).

Chloé Pellegrini

Profil démographique et historique de la présence française au Maroc ;

La migration des Français au Maroc : entre proximité et ambivalence.

dvdclassik.com

Casablanca de Michael Curtiz (1942).

Made in Casablanca

Une vie de chien à Casablanca – Zara Kadiri.

Le petitjournal.com

Il était une fois le cynodrome de Casablanca, une exception africaine ;
Zineb Ibnouzahir.

Imprimé en France
Achevé d'imprimer en novembre 2023
Dépôt légal : mars 2023

Pour

Le Lys Bleu Éditions
40, rue du Louvre
75001 Paris